Oliver Schlick
DAS CRIME-ZERTIFIKAT

Oliver Schlick

Das CRIME-Zertifikat

Verbrechen mit Qualität

ueberreuter

Danke, dass Sie sich für unser Buch entschieden haben.
Wir freuen uns, wenn wir Sie auch weiterhin über unsere Neuerscheinungen informieren dürfen, und laden Sie ein, unseren Newsletter unter www. ueberreuter-sachbuch.at zu abonnieren.

1. Auflage 2020

ISBN 978-3-8000-9000-6

Lektorat: Regina Moshammer
Covergestaltung: Saskia Beck
Coverfoto: © shutterstock
Satz: Hannes Strobl, Satz·Grafik·Design, Neunkirchen
Druck und Bindung: Finidr s. r. o.

www.ueberreuter-sachbuch.at

– 1 –

»Du bist wunderschön. Und dein Duft … Wie ein wilder Zitronenhain in einer Sommernacht. Was hältst du davon, wenn du es dir hier gemütlich machst und dich etwas ausruhst? Und nachher, wenn ich zurückkomme, werden wir eine aufregende sinnliche Erfahrung teilen. Bis später. Ich freue mich auf dich«, wispere ich der Zitronenschaumcreme zu, verziere sie mit einem Minzblättchen, öffne den Kühlschrank und schiebe die gelb glänzende Masse in das unterste Fach.

Als ich mich aufrichte, tut es einen gewaltigen Schlag. Für einen Moment bleibt mir die Luft weg, ich taumle zwei Schritte zurück, vor meinen Augen blinkt eine mittelgroße Sternengalaxie. »Fuck! Verdammtes, unnützes, überflüssiges Drecksding!« Ich werfe der lächerlich überdimensionierten Dunstabzugshaube, die wie ein feindliches Raumschiff über der Küchenzeile schwebt, einen vernichtenden Blick zu und reibe mir den Schädel. Die Abzugshaube und ich geraten ständig aneinander, und diese Art von plötzlich auftretendem Kopfschmerz befällt mich mit schöner Regelmäßigkeit.

Es gibt jede Menge Typen in meinem Alter – ich bin seit letzter Woche neununddreißig –, die schon eine blank polierte Murmel spazieren tragen. Ich neige glücklicherweise nicht zur Glatzenbildung, sondern bin stolzer Züchter und Träger einer schulterlangen Matte und bete fleißig, dass das noch möglichst lange so bleibt. Sollte ich irgendwann kahl werden, wird auf meinem Kopf eine mondähnliche Kraterlandschaft zum Vorschein kommen. Wenn man zwei Meter groß ist, führt man einen nie endenden Kampf gegen hinterlistige Hängelampen, bösartige Deckenbalken und aggressive Abzugshauben. Ich beschleunige den Genesungsprozess mittels ein paar nicht druckreifer Verwünschungen, atme tief durch, ziehe die Jeansjacke über, binde mir die Haare zu einem Zopf und verlasse die Wohnung.

Auf dem Flur riecht es wie drei Tage Blumenkohl. Gerade als ich den Lift rufen will, öffnet sich die Aufzugstür, und ich blicke auf ein Ungetüm von Kinderwagen. Dahinter steht eine blasse, übernächtigt wirkende Gestalt mit dunklen Augenringen. Anoushka wohnt erst seit ein paar Monaten hier. In der Wohnung gegenüber. Sie ist eine elfenhafte Erscheinung mit Dreadlocks und Einhorn-Tattoo auf dem Oberarm, die so dermaßen leise spricht, dass man ständig versucht ist, ihr ein Megafon in die Hand zu drücken.

»Hallo, Pius«, wispert sie piepsstimmig und schenkt mir ein etwas verzweifelt anmutendes Lächeln. Anoushka ist zweiundzwanzig, hat einen vierjährigen Sohn (Jonny-Lee), eine elf Monate alte Tochter (Bonny-Lee) und einen Käppchen tragenden, gewalttätigen Exfreund, der sie bedroht. Genauer gesagt – und um mal unnötige Dramatik rauszunehmen: der sie bedroht hat. Vor ein paar Wochen sah ich mich gezwungen, ihm die möglicherweise sehr drastischen Konsequenzen seines Verhaltens bildhaft zu verdeutlichen.

Seitdem herrscht Ruhe.

Ich helfe Anoushka, den Kinderwagen aus dem Aufzug zu bugsieren, und frage: »Alles gut? Was macht Bonny-Lee?«

»Zahnt noch immer«, haucht sie mit matter Stimme. »Ich weiß gar nicht mehr, wie es ist, durchzuschlafen.«

»Und sonst?« Ich blicke sie prüfend an. »Noch mal Probleme mit deinem Ex?«

»Nein.« Sie lächelt dankbar. »Nicht mehr, seit du … Danke, Pius! Ohne dich wäre ich diesen Irren nie losgeworden. Willst du auf einen Kaffee mit reinkommen?«

»Ist nett, Anoushka, aber ich muss arbeiten.«

»Dann vielleicht ein anderes Mal«, haucht sie, bevor sie stutzt und die Stirn in Falten legt. »Ist doch schon fast Mittag. Ziemlich ungewöhnliche Zeit, um zur Arbeit zu gehen, oder? Was genau machst du eigentlich, Pius?«

»Inkassowesen«, antworte ich lächelnd und trete in den Aufzug. Die Tür schließt sich mit einem durchdringenden Quietschen, und die Kabine rattert in Richtung Erdgeschoss. Ich taste die Innentasche meiner Jacke ab, um sicherzugehen, dass ich den Beutel mit dem Gras eingesteckt habe. Alles da, wo es sein soll.

Als ich aus dem Haus komme, beginnt es wie auf Kommando zu regnen. Es ist Mitte Juli, aber seit vier Wochen herrscht übelstes Dreckswetter. Zu allem Überfluss ist Bernward noch nicht da. In letzter Zeit kommt er dauernd zu spät: *familiäre Probleme.*

Hast du Familie, hast du Probleme! Davon kann ich ebenfalls ein Liedchen singen, auch wenn meine Familie nur aus mir und meiner Mutter besteht – die aber eine Unruhe stiftende Anarchistin und nicht weniger anstrengend ist als ein Stall voller Kinder.

Wenn Bernward noch unterwegs ist, kann ich mir eben schnell Tabak und Blättchen besorgen. In *Cem's Büdchen*. Den Kiosk im Erdgeschoss gab es schon, als ich hier eingezogen bin. Damals hörte er noch auf den poetischen Namen *Trinkhalle Süd* und wurde von einer verhärmten Alten geführt, die mich bei jedem Einkauf so misstrauisch beäugte, als wollte ich ihr den Laden ausräumen. Dann ist sie krank geworden – ich tippe mal auf schlimmste Missgünsteritis –, und Cem hat den Laden übernommen, der seitdem folgerichtig *Cem's Büdchen* heißt. Jedem Büdchen seinen Besitzer, und jedem Besitzer seinen Apostroph.

Normalerweise begrüßt mich Cem mit einem kumpeligen »Hey, Mister Quarterback! Wie läuft das Spiel?«, worauf ich entgegne: »Ich wünschte, es wäre Nacht oder die Preußen kämen.« Darauf er: »Kennst du einen, kennst du alle.« Und ich: »Besser Sonne im Herzen als Scheiße am Schuh.«

Aber heute gibt es kein freudiges »Hey, Mister Quarterback!«. Wortlos schiebt mir Cem ein Päckchen halbschwarzen Tabak und Blättchen über die Verkaufstheke.

»Was hat dir denn die Laune vergällt?«, frage ich. »Ordnungsamt oder Finanzamt?«

»Mennlein!«, knurrt er und deutet durch das Schaufenster zur Straße, wo eine Figur in kariertem Pullunder eifrig fotografierend um einen Lieferwagen schleicht, dessen rechtes Hinterrad knappe zwei Zentimeter auf dem Bordstein steht. Horst Mennlein nervt die armen Schweine auf der nahe gelegenen Polizeiwache tagtäglich mit Unmengen erdrückender Beweisfotos, die schockierende Parkvergehen dokumentieren. Ginge es nach ihm, würden solche und ähnliche Schwerstdelikte mit einer zünftigen Steinigung geahndet.

»Wieso hast du Stress mit ihm?«, frage ich Cem.

»Er hat gedroht, mir das Ordnungsamt auf den Hals zu hetzen. Weil meine Eis-Werbeschilder immer auf dem Bürgersteig stehen. Wo soll ich sie denn sonst aufstellen? Vielleicht da vorne, auf dem Zebrastreifen?«

»Ich dachte, Mennlein hätte es nach unserem letzten Gespräch verstanden«, seufze ich, bezahle und werfe Cem im Hinausgehen einen aufmunternden Blick zu. »Ich kümmere mich drum. Du weißt ja, mein Freund: Die Kuh ist nicht vom Eis, bevor es dem Esel nicht zu wohl wird.«

»Das ist wahr. Besser 'n heiler Krug im Brunnen als 'ne brechende Taube auf dem Dach. – Danke für deine Hilfe, Mister Quarterback!«

Einen wie Mennlein gibt es in jedem Haus, in dem mehr als zehn Mietparteien wohnen. Einen verhinderten Blockwart mit Denunziationsfetisch und reichlich Empörungspotenzial. Einen von den ganz, ganz doll besorgten Bürgern.

Drei Tage nach meinem Einzug hatte ich genug gehört und gesehen, um zu der abschließenden Analyse zu kommen, dass Horst Mennlein ein Riesenarschloch ist. Er schikanierte die Studenten-WG unter mir, hetzte gegen das schwule Paar aus dem ersten Stock und belästigte Heike Bonner, die Friseurin, die über mir wohnt, mit schmierigen Andeutungen.

Also habe ich mir Mennlein zur Brust genommen. Wenn ich mich mit was auskenne, dann damit, Leuten Angst zu machen. Schließlich verdiene ich so meine Brötchen.

Unsere schicksalhafte Begegnung fand im Müllkeller statt. Mennlein sah mich nicht kommen, weil er mit dem Oberkörper über einer Tonne hing, einen Joghurtbecher herausfischte und gollumartig vor sich hin zischte: »Noch halb voll. Die scheinen es ja zu haben, die Damen und Herren Studenten.«

Ich ließ die schwere Stahltür mit einem metallischen Klicken ins Schloss fallen. Mennlein fuhr herum und machte ein Gesicht wie ein schockgefrostetes Erdmännchen. Ihm war sofort klar, dass was ganz Ungutes im Anzug war.

Mennlein sieht so aus, wie er heißt – ich sehe aus wie Mister Quarterback. Dreißig Zentimeter größer und doppelt so schwer wie sein Gegenüber zu sein hilft, wenn man ein dringendes Anliegen vorbringen möchte – zwingend notwendig ist es aber nicht. Ich habe auch schon Typen zum Weinen gebracht, die kräftiger waren als ich. Alles nur eine Frage von Psychologie und richtigem Timing.

»Hallo Mennlein«, sagte ich leise und lächelte.

»Was … was wollen Sie von mir?«, stotterte er, und ich konnte sehen, dass seine Hände zu zittern begannen.

Was tun Sie hier? Was wollen Sie? Was soll das? So etwas ähnlich Unintelligentes fragen sie alle in diesem Moment, wenn man einfach so dasteht und sie anlächelt. Nur Amateure brüllen an dieser Stelle los oder fuchteln dem Fragesteller mit einem Messer vor der Nase rum. Profis wissen, dass es viel wirkungsvoller ist, zu schweigen. Ich nenne das *aktives Schweigen.* Nichts macht Menschen mehr Angst als die Vorstellung davon, was ihnen zustoßen *könnte.* Dazu sollte man ihnen hinreichend Zeit lassen.

Ich zog meinen Tabak aus der Tasche, drehte mir in aller Seelenruhe eine Zigarette, inhalierte, stieß den Rauch durch die Nase aus und nahm Mennlein ins Visier. Dann spazierte ich ganz gemächlich auf ihn zu. Mennlein krallte sich an der Mülltonne an und sah aus, als stünde er kurz vor einer spontanen Blasenentleerung. Ich baute mich breitschultrig vor ihm auf und schüttelte traurig den Kopf. »Mennlein, Mennlein, Mennlein ...«

»Ähm, ja?«, piepte er und drückte sich noch ein bisschen dichter an die Tonne.

»Weißt du, Mennlein, die Sache ist die: Mir sind ein paar unschöne Dinge in deinem Verhalten aufgefallen. Und ich würde dir gerne einige Ratschläge geben, bezüglich der Richtung, in die sich dein Verhalten ändern sollte, damit du und ich und alle in diesem Haus in einem harmonischen Miteinander leben können. Möchtest du meine Ratschläge hören?« Den letzten Satz flüsterte ich mit heiserer Stimme und beugte mich dabei tief zu Mennlein hinab, um sicherzustellen, dass er meinen Atem auf der Wange spürte. Was ausgesprochen effektiv ist. Meinem Gegenüber wird mittels dieser unmittelbaren sensorischen Erfahrung schlagartig klar, dass es nichts mehr gibt, was zwischen ihm und mir steht. Keine Mauer, kein Zaun, kein Polizist, nicht mal mehr eine Menschenrechtserklärung. Die meisten Menschen beginnen sich ab diesem Moment kooperativ zu verhalten.

»Ratschläge? Ich, ähm ... Ja, ja. Sicher«, murmelte Mennlein und quälte sich ein liebdienerisches Lächeln ab.

Ich runzelte die Stirn. »Und du bist dir da wirklich ganz sicher, Mennlein? Ich meine, es ist nicht so, dass du denkst: Der Herr Nordberg fällt mir jetzt aber sehr lästig, da werde ich einfach mal seine Ratschläge über mich ergehen lassen, damit ich möglichst schnell wieder Ruhe habe? Du willst sie wirklich hören? Ganz, ganz unbedingt?«

»Ja, ja, ja. Ganz unbedingt!«, beteuerte Mennlein und nickte mit dem Kopf wie ein Wackeldackel auf Speed.

»Du weiß gar nicht, was für eine Freude du mir damit machst«, sagte ich und patschte ihm meine Rechte auf die Schulter. Dann unterhielten wir uns. Wobei die Unterhaltung so aussah, dass ich redete, während Mennlein beflissen nickte.

Seit der kleinen Müllkeller-Episode herrscht im Haus himmlischer Friede. Mennlein konzentriert sich seither auf die Falschparker. Die hab ich ihm gelassen. Als so eine Art Methadon-Programm für Denunziations-Junkies. Aber so wie es aussieht, vermisst er den echten Stoff so sehr, dass er einen schlimmen Rückfall hatte.

Auf dem Bolzplatz gegenüber von *Cem's Büdchen* dreschen zwei Jungs einen Ball gegen den Maschendrahtzaun. Mennlein hüpft derweil um den Lieferwagen herum und schießt Beweisfotos.

»Na, mal wieder im Auftrag der göttlichen Gerechtigkeit unterwegs?«

»Oh, Herr Nordberg.« Augenblicklich stellt er das Fotografieren ein, blinzelt nervös und deutet mit entschuldigendem Blick auf sein Smartphone und den Lieferwagen. »Korrekt ist das ja nicht, wie der Wagen geparkt ist. Und da dachte ich … Sie haben doch nichts dagegen, Herr Nordberg?«

»Nein, nein«, sage ich großmütig. »Was Recht ist, muss Recht bleiben. Und sonst? Alles in Ordnung?«

»Ähm, ja. Alles … alles bestens, Herr Nordberg.«

»Freut mich, zu hören. Dann noch einen schönen Tag.«

Mennlein guckt ungläubig und scheint sich zu fragen, ob es das tatsächlich schon war. »Ihnen auch, Herr Nordberg«, schleimt er in dem devoten Tonfall, den er sich seit unserer Müllkeller-Begegnung angeeignet hat, und sieht zu, dass er Land gewinnt.

Er glaubt, er wäre davongekommen. Die Anspannung, die seinen Körper eben noch unter Strom gesetzt hat, weicht gerade einer grenzenlosen Erleichterung. Er kann sein Glück kaum fassen, wähnt sich in Sicherheit, und sein System wechselt in den Relax-Modus. Das ist der Moment, in dem es richtig wehtut! Wenn man mit nichts Bösem mehr rechnet. Als hätte man sich entspannt zum Kacken niedergelassen – und dann springt urplötzlich eine Ratte aus dem Abflussrohr und hackt einem die Beißer in die Eier.

Ich warte, bis er zehn Schritte entfernt ist, und rufe: »Ach, Mennlein?«

Er fährt herum und sieht aus, als hätte sich eine ganze Sippe von Nagern in seinen Sack verbissen. Ein panisches Flackern tritt in seine Augen. »Ähm, ja, Herr Nordberg?«

»Wie ich höre, hast du ein kleines Problem mit Cem? Wegen der Eisschilder?«

Mennlein wird blass, ringt die Hände und windet sich wie ein Aal. »Ich, äh … Nein, nein, nein! Da muss er mich … Das ist nur ein Missverständnis.«

»Puh! Da bin ich aber froh«, sage ich lächelnd. »Am besten, du klärst das jetzt sofort mit ihm.«

»Sofort? Ähm, natürlich, Herr Nordberg. Ich …, ja.« Er hastet in den Kiosk, und ich beobachte, wie er katzbuckelnd mit Cem spricht – als Bernwards verbeulter blauer Opel um die Ecke biegt.

»Ich weiß, ich bin zu spät«, sagt er, während ich mich in den Beifahrersitz fallen lasse. »Tut mir leid. Hatte noch 'ne längere Diskussion mit meiner Frau. Ging mal wieder um Erziehungsfragen.«

Bernward sieht schlimm aus. Sein Anzug und sein Gesicht konkurrieren darum, wer von beiden verknautschter ist, seine Frisur erinnert an eine nur halb gelungene Schamhaarverpflanzung, und seine Gesichtsfarbe ist zwei Stufen gelblicher als gewöhnlich. Bernward hat ein chronisches Magenleiden und schleppt in seinen Taschen eine ganze Apotheke mit sich rum.

»Gestern war Elternabend in der Kita«, seufzt er mit traurigem Dackelblick, schüttet zwei Tabletten aus einem Röhrchen und beginnt sie zu zerkauen. Bernward Kniehase hat es nicht leicht. Wer seine Familiensituation kennt, kennt auch den Ursprung seiner Magengeschwüre: Bernwards Frau hat seit anderthalb Jahren Hitzewallungen und rasante Stimmungsschwankungen, seine sechzehnjährige Gothic-Tochter hat ihr Leben den Mächten des Bösen geweiht und wurde kürzlich dabei erwischt, wie sie ein Pentagramm auf den Wagen ihrer Klassenlehrerin gesprüht hat. Und Bernwards spätes Glück, sein Nesthäkchen Luisa, offenbart in ihrer Kita erhebliches kriminelles Potenzial. Bernward läuft ständig zu irgendwelchen Schulkonferenzen, Elternabenden, Lehrergesprächen und Familientherapien.

»Was gab es diesmal?«, frage ich, während er den Opel in den Verkehr einfädelt.

»Luisa hat in der Kita einen Schwarzmarkthandel mit Süßigkeiten aufgezogen«, stöhnt er. »Und sabotiert damit natürlich das ganze Konzept von wegen ›Gesunde Ernährung‹, das sie da haben. Die Erzieherinnen waren stinksauer, und die großen Kobolde haben meine Frau und mich total in die Mangel genommen.«

»Die was?«

»Die Kita heißt *Kleine Kobolde.* Die Kinder sind die kleinen Kobolde und die Eltern …«

»Verstehe«, sage ich und zünde mir eine Zigarette an.

»Du führst ein beneidenswertes Leben.« Nachdenklich stoße ich den Rauch aus. »Was sollen diese bescheuerten Namen eigentlich? Als ich ein Kind war, hießen die Dinger einfach nur *Städtische Kindertagesstätte Hubbelsbach* oder *Evangelischer Kindergarten Freistedt.* Was ich nicht so schlimm fand, dass es bei mir ein frühkindliches Trauma ausgelöst hätte. Und heute? *Kita Milchzahn, Kita Wuschelhaar, Kita Waldwichtel* … Mann, Mann, Mann!«

Bernward zuckt mit den Schultern. »Ist halt kindgerechter.«

»Kindgerechter? Die Kinder werden garantiert nicht gefragt. Die Namen denken sich doch irgendwelche minimalkreativen Erzieherinnen mit Bastelzwang aus.« Einen Moment lang stutze ich. »Würde mich aber auch nicht wundern, wenn es Menschen gäbe, die so was hauptberuflich machen.«

»Häh?«, grunzt Bernward, glotzt mich begriffsstutzig an und übersieht beinahe eine rote Ampel.

»So was wie eine Agentur für Kita-Namen, die sich sämtliche Namensrechte gesichert hat. Und wenn man Kommune oder Kirchengemeinde oder Wohlfahrtsverband ist, geht man da hin und sagt: ›Guten Tag. Ich möchte eine Kita eröffnen. Haben Sie vielleicht was mit Tieren im Sortiment?‹ – ›Sicher. Da hätten wir die *Tapsigen Tiger* oder die *Witzigen Watschelentchen.* Aber soll es nicht doch lieber ein Märchenwesen sein? Oder wie wäre es mit Obst? Ist in diesem Monat im Angebot. *Kita Wilde Erdbeeren* oder *Kita Weiche Birne.*‹ Und dann –«

»Hast du heute Morgen schon was geraucht?« Bernward bedenkt mich mit einem skeptischen Blick.

»Nö. Aber wo du es gerade erwähnst …«, nuschle ich und ziehe den Grasbeutel aus der Jacke.

»Nicht im Auto!«, faucht Bernward, während er auf den Südring auffährt. »Nicht im Auto! Das war die Abmachung! Oder willst du, dass ich das Armaturenbrett vollkotze?«

»Ja, ja. Schon gut«, murmle ich und stecke den Beutel wieder weg. »Was liegt heute an?«

Bernward fummelt einen Zettel aus seinem Jackett und liest halblaut: »*Patrick Bommel. Hellerweg 31.* Den nehmen wir uns als Erstes vor. Papa Ambros sagt, der Auftrag hat Vorrang. Ist eine interne Sache.«

Papa Ambros ist unser Arbeitgeber und außerdem eine Seele von Mensch. Er hat so einiges am Köcheln: ein bisschen Kredit zu Wucherzinsen, ein wenig offensives Inkassowesen (die Abteilung von Bernward und mir), Grasvertickerei und Handel mit geklauten Autoteilen, gelegentlich auch mal Wettbetrug, Dokumentenfälschung oder eine gepflegte Erpressung. Alles eher gemütlich und nicht in großem Stil. Der kleinkriminelle Gemischtwarenladen von Papa Ambros hat gerade mal zwanzig Angestellte, freie Mitarbeiter eingeschlossen.

Interner Auftrag heißt, dass sich jemand bei Papa Ambros persönlich Geld geliehen hat und es nicht zurückzahlt. Daneben gibt es noch die externen Aufträge, bei denen wir auf Provisionsbasis arbeiten. In den meisten Fällen sind die Auftraggeber Handwerker oder Kleinunternehmer, die sich an Papa Ambros wenden, weil irgendein Arschloch ihre Rechnungen und Mahnungen ignoriert. Ob nun intern oder extern – in beiden Fällen ist es Aufgabe von Bernward und mir, die Zahlungsmoral der säumigen Schuldner zu heben.

Bernward fährt vom Ring ab, an einem stillgelegten Güterbahnhof und einem Schlachthof vorbei, dann durch eine Unterführung – und schon sind wir in Sankt Trostlos, wie das Viertel im Volksmund heißt. Da, wo ich wohne, ist auch nicht gerade Bel Air, aber das ist nichts gegen den Hellerweg: ein Hochhausghetto mit Satellitenschüssel-Wald, Pseudogrünfläche und Müll auf dem Bürgersteig. Und überall die heilige Dreifaltigkeit des sozialen Brennpunkts: Kippe, Kampfhund, Kinderwagen.

– 2 –

Bernward parkt neben einem überquellenden Altglascontainer, nimmt den Schmerzenskoffer vom Rücksitz, und wir überqueren gemächlichen Schrittes die Straße. Bernward ist nicht Bernward ohne seinen Koffer. Ein abgeschabter weinroter Kunstleder-Aktenkoffer, der seine besten Tage in den 80er-Jahren des vergangenen Jahrhunderts hatte. Das sich darin befindliche Werkzeugsortiment ist allerdings top gepflegt und setzt sich aus dem zusammen, was man in der Inkassobranche eben so braucht: ein paar Messer, Zangen und grobe Feilen, ein Lötkolben, eine Gartenschere, Kabelbinder, mehrere Rollen Gaffa-Tape und Bernwards persönlicher Favorit: ein akkubetriebener Dentalbohrer, den er für kleines Geld auf einem Trödel in Tschechien erstanden hat.

Wir sind ein eingespieltes Team. Ich gehe immer als Erster rein, rücke meine zwei Meter samt Muskelmasse ins richtige Licht und markiere den bösen Mann – was in neunzig Prozent aller Fälle ausreicht, um zu bekommen, was man möchte. Weitere fünf Prozent der Schuldner werden zahlungswillig, wenn Bernward den Koffer öffnet und sie einen Blick auf sein Equipment werfen lässt. Nur in Fällen ganz hartnäckiger Uneinsichtigkeit muss er wirklich aktiv werden. Ich kann das nicht gut sehen und ziehe es vor, den Raum bei diesen Gelegenheiten zu verlassen und eine rauchen zu gehen.

Vor der Haustür lungert eine Bande Achtjähriger rum. Einer von ihnen deutet auf Bernwards wirres Haupthaar, und der ganze Verein bricht in heilloses Gelächter aus.

P. Bommel steht in Krakelschrift auf dem obersten Klingelschild.

»Scheiße«, mault Bernward. »Er wohnt ganz oben. Ich hoffe, es gibt einen funktionierenden Aufzug in dieser Baracke.« Vor zwei Jahren hat er mit dem Rauchen aufgehört, ist aber nicht bedeutend weniger kurzatmig als vorher.

Ich drücke mehrere Klingeln gleichzeitig und brülle in die Sprechanlage: »Die Stadtwerke! Wir müssten mal an die Stromzähler.« Irgendeiner öffnet immer.

Wie sich rausstellt, ist der Aufzug defekt, und oberstes Stockwerk bedeutet in diesem Fall: vierzehnte Etage. Ab dem dritten Stock beginnt Bernward zu keuchen, auf der elften Etage sieht er aus wie kurz vor einem Schlaganfall. Was nicht dazu beiträgt, ihn bedrohlich erscheinen zu lassen. Wir müssen eine dreiminütige Pause einlegen, bis er sich halbwegs erholt hat.

Im vierzehnten Stock ist das Flurlicht defekt. Ich aktiviere die Taschenlampen-Funktion auf meinem Smartphone und richte den Strahl auf die Namensschilder an den Türen: Hücke, Yildirim, Kwiatkowski … und Bommel.

»Hier ist es«, flüstere ich und stecke das Handy wieder weg.

»Bist du sicher?« Bernward kichert kurzatmig.

»Ja«, antworte ich genervt. »Bommel mit zwei M. Und hör auf, so dämlich zu kichern. So was passiert mir nicht ein zweites Mal.«

Bei einem Auftrag im letzten Jahr ist mir ein kleiner Fauxpas unterlaufen. Zu meiner Verteidigung: Auch damals war es ein dunkler Flur, und ich hatte tatsächlich schon was geraucht. Und dass zwei Mietparteien, die einmal *Schultze* und einmal *Schulze* heißen, direkt nebeneinander wohnen, kommt schließlich auch nicht jeden Tag vor. Als ich bei den t-losen Schulzes die Bude stürmte, bin ich in eine Hausgeburt geplatzt – was für keinen der Beteiligten schön war. Ich konnte nur »Sorry! Ist ein Irrtum« stammeln, habe hastig ein paar Scheine für die Kosten der Türreparatur am Fußende des Bettes abgelegt (ich kam mir vor wie einer der Weisen aus dem Morgenland) und gemacht, dass ich rauskam.

Aber hier gibt es nur einen Bommel, die Sachlage ist eindeutig. »Geh mal zur Seite«, sage ich zu Bernward und begutachte die Wohnungstür. Das übliche Pressspanmodell, das in diese Wohnbunker verbaut wird. Kein Problem. So was drücke ich zur Not mit der flachen Hand ein. Wie gesagt, ich stehe eigentlich auf die leise, psychologische Tour. Zeug zu zerschlagen ist was für geistlose Vollidioten. Eine eingetretene Tür bildet da die Ausnahme. Das Geräusch von splitterndem Holz, verbunden mit der Tatsache, dass plötzlich ein 2-Meter-Mann in der Wohnung steht, versetzt den säumigen Schuldner in den meisten Fällen so in Schockstarre, dass er weder an Flucht noch Gegenwehr denken kann.

»Pst! Hörst du das?«, fragt Bernward und presst das Ohr gegen die Tür. »Ist das live oder läuft da 'n Porno?«

»Wir werden es gleich wissen.« Ich gehe zwei Schritte zurück und nehme Anlauf, als sich die Tür der Nachbarwohnung öffnet. Im Türspalt erscheint ein verkniffenes Frauengesicht, und mir ist sofort klar, dass wir das hiesige weibliche Pendant zu Mennlein vor uns haben. »Wer sind Sie? Ich habe Sie durch den Spion beobachtet.

Sie haben hier nichts verloren. Ich rufe die Polizei!«, geifert sie.

»Wir sind die Polizei«, sagt Bernward, zückt eine Payback-Karte und hält sie ihr für eine Zehntelsekunde vor die Nase, bevor er sie wieder in seinem Jackett verschwinden lässt. »Und Sie behindern unseren Einsatz.«

»Ach du lieber Gott!«, entfährt es der Frau. »Aber wurde ja auch Zeit, dass da endlich mal eingegriffen wird.« Sie deutet mit ihrem knochigen Hexenzeigefinger auf die Bommel-Tür. »Bei den komischen Geräuschen, die da immer zu hören sind. Ich möchte gar nicht wissen, was der Kerl da drin veranstaltet.«

»Hören Sie auf, sich selbst und andere durch Ihr Verhalten zu gefährden. Gehen Sie zurück in die Wohnung«, kommandiere ich. »Sonst nehmen wir Sie wegen Verbrechensbekämpfungs-Voyeurismus fest. Verstanden?«

»Natürlich, Herr Kommissar.« Sie schluckt und hat es plötzlich eilig, die Tür zu schließen.

»Dann wollen wir mal!« Ich werfe mich gegen die Bommel-Tür, die krachend aus den Angeln fliegt, sprinte durch die Diele ins nächstgelegene Zimmer – und gucke mindestens genauso verstört wie das nackte Paar mir gegenüber, das offensichtlich bis vor drei Sekunden damit beschäftigt war, einen sehr privaten Film zu drehen. Live ***und*** Porno! Erschrocken fahren die beiden von einer Matratze hoch, vor der eine Kamera und ein Scheinwerfer aufgebaut sind. Die Frau, ein dralles Persönchen mit Pausbacken und Nippel-Piercings, kreischt panisch, starrt mich entsetzt an und zieht ein Laken vor den Körper. Der Kerl – Stirnglatze und Oberlippenbart – ist wie gelähmt vor Schreck und glotzt mich fischäugig an.

»Ach du Heiliger«, entfährt es Bernward. Mit weit aufgerissenen Glubschern betrachtet er den Mann. »Gute Güte! Der ist ja gewaltig!«

»Im Namen der Menschlichkeit: Bedecke dich!«, sage ich zu dem Oberlippenbart. Er greift nach einem T-Shirt, das neben der Matratze liegt, und hält es sich vors Gemächt. Was bedauerlicherweise immer noch nicht ausreicht, um …

»Würde es dir sehr viel ausmachen, mal wieder in den Sinkflug überzugehen?«, frage ich und versuche nicht zu genau hinzusehen.

»Tut mir leid«, krächzt er, »das klappt nicht. War vor dem Dreh ’n bisschen aufgeregt und hab vorsichtshalber Viagra eingeworfen.«

Die Frau klammert sich verängstigt an ihn und wispert: »Was sind das für Leute, Patrick?«

Zeit für meine übliche Ansprache.

»Wir vertreten einen bedauernswerten, enttäuschten Mann«, beginne ich, nehme das schnurrbärtige Viagraopfer ins Visier und versuche mich dabei auf den Bereich oberhalb seines Bauchnabels zu konzentrieren. »Papa Ambros hat dir sein ganzes Vertrauen geschenkt. Und dir einen Teil seines hart erarbeiteten Geldes zu bemerkenswert günstigen Konditionen geliehen. Weil er ein Menschenfreund ist. Ja, Papa Ambros ist ein Mann mit viel Gefühl. Und jetzt zweifelt er an der Welt, weil du ihn enttäuscht und das Geld nicht wie vereinbart zurückgezahlt hast. Er fängt schon morgens an, Feigenlikör zu trinken, und grämt sich. Und wenn ich Papa Ambros traurig sehe, dann werde ich auch traurig. Und meinen unberechenbaren Freund hier«, ich deute auf Bernward, der mit gelangweilter Miene neben mir steht, »den macht es regelrecht rasend.«

»Ra-send-vor-Wut-oh-ja-so-wü-tend«, leiert er seinen Text runter. Familiäre Probleme hin oder her – ein bisschen mehr Engagement könnte er schon zeigen.

»Mein Freund hat gesagt, er nimmt sich den Kerl, der Papa Ambros so traurig macht, mal richtig vor. Aber ich habe entgegnet: ›Nicht doch. Vielleicht verdient dieser Mann deinen Zorn gar nicht. Vielleicht hat er nur vergessen, Papa Ambros das Geld zurückzugeben. Fahren wir doch einfach mal bei ihm vorbei und erinnern ihn daran.‹ Und da wären wir. Und hätten jetzt gerne das Geld. Damit Papa Ambros nicht mehr traurig sein muss.«

»Ich … ich hab das Geld nicht«, stammelt Patrick Bommel, woraufhin Bernward tief seufzt und den Koffer aufschnappen lässt. »Halt! Sekunde! Warten Sie!«, kreischt der Pornoheld. »Ich hab das Geld *noch* nicht. Aber in spätestens zwei Wochen zahle ich alles zurück. Mit Zinsen. Ich schwöre!«

»Ich würde dir so gerne glauben«, sage ich und mache einen Schritt auf ihn zu.

»Hören Sie! Es ist folgendermaßen«, wimmert er. »Ilona und ich« – er deutet auf die Pausbäckige –, »wir hatten die Idee, ähm, Erwachsenenfilme zu drehen und sie im Internet zu verticken.«

»Verstehe«, sage ich. »Und das Geld brauchtest du für die Kameraausrüstung?«

»Ja. Auch. Aber in erster Linie …« Er deutet in seine unteren Regionen. »Pornos gibt es wie Sand am Meer. Da muss man sich schon was Spezielles einfallen lassen. Ein Markenzeichen. Und da kam ich auf den Gedanken mit der Penisverlängerung. Nach der OP gab es ein paar Komplikationen, und wir konnten mit den Drehs erst vor drei Wochen beginnen. – Aber es läuft total gut an. Wir haben schon jede Menge Abonnenten. Wenn es so weitergeht, haben wir das Geld in zwei Wochen locker zusammen. Ich hatte immer vor, es zurückzuzahlen. Bitte, glauben Sie mir!«

»Hmmm …« Bernward und ich verständigen uns mit einem kurzen Blick, dann klappt er seinen Koffer zu, und ich verkünde: »Also schön. Wie es aussieht, seid ihr ja fleißig bemüht, Betriebskapital zu erwirtschaften. Zwei Wochen. Aber keinen Tag mehr.«

»Danke!« Patrick Bommel atmet auf. Die Frau entspannt sich ebenfalls, lächelt erleichtert und sagt: »Das ist jetzt so was von voll nett von Ihnen. Wenn Sie möchten, besuchen Sie doch mal unsere Seite: *www.hornysueandmisterbig.com.* Da gibt es einen kostenlosen Trailer.«

»Danke, aber … eher nicht«, entgegne ich. »Außerdem brauche ich eine kleine Anzahlung, um meinen Chef von eurem guten Willen zu überzeugen. Was habt ihr an Barem da?«

»Äh, hundert oder hundertzwanzig Euro.«

»Das wird Papa Ambros' Tränen fürs Erste trocknen. Her damit!«

Patrick Bommel erhebt sich von der Matratze, nimmt ein Portemonnaie von einem Tisch und überreicht mir ein paar Scheine.

»Dann weiterhin frohes Schaffen«, wünsche ich. »Und Herrgott, halte dir das T-Shirt vor!«

Beim Hinausgehen nehme ich die Tür und lehne sie behutsam in den Rahmen. Auch ein exhibitionistisches Porno-Pärchen hat ein Recht auf ein bisschen Privatsphäre.

Nach einem kurzen Abstecher zum *Holländer-Grill*, wo ich mich mit einer Frikadelle und Pommes spezial versorge, machen wir uns auf den Weg zu unserem nächsten Einsatz. Diesmal ein externer Auftrag.

»Immer dieses unappetitliche Geschlinge im Auto. Muss das sein?«, meckert Bernward, während ich mir die Frikadelle einverleibe. »Wehe, du saust mir die Polster voll.«

Ich frage mich insgeheim, was es an dieser Schrottmühle zu versauen gibt. Jeder Mayonnaisefleck würde eine elementare Verschönerung darstellen, denke ich – sage es aber nicht, weil Bernward, was seinen Opel angeht, ein sensibles Seelchen ist. Stattdessen verkünde ich kauend: »Ich esse seit fünf Jahren in dem Wagen. Hab ich jemals einen Fleck hinterlassen? Nein.«

»So? Und was war vor sechs Wochen? Mit dem Preiselbeersaft?«

»Da war der Verschluss undicht. Nicht meine Schuld. Das zählt nicht.«

»Erzähl das meinen Polstern«, meckert er griesgrämig weiter und ist kurzzeitig so abgelenkt, dass er nicht mitbekommt, wie der Wagen vor uns abbremst.

»Bernward!«

Er steigt volle Möhre auf die Bremse, worauf die Pommes samt Mayo, Ketchup und Zwiebeln in einen rasanten Steigflug gehen, um dann wie ein knuspriger goldgelber Hagelschauer auf uns einzuprasseln. Der Opel kommt mit quietschenden Reifen zum Stehen.

»Was ist? War auch diesmal nicht meine Schuld! Hättest du auf den Verkehr … Hey! Hey! Langsam, Bernward. Ist ja schon gut. – Ich mach den Scheiß gleich weg.«

Die restliche Fahrt über schweigt Bernward beleidigt. Gelegentlich reißt die graue Wolkendecke auf und lässt eine Ahnung von Sonne durch. Wir müssen einmal quer durch die Stadt und dann raus nach Öhdefeld. Auch wenn der Name anderes vermuten lässt, ist Öhdefeld so ziemlich das Gegenteil von Sankt Trostlos: Lindenalleen, Grundstücke, auf denen man sich verlaufen kann, schicke kleine Läden und ein Golfplatz. Wer hier wohnt, knabbert nicht an trocken Brot.

Der Kerl, zu dem wir unterwegs sind, heißt Herwig Lindner. Mitte dreißig, aber schon stinkreich. Verschachert irgendwelche Ferienhäuser in Spanien und Frankreich. Das sind zumindest die Informationen, die Bernward von Papa Ambros bekommen hat. Mit Typen wie Herwig Lindner haben wir es häufig zu tun: Lassen sich von einer kleinen Schreinerei den gesamten Innenausbau ihres Hauses machen und weigern sich anschließend zu bezahlen. Stattdessen beklagen sie irgendwelche Mängel, die es nicht gibt.

Das geht dann ewig hin und her, bis es schließlich vor Gericht kommt. Aber bis dahin müssen die betroffenen Handwerker meistens schon Konkurs anmelden. In den fünf Jahren, die ich diesen Job mache, ist mir eines klargeworden: je mehr Kohle desto geringer die Zahlungsmoral! So jemand wie der Porno-Patrick von heute Morgen ist nur eine arme Socke. Aber Ego-Assis wie Herwig Lindner haben es sich aufrichtig verdient, dass Bernward und ich sie besuchen. Und das Beste: Wenn man so einen Kotzbrocken vor sich hat, kann man sich selbst ein bisschen Robin-Hood-mäßig finden und wunderbar verdrängen, dass das eigene Verhalten ja auch nicht strikt gesetzeskonform ist.

Der Opel sorgt in Öhdefeld für ähnliche Reaktionen wie eine Kakerlake auf der Sahnetorte. Als wir vor einer roten Ampel, neben einem Straßencafé, halten, bedenkt uns eine Gruppe botoxverstärkter Milfs mit Blicken, als wären wir der Güllewagen. Verfügten sie noch über eine Restmimik, würden sie angeekelt die Gesichter verziehen.

»Hier ist es«, sagt Bernward, zeigt auf ein modernes Haus mit riesigen Fenstern, drosselt das Tempo und parkt den Wagen um die Ecke. »Aber erst mal beseitigst du die Pommes-Sauerei!«

»Die Haustür ist massiv. Da ist nix mit *eintreten*«, analysiere ich, während wir über einen breiten Kiesweg auf das Haus zu spazieren. In der Zufahrt ist ein flotter weißer Flitzer geparkt, die Hecke sieht aus wie mit der Pinzette gezupft, in einem kleinen Vorgartenteich schwimmen die sozialschichtadäquaten Karpfen.

»Wir machen die Jehova-Nummer«, entscheidet Bernward.

Bisher habe ich noch keinen erlebt, der Bernward den Zeugen Jehovas nicht abgekauft hat. Ich frage mich, ob es an seiner Frisur, dem Anzug oder an dem Koffer liegt.

Wir steigen die Stufen zur Haustür hoch; ich drücke mich seitlich neben der Tür gegen die Hauswand, während Bernward klingelt und sein *Wachtturm*-Gesicht auflegt.

Schritte im Hausflur, dann öffnet sich die Tür einen Spalt breit. Herwig Linder hat einen 3-Tage-Bart und die Art von künstlich zersauster Frisur, die man von pseudoverwegenen Grinsegesichtern aus der Bierwerbung kennt. Aber er grinst nicht, sondern taxiert Bernward mit einem genervten Blick. »Ja, bitte?«

»Guten Tag, Herr Lindner«, sagt Bernward. »Gott hat mich ausgesandt, Ihnen eine Botschaft zu überbringen.«

»Aha? Das ist … Nein, danke. Das ist gerade schlecht, ich habe zu tun«, wimmelt er den lästigen Besucher ab und will die Tür schließen, aber Bernward stellt blitzschnell den Fuß dazwischen und verkündet lächelnd: »Gott kann nicht warten!«

Mein Stichwort. Ich springe vor, schnappe mir den perplexen Hausherrn, halte ihm den Mund zu, dränge ihn durch den Flur in die Küche, drücke ihn auf einen Stuhl und fessle ihn mit Gaffa-Tape. Statt panisch loszuschreien, wie es jeder normale Mensch tun würde, zischt er: »Ich verklage Sie. Wegen Hausfriedensbruch und Nötigung.«

Ich seufze tief. Da dringen zwei Unbekannte mit Gewalt in sein Haus ein, und statt ängstlich winselnd um Gnade zu flehen oder wenigstens mit der Polizei zu drohen, will er uns verklagen! Fragt er, halb besinnungslos vor Angst, wer wir sind? Nein. Weil dieser Kerl wahrscheinlich so viele unbezahlte Rechnungen hat, dass er schon lange darauf spekuliert hat, Besuch zu bekommen – egal von welchem Verein. Und für den Fall hat er sich einen echten Superschachzug überlegt: Er droht, uns zu verklagen! Nicht etwa, weil er cool wie Sau oder irgendwie mutig oder wenigstens witzig wäre. Sondern einfach, weil das in seiner Welt so läuft. Erst mal klagen. Wenn so was kommt, weiß ich sofort, dass gutes Zureden nicht hilft. Das hier ist eindeutig ein Fall für Bernwards Koffer.

»Ist noch jemand im Haus? Was ist mit deiner Frau?«, zische ich in dem leicht übergeschnappten Kinski-Ton, den ich mir für Gelegenheiten wie diese zugelegt habe.

Erst da scheint er den wahren Charakter der Situation zu erkennen und wird blass.

»Martina ist … zum Yoga«, stammelt er. »Aber –«

»Papa? Was sind das für Männer?«, ertönt ein helles Stimmchen.

Bernward und ich fahren herum und tauschen einen bestürzten Blick aus: In der Tür steht ein vier oder fünf Jahre altes Mädchen und blickt verwirrt auf die Szenerie in der Küche.

»Shit. Ich kümmere mich um sie«, flüstere ich Bernward zu. »Du machst hier weiter. Aber versuch es möglichst leise über die Bühne zu bringen.«

Bernward lächelt Herwig Lindner zu, legt das Jackett ab und öffnet den Koffer.

»Hallo. Ich bin Pius«, sage ich und hocke mich vor das Mädchen hin. »Der Onkel Bernward und ich sind Freunde von deinem Papa. Wir sind zum Spielen vorbeigekommen. Aber jetzt möchten er und Onkel Bernward erst mal alleine spielen. Und dein Papa meint, es wäre eine gute Idee, wenn ich in der Zwischenzeit auf dich aufpasse. Was hältst du davon?«

Sie bohrt mit einem Finger in der Nase und betrachtet mich kritisch. »Na schön. Von mir aus.«

Während ich die Tür zur Küche schließe, sehe ich aus den Augenwinkeln, wie Bernward den Bohrer aus dem Koffer nimmt und versonnen betrachtet.

»Und wie heißt *du?*«, versuche ich eine Konversation mit meinem fünfjährigen Gegenüber in Gang zu bringen.

»Ich darf einem Fremden meinen Namen nicht sagen.«

»Sehr vernünftig. Aber ich fände es unhöflich, dich mit *Kleines namenloses Mädchen* anzusprechen. Weißt du was? Ich nenne dich einfach Tabea. So heißt meine Mutter.«

»Tabea ist doof«, verkündet sie. »Ich will nicht Tabea heißen. Außerdem heiß ich Ann-Katrin.«

Aus der Küche ist ein Wimmern zu hören. Sie guckt irritiert und blickt mich fragend an. »Wie heißt das Spiel, das mein Papa spielt?«

»Es heißt: Der schmerzenreiche Weg zur Einsicht.«

»Häh? Hört sich voll langweilig an.«

»Ist es auch«, pflichte ich ihr bei. »Irgendeine Idee, was wir unternehmen könnten?«

»Magst du Tee?«, fragt sie und zieht die Nase kraus.

»Sehr gerne.«

»Dann komm!« Sie zieht mich an der Hand durch den Flur in ihr Kinderzimmer und nötigt mich, im Schneidersitz vor einem winzigen rosafarbenen Tischchen Platz zu nehmen, wo sie mir mit hochkonzentriertem Gesicht unsichtbaren Tee in einer unsichtbaren Tasse serviert.

»Selten so was Köstliches getrunken«, befinde ich nach ein paar imaginären Schlucken.

Sie setzt sich in einen roten Plastikstuhl, taxiert mich eingehend und kommt zu dem Schluss: »Du bist fett!«

»Ich bin nicht fett. Ich bin muskulös.«

»Trotzdem: Du bist fett!«

»Ich will dir ja nicht zu nahe treten, aber du bist auch nicht gerade ein Weidenästlein. – Nein! Nicht weinen! Tut mir leid, ich –« In diesem Moment ist ein Schrei aus der Küche zu hören, den ich durch ein künstliches Husten zu übertönen versuche. »Weiß du was, wir spielen auch ein Spiel«, schlage ich eilig vor.

»Und wie geht das Spiel?«

»Ich halte dir die Ohren zu, und du musst raten, warum.«

Das Spiel erweist sich nicht unbedingt als Renner. »Mir fällt nichts ein«, verkündet Ann-Katrin nach gefühlten dreißig Sekunden. »Ist voll langweilig. Ich will singen. Komm, wir hören Musik und singen mit.« Sie hüpft aus dem Plastikstühlchen, öffnet eine Schublade und präsentiert mir ein Smartphone.

Eine Fünfjährige mit Smartphone. Die Apokalypse muss unmittelbar bevorstehen.

»Wie wäre es mit einem Song von Lana Del Rey?«, schlage ich hoffnungsvoll vor. »Die kann ich alle auswendig.«

Ann-Katrin schüttelt den Kopf. »Lama kenn ich nicht!«

»Na gut. Dann was anderes. Was hört ihr jungen Leute denn so? Neo-Post-Crossover?«

»Nein. Die Verkehrskobolde!«, verkündet sie frohgemut, öffnet eine Audiodatei und stimmt lauthals in den Gesang eines Kinderchors ein. »Sing mit! Sonst macht es keinen Spaß«, kommandiert sie.

Und so schmettern Ann-Katrin und ich, während das Wimmern von Herwig Lindner und das Brummen von Bernwards Bohrer aus der Küche dringen, aus vollem Hals das Lied der Verkehrskobolde: *Bei Rot bleiben Kobolde stehen, bei Grün können Kobolde gehen. Kobolde halten die Augen auf, im Straaaßen-ver-kehr!*

– 3 –

»Du hast Blutspritzer auf dem Kragen«, lasse ich Bernward wissen, als wir eine Viertelstunde später aus der Haustür treten.

»Der Schwachkopf ist erst zur Vernunft gekommen, als ich ihm eine Wurzelbehandlung angedroht habe«, sagt Bernward mit säuerlicher Miene. »Warum nicht direkt so?«

»Hast du die Kohle?«

Bernward zieht eine hochpreisige Markenuhr aus der Jackentasche und hält sie mir vor die Nase. »Bares gab es nicht, aber das dürfte seine Schulden in etwa abdecken.«

»Tja, so ist das«, sinniere ich. »Wenn das Leben nur noch in einer schmerzvollen Gegenwart stattfindet und einem jeder Moment wie eine Ewigkeit vorkommt, dann spürt man, dass Zeit was Relatives ist – und kann sich plötzlich leichten Herzens von seinem Chronometer trennen.«

Den Rest des Freitagnachmittags verbringen wir damit, zwei weitere Aufträge abzuarbeiten, ohne dass Bernwards Bohrer noch mal zum Einsatz kommen muss. Bei dem ersten Kerl zieht meine »Kinski-goes-Hannibal-Lecter-Nummer«, der zweite wird schon grün im Gesicht, als ich ihn drohend anknurre, und öffnet postwendend seinen Safe.

Nach getanem Tagewerk treten wir den Rückweg an, der uns – welch unerwarteter Zufall – mal wieder an den Ruinen von *Kniehases Wunderland* vorbeiführt.

»Ach, wo wir gerade hier vorbeikommen …«, sagt Bernward, so als wäre ihm tatsächlich erst in diesem Moment aufgegangen, wo wir uns befinden. »Was dagegen, wenn ich mal eben nach dem Rechten schaue?«

»Nein«, seufze ich und schüttle den Kopf. »Auf die halbe Stunde kommt es nicht an.«

In Bernwards Augen ist ein feuchtes Schimmern zu erkennen. Wie immer, wenn wir uns *Kniehases Wunderland* nähern. Bernward kommt aus einer Schausteller-Familie, und sein Vater hat in den 60er-Jahren hier einen Vergnügungspark hochgezogen. Der war zwanzig Jahre lang eine Goldgrube, bis Bernwards Vater nicht mehr mithalten konnte mit den großen Parks und deren modernen Attraktionen. Die Besucher blieben aus und der Laden ging pleite. Der Großteil des Parks ist vor etlichen Jahren abgerissen worden, als man Parkplätze für ein nahe gelegenes Gewerbegebiet gebaut hat. Aber ein kleiner Teil steht noch und verrottet vor sich hin: die Westernstadt mit Saloon und Sheriffbüro, die Reste einer Wildwasserbahn, die Goldmine, durch die man früher in kleinen Loren fahren konnte, ein rostiges Kettenkarussell und die Fassade von *Kniehases Haus des Schreckens.*

Bernward hütet noch immer den Schlüssel zu einem Nebeneingang. Er parkt den Wagen, öffnet eine kleine Tür in dem hohen Metallzaun, der das Gelände umgibt, und zwei Minuten später wandern wir über die unkrautüberwucherte Hauptstraße von Westerntown. Hier gibt es nichts nach dem Rechten zu sehen. Alles ist baufällig und hinüber, die Westernfassaden sind mit amateurhaften Graffiti übersät. Aber Bernward ist ja auch gar nicht hier, weil er nach dem Rechten sehen will. Das behauptet er nur, weil er einen Vorwand braucht. Bernward ist quasi aufgewachsen in dem Vergnügungspark. Hat seine Kindheit und frühe Jugend hier verbracht. Und kommt gelegentlich hierher, um seinen Erinnerungen an eine glückliche Vergangenheit nachzuspüren. Und diese kleinen, sentimentalen Momente seien ihm, in Anbetracht seiner eher freudlosen Gegenwart, gegönnt. Ich habe die Vermutung, dass er manchmal auch alleine hierherkommt, sich in den Saloon setzt, ein paar Magentabletten zerkaut und sich den Gedanken an eine Zeit hingibt, in der sein Leben noch nicht von Lehrergesprächen und Therapieterminen bestimmt war. Aber Bernward ist nicht der Typ, der über sentimentale Anwandlungen redet. Stattdessen verkauft er die Sache als Kontrollgang – und ich spiele ihm zuliebe mit.

»Hmm, scheint alles in Ordnung zu sein«, murmelt er, während er so tut, als würde er das Schloss zum Eingang der Goldmine überprüfen. Als wir das Gelände nach dreißig Minuten verlassen, ist er wie üblich in rührseliger Stimmung.

»Alles okay?«, frage ich, während er den Wagen startet.

»Ja«, entgegnet er und weicht meinem Blick aus. »Nur die üblichen Malaisen mit dem Magen.« Hastig schmeißt er eine Tablette ein.

»Na gut. Dann mal los. Auf zur *Schönen Amalia!*«

Bei der *Schönen Amalia* handelt es sich nicht etwa um eine Dame mit dunklen Augen und bronzefarbenem Teint, sondern um eine heruntergekommene Spelunke im Erdgeschoss eines Eckhauses, das Papa Ambros gehört. Er wohnt über der Kneipe im ersten Stock, regelt aber alles Geschäftliche aus dem Hinterzimmer der *Schönen Amalia* heraus.

Das Haus liegt in einer kleinen Sackgasse, ein Stück hinter dem Bahndamm. Am Ende der Straße gibt es einen alten Bunker, in dem Amateurbands proben. Als wir aus dem Wagen steigen, sind die Töne eines zusammengestümperten Gitarrensolos zu hören.

Tassos Karoufakis, Wirt und Pächter der *Schönen Amalia* und außerdem ein alter Kumpel von Papa Ambros, steht hinter dem Tresen, spült Gläser und blickt nur kurz auf, als wir eintreten. Er hat kragenlange graue Haare, trägt sommers wie winters Rollkragenpullis und ist, außer wenn er in Rage gerät, eine wortkarge Erscheinung. »Ihr seid spät dran, Freunde«, murmelt er. »Die anderen sind schon alle hinten.«

Die *Schöne Amalia* verdankt ihren Namen einer Jugendliebe des Wirtes. Ein verblasstes Foto neben dem Spielautomaten erinnert an die Dame. Ihre Frisur sieht aus wie ein explodierter Otter, und sie verfügt über Hauer, die aussehen, als könnte sie damit ein Rehkitz reißen.

Das Positivste, was man über Tassos' Kneipe sagen kann, ist, dass man garantiert nicht Gefahr läuft, auf irgendwelche Hipster zu treffen. Die *Schöne Amalia* ist auf ewig in einer 70er-Jahre-Zeitschleife gefangen: holzgetäfelte Wände, durchweichte Bierdeckel, Papiergirlanden, zwei Spielautomaten, ein Erdnuss-Spender, ein Spar-Kästchen, und über allem hängt ein durchdringender Geruch nach altem Frittierfett, der selbst einer Kernsanierung standhalten würde. Um eventuellen Missverständnissen vorzubeugen: Es sieht hier nicht so aus, weil das nötige Geld für eine Renovierung fehlt, sondern weil sowohl Tassos als auch Papa Ambros mental fest in den 70ern, der goldenen Zeit von Käsewürfel, Trimm-dich-Pfad und Schlager, verankert sind.

»Wie immer? Pils und Sliwowitz?«, fragt Tassos, und ich nicke.

»Für mich ein Kännchen Kamillentee«, sagt Bernward mit gequältem Gesichtsausdruck und presst die Hand gegen den Magen.

Jeden Freitagabend gibt es den traditionellen Kassensturz bei Papa Ambros. Alle Mitarbeiter liefern die Wocheneinnahmen ab und nehmen im Gegenzug ihre Lohnumschläge entgegen, die in der Regel prall gefüllt sind. Unser Chef, der eigentlich Wilfried

Ambros heißt, von allen aber nur Papa genannt wird, ist ein großzügiger Mensch. Außerdem betrachtet er seine Mitarbeiter als so was Ähnliches wie seine Familie. Wer möchte nicht, dass es seiner Familie gut geht? Und weil er ein Familienmensch ist, geht es bei den Freitagstreffen nur nebenher um das Geschäftliche, in erster Linie geht es um das gemütliche Beisammensein. Besser gesagt, um das, was sich Papa Ambros so darunter vorstellt.

Als ich die Tür des Hinterzimmers öffne, schlagen mir Zigarettenrauch, lautes Stimmengewirr und jede Menge Frohsinn entgegen; aus einer betagten Jukebox dröhnt *Mendocino.* Der komplette Kollegenkreis sitzt um einen großen Tisch versammelt: Ralf und Sunny, das Ehepaar aus der Vertriebsabteilung für illegale Substanzen; Konrad Kumannn, halb blinder Dokumentenfälscher; Carla Olson, ausgesprochen attraktiver Lockvogel der Abteilung Erpressung. Weiterhin Jan van Messer, Harry Leim, Wolle Panzko, Waltraut Hummel, Udo Zornig, Mesut Dündar …

Papa Ambros steht zwischen den grimmig dreinblickenden Brüdern Sven und Gunnar Trolle (Autoteilehandel). Die beiden haben narbenzerfurchte Gesichter und sehen immer ein bisschen so aus, als würden sie in einer Höhle leben. Papa Ambros – der im Stehen nicht viel größer ist als die Trolle im Sitzen – klopft ihnen auf die Schultern, blickt von einem zum anderen und sagt: »Ihr beide seid und bleibt doch meine Goldjungs.« Was dazu führt, dass der düstere Gesichtsausdruck der Trolle einem reichlich beknackt aussehenden Grinsen weicht.

Dann wandert Papa Ambros' Blick in unsere Richtung, und in seinen Augen blitzt es freudig auf. »Pius! Bernward!« Er watschelt auf seinen kurzen Stummelbeinchen auf uns zu und umarmt uns. Was in meinem Fall bedeutet, dass er seine Arme um meine Hüfte schlingt und den Kopf gegen meinen Magen drückt.

Papa Ambros ist gerade mal eins fünfundfünfzig, hat einen stattlichen Bauch und die verbrutzelte Pergamenthaut, die allen Solarium-Maniacs Eigen ist. Seine Zahnkronen sind so blendend weiß, dass man bei zu langem Hinsehen Gefahr läuft zu erblinden; auf seinem Kugelkopf sitzt ein pechschwarzes, glänzendes Toupet, das schon mal stiften gehen kann, wenn er sich ein paar Gläschen Feigenlikör zu viel genehmigt – was bei den freitäglichen Festivitäten ziemlich regelmäßig passiert. Er trägt Schuhe mit Plateauabsatz, eine Samtjacke, ein weit geöffnetes Hemd mit breitem Kragen und eine Goldkette, die er, je nach Lust und Laune, auch mal durch ein flottes Halstuch ersetzt. Die Wand des Kneipen-Hinterzimmers ist tapeziert mit signierten Fotos, auf denen Papa Ambros mit allen möglichen Schlagergrößen zu sehen ist. Wie schon kurz angedeutet: Mental hat er die 70er-Jahre nie verlassen. Er redet junge Frauen mit *Fräulein* an und hält das für höflich, und wenn ihm eine besonders attraktiv erscheint, bezeichnet er sie als *kesse Biene*. Wobei er sich nicht wirklich für kesse Bienen interessiert, sondern für schnauzbärtige Kerle in Lederklamotten.

Eilig bringen wir das Geschäftliche hinter uns und liefern unsere Einnahmen ab. »Ist die auch echt?«, fragt Papa Ambros mit einem skeptischen Blick auf die Herwig-Lindner-Uhr.

»Klar«, entgegnet Bernward.

»Ah, man muss immer aufpassen«, murmelt Papa Ambros und steckt die Uhr ein. »Es ist nicht alles Gold, was glänzt. – Und jetzt macht es euch gemütlich. Ihr habt doch bestimmt ordentlich Appetit nach so einem anstrengenden Tag.« Er deutet auf die reich gedeckte Tafel, die noch mehr 70er-Jahre ist als Papa Ambros selbst: Frikadellen, Käsewürfel mit Träubchen, gefüllte Eier, Brötchen mit Rollmops und Kunstlachs, Spargelröllchen, Kartoffelsalat und Bockwürstchen … »Bernward, du siehst ja ganz ausgehungert aus. Nimm was von dem Mettigel«, mahnt er väterlich besorgt – woraufhin Bernward aufstößt, dankend ablehnt und sich seinem Kamillentee zuwendet.

Ich lade mir Kartoffelsalat auf einen Teller und setze mich zwischen Gunnar Trolle und Carla Olson. Sie hat kornblumenblaue Augen, flachsblonde Haare und eine schmale Lücke zwischen den Schneidezähnen, die ich ungemein sexy finde.

Carla ist eine der freien Mitarbeiterinnen von Papa Ambros. Sie hat eine Physiotherapie-Praxis, die aber nur mittelprächtig läuft, und gelegentlich verdient sie sich was dazu, wenn wir einen Lockvogel brauchen. Wenn sich zum Beispiel ein Lokalpolitiker als Law-and-Order-Typ profilieren will und Papa Ambros' Geschäften in die Quere kommt, fädeln wir es so ein, dass er *zufällig* Carla begegnet. Ich habe noch keinen erlebt, der ihrem Charme nicht erlegen ist und sich alsbald auf einem Video wiederfand, das ihn in einer scheinbar sehr verfänglichen Situation zeigte. Dann hatte es sich immer ganz schnell mit der energischen Verbrechensbekämpfung. Wobei sich Carla, die eine Frau mit klaren moralischen Prinzipien ist, ausbedungen hat, dass der verfängliche Anschein auf den Videos ausreichen muss und es nicht zum Äußersten kommt.

Zwischen ihr und mir wäre es beinah tatsächlich mal *zum Äußersten* gekommen: Vor zwei Jahren, nach einem der feuchtfröhlichen Freitagstreffen in der *Schönen Amalia*, sind wir beide in ihrer Wohnung gelandet, hatten aber dermaßen viel Sliwowitz intus, dass wir nur noch friedlich nebeneinander liegend weggeschnarcht sind. Worüber wir im Nachhinein ziemlich erleichtert waren – wir mögen uns wirklich, so wie Freunde, und Sex unter Freunden kann schon mal zu Befangenheit und im schlimmsten Fall zum Ende einer Freundschaft führen. Aber da wir sexlose, unbefangene Freunde geblieben sind, können wir weiterhin ganz offen zueinander sein. Wir wissen ziemlich viel voneinander. Zum Beispiel, dass wir beide unglücklich verliebt sind. Carla in einen Orthopäden, der Frau und drei Kinder hat, die er nie verlassen wird. Und ich in … Na ja, in Lana Del Rey.

Was noch eine Nummer hoffnungsloser ist als Carla und ihr Orthopäde. Die beiden kennen sich immerhin persönlich.

Am Morgen nach der Nacht, in der nichts passiert ist, haben Carla und ich uns so einiges anvertraut. Nur das, was mit Sofie geschehen ist, konnte ich ihr nicht erzählen. Die Geschichte, warum ich nicht mehr Pius Nordberg, Sozialarbeiter und Experte für Gewaltprävention, sondern Pius Nordberg, Schuldeneintreiber und böse grimassierender Angstmacher bin. Selbst Bernward kennt die Geschichte nicht, keiner hier weiß von Sofie. Keiner außer Papa Ambros. Und bei dem ist dieses Wissen sicher aufgehoben.

»Du hast da was«, sagt Carla lächelnd und wischt mir mit dem kleinen Finger Mayonnaise von der Oberlippe – als Waltraut Hummel kräht: »Gib mal eins von den gefüllten Eiern rüber, Pius! Und wenn es geht, ein bisschen flotter als gewöhnlich. Ich hab keine Zeit. In meinem Alter kann man jederzeit tot umfallen.«

Waltraut ist sechsundsiebzig – fünf Jahre älter als meine Mutter. Sie hat einen gepflegten Raucherhusten, ihr Gesicht ist ein Faltenfestival, und jedes Mal, wenn sie sich bewegt, klimpert es, weil sie mit Unmengen von Modeschmuck behangen ist. Waltraut war auch mal als Lockvogel für Papa Ambros tätig. Eigentlich ist sie das noch immer, denn offiziell ist sie nie in den Ruhestand getreten. Wobei ihr letzter Auftrag schon einige Jährchen zurückliegt. Trotzdem darf sie sich jeden Freitag ihren Umschlag abholen.

»Waltraut hat nie in eine Rentenkasse eingezahlt, aber die Frau hat so viele Jahre für mich gearbeitet, da kann ich sie doch jetzt nicht einfach hängen lassen«, hat mir Papa Ambros mal anvertraut.

Und nicht nur Waltraut gegenüber ist er so loyal. Auch Konrad Kumann kommt in den Genuss der *Aktion Abendsonne.* Konrad sitzt mir schräg gegenüber am Tisch, blinzelt durch die Flaschenboden-Gläser seiner Brille und sieht aus, als wäre er nicht so hundertprozentig sicher, wo er sich im Moment befindet. Konrad hat in längst vergangenen analogen Tagen Fotos, Ausweise und Pässe für Papa Ambros gefälscht. Die Epoche der digitalen Bildbearbeitung hat er dann leider ein wenig verschlafen. Außerdem geht es mit seinem Sehvermögen rapide bergab. Papa Ambros gibt ihm des Öfteren einen Gefälligkeitsauftrag. Die Ergebnisse, die Konrad abliefert, sind erschütternd und landen ausnahmslos im Schredder – wovon er aus Gründen des Respekts und der Höflichkeit aber nichts erfährt. Vor drei Monaten hatte er den Auftrag, ein Foto zu fälschen, das die Verstrickung eines hochrangigen Polizeibeamten in Drogengeschäfte dokumentieren sollte. Eine der dargestellten Personen war etwa doppelt so groß wie alle anderen, und der Drogendeal sah aus, als würde er in einer Kulisse der *Augsburger Puppenkiste* vor sich gehen. Konrad zwinkert kurzsichtig, beugt sich zu Bernward, der neben ihm sitzt, und fragt ihn irgendwas. Aber Bernward zuckt nur mit den Schultern und stiert missmutig in seinen Tee.

Einige Biere und Sliwowitz später wird die Stimmung dann, wie üblich, ziemlich ausgelassen. Mit Ausnahme des magenleidenden Bernward grölt sich die versammelte Meute durch alles, was die Jukebox hergibt: mexikanische Fiestas, griechische Weine, Züge nach nirgendwo, Spuren im Sand und Alices von nebenan.

Als ich zum ersten Mal an dieser Art von Veranstaltung teilgenommen habe, bin ich unter schwerstem Kulturschock gestanden – habe aber schnell gemerkt, dass alles nur eine Frage der Sliwowitz-Dosierung ist. Oder, wie in Papa Ambros' Fall, der Feigenlikör-Dosierung. Ich habe ihn noch nie was anderes trinken sehen. Und nicht etwa aus kleinen Likörgläschen. Papa Ambros trinkt seinen Feigenlikör aus Pils-Tulpen und kippt ihn runter wie andere Leute Saft.

Aber heute Abend nicht. Schon vorhin, als er uns begrüßt hat, wirkte seine Fröhlichkeit aufgesetzt, und den restlichen Abend über war er ausgesprochen schweigsam. Sein Glas ist noch halb voll, bemerke ich. Papa Ambros singt auch nicht mit. Nicht mal bei den *Sieben Fässern Wein*. Sein Blick wirkt abwesend, als würde ihn etwas bedrücken.

»Bist du grastechnisch noch versorgt?«, haut mich Ralf an. Er und seine Frau Sunny warten sehnsüchtig auf den Anbruch des Wassermann-Zeitalters und betreiben derweil eine Hanfplantage in einem alten Bauernhof, draußen vor der Stadt, der Papa Ambros gehört. Neben den Produkten aus heimischem Anbau haben sie gelegentlich auch importierte Qualitätsprodukte im Sortiment.

»Bin noch versorgt«, sage ich. »Aber habt ihr vielleicht noch was von dem Dope, von dem ihr mir neulich eine Probe gegeben habt? Dieses Zeug, das einen dazu bringt, vier Stunden lang den Fernseher niederzustarren, ohne ansatzweise zu kapieren, was man da sieht?«

»Ja, ein bisschen was hab ich noch«, nuschelt Sunny. Sie nuschelt immer. Ich habe ein halbes Jahr gebraucht, um sie halbwegs zu verstehen. Sunny kramt ein kleines, durchsichtiges Tütchen aus den Tiefen ihrer Samthandtasche und drückt es mir in die Hand.

»Geht aufs Haus«, sagt Ralf in Gönnerton.

»Die Kundschaft dankt.«

»Wenn du mich fragst«, nuschelt Sunny, »das macht eine Nummer *zu* ruhig. Dachte immer, du wärst eher ein Freund des leichten Angetörntseins, Pius. Wusste gar nicht, dass du auf so derbes Zuballern stehst.«

»Keine Sorge. Das Zeug ist nicht für mich.«

Tassos bringt eine letzte Runde Sliwowitz, und wir beenden den Abend nach alter Sitte mit dem gemeinsamen Absingen von *Wunder gibt es immer wieder*. Mein Blick geht aber ein ums andere Mal zu Papa Ambros, der die Lippen nur lautlos bewegt, während seine Augen unruhig über die Gesichter der Anwesenden wandern. Er scheint mit seinen Gedanken ganz woanders zu sein.

Einer nach dem anderen verabschiedet sich.

»Nacht, Pius.« Carla Olson küsst mich zum Abschied auf die Wange. Einem Abschiedskuss von Waltraut Hummel kann ich gerade noch entgehen. Waltraut küsst nach sieben Sliwowitz gerne mal mit Zunge.

»Soll ich dich mitnehmen?«, fragt Bernward, der bei Kamillentee geblieben und als Einziger noch nüchtern ist.

Ich werfe einen kurzen Seitenblick auf Papa Ambros, der mit gesenktem Kopf vor seiner halb leeren Feigenlikör-Tulpe sitzt. »Danke, Bernward. Ich gehe zu Fuß. Ein bisschen frische Luft wird mir guttun.«

»Wie du meinst. Dann bis Montag.« Er nimmt seinen Koffer und enteilt in ein Wochenende neuer familiärer Probleme.

Papa Ambros sitzt mit grüblerischer Miene am leeren Tisch und ist so in Gedanken versunken, dass ihm entgeht, dass ich noch immer da bin.

»Was hast du?«, frage ich, und er blickt erschrocken auf.

»Oh, Pius! Es, ähm … nichts. Alles in Ordnung.« Er senkt den Kopf und spielt an seinem Siegelring rum.

»Komm schon, Papa Ambros. Du wolltest heute Abend nicht mal Peter Alexander hören. Was stimmt nicht?«

Er atmet tief durch und sagt leise: »Ach, es ist nur –«

»Tut mir leid, wenn ich eure traute Zweisamkeit störe«, schallt Tassos' Stimme durchs Zimmer. »Aber ich möchte so langsam mal Feierabend machen.« Er beginnt, die Stühle hochzustellen und den Boden zu fegen.

Papa Ambros fährt sich nervös mit der Zunge über die Lippen, sieht mir in die Augen und sagt: »Lass uns reden. Oben. Bei mir.«

Das ist der Moment, in dem ich mir sicher bin, dass was schwer im Argen liegen muss. Ich war noch nie in Papa Ambros' Wohnung – genauso wenig wie der Rest der Belegschaft. Noch nie hat jemand die Erlaubnis bekommen, das Allerheiligste zu betreten. Seine Wohnung ist privat. Verbotene Zone.

»Gehen wir«, sagt Papa Ambros, wünscht Tassos »Gute Nacht« und zieht einen Schlüsselbund aus der Hosentasche.

Zu der Wohnung gibt es zwei Zugänge. Einer führt durch die Kneipe, ein zweiter durch ein separates Treppenhaus. Papa Ambros öffnet eine mit mehreren Schlössern gesicherte Tür – und ich betrete, ehrfurchtsvoll um mich blickend, die heiligen Hallen.

Jede Menge Flokatis und Nippes, an den Wänden meterweise Regale, in denen sich die runden Scheiben von Papa Ambros' umfangreicher Schallplattensammlung aneinanderquetschen.

»Ich möchte dir was zeigen«, sagt er, öffnet eine Tür und winkt mich zu sich heran.

Ich recke den Kopf vor, blicke auf ein Heimsolarium modernster Ausführung und sage »Wow!«, als wäre ich allerschwerst beeindruckt.

»Ist ganz neu. Erst heute Morgen geliefert worden«, erzählt Papa Ambros und streicht zärtlich über die Sonnenbank. »Modell *Donald.* Vierundzwanzig 100-Watt-UV-Lampen und analoge Zeitschaltuhr.«

Einzig mit vorgehaltener Waffe könnte man mich zwingen, mich auf eine Sonnenbank zu legen. »Unglaublich beeindruckend«, sage ich zu Papa Ambros und sehe ihn zweifelnd an. »Aber wir sind nicht hier, um uns über Sonnenbänke zu unterhalten, oder?«

»Nein«, entgegnet er nach kurzem Zögern. »Lass uns rübergehen.« Er führt mich in ein großes Wohnzimmer. Auch hier Flokatis, eine altertümliche Couchgarnitur, ein Ölgemälde mit Jüngling und Schwan und eine Hausbar, die mindestens fünfzig verschiedene Sorten Feigenlikör beherbergt.

Ich falte meine zwei Meter auf der Couch zusammen. »Sag schon, was los ist, Papa Ambros. Ich sehe doch, dass es dir nicht gut geht. Vor fünf Jahren hast du mir geholfen –vielleicht kann ich dir heute helfen.«

Er lächelt ein trauriges Lächeln. »Du bist ein Guter, Pius. Wusste ich schon damals, als wir uns zum ersten Mal begegnet sind.« Abrupt wendet er sich ab, blickt aus dem Fenster und scheint nach den richtigen Worten zu suchen. »Ich glaube, dass der Zeitpunkt gekommen ist, an dem ich mich aus dem Geschäft zurückziehen sollte«, höre ich ihn nach einiger Zeit sagen. »Ich werde zu –« »Zu altersmilde?«, frage ich spöttisch. »Damit kokettierst du seit fünf Jahren. Das hast du mir schon erzählt, als ich dich zum ersten Mal getroffen habe.«

Meine erste Begegnung mit Papa Ambros werde ich nie vergessen, denn sie fand am Tiefpunkt meines Lebens statt. An dem Tag, an dem Sofie genau ein Jahr tot war und ich zu dem Entschluss gekommen war, meinen Aufenthalt auf diesem Planeten ebenfalls zu beenden. Der Tag, an dem ich Stunden neben dem Bahndamm stand, Intercitys, Regionalzüge und S-Bahnen an mir vorbeirauschen ließ – nur um festzustellen, dass mir nicht nur der Mut zum Leben, sondern auch der zum Sterben fehlte. Nüchtern jedenfalls. Also machte ich mich auf die Suche nach einer Kneipe – und landete in der *Schönen Amalia.* Einen Job hatte ich damals schon lange nicht mehr, um Körperhygiene kümmerte ich mich nur sporadisch, ich war eine reichlich verlotterte Erscheinung.

Als ich in die Kneipe stolperte, waren nur der Wirt und ein kleiner, dicker Mann mit einem lächerlichen Toupet anwesend, der Likör aus einem Bierglas trank. Ich quetschte mich an einen Tisch, der Toupetträger betrachtete mich mit einem kurzen, prüfenden Blick, und ehe ich bestellen konnte, sagte er zu dem Wirt: »Gib mir mal 'ne Flasche Feigenlikör, Tassos. Von dem guten.« Dann watschelte er zu mir herüber, stellte die Flasche und zwei Gläser auf den Tisch, blickte mir in die Augen und flüsterte mit leiser, beschwörender Stimme: »Tu es nicht. Denk nicht mal dran. Du bist doch höchstens Mitte dreißig. Da gibt es noch eine Menge zu erleben. Und auch wenn es dir im Moment völlig unwahrscheinlich erscheinen mag: Manchmal verändern sich die Dinge zum Besseren! Und jetzt erzählst du mir, was dir zugestoßen ist, mein Junge. Aber erst mal will ich deine Hand darauf, dass du dich ab sofort von Brücken und Bahngleisen fernhältst.«

Wahrscheinlich habe ich ihn angesehen wie eine Erscheinung. Ich war so perplex, dass ich tatsächlich die Hand ausstreckte und einschlug. Bis heute weiß ich nicht, wieso ihm klar war, was ich vorhatte. Hatte er mir meine Gedanken vom Gesicht ablesen können? Oder hatte mir das Universum einen Schutzengel geschickt? Und dann begann ich zu erzählen. Zuerst nur zögerlich, aber ab einem bestimmten Punkt sprudelte es zu meiner eigenen Verblüffung nur so aus mir heraus.

Warum erzählte ich all das, was ich niemand anderem – nicht mal meiner Mutter – hatte erzählen können, einem wildfremden Mann? Vielleicht war es seine väterliche Ausstrahlung, die Aufmerksamkeit und Teilnahme, mit denen er mir zuhörte. Vielleicht war mir wirklich ein Schutzengel begegnet. Ein Feigenlikör trinkender, Toupet tragender, Schlager liebender Schutzengel.

An diesem Abend erfuhr Papa Ambros die Geschichte von Sofie und mir. Davon, wie sie gestorben war. Und warum ich an ihrem Tod schuld war.

Als ich geendet hatte, schwieg er einen Moment, sah mich mit mitleidsvollem Blick an und nahm einen großen Schluck Feigenlikör, bevor er sagte: »Es war nicht deine Schuld, Pius. Niemand kann sagen, ob etwas nicht geschehen wäre, wenn er anders gehandelt hätte. Und was deine Vorstellung angeht, Gewalt verhindern zu können: Mitunter kann man sie durch kluges Verhalten verhindern. Aber nicht immer. Die Gewalt ist in dieser Welt. Und manchmal springt sie einen aus dem Nichts an, wie ein tollwütiges Tier. Auch das klügste Verhalten kann nichts gegen eine tollwütige Bestie ausrichten. Es war nicht deine Schuld! Du musst aufhören, dir das einzureden. Versprich es mir!«

Zögernd nickte ich.

»Hmmm«, machte Papa Ambros derweil nachdenklich und fuhr sich über sein Toupet. »Und jetzt hast du also keinen Job? Nun … Zufällig ist es so, dass ich einen Sozialarbeiter und Experten für Gewaltprävention gerade sehr gut brauchen könnte.«

»Ähm, was?«, stotterte ich völlig verdattert.

»Du musst wissen, Pius: In meinem Beruf bin ich auch oft mit Gewalt konfrontiert. Vielleicht liegt es daran, dass ich altersmilde werde, vielleicht sogar zu altersmilde, aber … Ich kann das alles nicht mehr so gut sehen: all die abgeschnittenen Ohren, all die vielen aus nicht medizinischen Gründen gezogenen Zähne, die gebrochenen Nasen, die zerquetschten Finger, all das Wimmern und die schmerzverzerrten Gesichter … Es wäre gut, jemanden zu haben, der dafür sorgt, dass es nicht in allen Fällen dazu kommen muss.«

Ich saß mit offenem Mund da, stierte ihn an und brauchte ein wenig, bis ich die Sprache wiederfand. »Von, äh, von welcher Branche sprechen wir?«

»Inkassowesen. Ich hätte dir da ein attraktives Jobangebot zu machen, Pius.«

Seither setze ich meine Kenntnisse im Bereich der Gewaltprävention in alternativer Weise ein und sorge dafür, dass Bernwards Koffer so selten wie möglich geöffnet werden muss. Ich weiß natürlich, dass ich mir die Sache schönrede und dass meine Tätigkeit moralisch zweifelhaft ist. Aber seit diesem Abend, an dem er mich davor bewahrt hat, etwas sehr, sehr Dummes zu tun, fühle ich mich Papa Ambros verpflichtet. Mehr als irgendjemand oder irgendetwas anderem. Papa Ambros ist mein Schutzengel. Und seinen Schutzengel verlässt man nicht. Hätte er eine Eisdiele, würde ich Eis verkaufen, hätte er eine Spedition, würde ich LKW fahren, wäre er Bäcker, würde ich Teig für ihn kneten – aber er leitet nun mal ein kleinkriminelles Unternehmen.

»Wenn es nicht die Altersmilde ist«, versuche ich das Gespräch wieder in Gang zu bringen, »was dann? Bist du …, bist du krank?«

Papa Ambros schüttelt den Kopf und nimmt in einem Sessel mir gegenüber Platz. Seine Füße baumeln fünf Zentimeter über dem Boden. »Keine Sorge. Gesundheitlich geht es mir bestens, Pius. Aber sind wir doch mal ehrlich: Ich bin ein Fossil! Ein Überbleibsel aus einer Zeit, in der es noch so was wie Ganovenehre gab. Und mein Betrieb, jedenfalls so wie ich ihn führe, ist auch ein Fossil und hat bald keine Chance mehr. Der Markt gehört heute den großen, weit verzweigten Organisationen. Der lokale Kleinbetrieb stirbt aus. Es sei denn, man strukturiert grundlegend um und führt alle möglichen modernen Neuerungen ein. Aber dafür bin ich einfach zu alt. Andererseits möchte ich auch nicht, dass du und die anderen irgendwann auf der Straße stehen. Nein, ich denke, am besten wäre es, das Geschäft an die nächste Generation zu übergeben. Und Torben drängt darauf, den Betrieb zu übernehmen. Er hat jede Menge neuer Ideen. Und ist unbestreitbar ein Fachmann. Der Junge hat Betriebswirtschaft studiert.« Papa Ambros fährt sich über das Toupet und seufzt. »Ich kann nicht sagen, dass mir Torbens Ideen gefallen. Aber ich befürchte, dass er recht hat: Ohne Neuerung und Veränderung wird es die Organisation bald nicht mehr geben.«

»Torben? Im Ernst?«, entfährt es mir, und ich kann nicht verhindern, dass mir die Gesichtszüge entgleiten. Torben ist Anfang dreißig, und die wenigen Male, die wir uns begegnet sind, habe ich ihn als ausgesprochen unsympathische Erscheinung empfunden. Er gehört zu den Leuten, die niemandem zuhören, weil sie sowieso alles besser wissen. Dass Papa Ambros einen Sohn hat, erklärt sich aus einer wilden Phase, die er in den 80er-Jahren durchlebt hat. »Zu viel weißes Pulver und zu viele Exzesse«, hat er mir mal gestanden. »Sexuell war ich damals sehr experimentierfreudig – und bin eines Nachts mit einer Frau im Bett gelandet. Glaub mir, es ist wirklich nur ein einziges Mal vorgekommen!«

Was gereicht hat, um Torben zu produzieren. Er ist bei seiner Mutter aufgewachsen, weil sie das so wollte. Aber Papa Ambros ist niemand, der sich aus der Verantwortung stiehlt. Er hat sich, soweit es ihm möglich war, um Torben gekümmert und war, was Kind und Kindsmutter anging, finanziell immer äußerst großzügig. Torben und seine Mutter strapazieren diese Großzügigkeit bis zum Äußersten. Und manchmal frage ich mich, ob sie Papa Ambros nicht nur verarschen und wie eine Weihnachtsgans ausnehmen. Ob er jemals einen Vaterschaftstest gemacht hat. Ob ihm nicht ein Kuckuckskind untergejubelt wurde. Torben sieht seinem angeblichen Erzeuger nicht im Geringsten ähnlich und seine herablassende Art steht in krassem Gegensatz zu der Warmherzigkeit seines Vaters.

»Ich kenne deine Vorbehalte Torben gegenüber«, sagt Papa Ambros. »Und ehrlich gesagt teile ich einige davon. Aber er ist mein Sohn – er hat eine Chance verdient. Ich gebe sie ihm, und ich wünsche mir, dass du und die anderen ihm auch eine Chance gebt. Versprichst du mir das?«

»Ja, natürlich.« Ich ringe mir ein Lächeln ab. »Aber du solltest dir überlegen, ob du den Betrieb für den Übergang nicht wenigstens noch eine Zeit lang gemeinsam mit deinem Sohn führen willst.«

Papa Ambros nickt abwesend, dann spannen sich seine Gesichtsmuskeln, und er sagt: »Es gibt da noch etwas, über das ich mit dir reden muss. Etwas, das mich sehr beunruhigt. Es ist so, dass –«

Aus dem Nichts ertönt ein Gitarrenriff und unterbricht ihn. *Paranoid* von Black Sabbath, das ich Frau Seiler als Klingelton zugeordnet habe. Sie ist Leiterin des Seniorenresorts, in dem meine Mutter lebt. *Paranoid* bedeutet nichts Gutes.

»Tut mir leid, da muss ich rangehen«, entschuldige ich mich bei Papa Ambros. »Ja? Nordberg.«

»Es ist mal wieder so weit! Sie müssen vorbeikommen, Herr Nordberg.« Frau Seiler klingt vollkommen aufgelöst.

»Das ist gerade schlecht, Frau Seiler. Ich, ähm, ich komme direkt morgen früh.«

»Nein!«, kreischt sie hysterisch ins Telefon. Im Hintergrund ist ein übler Tumult im Gange. »Das kann nicht warten. Sie müssen augenblicklich kommen. Umgehend! Sofort!« Dann legt sie einfach auf.

»Tut mir leid. Ich muss los«, sage ich zu Papa Ambros und erhebe mich von der Couch. »Du kriegst ja mit, was los ist.«

»Wieder mal die Frau Mutter?«, lacht er, wenn auch etwas gezwungen.

»Ja. Ich muss da hin. Aber ich komme morgen Mittag vorbei und wir reden weiter. In Ordnung?«

»In Ordnung.« Papa Ambros erhebt sich ebenfalls, sieht mich ernst an und sagt: »Pass auf dich auf, Pius.«

»Du auf dich auch«, entgegne ich, beuge mich zu ihm runter, umarme ihn – und bin im nächsten Moment aus der Tür.

– 4 –

Das Seniorenresort *Singende Nachtigall* liegt ein gutes Stück außerhalb. In Rosenhag, wo es noch einen Tacken nobler als in Öhdefeld ist. Die *Singende Nachtigall* nennt sich nicht umsonst Senioren*resort:* ein abgeschirmtes, mehrere Hektar großes Areal, auf dem sich kleine Häuschen und schöne, in die Landschaft passende Wohnanlagen mit teuren Appartements verteilen. Die Art von Alterssitz, in den sich ausschließlich extrem wohlhabende Ruheständler einkaufen können. Es wimmelt nur so von ehemaligen Chefärzten, Wirtschaftsgrößen und weißhaarigen Industriekapitänen – und mittendrin meine Mutter, eine emeritierte Soziologieprofessorin, die säckeweise Geld mit populärwissenschaftlichen Büchern verdient hat, aber gerne den Stachel im Fleisch des Kapitalismus spielt.

Auf dem weitläufigen Gelände gibt es einen künstlichen See mit Schwänen und Ruderbooten, mehrere Nobelboutiquen, einen Juwelier, eine bestens ausgestattete Bibliothek, Cafés, Restaurants und jede Menge Freizeitmöglichkeiten. Die Bewohner der Anlage leben in ihren Häusern und Appartements selbstständig und selbstbestimmt, und wer Betreuung oder Pflege benötigt, bekommt sie in einem genau auf seine individuellen Bedürfnisse abgestimmten Maß.

Nicht dass meine Mutter irgendeine Form von Pflege oder Betreuung benötigen würde. Jedenfalls nicht aufgrund ihres Alters. Sie ist weder gebrechlich (für ihre einundsiebzig Jahre ist sie ausgesprochen fit), noch leidet sie an Vergesslichkeit oder Desorientiertheit. Sie könnte völlig problemlos in einem Haus oder einer Wohnung in der Stadt leben. Sie ist nicht zerstreut, krank oder verwirrt, sondern einfach nur durchgeknallt. Aber das war sie vor vierzig Jahren auch schon. Tabea Nordberg, Anhängerin anarchistischer Ideen, Verfechterin der freien Liebe und ehemaliges Groupie der Prog-Rock-Band *Pius Pompeji* wohnt einzig hier, weil ihr ein geschlossenes soziales System die besten Möglichkeiten bietet, für jede Menge Aufruhr und Krawall zu sorgen.

Mit öffentlichen Verkehrsmitteln braucht man eine halbe Ewigkeit bis Rosenhag. Ich nehme ein Taxi – was mich stolze vierzig Euro kostet. Geld, das ich mir auf jeden Fall von Mutter zurückholen werde.

Frau Seiler erwartet mich bereits und öffnet das große schmiedeeiserne Tor, durch das man auf die Anlage gelangt. Sie ist eine verhuschte Erscheinung mit Dutt und dauerverzweifelter Miene. Wir steigen in einen kleinen Golfwagen und zockeln in Richtung des Sees.

»Was ist es diesmal?«, frage ich.

Frau Seiler schluckt. »Vorhin beim Bewohner-Plenum hat sie sich mal wieder mit allen angelegt.«

Jeden Freitagnachmittag gibt es eine Versammlung aller singenden Nachtigallen. Eine hochoffizielle Veranstaltung, bei der über Änderungen der Resort-Ordnung, gemeinsame Aktivitäten und Ähnliches beraten und schön demokratisch abgestimmt wird. Mutter scheitert regelmäßig mit ihren Anträgen: den Anbau von Hanf auf dem Gelände zu tolerieren, eine Rio-Reiser-Statue am Seeufer zu errichten oder die *Singende Nachtigall* in *Freie Republik Gerontia* umzubenennen.

»Ihre Mutter hat angeregt, einen *Naked Tuesday* einzuführen«, seufzt Frau Seiler. »Dienstags soll sich jeder, der möchte, textilfrei auf dem Areal bewegen dürfen. Um in einen Zustand vollkommener Harmonie mit der Natur zu gelangen – oder so ähnlich. Alle anderen waren dagegen. Daraufhin ist sie ausgeflippt, hat gebrüllt, dass Demokratie was anderes wäre als die Diktatur der Masse, und eine Protestaktion angedroht. Nun ja, und jetzt ...«

Wir biegen um eine kleine Tannenschonung, und das Haus meiner Mutter kommt in Sicht. Unten steht ein Pulk aus aufgebrachten Pensionären und starrt mit teils wütenden, teils entsetzten Gesichtern zum Balkon des Hauses empor. Mutter hat zwei Boxen auf den Balkon geschleppt, aus denen in Presslufthammerlautstärke *Gimme Shelter* dröhnt. Damit niemandem etwas entgeht, hat sie alle verfügbaren Lampen der Außenbeleuchtung eingeschaltet und hüpft in einer Art expressivem Ausdruckstanz über den Balkon.

Splitterfasernackt – wenn man mal von ihren Armreifen und Amuletten absieht.

»Mama!«, brülle ich, springe aus dem Golfkarren, bahne mir eine Schneise durch den Senioren-Lynchmob und renne auf das Haus zu. »Mama! Hör sofort damit auf! Und zieh dir was an.« Natürlich reagiert sie nicht. Mein Fehler. Sie hat noch nie auf Mama reagiert. Von klein auf musste ich sie Tabea nennen – um sie und mich *aus den Strukturen hierarchischen Denkens zu befreien.*

»Gehen Sie! Gehen Sie nach Hause!«, scheuche ich die Wohlhabenden-Bürgerwehr weg, die sich nur langsam und widerwillig verzieht, und sage zu Frau Seiler: »Ich regle das.« Sie atmet erleichtert auf und startet ihr Golfwägelchen.

»Tabea!«, schreie ich. »Mach sofort die Musik aus! Und«, ich halte mir die Hand vor die Augen, »zieh dich verdammt noch mal wieder an.«

Endlich bequemt sie sich, die Musik leise zu stellen. Sicher nicht, weil ich es ihr sage, sondern weil ihr das Publikum abhanden gekommen ist. Dann wirft sie sich einen Bademantel über, stützt die Arme aufs Geländer, sieht zu mir herunter und schüttelt den Kopf. »Was habe ich nur falsch gemacht? Du und deine ganze Generation, so was von prüde und klemmig. Genau wie diese verkalkten alten Knacker hier!«

»Tabea, diese Happenings müssen aufhören!«, stelle ich wenig später klar, als wir auf ihrem Balkon sitzen und ich uns eine Tüte drehe. Die erregten Ruheständler haben sich in ihre Nobelbehausungen verzogen. Ein einsamer Schwan zieht auf dem dunklen Wasser des Sees seine Runden. »Ich hab keine Lust mehr, Panikanrufe zu bekommen und hier aufkreuzen zu müssen. Ich habe einen Job.« Mutter weiß, dass ich in der Inkassobranche tätig bin. Dass es sich um eine nicht ganz so legale Variante des Inkassowesens handelt, habe ich ihr allerdings vorenthalten. »Hast du gehört? Ich habe einen Job. Und ein eigenes Leben.«

»Pffft!«, macht Mutter und zieht den Gürtel ihres Bademantels enger. Ihre langen grauen Haare sind zu zwei dicken Zöpfen geflochten, ihre Hände mit Henna-Malereien bedeckt. Sie legt ihr Burgschauspielerinnen-Gesicht auf, richtet den Blick auf den dunklen See und deklamiert: »Das ist also der Dank! Da opfert man seinem Kind die besten Jahre seines Lebens. Und diesem Kind ist es dann zu viel, sich um seine Mutter zu kümmern, wenn sie alt und gebrechlich wird. – Gib schon her!« Sie zieht mir den Joint aus den Fingern und nimmt einen tiefen Zug. Von meinem Gras.

»Findest du die Formulierung *beste Jahre geopfert* nicht ein ganz klein bisschen übertrieben? Du hast immer genau das gemacht, was du wolltest, Tabea. Und mich überallhin mitgeschleppt. In ein Nudisten-Camp auf Ibiza, an die Startbahn West und nach Wackersdorf. Ich bin zwischen Nackten, Demonstranten und Polizei-Hundertschaften aufgewachsen.«

»Ist doch spannend für Kinder«, wischt sie mit der ihr eigenen Logik alle Einwände vom Tisch.

»Geht so. Und zweitens: Natürlich kümmere ich mich um dich, wenn du alt und hinfällig bist. Das bist du aber nicht. Du bist nur auf Ärger aus. Und das nicht erst seit heute.«

»Man darf sich in seinen Möglichkeiten nicht einschränken lassen«, entgegnet sie mit trotziger Miene – aber schon eine Sekunde später setzt das mütterliche Gras-Wunder ein, das ich jedes Mal mit hochgradigem Erstaunen beobachte: Nach zwei Zügen an der Tüte entspannen sich ihre Gesichtszüge schlagartig, alles Krawallige fällt wie von Zauberhand von ihr ab, und sie wird zu einem Ausbund an Sanftmütigkeit. So auch diesmal: Mutter sieht mich mit THC-mildem Blick an, legt die Arme um mich und sagt leise: »Es tut mir leid, Pius. Ich bin nun mal nicht der mütterliche Typ. Aber ich habe es versucht. So gut, wie ich konnte. Ich weiß, dass ich eine Menge Fehler gemacht habe. Und manchmal mache ich mir ernste Vorwürfe, weil du ohne Vater aufgewachsen bist.«

Mit meinem Vater verhält es sich folgendermaßen: Ich habe keinen. Oder gleich fünf. Je nachdem, wie man es sieht. In Betracht kommen alle fünf Mitglieder (Gesang, Gitarre, Keyboards, Bass und Drums) von *Pius Pompeji*. Eine Prog-Rock-Band aus den späten Siebzigern. Entsetzlich verfrickelte Mucke, bei der man nicht weiß, ob man lieber den Kopf gegen die Wand schlagen oder an unendlicher Langeweile sterben möchte. Keine Ahnung, welche Art von Droge man nehmen muss, um auf so was abzufahren. Mutter wird es wissen, denn sie war damals das Hardcore-Groupie von *Pius Pompeji*. War wohl eine reichlich turbulente Zeit. Jeder in der Band kommt als mein Erzeuger infrage. Und da meine Mutter die Jungs alle gleichermaßen mochte, war es für sie (Tabea-Logik!) nicht wichtig, wer von ihnen mein biologischer Vater ist. In gewisser Weise bin ich das Kind von *Pius Pompeji*. Was meinen Vornamen erklärt. Als sie schwanger wurde, hat Mutter ihre Groupie-Karriere beendet, sich vom Rockstar-Leben ab- und dem politischen Aktivismus und der Soziologie zugewandt und mich alleine aufgezogen. Meine möglichen Väter habe ich nie persönlich kennengelernt. Sie sind mittlerweile Herren in gesetztem Alter, die über die ganze Welt verstreut leben.

»Ich bin nicht immer eine vorbildliche Mutter gewesen, Pius. Aber ich *bin* deine Mutter«, sagt Tabea ernst. »Und manchmal glaube ich, dass dir meine gelegentlichen Demonstrationen selbstbestimmten Lebens gar nicht so ungelegen kommen.«

»Was?«, sage ich und blicke sie verwirrt an.

»Ist doch so. Dann bin ich der Problemfall, und wir müssen über mich sprechen. Statt über dich. Wir sprechen niemals über dich.« Mutter nimmt meine Rechte und drückt sie. »Meinst du, ich sehe nicht, was los ist? Du trauerst noch immer um Sofie. Aber es ist sechs Jahre her, Pius. Niemand kann auf Dauer alleine sein. Du solltest mal wieder rausgehen. Dich verlieben …«

»Mir geht es gut, und ich bin verliebt.«

»Ja. In eine Sängerin. Wie ein Zwölfjähriger. Ich spreche von einer erwachsenen Liebesbeziehung. Mit einer Frau, die man nicht nur aus ihren Videos kennt.«

»Lass gut sein, Tabea.«

»War nur als kleine Anregung gedacht. Ich will dir keine Vorschriften machen. Wäre ja irgendwie auch paradox.«

»Ich gehe jetzt mal. Es ist spät.« Ich lege das Dope, das ich von Ralf und Sunny bekommen habe, auf den schmalen Balkontisch. »Wenn die Krawallschwester in dir das nächste Mal erwacht, dann rauch was hiervon. Und schalte den Fernseher ein.«

»Danke, dass du da warst, Pius. Auch wenn ich als Mutter eine Fehlbesetzung bin – ich liebe dich«, verabschiedet sie mich an der Tür und umarmt mich.

»Ich liebe dich auch, Tabea. Obwohl ich glaube, dass das Dope aus dir spricht. Ach und bevor ich es vergesse – du schuldest mir noch vierzig Euro fürs Taxi. Und noch mal vierzig für die Rückfahrt.«

Als ich zu Hause ankomme, ist es bereits kurz nach Mitternacht. Aus dem Spalt unter Anoushkas Wohnungstür dringt Licht, und ich höre Bonny-Lee krähen. Klingt, als würde sie wieder mit ihren Milchzähnen kämpfen.

Von der Spüle blickt mir ein Stapel schmutziges Geschirr entgegen. Und gesaugt werden müsste auch mal wieder. Aber jetzt bestimmt nicht mehr.

Endlich Muse. Endlich alleine. Endlich Zeit für Lana Del Rey und Zitronenschaumcreme.

Ich nehme die Creme behutsam aus dem Kühlschrank, dämpfe das Licht, lasse mich in meinen Lieblingssessel sinken, und während Lanas hypnotisierende Stimme davon erzählt, wie alleine sie sich in einer Freitagnacht fühlt, löffle ich andächtig und genussvoll die Creme.

Die Verbindung aus Lana Del Rey und Zitronenschaumcreme versetzt mich jedes Mal, wenn ich sie genießen darf, in einen beinah transzendenten Zustand. Lana und Zitronenschaum sind Manifestationen derselben kosmischen Kraft. Einer Kraft, die für die Hervorbringung einer vollkommenen Schönheit verantwortlich ist, die ihre Vollkommenheit dadurch erreicht, dass sie nicht vollkommen ist. Dass ihr etwas Gebrochenes, manchmal auch Verstörendes oder Bedrohliches inhärent ist. Oder, ein bisschen weniger esoterisch: Was die Zitronencreme unter den Desserts, ist Lana unter den Sängerinnen dieser Welt: die mysteriöse, vielschichtige Schönheit, deren verführerische Süße immer einen zartbitteren Beigeschmack, einen traurigen oder gefährlichen Unterton hat. Eine Kombination, in deren Angesicht ich nur noch alle viere von mir strecken und die Kehle darbieten kann. Wenn es ein Paradies gibt, dann besteht es aus Zitronenschaumcreme. Oder wenigstens aus einem Zitronenhain. Ein Zitronenhain in der ewigen Abenddämmerung eines niemals endenden, warmen Sommertages. Und der kühlende Wind, der sich bisweilen durch den Paradieshain schlängelt und die Blätter sanft erzittern lässt, hat die betörende Stimme von Lana Del Rey.

Ich schließe die Augen. An dieser Stelle der transzendenten Erfahrung läuft in meinem Kopfkino für gewöhnlich ein Film an, in dem es auch um Lana Del Rey und Zitronencreme geht, dessen Handlung aber in einen eher irdischen Kontext gehört. Normalerweise. Aber heute ertönt nach wenigen Sekunden eine Stimme aus dem Off und versaut die Szene: »Es ist sechs Jahre her. Du trauerst noch immer um Sofie, Pius.«

»Danke, Tabea«, knurre ich leise und öffne genervt die Augen. »Das machst du gerne, oder? Einem einen Trojaner unterjubeln, der nicht von der Festplatte zu kriegen ist.« Warum musste sie vorhin damit anfangen? Mit Sofie und dieser ganzen Geschichte von wegen: »Du musst aufhören, zu trauern.«

Ich wünschte, ich könnte es. Aber ich kann nicht.

Ich denke jeden Tag an Sofie. Jeden verdammten Tag. Seit sechs Jahren.

In meiner lange untergegangenen bürgerlichen Existenz, als ich noch Experte für Gewaltprävention war, habe ich an Schulen Kurse gegeben und Schülern zu vermitteln versucht, wie sie verhindern können, dass ein Konflikt eskaliert, oder was sie tun können, um überflüssige Konflikte von vornherein zu vermeiden. Oder auch, wie sie sich am besten verhalten, wenn sie bedroht oder in eine gewalttätige Auseinandersetzung hineingezogen werden.

Sofie war Journalistin und sollte für den Lokalteil ihrer Zeitung einen Artikel über meine Präventionskurse schreiben. Es hat bei uns beiden auf der Stelle gefunkt. Dabei hätten wir kaum gegensätzlicher sein können: der diplomatische, um Ausgleich bemühte 2-Meter-Mann und das eins fünfundsechzig große Energiebündel mit großer Schnauze. In ihre große Klappe habe ich mich zuerst verliebt. Selbst Mutter hat davor kapituliert. Tabea verstand sich für gewöhnlich bestens darauf, meine Freundinnen perfide wegzubeißen. »Sie sind ein nettes Mädchen, Judith. Aber ist Ihnen eigentlich bewusst, dass Sie in größerer Entfernung um Ihre Mitte kreisen als der Mond um die Erde?« Oder: »Es ist schön, Sie persönlich kennenzulernen, Tanja. Pius hat mir schon viel von Ihnen erzählt. Ich freue mich, dass er eine Frau gefunden hat, die sexuell so aufgeschlossen ist.« Aber an Sofie biss sich selbst Mutter die Zähne aus. Sie ließ sich nicht aus der Reserve locken, blieb völlig cool und konterte Tabeas Attacken schlagfertig. Was sie in der Achtung meiner Mutter raketengleich nach oben schießen ließ. Nach einer Stunde saßen die beiden nebeneinander wie die ältesten Freundinnen der Welt. Sofie und Tabea waren Feuer und Flamme füreinander. Was ich ein ganz klein wenig beunruhigend, in erster Linie aber doch erleichternd fand.

Es gab unendlich viele, ganz verschiedene Dinge, die ich an Sofie geliebt habe: ihre kindliche Begeisterung für Rummelplätze und Jahrmärkte, den entrückten Ausdruck, den ihre Augen bekamen, wenn sie Kammermusik hörte, die Art, wie ihr Atem sich beschleunigte, wenn wir miteinander schliefen, dass sie stundenlang mit großem Ernst über Gott und die Welt diskutieren und an anderen Tagen vollkommen albern sein konnte. Die Art, wie sie mir durch die Haare strich. Ihre große Klappe. Die unglaubliche Energie, mit der sie alles anging …

Man muss auf die aufpassen, die man liebt. Ich habe nicht aufgepasst. Alles wäre anders gekommen, hätte ich meine bescheuerte Abneigung gegen Kammermusik ein einziges Mal überwunden und Sofie zu dem Konzert begleitet.

Statt mir das Halbfinale anzusehen.

Der Vorbericht zum Spiel lief bereits, als sie aus der Diele rief: »Und du bist sicher, dass du nicht doch mitkommen willst?«

»Ich liebe dich, Sofie. Sollte dich jemals irgendjemand als Geisel nehmen, werde ich mich ohne zu zögern gegen dich austauschen lassen. Und wenn du mal eine Niere brauchen solltest: Was mein ist, ist dein. Aber bitte, erbarme dich: Ein Kammermusikkonzert ist für mich das Gleiche wie ein Migräneanfall. Und … wow!« Sofie stand in einem eleganten, eng anliegenden Kleid vor mir.

Darüber trug sie einen leichten hellen Sommermantel. »Du siehst fantastisch aus!«

»Das tue ich«, sagte sie. »Und bin ein ganz klein wenig beunruhigt darüber, dass mein Freund lieber zweiundzwanzig Männer in kurzen Hosen betrachtet als«, sie zupfte sich das Kleid unter dem Busen zurecht, »all das hier.«

Ich grinste und zog sie zu mir auf die Couch. »Ginge es nur um die Frage, ob ich den Abend lieber mit dir oder ein paar Männern in kurzen Hosen verbringen möchte, hättest du wirklich gute Karten. Aber … Kammerstreichquartett? Ich weiß, ich bin ein Kulturbanause, aber schon bei dem Wort stellen sich mir die Nackenhaare auf.«

»Die meisten kleinen Mädchen träumen davon, eines Tages einen gut aussehenden Kulturbanausen kennenzulernen und ihr Leben mit ihm zu teilen«, seufzte sie. »Nur wenigen wird diese Gnade zuteil. – Lucky me!« Sofie lächelte, beugte sich vor, begann an meinem Ohrläppchen zu knabbern und flüsterte: »Vielleicht fällt dir ja was ein, das uns beide gleichermaßen interessiert. Ich bin spätestens um halb elf zurück. Denk mal intensiv drüber nach. Bis dann …«

Aber Sofie kam nicht. Nicht, als es eine Verlängerung gab, und auch nicht, als es ans Elfmeterschießen ging. Was mich zunächst nicht beunruhigte. Vielleicht hatte sie eine Freundin bei dem Konzert getroffen und war noch was mit ihr trinken gegangen. Als sie um zwölf noch immer nicht da war, begann ich mir Sorgen zu machen und versuchte, sie am Handy zu erreichen. Ich wurde automatisch auf die Sprachbox weitergeleitet. Und während ich noch dasaß und Sofies Ansage auf der Box hörte, klingelte es an der Tür, und vor mir standen ein Polizist und eine Polizistin mit ernsten, betretenen Gesichtern …

Später, bei dem Prozess gegen die angeklagten Jugendlichen, habe ich die Bilder der Überwachungskamera aus der U-Bahn-Station gesehen.

Die Aufnahme beginnt um zwei Minuten nach zehn, kurz nach Ende des Konzertes. Etwa dreißig Leute stehen auf dem Bahnsteig und warten auf die U-Bahn. Manche allein, manche zu zweit, einige in kleinen Gruppen. Dann kommt Sofie ins Bild. Sie verlässt die Rolltreppe, geht ein paar Schritte und bleibt dann etwa in der Mitte des Bahnsteiges stehen. Die nächsten zwei Minuten passiert nichts, außer, dass die Station sich weiter mit Menschen füllt. Darunter auch eine Gruppe aus vier jungen Mädchen, die sich offensichtlich irgendwas Schnelles eingefahren haben und völlig aufgedreht sind. Sofie kann die Gruppe nicht sehen, die Mädchen stehen in ihrem Rücken. Dann bricht urplötzlich und ohne erkennbaren Anlass ein Streit in der Gruppe aus, genau in dem Moment, in dem die U-Bahn einfährt. Alles geht blitzschnell: Es wird gespuckt und gepöbelt, dann fliegen die Fäuste, und just in dem Moment, in dem Sofie sich umdreht, um zu sehen, was hinter ihr geschieht, schlägt eines der Mädchen ein anderes so heftig mit der Faust ins Gesicht, dass es zurücktaumelt, gegen Sofie stößt und …

Die Aufzeichnung endete an dieser Stelle.

Den Moment, in dem sie vor die Bahn stürzt, habe ich nicht gesehen. Das hat man mir erspart.

Hätte Sofie nicht sterben müssen, wenn ich bei ihr gewesen wäre? Was spielte es schon für eine Rolle, dass ich keine Kammermusik mochte? Hätte ich nicht einfach ihr zuliebe mitkommen können? Zu zweit wären wir noch ein Bier trinken gegangen und hätten erst die übernächste Bahn genommen. Und selbst wenn nicht, dann wäre ich mit ihr auf dem Bahnsteig gewesen. Ich hätte Sofie auffangen können. Ich hätte sie retten können.

Die Wochen nach ihrer Beerdigung sind in meiner Erinnerung in dichten Nebel gehüllt. Mein Leben geriet in eine Abwärtsspirale. Ich war eigentlich nicht fähig zu arbeiten, tat es aber doch, weil ich glaubte, die Arbeit könnte mir Halt geben – nur um festzustellen, dass der Prediger nicht mehr an das glaubte, was er predigte.

Nichts kann einen vor Gewalt schützen. Keine Strategie kann etwas gegen eine tollwütige Bestie ausrichten. Nichts kann verhindern, dass unschuldige und unbeteiligte Menschen von ihr angesprungen werden. Und sterben.

Und dann, etwa ein halbes Jahr nach Sofies Tod, ist mir die Sicherung durchgeknallt: Wer als Sozialarbeiter mit Jugendlichen arbeitet, ist es gewohnt, mit blöden Sprüchen und Provokationen umzugehen. Das gehört zum Job. Aber in der bedenklichen Verfassung, in der ich mich befand, hatte mich meine Professionalität weitgehend verlassen, und als ein Schüler meine freundliche Aufforderung, sein Smartphone wegzustecken, mit einem »Geh sterben, du Missgeburt!« quittierte, sah ich Rot, griff ihn mir, packte ihn am Kragen und drückte ihn gegen die Wand.

Das war das Ende meiner Sozialarbeiter-Laufbahn. Gewaltpräventionsexperten, die Schüler attackieren, sind auf dem Arbeitsmarkt schwer vermittelbar. Ich ging immer mehr vor die Hunde – bis zu dem Abend, an dem ich in die *Schöne Amalia* stolperte und Papa Ambros traf.

Die meisten Menschen würden behaupten, dass das der Moment war, ab dem es unumkehrbar mit mir abwärts ging. In dem ich auf die schiefe Bahn geriet. Das kann man so sehen. Aber wenn die Frau, die man liebt, unter einem fünfzig Tonnen schweren U-Bahn-Wagen stirbt, wird einem schlagartig klar, dass es überhaupt keine gerade Bahn gibt. Und wenn man aus jeglicher Bahn geworfen wird, verändert sich alles. Von jetzt auf gleich. Dann ist man froh, überhaupt wieder in irgendeine Bahn zu kommen. Auch wenn es eine schiefe ist. Dann werden andere Dinge im Leben wichtig. Die Loyalität seinem Schutzengel gegenüber, zum Beispiel. Und außerdem: Ich *verhindere* Gewalt! Mit anderen Methoden als früher und in einem anderen Kontext, aber: Ich verhindere körperliche Gewalt! Die Statistik lügt nicht. Seit Bernward mit mir zusammenarbeitet, führt er ein geruhsames Berufsleben. Nur bei zehn Prozent unserer gemeinsamen Aufträge muss er den Koffer öffnen. Tendenz: weiter sinkend. Von so einer Erfolgsquote träumen andere. Mein Leben ist wieder in einer Bahn, egal wie fragwürdig sie von außen betrachtet erscheinen mag. Es geht mir halbwegs gut. Ich führe ein beschauliches Kleinganoven-Dasein zwischen Inkassowesen, freitäglichem Schlager-Frohsinn, zärtlichen Momenten mit Lana und Zitronencreme und gelegentlichen Notfalleinsätzen in der *Singenden Nachtigall.* Alles bestens. Da muss Tabea mir nicht mit ihrer »Du-musst-mal-wieder-rausgehen-und-dich-verlieben-Ansprache« kommen.

Ein leises Ploppen des Smartphones reißt mich aus meinen Gedanken. Eine Textnachricht. Tabea. Schläft die Frau auch mal?

Habe mir gerade ein paar Videos dieser Lana Del Rey, von der du immer schwärmst, angesehen. Jetzt verstehe ich, wieso. Sogar mir wurde ganz wuschig zumute. Sollte sich zwischen dir und der Dame tatsächlich mal was ergeben – meinen Segen habt ihr. Wollte ich dir nur kurz sagen. Hab dich wirklich lieb, Pius. Auch ohne Dope. Tabea

»Ich dich auch, Mama«, seufze ich, kratze den allerletzten Rest Zitronencreme aus der Schale, stelle die Musik aus und begebe mich ins Bett.

»Die Tür ist überhaupt nicht abgeschlossen. Ist nur zugezogen. Da kommt jeder Amateur mit 'ner Kreditkarte rein. Mit 'ner Kreditkarte rein.«

Keine drei Sekunden später ist die Tür auf. Zögerlich betrete ich die Wohnung. »Papa Ambros?«

Die Musik kommt aus einem alten Kofferradio, das auf einer Kommode im Flur steht: *Ein bisschen Spaß muss sein.* Der Geruch nach verbrutzeltem Hackbraten wird immer intensiver. Von einer unheilvollen Ahnung ergriffen, öffne ich die Tür des Solarium-Zimmers – und eine Schockwelle rast durch meinen Körper! Als hätte mir eine Riesenfaust einen Schlag verpasst. Ich taumle zurück und muss mich an der Wand abstützen. Tassos und die Trolle stehen da, wie zu Salzsäulen erstarrt, blicken mit entsetzten Gesichtern auf die Sonnenbank, und ich höre, wie Bernward neben mir auf die Fliesen kotzt.

Dann schreit Tassos: »Nein!«, schluchzt laut auf und ein Weinkrampf beginnt ihn zu schütteln. »Nein! Nein!«

»Bring ihn hier raus«, raune ich Sven zu, der den Wirt daraufhin um die Schultern fasst und aus der Wohnung führt.

In einer Mischung aus Grauen und Fassungslosigkeit öffne ich den Deckel der Sonnenbank und starre auf das verbrannte Etwas auf der Sonnenbank, das vor wenigen Stunden noch Papa Ambros gewesen ist. Mein liebenswerter, kleinkrimineller, großherziger Schutzengel Papa Ambros. Verbrannt im Höllenfeuer der Sonnenbank *Donald.* Vierundzwanzig 100-Watt-UV-Strahler, analoge Zeitschaltuhr.

»Er ist regelrecht gegrillt worden. Gegrillt worden«, keucht Gunnar Trolle.

Tränen schießen mir in die Augen. »Scheiße!«, höre ich mich schreien. »Was für eine verdammte Scheiße. Scheiße. Scheiße. Scheiße! Wie kann so was passieren?«

»Meinst du, er ist auf der Sonnenbank eingeschlafen und dann … verbrannt?«, stottert Bernward und wischt sich einen Rest Erbrochenes aus dem Mundwinkel.

Aus der Diele dudelt noch immer das Radio *Ein bisschen Spaß muss sein.*

»Ein Solarium schaltet sich doch nach einer bestimmten Zeit automatisch aus, oder?«, sage ich, während ich mich bemühe, die Fassung wiederzuerlangen.

»War bestimmt 'n Kurzschluss. 'n Kurzschluss«, krächzt Gunnar.

»Das Solarium hat er erst gestern geliefert bekommen«, sage ich. »Modell *Donald.* Hat er mir gestern Abend stolz erzählt, als er mir das Teil gezeigt hat.«

»Wie: *gezeigt hat?*« Bernward guckt mich ungläubig an. »Willst du sagen, du warst hier oben? In seiner Wohnung? Hier hat er doch nie jemanden reingelassen. Wieso warst du in seiner Wohnung?«

»Er war gestern Abend ein bisschen durcheinander und schwermütig und ...«

»Schwermütig? Meinst du, er hat ...« Bernward wirft einen kurzen Blick auf das Solarium. »Meinst du, er hat sich umgebracht?«

»Um den schrägsten Selbstmord aller Zeiten zu begehen? Quatsch! Papa Ambros war nicht depressiv. Er brauchte gestern Abend nur jemanden, um zu reden und ... Ist doch jetzt auch egal. Jedenfalls hat er mir das Ding stolz präsentiert und gesagt, es wäre nigelnagelneu.«

»Vielleicht war sie schon bei Lieferung defekt. Bei Lieferung defekt«, mutmaßt Gunnar.

»Ja ... eventuell«, sage ich, während mich ein merkwürdiges Gefühl beschleicht. Ich kann nicht sagen, was es ist, aber irgendwas ist seltsam. Die Tür ... Warum sichert jemand seine Wohnungstür mit einem Dutzend Sicherheitsschlösser und schließt dann nicht ab? Warum war die Tür nur zugezogen?

Bernward beginnt wieder zu würgen. »Was machen wir jetzt?«, stößt er hervor und blickt mich fragend an.

»Wir nehmen Abschied«, flüstere ich.

»Auf Papa Ambros!« Tassos hebt sein Glas. Noch immer strömen ihm Tränen über das Gesicht.

»Auf Papa Ambros!« Fünf Schnapsgläser klirren aneinander, und wir stürzen den Sliwowitz runter. Dann schleudern wir unsere Gläser an die dem Tresen gegenüberliegende Wand der *Schönen Amalia,* wo sie krachend zersplittern. So nehmen wir Abschied, wenn jemand aus der Familie stirbt. Und noch nie habe ich einen Schnaps so dringend gebraucht wie nach dem horrormäßigen Anblick von Papa Ambros' Leichnam.

Alle sitzen schweigend und mit gesenkten Köpfen am Tresen nebeneinander, bis Bernward sich mit krächziger Stimme äußert:

»Ich kann es nicht fassen. Ich kann einfach nicht fassen, dass er tot ist.«

»Er war so 'n feiner Kerl. So 'n feiner Kerl«, sagt Sven Trolle mit nassen Augen, und Gunnar ergänzt: »Jetzt ist er im Himmel. Auf 'ner Wolke aus Feigenlikör. Feigenlikör.«

Tassos wischt sich mit den Händen übers Gesicht. »Und wie geht es jetzt weiter?«, fragt er schluchzend.

»Es muss ein Arzt gerufen werden, der den Totenschein ausstellt«, sage ich. »Und der wird aufgrund der Todesumstände die Polizei hinzuziehen. Und wenn die auftaucht, sollten wir hier verschwunden sein. Ich werde Torben über den Tod seines Vaters informieren. Er muss sich um alles weitere kümmern. – Hast du seine Nummer, Tassos?«

Der Wirt durchwühlt eine Schublade und hält mir einen ausgefransten Zettel mit einer Telefonnummer vor die Nase. Ich greife nach dem klebrigen Hörer des Uralttelefons und drehe die Wählscheibe.

»Bennecke«, meldet sich eine näselnde Stimme. »Was kann ich für Sie tun?«

Eine Sekunde lang bin ich verwirrt und glaube, ich hätte mich verwählt, bis ich kapiere, dass ich tatsächlich Torben an der Strippe habe. Natürlich trägt er den Nachnamen seiner Mutter und heißt Bennecke und nicht Ambros.

»Hier ist Pius Nordberg. Ich weiß nicht, ob Sie sich an mich erinnern, Herr Bennecke. Ich arbeite für Ihren Vater und …«

»Ich weiß, wer Sie sind, Herr Nordberg. Worum geht es? Ich bin gerade etwas in Eile.«

»Ich muss Ihnen leider mitteilen, dass …, dass Ihr Vater … verstorben ist. – Es tut mir sehr leid. Mein aufrichtiges Beileid.«

Einen Moment lang herrscht am anderen Ende eine gespenstische Stille, dann höre ich, wie sich Torben räuspert und sagt: »Vielen Dank, Herr Nordberg. Das ist wahrhaft eine traurige Nachricht. Und dennoch finden Sie mich recht gefasst. So schmerzvoll die Nachricht auch ist – sie kommt nicht überraschend.«

»Nicht?«, sage ich verdattert.

»Mein Vater hat bis vor wenigen Jahren ein sehr ausschweifendes Leben geführt. So etwas rächt sich im Alter. Was war es denn schlussendlich? Ein Infarkt?«

»Äh, nein. Es war ein … Haushaltsunfall. Mit einer Sonnenbank.«

»Oh!«, macht Torben.

»Hören Sie, Herr Bennecke. Sie sollten so schnell wie möglich vorbeikommen und … und all die Dinge regeln, die jetzt geregelt werden müssen. Sie sind, soweit ich weiß, sein einziger Verwandter.«

»Ja, ja, sicher«, sagt er. »Wie sehr eilt es denn? Es ist so, dass ich gleich eine Besprechung habe, von der viel abhängt und –«

»Ihr Vater ist gerade gestorben. Der Mann, der Ihnen das Geschenk des Lebens gemacht hat.«

»Hrrch …, also gut«, dringt seine Stimme aus dem Hörer, und ich kann geradezu vor mir sehen, wie er genervt mit den Augen rollt. »Ich versuche, mich freizuschaufeln.«

»Der Kerl ist 'ne Arschgeige. 'ne Arschgeige«, kommentiert Gunnar, nachdem ich alle über den Verlauf des Telefonats in Kenntnis gesetzt habe.

»Der ist nicht nur 'ne Arschgeige. Der ist sogar 'ne verstimmte Arschgeige. Verstimmte Arschgeige«, pflichtet ihm sein Bruder bei.

»So was nennt sich nun Sohn!« Tassos Stimme zittert vor Empörung. »Wo sind seine Tränen? Warum weint er nicht um seinen wunderbaren Vater? *Wie sehr eilt es denn?* Ich wusste es schon immer: Der Junge hat kein Herz in der Brust. Kalt wie Hundeschnauze. Pah!« Wütend spuckt er aus und verfehlt nur knapp Bernwards Schuhe.

»Ja, er ist ungefähr so sympathisch wie Malaria«, schließe ich die Diskussion ab. »Aber er wird in Kürze hier sein. Und bald darauf ein Arzt und die Polizei. Und die sollte hier nicht auf einen Haufen Kleinkrimineller treffen. Tassos, du hältst die Stellung. Und für alle anderen gilt: Verziehen wir uns!«

Bernward bringt mich nach Hause. Während der Fahrt spricht keiner von uns ein Wort, aber als ich aussteige, entringt sich seiner Brust ein wimmernder Ton, und er schluchzt: »Was wird jetzt aus uns, Pius?«

Bernwards Zukunftsängste sind nicht unbegründet. Seine berufliche Vita weist zwei Jahre als Schaustellergehilfe, eine abgebrochene Elektrikerlehre und zweieinhalb Jahrzehnte Tätigkeit als ungelernter Schmerzensbringer auf.

Keine optimale Voraussetzung für einen Neustart in der Arbeitswelt.

»In meinem Alter nimmt mich doch keiner mehr«, jammert er. »Und ich habe Familie und muss die Doppelhaushälfte abbezahlen.« Hastig wirft er zwei Magentabletten ein. »Was wird jetzt nur aus uns allen?«

»Das hängt von Torben Bennecke ab«, sage ich. »Er wird das Geschäft übernehmen.«

»Was?« Bernward muss aufstoßen. »Der hat doch irgendwas studiert. Betriebswirtschaft, oder? Warum macht der nicht was Legales?«

»Weil er sich von was Illegalem größere Gewinne verspricht. Papa Ambros hat mir gestern Abend anvertraut, dass er ohnehin geplant hatte, Torben die Geschäfte zu übergeben. Er sagte, sein Sohn hätte jede Menge neuer Ideen.«

»Neue Ideen?«, wiederholt Bernward und guckt dabei ängstlicher als ein Zwergkaninchen. »Ich weiß nicht … Neue Ideen haben noch nie was Gutes gebracht. Ich hab ein ganz schlechtes Gefühl, Pius.«

»Ich auch«, sage ich und schlage mit der Hand auf das Autodach. »Ich auch. – Wir sehen uns auf der Beerdigung.«

»Stimmt was nicht, Pius? Du bist ja kalkweiß«, fragt Anoushka, die gerade mit Kinderwagen und Jonny-Lee aus der Wohnung kommt.

»Hab ein schlechtes Sushi-Röllchen erwischt«, lüge ich und schließe meine Tür auf.

»Ich muss kurz einkaufen gehen, aber wenn du nachher was brauchst? Einen Tee oder eine Wärmeflasche …

»Danke, Anoushka. Ist nicht nötig. Ich komme klar.«

Was auch gelogen ist. Ich sitze an meiner Küchentheke, rauche eine Zigarette nach der anderen und stiere vor mich hin, ohne einen klaren Gedanken fassen zu können. Es dauert über eine Stunde, bis ich es schaffe, mich zusammenzureißen.

Ich muss die anderen über Papa Ambros' Tod informieren.

Jan van Messer und Wolle Panzko, die für Papa Ambros in diversen Arbeitsbereichen tätig waren und die härtesten Brocken sind, die ich kenne, brechen in Tränen aus, als sie es erfahren. Waltraut weiß es schon von den Trollen und ist ebenfalls in Tränen aufgelöst. Ralf und Sunny sind völlig geschockt, versprechen aber, einen Blüten- und Weihrauch-Ritus zu zelebrieren, der Papa

Ambros' Seele einen harmonischen Dimensionsübergang ermöglichen soll. Am längsten spreche ich mit Carla Olson. Beinahe zwei Stunden. Wir trösten uns gegenseitig und tauschen Erinnerungen an Papa Ambros aus. Daran, was für ein großherziger Mann er war, aber auch an seine Spleens und die wunderbaren Momente, die wir mit ihm erlebt haben: die Weihnachtsfeiern, an denen er es genoss, im Nikolauskostüm und mit jeder Menge »Hohoho!« Geschenke an seine Mitarbeiter zu verteilen. Der Abend, an dem er – reichlich angeschickert – stundenlang nach seinem Toupet gesucht hat, das sich schließlich in einem Topf Gulaschsuppe fand. Oder die Tatsache, dass er es in den 70er-Jahren mal mit einer Karriere als Schlagersänger versucht hat. Als *Ronny Römer.* Seine Debütsingle trägt den lyrischen Titel *Brigitte, nimm den Topf vom Herd!,* geht über drei Strophen und war ein katastrophaler Verkaufsflop, der seine Sangeskarriere beendete, bevor sie begonnen hatte.

Am Ende unseres Telefonats sind Carla und ich wieder einigermaßen gefasst. Wir verabschieden uns, als mir plötzlich etwas einfällt. »Warte mal, Carla. Letztes Jahr auf deinem Geburtstag, da war doch diese Freundin von dir … Die mit dem Sonnenstudio und dem ordinären Lachen. Kannst du mir ihre Nummer geben?«

»Janine? Dachte nicht, dass sie dein Typ wäre.«

»Ist sie auch nicht. Aber ich brauche mal 'ne Expertise von 'ner Fachfrau.« Ich notiere die Nummer, die Carla mir durchgibt. Kaum habe ich aufgelegt, bekomme ich den nächsten Anruf: Tassos.

Er ist auf hundertachtzig und macht seiner Abscheu gegenüber Torben Bennecke lauthals Luft. Die Bezeichnungen, die am häufigsten fallen, sind *arrogantes Arschloch* und *ekelhafter Klugscheißer.* Als Torben bei Tassos aufgetaucht ist, war es wohl seine Hauptsorge, diese (Originalton) *unangenehme Sache* möglichst schnell hinter sich zu bringen. Und er war bei Tassos endgültig unten durch, als er diesem empfahl, die Belegschaft solle doch bitteschön von Kranz- und Blumenspenden absehen, und stattdessen eine Spende für eine von ihm initiierte gemeinnützige Stiftung vorschlug. Das wäre ganz sicher auch im Interesse seines Vaters gewesen.

»Was für eine Stiftung?«, frage ich.

»Irgendwas mit Kinderarbeit«, knurrt Tassos. »Weiß jetzt nicht, ob dafür oder dagegen. Bei dem Kerl würde ich eher auf Ersteres tippen. Aber da hat er sich geschnitten. Ich hab ihm ordentlich die

Meinung gegeigt! Papa Ambros kriegt den größten Kranz, der sich auftreiben lässt! Mit jeder Menge Schleifen. So wie er es verdient hat!«

Im Anschluss an seine Hasstirade lässt Tassos sich dann auch noch ein paar halbwegs brauchbare Informationen entlocken: Ein Arzt hat Papa Ambros' Tod offiziell bestätigt. Was nicht überraschend ist. Auch für den medizinischen Laien war deutlich erkennbar, dass er sich nicht mehr von der Sonnenbank erheben würde. Die Polizei war natürlich auch da. Die Sonnenbank ist beschlagnahmt und wird untersucht.

»Und Papa Ambros haben sie mitgenommen«, sagt Tassos. »Also das, was … was noch von ihm übrig war. Er wird obduziert.«

Tassos verspricht, sich zu melden, wenn er weiß, wann die Beerdigung ist, und mich in Sachen Kranz und Schleife auf dem Laufenden zu halten.

Später, es dämmert bereits, sitze ich auf dem Winzbalkon meiner Wohnung, suche Trost im Verzehr einer Zitronencreme und denke über Papa Ambros nach. Nicht über irgendwelche schrägen Erlebnisse, die ich mit ihm hatte, sondern an unser Gespräch vom gestrigen Abend. Ich versuche mir ins Gedächtnis zu rufen, was er gesagt hat. Dass er sich zurückziehen wolle, dass ein Jüngerer die Geschäfte übernehmen solle und … Plötzlich sitze ich stocksteif da. Was hat er am Ende unseres Gesprächs gesagt, unmittelbar bevor wir durch Frau Seilers Anruf unterbrochen wurden?

»Da ist noch etwas, über das ich mit dir reden muss. Etwas, das mich sehr beunruhigt …«

Worauf wollte er hinaus?, frage ich mich. Hat ihn jemand bedroht? Ist er vielleicht aus irgendeinem Grund in das Schussfeld einer großen Organisation geraten? Hat er jemandem im Weg gestanden? Und dann die merkwürdige Geschichte mit der Tür … Warum war sie nur zugezogen? Und warum hat sich die Sonnenbank nicht abgeschaltet?

Ich stelle die Zitronencreme zur Seite, nehme das Telefon und wähle die Nummer von Carlas Freundin. Nach dem zweiten Klingeln geht sie ran.

»Hallo, Janine. Hier ist Pius Nordberg. Wir sind uns auf Carla Olsons Geburtstagsparty begegnet. Erinnerst du dich?«

»Und wie«, sagt sie und lacht ihr dreckiges Janine-Lachen. »Du bist der gut aussehende, langhaarige Hüne, der so unglaublich viel Sliwowitz trinken konnte.«

»Äh, ja. Der.«

»Der, der mitten in der Nacht Kasatschok getanzt und das Büffet verwüstet hat.«

»Habe ich?«, frage ich erschrocken. »Ähm ... du hast doch ein Sonnenstudio, Janine. Ich hätte da mal ein paar Fragen an die Fachfrau ...«

Eine interessante Stunde später weiß ich, dass Janine mit dem schmutzigen Lachen eine überaus kompetente Expertin in Sachen Solarium ist und diesbezüglich über enzyklopädisches Wissen verfügt. Ich bin jetzt bestens informiert über *thermischen Überlastschutz, Bruchsicherung, Überschreitung der Nennspannung* und *Notüberlauf-Zeit.* Um es mal laiensprachlich auf den Punkt zu bringen: Es ist unmöglich, auf einer Sonnenbank zu verbrennen. Jedenfalls nicht so sehr wie Papa Ambros. Es gibt mehrere Sicherheitssysteme, die dafür sorgen, dass sich die Bank bei Überhitzung ausschaltet. Fällt eines davon aus, greifen immer noch die anderen. Es sei denn, jemand manipuliert die Sonnenbank. Wozu man, wie mir Janine versichert hat, nicht unbedingt Astrophysik studiert haben muss.

Eine nicht abgeschlossene Tür, ein überhitztes Solarium, Papa Ambros' Andeutungen ... Je mehr ich darüber nachdenke, desto stärker bezweifle ich, dass es ein Unfalltod war.

Er hat abgeschlossen!, schießt es mir durch den Kopf. Als ich ging, hat er die Tür hinter mir abgeschlossen! Dass sie heute Morgen zugezogen war, kann nur eines bedeuten: Er hatte einen weiteren Besucher!

Meine Nackenhaare richten sich auf, und es ist, als würde etwas in mir flüstern: Irgendjemand hat dafür gesorgt, dass er nicht mehr von der Sonnenbank aufsteht. Irgendjemand ist so wahnsinnig, ein Solarium als Mordinstrument zu nutzen.

Irgendwo da draußen läuft ein völlig irrer Killer rum!

– 6 –

Vorläufig behalte ich meinen Verdacht für mich. Erst mal abwarten, was bei Papa Ambros' Obduktion und der Untersuchung der Sonnenbank rauskommt. Vielleicht passiert es in einem von fünf Millionen Fällen doch mal, dass eine Sonnenbank Amok läuft. Vielleicht sehe ich nur Gespenster …

»Ich habe der Polizei erzählt, ich hätte einen Nachschlüssel zur Wohnung«, berichtet mir Tassos in einem Telefonat. »Und als er nicht zum Frühstück runtergekommen sei, sei ich hochgegangen und hätte ihn gefunden. Fürs Erste haben sie das geschluckt. Fehlt noch, dass die Bullen anfangen hier rumzuschnüffeln und ihre Nase in Papa Ambros' Geschäfte stecken.«

Es wäre naiv, anzunehmen, dass die Polizei Papa Ambros und seine Geschäfte in der Vergangenheit nicht gelegentlich auf dem Schirm gehabt hätte. Aber er war clever: ist nie zu gierig geworden, hat das Geschäft schön klein gehalten und es so geschafft, weitgehend unter dem Radar der Ermittlungsbehörden zu segeln.

»Mach dir wegen der Polizei mal keine Sorgen«, beruhige ich Tassos. »Papa Ambros ist tot. Die haben genug mit lebenden Kriminellen zu tun.«

Am Montagabend erfahre ich, dass Papa Ambros' Beisetzung am kommenden Donnerstag stattfinden wird. Auf dem Südfriedhof. Um zwei Uhr nachmittags. Was die Obduktionsergebnisse angeht, hält sich die Polizei bedeckt.

»Kranz ist jedenfalls bestellt«, informiert mich Tassos. »Der größte, den ich kriegen konnte.« Dann schnaubt er wütend durch die Nase. »Und was die Musik angeht, hab ich mich auch durchgesetzt! Torben Bennecke wollte, dass ein Streichquartett am Grab spielt. Der hat sie doch nicht mehr alle! Ich hab ihm gesagt, dass das Papa Ambros' Beerdigung ist und dass da Musik gespielt wird, die ihm gefallen hat. Er war schwer beleidigt, aber schließlich hat er klein beigegeben.«

Als ich am Morgen der Beerdigung erwache, ist das Wetter umgeschlagen. Kein Wölkchen am Himmel, und schon kurz vor elf kratzt das Thermometer an der 30-Grad-Marke. Was einmal mehr beweist, dass es in dieser Welt nicht gerecht zugeht. Wochenlang nur

Regen – aber ausgerechnet heute, am Tag von Papa Ambros' Beisetzung, zaubert der Sommer sein allerschönstes Schwimmbad-Wetter aus dem Hut. Wenn es einen Tag gibt, an dem es wie aus Eimern schütten sollte, dann heute! Wenn ein Mann wie Papa Ambros zu Grabe getragen wird, sollte die versammelte Engelsschar bitterlich um ihn weinen und ihre Tränen sollten, Sturzbächen gleich, zur Erde rauschen und auf das Holz des Sarges prasseln. Aber da die Welt nicht gerecht ist, herrscht eine Affenhitze, und ich muss schon morgens, als ich mir bei Cem ein belegtes Brötchen hole, den Anblick von Mennlein in kurzer Hose, Socken und Sandalen ertragen.

Bernward will mich um halb zwei abholen. Ich habe eigentlich jede Menge Zeit, gerate dann aber doch in die Bredouille, weil ich die Sache mit dem Krawattenknoten mal wieder nicht hinkriege. Nach zwanzig Minuten gebe ich auf, stecke den Schlips in die Jacketttasche und vertraue darauf, dass Bernward sich mit so was auskennt. Gerade als ich gehen will, klingelt mein Handy: Tabea. Sie ruft an, um mir mitzuteilen, dass sie sich dazu entschlossen hat, einen ihr bekannten Journalisten über die menschenunwürdigen Zustände und das Klima der Unterdrückung in der *Singenden Nachtigall* zu informieren.

»Menschenunwürdige Umstände? Klima der Unterdrückung?«, frage ich, während ich, das Handy ans Ohr gepresst, in den Fahrstuhl steige. »Nur weil die anderen nicht wollen, dass du nackt durch die Landschaft springst? Du spinnst doch.«

»Ich bin ein Opfer der Engstirnigkeit meiner Nachbarn. Und gefangen hinter meterhohen Zäunen!«

»Das ist die *Singende Nachtigall,* Tabea. Nicht die *Colonia Dignidad.* Du kannst jederzeit gehen – wahrscheinlich würden bei deinen Nachbarn zu diesem Anlass die Sektkorken knallen. Und die Zäune sind nur da, um dich von den Geringverdienern abzuschirmen, Frau Klassenkampf.«

»Nein, ich kann *nicht* gehen! Das hieße, die Augen zu verschließen. Man muss die Intoleranz bekämpfen, wo man ihr begegnet!«

»Booaah! Hör zu, Tabea: Ich hab jetzt keine Zeit. Wir diskutieren das später. Bis dahin: Halte dich an das Dope und den Fernseher!«

Der Parkplatz vor dem Südfriedhof ist rappelvoll. Jede Menge dicker Schlitten.

»Die Ludenschleuder da vorne kenne ich doch«, sagt Bernward und zeigt auf ein krötenschissgrünes PS-Monster. »Die gehört Pavel Borkowski. Was hat der hier verloren?«

»Wahrscheinlich will er sich vergewissern, dass Papa Ambros wirklich tot ist«, entgegne ich.

Pavel Borkowski ist eine Sackratte. So hat ihn Papa Ambros zumindest bezeichnet. In jeder Stadt gibt es eine Vielzahl an kriminellen Organisationen. Die Beziehungen untereinander können dabei verschiedenster Natur sein. Es gibt befreundete Organisationen, mit denen man auf dem einen oder anderen Geschäftsgebiet schon mal zusammenarbeitet, es gibt Organisationen, mit denen eine Art Waffenstillstand herrscht. Und es gibt feindliche Organisationen. Papa Ambros hatte sein ganz persönliches moralisches Koordinatensystem: Er hatte kein Problem mit Kreditwucher, Autoklau oder Grasvertickerei. Aber es gab auch absolute No-Gos für ihn: harte Drogen, Zwangsprostitution, Menschenhandel, Entführung, Auftragsmord. Wer sein Geld mit so was macht, war für ihn eine Sackratte. Pavel Borkowski, zum Beispiel.

»Kannst du mir die Krawatte binden?«, frage ich Bernward, und während er vor mir steht und sich abmüht, einen halbwegs vernünftigen Knoten hinzukriegen, rauche ich auf die Schnelle noch einen kleinen Stick, den ich zu Hause vorgedreht habe.

Schon von Weitem sehe ich Torben Bennecke auf den Eingangsstufen der Friedhofskapelle stehen. Er streckt uns die Hand entgegen und begrüßt uns, als wäre das hier eine Cocktailparty und er der Gastgeber.

»Es freut mich sehr, dass Sie gekommen sind, Herr Nordberg. Und natürlich freue ich mich ebenso über Ihr Kommen, Herr, äh …?«

»Kniehase«, brummt Bernward mit säuerlichem Gesichtsausdruck.

Torben Bennecke verkörpert so ziemlich alles, was ich nicht ausstehen kann. Ein panierter Zahnstocher. Sein Anzug ist maßgeschneidert, und seine Haut hat den perfekten Bräunungsgrad, der weithin signalisiert: Hier steht ein vitaler, leistungsstarker und leistungswilliger Mensch. Einer von den Typen, die stetig darauf bedacht sind, sich selbst zu *optimieren.* Seine blonden Locken hat er mit Gel oder Frisiercreme an den Kopf geklatscht, und er verfügt über ein berechnendes, falsches Lächeln, das er, je nach Bedarf, an- oder ausknipsen kann. Und sein eingeübter energischer Händedruck ist keine Geste der Begrüßung, sondern nur ein Mittel, um Dominanz zu demonstrieren. Eine zivilisatorisch verkleisterte Form von Gorillamännchen-Kampf. Wenn ich wollte, könnte ich seine Hand in drei Sekunden zerquetschen, aber ich habe keine Lust, sein Primaten-Gehabe mitzumachen.

»Ich weiß, dass mein Vater Sie als Mitarbeiter sehr geschätzt hat, Herr Nordberg«, verkündet er, als er meine Hand endlich loslässt. »Wenn Sie nach der Beerdigung noch einen Moment Zeit hätten? Ich würde gerne etwas mit Ihnen besprechen.«

Ich nicke. »In Ordnung.« Gefolgt von Bernward, betrete ich die Kapelle. Sie ist völlig überfüllt, aber Carla Olson hat uns zwei Plätze in einer der hinteren Bankreihen freigehalten. Sie trägt einen kleinen Hut mit Schleier und hält sich an ihrer Handtasche fest. Waltraut Hummel, die rechts neben ihr Platz genommen hat, fährt sich mit einem riesigen weißen Taschentuch über die geröteten Augen. Auch hinter Konrad Kumanns dicken Brillengläsern stehen Tränen. Tassos sitzt in der Bank vor uns, sein schwarzes Jackett verströmt ein penetrantes Mottenkugelaroma. Die beiden Trolle tragen modisch äußerst gewagte Anzüge, die aussehen, als bestünden sie aus zusammengetackerten Biberfellen.

Jan van Messer ist da, Harry Leim, Ralf und Sunny, Wolle Panzko, Mesut Dündar, Udo Zornig … Der gesamte Kollegenkreis. Weiterhin ein paar Lebensabschnittsbegleiter von Papa Ambros, unter anderem ein früherer Schlagerstar, dessen Stern aber schon lange verblasst ist. Und außerdem, ich runzle die Stirn, so einiges an Halb- und Unterwelt. Alte Freunde von Papa Ambros. Aber auch Luden wie Pavel Borkowski und jede Menge anderer Sackratten. Leute, mit denen Papa Ambros zu Lebzeiten unter keinen Umständen zu tun haben wollte.

»Was wollen die Arschgesichter hier?«, frage ich halblaut.

Gunnar Trolle dreht sich zu mir um, zuckt die Schultern und sagt: »Komisch, oder? Keine Ahnung, was da abgeht. Da abgeht.«

Im Altarraum ist der Sarg geschlossen aufgebahrt. Ringsherum ein Wald aus Trauerkränzen. Tassos hat nicht zu viel versprochen. Der Kranz, den er in Auftrag gegeben hat, ist ungefähr so groß wie das Rad eines Schaufelraddampfers. Selbst der auch nicht kleine Kranz von Torben wirkt dagegen mickrig. *IN TRAUER UND EWIGER LIEBE: HEIDEMARIE UND TORBEN* steht auf der Schleife.

Heidemarie ist Torbens Mutter, der heterosexuelle Ausrutscher von Papa Ambros. Ich recke den Kopf, kann sie aber nirgendwo sehen.

»Die feine Dame ist auf Kreuzfahrt«, knurrt Tassos verächtlich. »Die unterbricht man natürlich nicht, nur weil der Mann gestorben ist, mit dem man ein gemeinsames Kind hat.«

Torben Bennecke kommt in die Kapelle, schließt die Tür und huscht zu seinem Platz in der vordersten Bank. Die Orgelmusik setzt ein, als ich mitbekomme, wie sich die Tür noch einmal öffnet. Ich drehe den Kopf – und habe eine Epiphanie! Im Mittelgang steht ein himmlisches Wesen! Vielleicht liegt es an den Sonnenstrahlen, die für einen Moment durch die geöffnete Tür in die Kapelle fallen und den Körper der Frau mit einer Aura aus Licht umgeben, vielleicht auch daran, dass genau in diesem Moment sämtliche Wirkstoffe des Sticks, den ich geraucht habe, mein System fluten – aber es ist, als hätte sich der Himmel für einen Augenblick geöffnet und einen Engel zur Erde schweben lassen. Einen Engel mit dem Gesicht von Lana Del Rey!

Nein, natürlich ist sie es nicht, mache ich mir klar, während ich sie mit offenem Mund anstarre. Aber die Ähnlichkeit ist atemberaubend. Die Schönheit trägt ein eng geschnittenes, bis zum Knie reichendes schwarzes Kleid, ihr langes dunkles Haar fällt in sanften Wellen auf ihre Schultern. Als sie an mir vorbeischwebt, glaube ich für einen Moment den Duft von Zitronenblüten wahrzunehmen.

Fasziniert schaue ich ihr hinterher, während sie durch den Gang schreitet und ganz vorne neben Torben Bennecke Platz nimmt. Sie beugt sich zu seinem Ohr und flüstert ihm etwas zu, er lächelt und tätschelt ihre Hand. Was sich anfühlt wie ein Tritt in die Kronjuwelen. Ist diese Engelserscheinung etwa seine Freundin?

Während der gesamten Zeremonie werfe ich heimliche Blicke auf sie. Die Worte des Pastors rauschen größtenteils an mir vorbei, ich nehme nur Bruchstücke wahr und erwache erst aus diesem halb hypnotischen Zustand, als der Geistliche verkündet, dass zum Abschluss nicht wie üblich ein Choral, sondern eines der Lieblingslieder des Verstorbenen gesungen wird. Die Orgel setzt ein, und die Trauerschar schmettert, mehr oder weniger textsicher, *Am Tag, als Conny Kramer starb.* Was irgendwie unpassend erscheint, weil Papa Ambros nicht an einer Drogenüberdosis, sondern einer Überdosis Hitze gestorben ist, andererseits aber doch passt, weil es ganz weit oben in seinen Schlager-Top-Ten stand.

Bernward, die Trolle, Tassos, Jan van Messer und ich gehen nach vorne, nehmen den Sarg auf unsere Schultern und tragen ihn durch den Mittelgang hinaus.

Nach der Kühle im Inneren der Kapelle trifft einen die Hitze draußen wie ein Dampfhammer. Bernward, der vor mir geht, keucht erbärmlich. Unsere Füße wirbeln kleine Staubwolken auf, während wir Papa Ambros über die schmalen Friedhofswege zu seiner letzten Ruhestätte tragen.

Als sich alle am Grab versammelt haben, wird der Sarg zu den Klängen von *Tränen lügen nicht* in die Erde gelassen. Einer nach dem anderen tritt vor und nimmt stumm Abschied. Auch ich nehme eine Handvoll Erde, werfe sie auf den Sarg und flüstere leise: »Mach es gut, Papa Ambros. Pass auf dich auf.«

Auf dem Weg zum Friedhofsausgang hakt Carla Konrad Kumann unter, der etwas wackelig auf den Beinen ist. Waltraut Hummel schluchzt herzergreifend, legt den Kopf an meine Schulter und weint mir das Revers nass. Vor dem Friedhofstor reiße ich mir als Erstes den Kulturstrick vom Hals, öffne zwei Hemdknöpfe und stecke mir eine Zigarette an.

»Es gibt gleich einen Beerdigungskaffee in der *Schönen Amalia*«, raunt mir Tassos zu. »Aber nur für die wahren Freunde von Papa Ambros!« Er blickt mit finsterer Miene zur Kapelle, vor der Torben Bennecke und drei Sackratten in einem Gespräch begriffen sind. Das atemberaubend schöne Lana-Del-Rey-Double steht neben ihm. Sie hat sich eine Sonnenbrille auf die Nase geschoben, ihr Haar glänzt in der Sonne.

»Fahrt schon mal vor«, sage ich zu Tassos. »Ich komme später mit Bernward nach. Torben Bennecke will noch was mit mir besprechen.«

»Aha?«, macht Tassos und zieht eine Augenbraue hoch. »Da bin ich ja mal gespannt. Bis später.«

»Was gibt das?«, sagt Bernward und sieht mit gerunzelter Stirn zu Torben und seinen Gesprächspartnern. »Sieht aus, als wäre er mit denen bestens bekannt.«

»Keine Ahnung, was da läuft«, murmle ich – als Torben das Gespräch beendet, sich von den Sackratten verabschiedet und gemeinsam mit seiner schönen Begleiterin auf uns zuhält. Zumindest gehen die beiden nicht Hand in Hand, registriere ich. Vielleicht ist sie doch nicht seine Freundin …

Meine Nase hat mich vorhin nicht getrogen: Sie trägt ein Parfüm mit zitroniger Note, wird mir klar, als sie vor mir steht, ihr Smartphone zückt und Nachrichten abruft.

Torben legt sein künstliches Lächeln auf und stellt uns vor: »Das sind Herr Nordberg und Herr … ? Wie war noch gleich der werte Name?«

»Knie-ha-se«, knurrt Bernward gereizt.

»Ja, genau.« Torben deutet auf die Lana-Schönheit und sagt: »Und das ist Frau Krytschewski. Sie wird ab sofort unser Team verstärken.«

»Angenehm«, sagt sie desinteressiert und ohne uns anzusehen und tippt auf ihrem Smartphone rum. Und das – ich verspüre einen leichten Stich im Herzen – ist so gar nicht Lana-like. Sie kommt ausgesprochen unhöflich und überheblich rüber. Und dennoch …

»Ich fahre dann mal«, teilt sie Torben mit. »Ich bin gleich mit Ansgar und Daniel verabredet. Wegen der Leitbild-Entwicklung. Außerdem müssen wir noch ein paar Fragen zu den Verfahrensabläufen klären.«

Der nächste Stich ins Herz. Wie kann man aussehen wie ein Engel und dabei Worte wie Leitbild-Entwicklung und Verfahrensabläufe von sich geben? Und dann dieses herablassende Auftreten. »*Ich kann sie nicht leiden*«, wird mir klar. Aber wie kann man jemanden nicht leiden und ihn gleichzeitig …

»In Ordnung. Bis später«, entgegnet Torben Bennecke und schenkt ihr eines seiner Haifisch-Lächeln.

Sie eilt in Richtung eines roten Cabrios davon. Nur mittels übermenschlicher Willensanstrengung schaffe ich es, ihr nicht hinterherzustarren, sondern mich auf Torben zu konzentrieren, der ihr nachruft: »Wir sehen uns, Lana.«

Lana? Mir klappt die Kinnlade runter. Habe ich mich verhört, oder …? Bernward und ich stehen mit offenem Mund da.

»Leitbild?«, fragt Bernward.

»Lana?«, frage ich.

»Nein, nicht Lana«, korrigiert mich Torben, während das Cabrio davonbraust, und sagt mit überdeutlicher Betonung: »Le-na. Lena Krytschewski. Master of Business-Administration. Auslandsstudium. Hervorragende Referenzen. Ich bin ausgesprochen glücklich, dass ich sie als Mitarbeiterin für die Leitungsebene gewinnen konnte.«

»*Leitungsebene?* Wie jetzt?«, stammelt Bernward verständnislos.

Torben Bennecke scheint ihn nicht zu hören und wendet sich stattdessen an mich. »Ich bin mir sicher, Frau Krytschewski wird entscheidend dazu beitragen, grundlegende Umstrukturierungen, die für eine Neuausrichtung des Unternehmens auf dem Markt unverzichtbar sind, umzusetzen.«

»Des Unternehmens? Sie sprechen von …?«

»Von dem, nun ja, *Betrieb* meines Vaters natürlich. Ihnen ist doch sicherlich klar, dass die Organisation in ihrer jetzigen Form keine Zukunft hat. Um weiterhin wettbewerbsfähig zu sein, bedarf es einer enormen Verbesserung der Qualität unserer Dienstleistungen. Wir leben in einer globalisierten Welt. Wir bewegen uns auf einem globalisierten Markt. Auch im Bereich des Verbrechens. Nur Unternehmen, die sich den damit verbundenen neuen Herausforderungen stellen, können auf dem Markt bestehen. Ich möchte zu diesem Zeitpunkt noch nicht zu sehr ins Detail gehen, aber … Nun, es war mit meinem Vater ohnehin abgesprochen, dass die Führung des Unternehmens auf mich übergeht. Daher habe ich schon vor einiger Zeit begonnen, neue, zukunftsorientierte Konzepte zu entwickeln, mich mit potenziellen Partnern vernetzt und Überlegungen zu notwendigen Umstrukturierungen getroffen. Mein Leitungsteam und ich benötigen noch etwa zwei bis drei Wochen, um einen genauen Überblick über die Zahlen des Unternehmens zu gewinnen – die Zettelwirtschaft, die mein Vater offenbar für eine Art Buchführung hielt, ist ein Desaster – und um einige grundlegende Veränderungen einzuleiten, die für einen erfolgreichen Neustart des Betriebs unerlässlich sind.«

»Aha?«, sage ich, halb betäubt von diesem Wortschwall. »Und, ähm, und das war es, worüber Sie mit mir sprechen wollten?«

»Nicht nur«, entgegnet Torben Bennecke und fährt sich mit der Hand durch die gegelten Locken. »Natürlich ist es auch so, dass wir eine funktionierende betriebsinterne Kommunikationsmatrix aufbauen müssen. Bis dies geschehen ist, würde ich Sie, Herr Nordberg, bitten, als Bindeglied zwischen Leitungs- und Mitarbeiterebene zu fungieren. Als Multiplikator, der Informationen der Führung an die untergeordnete Ebene weiterleitet. Ich wende mich an Sie, weil ich weiß, wie sehr mein Vater Sie geschätzt hat. Wenn Sie so nett wären, mir Ihre Kontaktdaten zu geben? Sobald das Leitungsteam die Vorarbeiten abgeschlossen hat, werde ich Sie davon in Kenntnis setzen.

Es wird eine Informationsveranstaltung stattfinden, bei der wir die Neuerungen vorstellen. Teilen Sie Ihren Kollegen und Kolleginnen doch bitte mit, sie möchten bis dahin unbezahlten Urlaub nehmen und sich ein wenig erholen, um die neuen Herausforderungen motiviert und energievoll angehen zu können.«

»Wie: unbezahlt?«, fragt Bernward und wirft mit zitternder Hand eine Magentablette ein. Torben Bennecke ignoriert ihn eisern und gibt stattdessen meine Mobilnummer und Mailadresse in sein Smartphone ein.

»Ähm, eine Frage«, sage ich. »Wissen Sie, was die Obduktion Ihres Vaters und die Untersuchung der Sonnenbank ergeben haben?«

»Die Obduktion brachte das erwartete Ergebnis: Mein Vater ist verbrannt. Die Sonnenbank hatte wohl einen schwerwiegenden Defekt. Ich erwäge, die Herstellerfirma zu verklagen. Fürs Erste vielen Dank, Herr Nordberg«, sagt er und zeigt sein falsches Lächeln. »Bis demnächst. Auf Wiedersehen, Herr, äh …«

»Kniehase«, grummelt Bernward, aber da ist Torben Bennecke schon auf dem Weg zum Auto. Als er den SUV vom Parkplatz steuert, hebt er noch einmal die Hand zum Gruß – und entschwindet.

Bernwards Gesicht ist eine einzige Knitterfalte.

»*Verbesserung der Qualität? Kommunikationsmatrix? Vernetzung?* Ich hab kein Wort von dem kapiert, was er da erzählt hat«, stöhnt er. »Was bedeutet das alles?«

Ich trete meine Zigarette aus und blicke dem SUV hinterher. »Es bedeutet, dass es ungemütlich wird!«

Erwartungsgemäß sorgt mein Bericht über die Unterredung mit Torben für reichlich Unruhe bei der Belegschaft. Ralf und Sunny sehen aus, als kämen ihnen die Haschkekse hoch.

»Umstrukturierung? Was soll das heißen?« Carla Olson blickt mich fragend an.

»Ja. Was hat die Arschgeige vor? Die Arschgeige vor?«, brummt Gunnar Trolle.

»Ich weiß nicht mehr als ihr«, sage ich. »Wir müssen diese Informationsveranstaltung abwarten. Ich melde mich bei euch, sobald ich was von Torben Bennecke höre.«

– 7 –

Tassos fährt für zwei Wochen nach Griechenland, um seine älteste Schwester zu besuchen, Carla gönnt sich einen Kurzurlaub auf Korfu, und die Trolle zelten ein paar Tage im Westerwald. Dass Bernward weggefahren ist, bezweifle ich. Wahrscheinlich verbringt er den größten Teil seines Zwangsurlaubs in *Kniehases Wunderland,* sitzt im Westernsaloon und fragt sich, an welchem Zeitpunkt seines Lebens sein persönliches Wunderland verschwunden und durch eine unaufhörliche Abfolge von Magengeschwüren ersetzt worden ist.

Mich zieht es auch nicht in die Ferne. Ich bleibe zu Hause, wo ich reichlich Zeit habe, um über Papa Ambros nachzudenken. Meine Gedanken kreisen unentwegt um die merkwürdigen Umstände seines Todes. Sogar während ich als Babysitter für Jonny-Lee und Bonny-Lee einspringe, damit Anoushka mal mit einer Freundin ins Kino kann, bin ich so in Gedanken, dass ich erst merke, dass Jonny-Lee eine Kerze gegessen hat, als er sie auf den Teppich kotzt.

Ein Defekt an der Sonnenbank. Der kann auch bewusst herbeigeführt worden sein. Warum war die Wohnungstür nicht abgeschlossen? Und wem nutzt Papa Ambros' Tod? Torben natürlich, der laut seinem Vater darauf gedrängt hat, die Geschäfte zu übernehmen. Aber Papa Ambros wollte ihm den Betrieb sowieso übergeben. Was Torben das Motiv für einen Mord nimmt. Trotzdem ist sein Verhalten verdächtig. Was hat er mit den ganzen Sackratten, darunter Intimfeinde von Papa Ambros, wie Pavel Borkowski, Charly Schlitzer und Manni Popalla, zu schaffen? *Vernetzung* bedeutet doch hoffentlich nicht, dass er sich mit diesem Pack verbrüdert hat?

Und in den wenigen Momenten, in denen ich mal nicht über Papa Ambros' Tod grüble, denke ich an *sie.* Die Vision in der Kapelle. Lana im Lichte. Lena Krytschewski. Da ist auf der einen Seite ihre engelhafte Lana-Erscheinung, bei der man Minnesang anstimmen und vor ihr auf die Knie sinken möchte. Und auf der anderen Seite diese geschäftsmäßige, schnepfenhafte, überhebliche Art, die ich auf den Tod nicht ausstehen kann. Die verwirrende Mischung aus Abneigung und Anziehung, die ich empfinde, wenn ich an sie denke, erzeugt bei mir einen reichlich konfusen Gefühlszustand.

Und dass es – trotz ihres unterkühlten Auftretens – immer häufiger Lena Krytschewski und nicht Lana Del Rey ist, die in meinen Zitronencreme-Fantasien auftaucht, macht die Sache auch nicht einfacher.

Als ich meiner Mutter, etwa anderthalb Wochen nach Papa Ambros' Beerdigung, einen abendlichen Überraschungsbesuch abstatte, treffe ich auf einen grauhaarigen Herrn mit Stirnband und Cowboystiefeln, der mit einem Whisky in der Hand auf ihrer Couch sitzt und aussieht, als wäre er Aushilfsgitarrist bei den Stones.

»Oh, tut mir leid«, sage ich. »Hätte mich wohl vorher anmelden sollen. Ich hoffe, ich störe nicht.«

»Das ist Joe. Er lebt seit Kurzem auch in der *Singenden Nachtigall* und hat früher als Musikproduzent gearbeitet«, stellt Tabea ihn vor.

»Hey, Pius«, begrüßt er mich lässig. »Schön, dich zu treffen. Tabea hat mir von dir erzählt. Und keine Angst: Du störst nicht. Wollte sowieso gerade gehen.« Er stellt das Whiskyglas auf dem Tisch ab, erhebt sich, schlendert zur Tür und verabschiedet sich grinsend: »Tschau, Tabea. Bis zum nächsten Mal.«

»Bye, Joe«, sagt sie lächelnd und sieht einen Wimpernschlag lang aus, als wäre sie siebzehn.

»So? Musikproduzent?«, sage ich, als wir einen Sesamsalat später auf ihrem Balkon sitzen und Waldmeisterbrause schlürfen.

»Ja. Und ein ganz fantastischer und unfassbar kreativer Liebhaber! Joe kann –«

»Keine unverlangten Details«, würge ich sie ab, worauf sie mich mit einem ihrer Du-und-deine-verklemmte-Generation-Blicke bedenkt und eingeschnappt schweigt. Ein paar Minuten lang ist nur das Zirpen der Insekten am Seeufer zu hören.

»Was ist los mit dir, Pius?«, durchbricht Tabea nach einer Weile die Stille und betrachtet mich skeptisch. »Ich kann es dir am Gesicht ansehen: Irgendwas bedrückt dich doch. Komm, raus mit der Sprache!«

»Na ja … Die Firma, für die ich arbeite, bekommt neue Eigentümer. Und die sind offenbar entschlossen, den Betrieb völlig umzustrukturieren. Und reden von globalisiertem Markt und Qualitätssteigerung und Leitbildern und optimierten Verfahrensabläufen und –«

»Was?« Ein revolutionslüsternes Glitzern tritt in Tabeas Augen. »Das sind doch alles Beschönigungsbegriffe aus dem Scheißigkeits-Wörterbuch des Neoliberalismus! Heuschrecken-Vokabular! Ihr müsst euch augenblicklich zur Wehr setzen. Was sagt denn euer Betriebsrat dazu?«

»Ähm, also, einen Betriebsrat in engerem Sinne haben wir eigentlich nicht.«

»Was? Keinen Betriebsrat? Dann gründet einen. Sofort! Sonst seid ihr diesen spätkapitalistischen Ausbeutern wehrlos ausgeliefert. Ihr müsst euch wehren. Ihr müsst kämpfen!«

Ach du Scheiße, denke ich und wünsche, ich hätte ihr nichts erzählt. Wieso war mir nicht klar, dass sie das augenblicklich in den Klassenkampf-Modus versetzen würde?

»Oh, und ich kenne diesen Journalisten«, sagt sie mit revolutionärem Eifer. »Der könnte einen Bericht über euren Arbeitskampf schreiben. Öffentlichkeit herstellen.«

»Nein, nein. Lass mal. Das wäre in diesem speziellen Fall nicht gut«, wehre ich ab.

»Oder ein Hungerstreik?«, schlägt sie vor. »Du solltest als leuchtendes Beispiel vorangehen, um deinen Kollegen den Mut zum Kampf zu geben!«

»Hungerstreik? Kommt nicht in die Tüte!«

Sie taxiert mich von oben bis unten. »Na, ja … Schaden würde es dir bestimmt nicht.«

»Was soll das denn heißen?«

»Du könntest dich natürlich auch vor dem Firmensitz anketten und –«

»Vielen Dank. Ich komme zu gegebener Zeit auf dein Guerilla-Handbuch zurück.«

»Nichts zu danken. Wenn ich dir sonst noch helfen kann?«

»Hmmm … Vielleicht.« Ich zünde mir eine Zigarette an, nehme einen Schluck von der Waldmeisterbrause und richte den Blick auf den See. »Hast du schon mal die merkwürdige Situation erlebt, dass du … Fandest du schon mal jemanden anziehend, obwohl du ihn eigentlich nicht ausstehen konntest?«

»Oh«, macht sie und klingt dabei ungeniert erfreut. »Hört sich an, als wärst du meinem Rat gefolgt und tatsächlich mal rausgegangen. Wie heißt sie denn?«

»Kannst du nicht einfach meine Frage beantworten?«

»Klar kenne ich so was. Kommt gar nicht so selten vor, wie man denkt. Und wenn du mich fragst: Nichts treibt die erotische Spannung zwischen zwei Menschen so auf die Spitze wie eine widersprüchliche Gefühlslage. Ich erinnere mich da an Fernando. Wir haben an der Uni im gleichen Fachbereich gelehrt. Ein arroganter Drecksack, aber gleichzeitig … Immer wenn wir aufeinander trafen, war es, als würde sich ein Gewitter zusammenbrauen. Bis es sich eines Tages entladen hat. Wir sind eine Woche nicht –«

»Danke. Schon gut! Was wäre ich nur ohne deinen mütterlichen Rat?«, sage ich, seufze tief und nehme einen letzten Schluck Waldmeisterbrause.

Drei Tage später habe ich eine Mail von Torben Bennecke in meinem Postfach.

Guten Tag, Herr Nordberg,
wie vorab besprochen, bitte ich Sie, alle Kolleginnen und
Kollegen über den nun feststehenden Termin der
Informationsveranstaltung in Kenntnis zu setzen.

Diese findet am **Dienstag, den 01.08. um 10 Uhr an gewohnter Stelle** *statt. Ich weise darauf hin, dass die Teilnahme an der Veranstaltung als Arbeitszeit gilt und für alle Mitarbeiterinnen und Mitarbeiter verpflichtend ist.*

Mit freundlichem Gruß, T. Bennecke

Bis zum frühen Abend habe ich alle erreicht und über den Termin informiert. Alle, bis auf Tassos. Über so was wie ein Smartphone verfügt er nicht und ans Festnetz in der *Schönen Amalia* geht er nicht ran. Er wird noch in Griechenland sein, mutmaße ich. Bleibt nur zu hoffen, dass er bis zum 1. August zurück ist.

Als Bernward und ich zum vorgegebenen Termin an *gewohnter Stelle* aufkreuzen, ist von Tassos nichts zu sehen. Und – was noch weitaus irritierender ist – auch nichts von der *Schönen Amalia.* Nicht mehr.

Ralf, Sunny und die Trolle, die offenbar kurz vor uns angekommen sind, stehen mit weit aufgerissenen Augen vor dem Haus und sehen aus wie bestellt und nicht abgeholt. Die *Schöne Amalia*-Leuchtschrift über der Tür ist verschwunden. Die Tür auch. Jedenfalls die alte Holztür. Stattdessen gibt es jetzt eine aus Stahl. Und die bunten Kneipenfenster sind durch Milchglasscheiben ersetzt worden.

»Was issn hier passiert? Hier passiert?«, stammelt Sven Trolle fassungslos.

»Ich hätte das mit den Pilzen lassen sollen«, wispert Ralf und beginnt hektisch seine Schläfen zu massieren. »Ich muss in ein Paralleluniversum geraten sein.«

Vorsichtig nähere ich mich der Tür und drücke einen Knopf an der Gegensprechanlage. »Ja, bitte?«

»Hier sind Pius Nordberg und …«

Der Türöffner wird betätigt, ich drücke auf und …

Der Frittengeruch! Das Aroma von altem Fett, das einem immer als Erstes in die Nase gestiegen ist, wenn man die *Schöne Amalia* betreten hat. Es ist weg! Dafür riecht es durchdringend nach Wandfarbe. Ich stehe da wie paralysiert und kann nicht glauben, was ich sehe: Die *Schöne Amalia* gibt es nicht mehr! Kein Tresen, keine holzgetäfelten Wände, keine Girlanden, kein Spielautomat, kein gar nichts mehr. Das, was vor mehr als zwei Wochen noch ein Refugium der 70er-Jahre-Seligkeit war, ist einem funktionalen Büroraum gewichen, in dem etwa fünfzehn Computer-Arbeitsplätze eingerichtet sind. Dazwischen Hydrokulturen, Rauchverbotsschilder, ein Wasserspender, ein Feuerlöscher und ein Erste-Hilfe-Kasten.

Den Trollen klappt die Kinnlade runter, Bernward rutscht vor Schreck der Koffer aus der Hand, Sunny schlägt die Hand vor den Mund, um nicht laut aufzuschreien.

»Würden Sie sich bitte in die Anwesenheitsliste eintragen?« Uns erwarten zwei geschniegelte Milchgesichter mit Bennecke-Lächeln und ans Revers gehefteten Namensschildern. Daniel Streit und Ansgar Degen, lese ich. Klar: die Daniels und Ansgars, mit denen sich Lena Krytschewski nach der Beerdigung treffen wollte.

Daniel Streit hält mir die Anwesenheitsliste und einen Kuli vor die Nase, Ansgar Degen verteilt Namensschilder und bedeutet uns, ins Hinterzimmer zu gehen.

Auch hier ist die Farbe an den Wänden noch feucht und nichts mehr, wie es war. Keine Jukebox, kein Mettigel, keine Spargelröllchen. Nur Stuhlreihen und ein leicht erhöhtes Podest, auf dem ein großer Tisch und vier Stühle aufgebaut sind. Auf dem Tisch vier aufgeklappte Laptops.

Die Kollegen sind nahezu vollständig anwesend, sehen aus wie vom Pferd getreten, rutschen nervös auf ihren Stühlen rum und tuscheln aufgeregt. Jan van Messer und Wolle Panzko haben zornesrote Gesichter. Harry Leim, der mal Jockey war und für Papa Ambros Botengänge erledigt hat, guckt dagegen wie ein traumatisierter Wellensittich.

Bernward und ich pappen uns die Namensschilder an und quetschen uns auf die freien Plätze neben Carla Olson.

»Da vorne. Habt ihr die schon gesehen?«, wispert sie und deutet zur ersten Reihe.

Ich recke den Kopf – und mein Magen krampft sich zusammen. Es ist wie ein wahr gewordener Albtraum: In der ersten Reihe sitzen die versammelten Obersackratten der Stadt. Pavel Borkowski, Charly Schlitzer, Manni Popalla und noch ein paar andere der üblen Gestalten, deren Anwesenheit mir schon auf der Trauerfeier sauer aufgestoßen ist.

Was, verdammt noch mal, geht hier vor?

Konrad Kumann stolpert in den Raum und tapert orientierungslos zwischen den Stuhlreihen umher, bis Waltraut Hummel ein Einsehen hat und ihn auf den Sitz neben sich zieht.

»Damit sind wir vollzählig.« Ansgar Degen schließt die Tür und begibt sich, zusammen mit dem anderen Milchgesicht, auf das Podium. Im gleichen Moment treten Torben Bennecke und Lena Krytschewski aus dem kleinen Raum, der bis vor Kurzem Tassos' Küche war.

» … in einem Schließfach deponiert. Ich habe morgen einen Termin in der Bank«, höre ich Torben in wichtigem Ton sagen, als die beiden an Bernward und mir vorbeilaufen. Lena Krytschewski hat die gleiche geschäftsmäßige Miene wie auf der Beerdigung. Ihr Haar ist zu einem strengen Zopf gebunden, sie trägt eine weiße Bluse und einen Hosenanzug – die angesagte Rüstung der modernen Business-Kriegerin. Während Torben Bennecke sich in der Mitte des Podiums aufbaut, nimmt sie hinter ihrem Laptop Platz und mustert die Anwesenden mit einem emotionslosen Blick. Ein Blick, so kühl, dass er jeden Herzschlag gefrieren und ersterben lassen könnte. Was bei mir aber merkwürdigerweise nicht geschieht. Im Gegenteil. Dieser kalte Blick in Verbindung mit ihren engelhaften Zügen … Ich kann nichts dagegen tun: Ich kann sie nicht leiden, aber trotzdem beginnt mein Herz so übergeschnappt zu schlagen, als würde Keith Moon selig ein drogengeschwängertes Solo darauf trommeln.

»Hrrrm.« Torben Bennecke räuspert sich bedeutungsschwer, wartet, bis das Getuschel im Raum verstummt, und knipst sein breitestes Lächeln an. »Geschätzte Mitarbeiterinnen und Mitarbeiter! Ich freue mich, Sie zu dieser Informationsveranstaltung vollzählig begrüßen zu dürfen und –«

»Vollzählig? Wo ist Tassos?«, brüllt Jan van Messer dazwischen.

»Und was haben Sie mit der *Schönen Amalia* gemacht? *Schönen Amalia* gemacht?«, schreit Sven Trolle aufgebracht.

Torben Benneckes Lächeln verrutscht für einen Sekundenbruchteil. »Um die Basis für reibungslose und erfolgreiche Betriebsabläufe zu schaffen, war es unabdingbar, die Betriebszentrale an moderne Erfordernisse anzupassen. Nur Unternehmen, die zukunftsorientiert arbeiten und sich Innovationen gegenüber nicht verschließen, können auf einem sich stetig verändernden Markt erfolgreich sein. Wir sind entschlossen –«

»Sie haben noch immer nicht gesagt, wo Tassos abgeblieben ist.« Carla funkelt Torben Bennecke wütend an.

»Nun … da der bisherige Arbeitsbereich von Herrn Karoufakis aufgrund der Umgestaltung der Betriebszentrale obsolet wurde, sind er und die Geschäftsführung übereingekommen, dass er seine Fähigkeiten zukünftig einem anderen Bereich des Unternehmens widmen wird.«

»Was heißt das? Wo ist er denn nu'?«, kräht Waltraut Hummel.

Torben Bennecke hebt in einer beschwichtigenden Geste die Hände. »Bitte! Bitte geben Sie mir zunächst die Gelegenheit, Sie über einige Dinge zu informieren. Ich bin sicher, etliche Ihrer Fragen werden sich im Laufe meiner Erläuterungen von selbst beantworteten. Sollten Sie weitere Fragen haben, stellen Sie diese bitte bis zum Ende meiner Ausführungen zurück. Wir werden im Anschluss daran Gelegenheit zu einem Austausch haben.« Während er einen Schluck aus seinem Wasserglas nimmt, schaue ich zum Podium – und mein Blick und der von Lena Krytschewski treffen sich für einen Moment, bevor sie hastig wegsieht und ihre Aufmerksamkeit Torben zuwendet. Der stellt das Wasserglas ab und setzt zu einem Monolog an.

»Bevor ich Sie über die anstehenden Änderungen in der Struktur und den Arbeitsabläufen unseres Betriebes informiere, möchte ich Ihnen zunächst verdeutlichen, warum diese Veränderungen unerlässlich sind. Sehen wir uns die Marktsituation einmal genauer an. Diese scheint auf den ersten Blick so gut wie noch nie: Verbrechen hat Hochkonjunktur. Weltweit! Aber überall drängen Amateure auf den Markt. Mit Dumpingpreisen und unausgebildeten Arbeitskräften. Dadurch sind minderer Qualität Tür und Tor geöffnet. Und wer ist der Leidtragende dieser Entwicklung? Natürlich der orientierungslose Kunde. Wie kann er sich bei diesem unüberschaubaren Überangebot sicher sein, dass er die Entführung eines unliebsamen Geschäftspartners in wirklich professionelle Hände legt?« Torben Benneckes Stimme wird leiser und gleichzeitig eindringlicher. »Der Kunde, der auf der Suche nach einer kriminellen Dienstleistung ist, sucht doch vor allem – Qualität! Und diese Qualität wird in Zukunft im Zentrum unserer gemeinsamen Anstrengungen stehen!«

»Was quatscht der da?«, flüstert Bernward, während Torben Bennecke zur Höchstform aufläuft.

»In einem gemeinschaftlichen Prozess habe ich mit den neuen Führungskräften des Unternehmens« – Torben deutet auf Lena Krytschewski und die Milchgesichter – »ein Verfahren zur Vergabe eines Qualitätzertifikates entwickelt, das dem Kunden Qualität garantiert und ihn durch Qualität an uns bindet! Ein Gütesiegel, das ausschließlich kriminelle Organisationen erhalten, die sich durch klar definierte Qualitätsmerkmale auszeichnen: **C**ontrolling, **R**essourcenorientierung, **I**mplementierung von Qualitätsstandards, **M**itarbeiterqualifizierung durch Fortbildung, **E**ntwicklung verbindlicher Verfahrensabläufe.« Torben Bennecke macht eine Kunstpause, holt tief Luft und verkündet mit stolzgeschwellter Brust: **»Das CRIME-Zertifikat!«**

– 8 –

Wahrscheinlich ist an dieser Stelle tosender Applaus der Zuhörer vorgesehen, aber alle sitzen nur schweigend da und starren Torben in einer Mischung aus Rat- und Verständnislosigkeit an. Eine Stimmung zwischen Häh? und Häääh? und Was zur Hölle …?

Es ist Sunny, die als Erste die Sprache wiederfindet.

»Ein Zertifikat für kriminelle Organisationen?«, nuschelt sie und beginnt zu kichern. »Und wer verleiht das? Die Bullen etwa?«

»Mitnichten«, entgegnet Torben Bennecke und deutet mit großer Geste auf die Sackratten in der ersten Reihe. »Ich freue mich, heute die Leitungskräfte einiger befreundeter Organisationen begrüßen zu dürfen, die ich ebenfalls von den Vorteilen zertifizierter Qualität überzeugen konnte.« Pavel Borkowski und Charly Schlitzer grinsen bei seinen Worten so breit, als würden sie darum wetteifern, wer das meiste Gold im Mund hat.

»Ich konnte unseren neuen Partnern verdeutlichen«, fährt Torben fort, »dass zertifizierte Qualität die einzig wirksame Möglichkeit ist, sich von Amateuren abzugrenzen und diese aus dem Markt zu drängen. Auch die Betriebe unserer Partner werden sich dem Zertifizierungsprozess unterwerfen. Jede Organisation entsendet je einen Vertreter in ein Auditorengremium, das die Einhaltung der Qualitätsstandards in allen am Prozess teilnehmenden Organisationen überwacht und einmal jährlich ein Zertifizierungs-Audit durchführt.«

»Auditoren?« Carla legt die Stirn in Falten. »Sind das nicht diese fiesen Kapuzentypen aus Harry Potter?«

»So ähnlich. Auditor ist Wichtigsprech für Kontrolleur«, entgegne ich. »Unser Betrieb mag keine legale Dienstleistung anbieten, aber letztendlich sind auch wir ein Dienstleister«, führt Torben Bennecke lächelnd aus. »Ein Dienstleister, von dem der Kunde Qualität erwartet. Was die Einführung eines *Qualitätsmanagements* zwingend notwendig macht.«

»Was soll ’n das heißen? Das heißen?«, blökt Gunnar Trolle. »Wie wir bis jetzt gearbeitet haben, war Scheiße, oder was? Scheiße, oder was?«

»Bitte, missverstehen Sie mich nicht, Herr Trolle«, sagt Torben mit einem anakondahaften Lächeln. »Wir wissen die bisherige Arbeitsleistung aller Mitarbeiter und Mitarbeiterinnen zu schätzen. Wir denken aber, dass die Einführung eines Qualitätsmanagements Sie darin unterstützt, Ihre Leistung noch einmal zu steigern und Ihre persönlichen Ressourcen auszuschöpfen. Zum Wohle des Kunden. Zum Wohle des Betriebes. Zum Wohle der Arbeitsplatzsicherheit.«

Meine Halsschlagader beginnt zu pochen. *Persönliche Ressourcen ausschöpfen?* Das heißt im Klartext: *Wir werden den allerletzten Tropfen Energie aus euch quetschen, wenn es denn der Gewinnmaximierung dient.* Carla kriegt mit, wie es in mir brodelt, und streicht mir beruhigend über den Arm.

»Und wie kriegen wir dieses Ding, dieses Zertifikat?«, schnaubt Wolle Panzko, der nicht weniger wütend ist als ich.

»Nun, indem wir alle gemeinsam als Team daran arbeiten, dass die Qualitätsstandards erfüllt werden«, antwortet Torben Bennecke, nimmt einen Schluck aus seinem Wasserglas und lächelt schmallippig. Die Stimmung im Saal ist auf dem Nullpunkt, aber entweder ignoriert er diesen Umstand oder bemerkt ihn schlichtweg nicht.

»Könnten Sie das mal etwas eingehender erläutern und erklären, was es konkret für unsere Arbeit bedeutet?«, melde ich mich zu Wort und bemühe mich, meine Stimme halbwegs ruhig klingen zu lassen.

»Ich danke Ihnen für Ihre Frage«, entgegnet Torben Bennecke. »Das Leitungsteam kommt Ihrem Wunsch nach Erklärung gerne nach. Lassen Sie mich Ihnen zunächst meine Mitarbeiter vorstellen: Da ist zum einen Herr Degen« Milchgesicht Nummer eins erhebt sich kurz, bevor er sich wieder hinter seinem Laptop verschanzt. »Herr Degen wird als Assistent der Geschäftsführung tätig sein. Ich schätze seinen analytischen Blick und seine innovativen Ideen. Weiterhin darf ich Ihnen Herrn Streit vorstellen«, sagt Torben. »Er wird neben seinen Kenntnissen im Finanzwesen seine Erfahrung als Motivationscoach in unser Unternehmen einbringen.« Milchgesicht zwei nickt dem Arbeitsvolk desinteressiert und eher unmotiviert zu. »Frau Krytschewski haben einige von Ihnen ja bereits bei der Beisetzung meines Vaters kennengelernt. Sie wird sowohl als interne Controllerin fungieren als auch als Auditorin im Zertifizierungsgremium. Frau Krytschewski wird Ihnen die Qualitätsmerkmale nun im Einzelnen erläutern. Ich freue mich, das Wort an sie übergeben zu dürfen.«

Pavel Borkowski und Manni Popalla, die beide intellektuelle Kleinnager sind und garantiert kein Wort von Torbens Gelaber verstanden haben, applaudieren so euphorisch, als hätte er gerade ein neues Autobahnteilstück eröffnet. Die anderen Sackratten ebenso. Bei der Belegschaft hingegen herrscht eisiges Schweigen. Und das Auftreten von Lena Krytschewski trägt nicht gerade zur Verbesserung der Stimmung bei.

»Danke, Torben«, sagt sie kühl lächelnd, erhebt sich und wirft einen Blick in den Saal, als wäre sie eine Dompteuse, die ein Dutzend streng riechender Pumas in Schach halten muss. »Ich darf mich Ihnen noch einmal etwas ausführlicher vorstellen: Studium in St. Gallen, London, Madrid und München. Diverse Praktika im In- und Ausland. Tätigkeiten bei ...«

Ich schließe die Augen, lasse ihre Erfolgsvita an mir vorbeirauschen, versuche mich auf den Klang ihrer Stimme zu konzentrieren und stelle mir vor, wie diese Stimme nicht Hochschulen und Unternehmen runterrasselt, sondern Lana-gleich von Göttern und Monstern, blauem Samt und dunklen Paradiesen singt ...

»Lassen Sie mich die fünf grundlegenden Qualitätsmerkmale grob skizzieren.« Lena Krytschewski startet eine Power-Point-Präsentation und hinter ihr wird das Wort **Controlling** an die Wand projiziert. »Wie Herr Bennecke bereits erwähnt hat, unterliegt dieser Bereich meiner Verantwortung«, sagt sie und verkündet ungefragt ihre Definition von Controlling: »Das operative Controlling umfasst die Evaluation betrieblicher Methoden und Verfahren, die Analyse von Schwachstellen, eine Verfahrens- und Zielerreichungskontrolle und die Zielvorgabensteuerung interner Prozesse.«

»Dabei wird einem ja schwindlig«, bemerkt Harry Leim mit matter Stimme und sieht ganz käsig aus, während Jan van Messer lautstark motzt: »Na, jetzt bin ich ja wirklich schlauer als vorher.«

Lena Krytschewski taxiert ihn mit einem eisigen Blick. »Mir ist bewusst, dass vieles im Moment etwas theoretisch für Sie klingt. Sie werden aber feststellen, dass die Einführung von Controlling und Qualitätsmanagement Ihre Arbeit vereinfachen und Ihre Leistung verbessern wird. Und ich denke, wir alle sind doch daran interessiert, durch unsere Arbeit das bestmögliche Resultat zu erzielen. Kommen wir zu dem zweiten Qualitätsmerkmal.« Hinter ihr wird in Großbuchstaben der Begriff **RESSOURCENORIENTIERUNG** an die Wand geworfen. Lena Krytschewski ruft ein vorbereitetes

Lächeln ab und verkündet: »Die größte Ressource eines Betriebes sind immer seine Mitarbeiter. Sie. Ihre Erfahrung, Ihr Engagement, Ihre Professionalität!«

Ich weiß nicht, ob sie gedacht hat, dieses »Unsere-Mitarbeiter-sind-unser-größtes-Kapital-Rangewanze« würde begeisterte Jubelstürme auslösen. Als ihr stattdessen ablehnendes Schweigen entgegenschlägt, verliert Lena Krytschewski für einen Sekundenbruchteil die Contenance. Nur ganz kurz, aber ich bemerke es. Ihre Hand zittert kaum merklich, als sie nach ihrem Wasserglas greift. Immerhin: eine menschliche Regung. Ein kleiner Riss in ihrer glatten Fassade – der sich aber blitzschnell wieder schließt. »Qualitätsmerkmal Nummer drei«, fährt sie fort, als wäre nichts gewesen. »Die Implementierung von Qualitätsstandards. Dazu gehört beispielsweise die Entwicklung eines Dokumentations- und Berichtswesens. Damit werden wir uns später eingehend befassen. Merkmal Nummer vier: Mitarbeiterqualifizierung durch Fort- und Weiterbildung. Darf ich fragen, wie es bisher darum bestellt war? Haben Sie regelmäßig an Fortbildungsmaßnahmen teilgenommen?«

Alle blicken sich ratlos an. Gunnar Trolle kichert wie ein durchgeknallter Waldwichtel. »Ist das Ihr Ernst? 'ne Fortbildung im Autoklau? Autoklau?«

»Beispielsweise«, entgegnet sie, ohne mit der Wimper zu zucken. »In Osteuropa gibt es mehrere renommierte Anbieter entsprechender Fortbildungen. Wir werden so bald wie möglich mit jedem von Ihnen ein Personalgespräch führen. Dabei wird die Frage der Fortbildung eine gewichtige Rolle spielen. Aber lassen Sie mich zu dem letzten und vielleicht wichtigsten Qualitätsmerkmal kommen: der Entwicklung verbindlicher Verfahrensabläufe. Herr Streit, Herr Degen und ich werden Sie in den nächsten Tagen bei Ihrer Arbeit begleiten, um uns einen Eindruck von bisher angewandten Verfahren zu verschaffen, um Schwachstellen zu analysieren und die Verfahren unter dem Aspekt der Aufwandsminimierung zu optimieren und zu standardisieren. Die Einführung dieser Standards ist die Grundlage für messbare Qualität.«

Jan van Messer grunzt abschätzig; Bernward sieht aus, als bräuchte er ein ganzes Röhrchen Magentabletten.

»Ich freue mich auf die vor uns liegenden Herausforderungen und unsere Zusammenarbeit«, beendet Lena Krytschewski ihre Qualitätseinführung und nimmt hinter ihrem Laptop Platz.

Ich beobachte, wie sie eine Haarsträhne, die sich aus ihrer strengen Frisur gelöst hat, aus der Stirn streicht, und frage mich, ob es hinter der zertifizierten Kühlschrank-Lena noch eine andere Lena gibt. Eine Lana-Lena. Eine Lena, die …

Ein erneutes Räuspern von Torben Bennecke reißt mich aus meinen Gedanken. Er wirft einen Blick auf seine Armbanduhr. »Heute Nachmittag erhalten Sie eine Einführung in das Dokumentations- und Berichtswesen, und wir werden Ihnen die Formblätter vorstellen, die ab sofort zu verwenden sind. Ich schlage vor, dass wir nun eine einstündige Mittagspause machen, und im Anschluss« – er hält kurz inne, als eines der Milchgesichter ihm etwas zuflüstert. »Oh, danke, dass Sie mich daran erinnern, Herr Streit.« Torben greift hinter sich, nimmt zwei Blumensträuße aus einem Plastikeimer und erklärt in feierlichem Ton: »Bevor Sie in die Pause gehen, ist es mir ein persönliches Anliegen, zwei Mitarbeitern für ihre engagierte Tätigkeit zu danken: Frau, äh, Hummel und Herr Kumann, würden Sie bitte nach vorne kommen?«

Waltraut guckt freudig überrascht, erhebt sich, klimpert dabei wie eine Altmetall-Sammlung und zerrt Konrad Kumann mit sich zum Podium. Torben überreicht den beiden mit einem breiten Lächeln die Blumensträuße und drückt ihnen die Hand.

»Das wäre doch nicht nötig gewesen«, bedankt sich Waltraut und ist ganz gerührt, bis Torben sagt: »Vielen Dank, Ihnen beiden, für Ihre langjährige Mitarbeit. Genießen Sie Ihren wohlverdienten Ruhestand!«

»Ruhestand?« Waltraut fällt alles aus dem Gesicht, sie bekommt einen Hustenanfall und ist kurz davor, Teer zu spucken. Konrad, der offenbar nicht checkt, dass man ihn gerade abserviert hat, steckt derweil seine Nase in den Strauß und lächelt versonnen.

»Das können Sie doch nicht machen!«, schreit Carla. Bernward guckt völlig entsetzt, und Jan van Messer und Wolle Panzko sehen aus, als würden sie Torben Bennecke gerne den Hals umdrehen. Der ignoriert den Unmut seiner Angestellten, lässt Waltraut und Konrad stehen und wendet sich stattdessen den Borkowskis und Popallas zu.

»Nicht!«, sage ich und halte Jan und die aufgebrachten Trolle-Brüder zurück. »Ich versuche, mit ihm zu reden. Ihr bringt Waltraut und Konrad erst mal hier raus.« Carla legt der völlig aufgelösten Waltraut den Arm um die Hüfte und führt sie aus dem Saal.

Ich gehe nach vorne, wo sich Torben von den Sackratten verabschiedet, und lege Protest ein. »Hören Sie, Herr Bennecke. Weder Konrad noch Waltraut kriegen eine Rente und –«

»Herr Kumann und Frau Hummel haben nur noch Kosten verursacht«, unterbricht er mich kalt lächelnd und betrachtet mich, als wäre ich ein lästiges Insekt. »In diesem Unternehmen hat jeder seine Aufgabe. Ihre Aufgabe ist es, Schulden einzutreiben. Personalentscheidungen fallen nicht in Ihr Ressort. Sie sollten nun in die Pause gehen und versuchen, sich etwas zu beruhigen, Herr Nordberg.«

Ich kämpfe gegen den Impuls an, ihm einen Faustschlag zu verpassen, während er sich eiskalt abwendet und zu Lena Krytschewski sagt: »Gehen wir einen Salat essen?«

»Gerne«, antwortet sie lächelnd und klappt ihren Laptop zu.

»Eine Sache wäre da noch«, insistiere ich, während ich mir das knackende Geräusch vorstelle, dass beim Auftreffen meiner Faust auf seine Nase entstehen könnte. »Sie haben noch immer nicht gesagt, wo Tassos abgeblieben ist!«

Torben rollt genervt mit den Augen. »Wie Sie vielleicht wissen, hat mein Vater einen Scheinbetrieb gegründet, um … nun ja, um schmutziges Geld in sauberes Geld zu verwandeln. Herr Karoufakis bekleidet dort eine verantwortungsvolle Position.«

»Sie meinen doch nicht … die Brezelbude? Tassos arbeitet in der Brezelbude?«, stammle ich fassungslos. Papa Ambros hat, zum Zweck der Geldwäsche, vor ein paar Jahren in einem Gewerbegebiet am Stadtrand eine Bude eröffnet, in der salzige, gezuckerte, herzhafte, scharfe und sogar kandierte und marinierte Brezeln angeboten werden, die ausnahmslos so widerlich schmecken, dass die Bude, wäre sie ein regulärer Betrieb, längst pleite wäre.

»Ja. Er ist jetzt in der Brezel-Branche tätig«, sagt Torben ungerührt. »Wenn ich mich richtig erinnere, ist Herr Karoufakis diese Woche für die Spätschicht eingeteilt. Und nun sollten Sie Ihre Pause genießen, Herr Nordberg. Und dabei die Tatsache verinnerlichen, dass dieses Unternehmen ab heute in professioneller Weise geführt wird. – Bist du fertig?« Torben sieht Lena Krytschewski fragend an, sie nickt, und die beiden machen sich, gefolgt von den Milchgesichtern, zum Essen auf.

Mir ist der Appetit vergangen. Die Kollegen stehen in kleinen Grüppchen draußen auf dem Bürgersteig, diskutieren aufgeregt, und als ich berichte, dass Torben in Sachen Waltraut und Konrad nicht mit sich reden lässt und Tassos in die Brezelbude abgeschoben hat, erzeugt das Reaktionen zwischen Ungläubigkeit und blanker Wut. Harry Leim schiebt die Hände in die Hosentaschen und macht ein Gesicht, als würden Karfreitag und Totensonntag auf einen Tag fallen, Wolle Panzko sieht aus wie ein magenkranker Zombie, und die sonst so phlegmatischen Trolle erwecken den Eindruck, als stünden sie kurz davor, Amok zu laufen. Bernward presst eine Hand auf den Magen, stößt auf und betrachtet die Brüder besorgt.

»Ich füttere sie besser mal mit einem Stück Pizza ab, damit sie sich ein bisschen beruhigen. Sonst nehmen die den Laden noch auseinander. Damit ist keinem gedient«, flüstert er mir zu, nimmt die beiden unter seine Fittiche und geleitet sie zur Pizzeria um die Ecke. Verwundert blicke ich ihm nach. Bernward ist ansonsten eher der misanthropische Typ. Dass selbst bei ihm eine fürsorgliche Seite zum Vorschein kommt, zeigt nur, wie groß die Not ist.

Waltraut hat ihren Blumenstrauß in einer Mülltonne entsorgt und den Kopf an Carlas Schulter gelehnt. Ihre Schminke ist völlig verlaufen, was ihr ein bisschen das gruselige Aussehen von Pennywise, dem Clown, verleiht.

»Wir kümmern uns um Konrad und dich«, versuche ich sie zu trösten, doch sie ist untröstlich und völlig in Tränen aufgelöst. Schließlich stimmt sie aber zu, als Carla ihr anbietet, sie nach Hause zu fahren. Weinend nimmt sie auf dem Beifahrersitz Platz, während Carla auch Konrad einlädt, der seinen Strauß fest umklammert hält, verwirrt guckt und immer noch nicht begriffen hat, dass er gefeuert wurde. Ich winke ihnen zum Abschied nach, dann schlurfe ich über die Straße und geselle mich zu Ralf und Sunny, die sich vor dem Eingang des Proberaum-Bunkers rumdrücken und ihren Schreck über den Verlauf des Vormittags mit einer ordentlichen Portion Ganja zu bekämpfen versuchen.

So sieht also modernes Betriebsmanagement aus, denke ich, während Ralf mir die Tüte rüberreicht. Die *Schöne Amalia* gnadenlos plattgemacht, Tassos ausgegliedert, Waltraut und Konrad in die Altersarmut entsorgt. Mit der »Papa-Ambros-Wohlfahrt-Gemütlichkeit« ist es definitiv vorbei.

Ich möchte gar nicht wissen, was als Nächstes kommt.

Leider lässt es sich nicht vermeiden, es dann doch zu erfahren. Der Nachmittag ist einer Einführung in das von der neuen Leitung ausgeklügelte Dokumentations-, Berichts- und Antragswesen gewidmet.

Torben Bennecke hat sich absentiert, weil er, laut Lena Krytschewski, einen wichtigen Termin wahrnehmen müsse. Sie und die beiden Milchgesichter wieseln zwischen den Computer-Arbeitsplätzen hin und her und weisen jeden Mitarbeiter in die Feinheiten des verwaltungstechnischen Irrsinns ein, der ab sofort grundlegender Bestandteil unserer Arbeit sein wird.

»Mann, ich hab doch nicht hinterlistige Kampftricks gelernt, um als Verwaltungs-Wallach zu enden«, stöhnt Jan van Messer. Den beiden Trollen, die in ihrem Leben noch keine Maus bedient haben, rinnt der Schweiß übers Gesicht, und Bernward sieht aus, als stünde er kurz vor einem Magendurchbruch. Was man ihm, angesichts des Bürokratie-Wahnsinns, der unsere Tätigkeit von heute an begleiten wird, nicht verdenken kann: Es gibt ein umfangreiches Qualitäts-Handbuch mit Leitbild, Leitsätzen, Richtzielen und Standard-Verfahrensabläufen, und für jeden Furz muss ab sofort ein schriftlicher Antrag gestellt werden: Anträge auf Kostenbewilligung für Arbeitsmaterial, Dienstfahrtenanträge, Anträge auf Spesenübernahme, Urlaubsanträge, Fortbildungsanträge und und und ... Zu jedem Antrag gibt es natürlich ein entsprechendes Formblatt. Außerdem Formblätter zum Arbeitszeitnachweis, zur Mängelfeststellung und Inventarbestandsaufnahme, Blätter für Korrektur- und Vorbeugemaßnahmen, Berichtsformulare, Beschwerdeformulare, Personalbögen, Feedbackbögen, Kundenzufriedenheitsbögen und – als Krönung des Ganzen – eine mehrseitige Dokumentationsvorlage. Ab sofort müssen Zielvorgabe, Dauer, Verlauf und Ergebnis jedes Auftrags schriftlich festgehalten werden.

Lena Krytschewski ist mit dem anspruchsvollen Unterfangen beschäftigt, Sven Trolle zu erklären, wie er die Formulare auf seinem PC aufrufen kann, dennoch entgeht ihr nicht, wie ich angesichts der Dokumentationsvorlage das Gesicht verziehe. »Haben Sie Fragen oder Anregungen, Herr Nordberg«, fragt sie in spitzem Ton.

»Allerdings. Ich frage mich, was dieser überspannte Blödsinn soll«, murre ich.

»Dieser *Blödsinn* ist Grundlage dafür, die Qualität unserer Dienstleistungen objektiv messbar zu machen. Das habe ich doch vorhin ausgeführt. Aber vielleicht kann ich Ihnen helfen, Ihre Berührungsängste zu überwinden …« Sie legt ihr geschäftsmäßiges Lächeln auf, kommt mit langsamen Schritten zu mir herüber, beugt ihren Kopf über meine Schulter, und wieder kann ich ihr Zitronenblütenparfüm riechen.

»Spielen wir das Ganze doch einmal anhand eines fiktiven Beispiels durch«, sagt sie mit einem Blick auf meinen Monitor. »Nehmen wir an, Sie sollen für einen externen Auftraggeber eine ausstehende Zahlung eintreiben. Das bedeutet, Sie machen zunächst hier oben links ein Kreuz in das E-Kästchen. I bedeutet interner Auftrag, E bedeutet externer Auftrag.«

»Hätte glatt vermutet, es wäre andersrum«, knurre ich.

»Die Namen der Kunden werden natürlich anonymisiert«, fährt sie ungerührt fort. »Jedem Kunden wird eine vierstellige Kennziffer zugeordnet. Die tragen Sie rechts in die entsprechenden Kästchen ein. Nehmen wir zu diesem Übungszweck doch einfach die 0001.«

Brav trage ich die Kennnummer ein.

»Darunter kommt dann Ihre vierstellige Personalkennziffer«, erklärt sie.

»Aha? Und die wäre?«

»Ihre PKZ ist die … Gibst du mir mal die Liste rüber, Ansgar«, bittet sie Milchgesicht Nummer eins. Er reicht ihr ein Blatt Papier, sie wirft einen schnellen Blick darauf und verkündet: »Ihre Personalkennziffer ist die 0815.«

»Wollen Sie mich verarschen?«

»Nichts liegt mir ferner.«

»Wer hat mir denn diese Nummer zugeordnet?«

»Ich«, sagt sie, und für einen kurzen Moment glaube ich, ein feines, spöttisches Lächeln um ihre Lippen spielen zu sehen. »Können wir jetzt fortfahren? Kommen wir zum nächsten Feld: die Eingabe der Zielvorgabe. Hier können Sie frei formulieren. Was würden Sie vorschlagen?«

»Ja, was schon?«, grummle ich. »Ziel ist, dass wir die Kohle eintreiben. Und, wenn möglich, die gesamte Kohle.«

»Sicher«, sagt sie. »Aber ich gehe davon aus, dass Sie über die sprachliche Kompetenz verfügen, diesen Sachverhalt ein wenig seriöser zu formulieren, Herr Nordberg. Beispielsweise folgendermaßen: *Zielvorgabe ist die vollständige Begleichung der ausstehenden Summe durch den Schuldner.*«

»Wenn Ihnen das besser gefällt«, murre ich und gebe den Text ein. »Zufrieden? Oder denken Sie, ich sollte zur Verdeutlichung noch eine Skizze beifügen?« Ich drehe den Kopf, schaue sie herausfordernd an – und muss schlucken. Ihre Augen mustern mich mit einem kühlen und abschätzigen Blick. Augen wie dunkle Seen mit spiegelglatter Oberfläche. Unbewegt. Aber unter dieser glatten Oberfläche gibt es – und das fühle ich in diesem Moment mit absoluter Gewissheit – verborgene Strömungen. In der Tiefe dieser Seen gibt es gefährliche Strudel, die jeden, der nicht achtsam ist, auf den Grund ziehen. Und seltsamerweise wünsche ich mir in diesem Augenblick nichts mehr als das. Tief in diese Seen einzutauchen, die Geheimnisse auf ihrem Grund zu entdecken und … Erst da wird mir klar, dass ich sie anstarre wie ein hormongesteuerter Fünfzehnjähriger, und ich blicke peinlich berührt zur Seite.

Zu meiner Überraschung wirkt auch Lena Krytschewski für einen Moment verlegen. Eine flüchtige Röte huscht über ihr Gesicht, bevor sie sich fängt und in sachlichem Ton sagt: »Weiter zum nächsten Punkt. Schildern Sie die angewandten Verfahren und Methoden und geben Sie eine kurze Beschreibung des Verfahrensablaufes ein. Wie gehen Sie denn normalerweise vor?«

»Na, immer gleich«, antworte ich trotzig. »Ich trete die Tür ein und mache dem Kerl so viel Angst, dass er das Geld rausrückt. Und wenn nicht, dann nimmt Bernward seinen Bohrer oder eine Zange und –«

»Nein, nein, nein«, unterbricht sie mich. »Sie schildern den Ablauf Ihres Einsatzes nur, soweit es Ihren persönlichen Anteil daran betrifft. Und Ihr Kollege dokumentiert seinen Anteil. Natürlich werden die beiden Berichte dann anschließend in einer gemeinsamen Fallakte abgelegt. Zusammen mit dem Kundenzufriedenheitsbogen und dem Feedbackformular.«

»Aha? Und was genau ist der Unterschied zwischen Kundenzufriedenheitsbogen und, ähm, Feedbackformular?«

»Der Kundenzufriedenheitsbogen wird vom Auftraggeber ausgefüllt, also beispielsweise einem Handwerker, für den wir ausstehende Zahlungen eintreiben. Und der Feedbackbogen … Darf ich mal?« Sie ruft ein Formular auf und erklärt: »Dieser Bogen wird vom Schuldner ausgefüllt – natürlich ist seine Mitwirkung freiwillig – und hilft uns, die Verfahrensmethodik zu verbessern. Sehen Sie?«

»Sie meinen, wenn Bernward in Zukunft irgendeinem Kerl ein paar Zähne mit der Kneifzange zieht, soll die arme Sau anschließend einen Fragebogen ausfüllen?« Skeptisch blicke ich auf das Formular auf meinem Monitor. Die Schuldner haben in Zukunft die wunderbare Möglichkeit, anzukreuzen, ob unser Besuch für sie *erwartet*, *etwas überraschend* oder *völlig überraschend* gekommen ist. Oder ob sie unser Auftreten als *angemessen*, *teilweise angemessen* oder *nicht angemessen* empfunden haben. Und zum guten Schluss, was sie dazu bewogen hat, ihre Schulden zu begleichen: verbale Drohungen, Gewalt gegen Dinge oder gezielte Faustschläge.

Mehrfachnennungen sind möglich.

»Das ist doch nicht Ihr Ernst!«, entfährt es mir. »Wir brechen einem Typen erst die Finger und lassen ihn dann dieses bekloppte Formular ausfüllen?«

»Wenn Sie Verbesserungsvorschläge bezüglich der Gestaltung des Formulars haben, nehme ich diese gerne entgegen«, lässt sie mich abfahren.

»Bezüglich der *Gestaltung*?«, stöhne ich völlig entnervt. »Ja, sicher. Vielleicht könnte man die Kästchen durch Smileys ersetzen. Sieht bestimmt noch besser aus. Sie wissen schon: lustiger Smiley, neutraler Smiley, trauriger Smiley.«

»Ich werde Ihren Vorschlag bei der nächsten Sitzung des Zertifizierungsgremiums vorstellen«, entgegnet Lena Krytschewski völlig ernst und macht sich eine entsprechende Notiz. »Kommen wir zu der Dokumentationsvorlage zurück. Wenn Sie den Verfahrensablauf geschildert haben, tragen Sie hier unten bitte noch Datum und Dauer des Einsatzes ein. Und daneben die erhaltene Summe und den entsprechenden Provisionsanteil. Und dann –«

»Haben Sie vielleicht auch mal darüber nachgedacht, dass dieser Dokumentationsblödsinn den Bullen tonnenweise Beweismaterial in die Hände spielt?«, fahre ich ihr in die Parade. »Ich kann den Staatsanwalt schon ein Liedchen pfeifen hören!«

»Für wie naiv halten Sie Ihre Geschäftsleitung eigentlich?«, zischt sie und wirft mir einen giftigen Blick zu. »Natürlich ist unser Intranet bestens geschützt. Die Daten aller Kunden und Mitarbeiter sind anonymisiert und werden sofort bei der Eingabe in das System verschlüsselt. Und jetzt: zurück zur Dokumentation. Wenn

Sie alle erforderlichen Daten eingegeben haben, unterzeichnen Sie links unten auf der letzten Seite mit Ihrem persönlichen, aus vier Buchstaben bestehenden Kürzel!«

»Ein Kürzel? Wie schön! Lassen Sie mich raten: Wenn meine Personalkennziffer die 0815 ist, dann ist mein Kürzel wahrscheinlich … DOOF. Oder DEPP. Oder HONK?«

Sie lächelt spöttisch. »Die Geschäftsführung schätzt den kreativen Input der Mitarbeiter und hat daher beschlossen, jedem Mitarbeiter die Wahl seines Kürzels selbst zu überlassen.«

»Wow! Da kann ich mich ja kreativ so richtig austoben. Dann nehme ich doch das hier«, sage ich und gebe ganz unten in das Formular FUCK ein.

Lena Krytschewski legt den Kopf schief und betrachtet mich eingehend. »Ist *das* Ihre persönliche Art von Humor, Herr Nordberg?«

»Das ist meine persönliche Art von Widerstand gegen aufgepimpte Scheinqualität! Wissen Sie, man kann auch einer Arbeit die Seele nehmen!« Ich verschränke die Arme vor der Brust und stiere sie mit finsterem Blick an.

»Ich verstehe«, sagt sie leise und notiert etwas auf dem Zettel auf ihrem Klemmbrett. »Ich verstehe.«

– 9 –

Erst um sechs Uhr abends endet die Einführung in das Berichts- und Dokumentationswesen. Völlig geschafft stolpere ich aus der Betriebszentrale. Mir schwirrt der Kopf vor Kundennummern, Personalkennziffern, Kürzeln, Formblättern und Berichtsbögen. Die überforderten Trolle sind schweißgebadet. Harry Leim macht den Eindruck, als würde er gleich weinen, und Carla schimpft lauthals: »Die haben sie doch nicht mehr alle! Habt ihr gesehen, was in dem Feedbackbogen der Lockvogel-Abteilung ausgefüllt werden muss? *Ich bin den Verführungskünsten Ihrer Mitarbeiterin erlegen, weil ich sie a) hinreißend fand, b) charmant fand, c) geil fand.* Wer bin ich denn? Am liebsten würde ich denen mal gepflegt über ihre Formulare kotzen.«

»Bei uns ist es auch nicht besser«, jammert Ralf, und Sunny nuschelt: »Ab sofort müssen wir jeden Hänger, dem wir ein Gramm Gras verkaufen, auf sein Umtausch- und Beschwerderecht hinweisen.«

»Nichts wie weg«, stöhnt Bernward. Sein Gesicht ist quittengelb. »Ich will nur noch nach Hause.«

»Ich auch, Bernward. Aber wir müssen noch bei *Papa's Brezelbude* vorbei. Wir können Tassos nicht hängen lassen. Ich will wissen, wie es ihm geht«, sage ich. »Ja. Sicher. Du hast recht«, seufzt Bernward, und wir halten auf den Opel zu.

Wo fährst du hin?, denke ich, während ich zusehe, wie Lena Krytschewski in ihr Cabrio steigt. Was erwartet dich zu Hause? Der feierabendscheinlockere Betriebswirtschaftler deines Herzens, der dir ein Qualitätsbad einlässt und eine zertifizierte Zitronencreme mit dir löffelt? Oder nur eine leere Wohnung mit blitzender Espressomaschine, in deren Küche du einsam und alleine sitzt und über die Entwicklung neuer Formblätter grübelst?

Als sie beim Ausparken in den Rückspiegel schaut, treffen sich unsere Blicke für den Bruchteil einer Sekunde, dann gibt sie Gas, und das rote Cabrio schießt in den Sommerabend davon. Ich sehe ihm hinterher, bis es um die nächste Kurve verschwindet.

Bernward betrachtet mich derweil mit Knittergesicht und schwer gerunzelter Stirn. »Das ist jetzt nicht wahr, oder? Sag mir nicht, du findest sie scharf! Und wenn sie tausendmal aussieht wie Lana Del Rey – sie ist es nicht. Sie ist nur unsere Controllerin.«

»Du irrst dich, Bernward. Sie ist eine Lana. Nur dass sich ihre Lana hinter Lena versteckt hält.«

»Ach, du Scheiße«, entfährt es ihm. »Ich gebe dir jetzt einen guten Rat, Pius: Lass es sein! Denk nicht mal dran! Halte dich von der Frau fern! Sie ist 'ne Kanaille. Außerdem bin ich nicht sicher, ob sie und Torben Bennecke nicht was am Laufen haben. Das gibt noch mehr Ärger, als wir ohnehin schon am Hals haben. Lies meine Lippen: Lass es sein!«

»Das kann ich leider nicht garantieren«, sage ich in bedauerndem Ton. »Trotzdem: Danke für deinen weisen Rat, großer Kobold.«

Papa's Brezelbude steht in einem Gewerbegebiet, zwischen Baumärkten, Autohäusern und dem Lager einer Tiernahrungsfirma. Und hat nichts mehr mit der Brezelbude gemein, die ich von meinem letzten Besuch in Erinnerung habe. Das Teil war ziemlich runtergerockt und extrem siffig. Aber Torbens visionäre Innovationen haben auch hier ihren Niederschlag gefunden: Die Bude ist grundsaniert worden, es gibt einen Drive-in-Brezelschalter, und über der Tür erstrahlt eine zwei Meter große Leuchtbrezel. Das Ding heißt auch nicht mehr Brezelbude, sondern *Brezel-Village.* Drinnen ist es so gemütlich wie in einem OP – was aber aktuell angesagt zu sein scheint. Das *Brezel Village* ist mit jeder Menge jungem Volk gefüllt. Mein Blick wandert durch den Raum, geht zur Bestelltheke und …

»Tassos!«, entfährt es mir erschrocken. Dem Ärmsten hat man übel mitgespielt: Er trägt eine weiße Schürze mit der Aufschrift *Brezel-Village-Crew* und auf dem Kopf ein weißes Schiffchen mit aufgedruckter Brezel. Der Gute steht mit versteinertem Gesicht hinter der Theke und guckt, als würde er den Laden am liebsten in die Luft jagen. Samt Publikum.

»Ach, du Scheiße. Was haben sie denn mit dir gemacht?«, stammelt Bernward.

»Die wollen mich fertigmachen«, antwortet Tassos mit matter Stimme. »Mich demütigen. Aber das schaffen die nicht. Ich werde –«

In diesem Moment kommt ein verpickelter Sechzehnjähriger aus der Küche geschossen – und Tassos fährt zusammen.

»Ist mein Chef«, kann er uns gerade noch zuflüstern, bevor der jugendliche Pickelkönig ihn kritisch mustert und sagt: »Alles in

Ordnung, Karoufakis? Möchten Sie unsere Kunden nicht bedienen?«

»Doch, äh, natürlich, Herr Kerkenschwedt.« Tassos drückt das Kreuz durch, sieht durch uns hindurch und sagt in leierndem Ton: »Willkommen im *Brezel-Village*. Mein Name ist Tassos Karoufakis. Darf ich Sie darauf hinweisen, dass Sie ein alkoholfreies Getränk Ihrer Wahl gratis erhalten, wenn Sie ein Brezelmenü, bestehend aus einer marinierten Brezel, einem Brezel-Burger und einem Brezel-Wrap bestellen?« Er wirft uns einen flehenden Blick zu und flüstert: »Macht schon, ihr müsst was bestellen, sonst krieg ich Ärger. In zehn Minuten habe ich Pause, dann können wir reden.«

»Gut, dann nehme ich die … marinierte Käsebrezel.«

»Sehr gerne. Welche Marinade? Honig, Ingwer oder Curry?«

»Ähm … Curry.«

»Und den Käse? Auf Sojamilchbasis?«

»Von mir aus.«

»Die Brezel mit Zwiebelringen oder Auberginen-Chips?«

»Zwiebeln.«

»Die Zwiebeln geröstet oder gedünstet?«

»Egal … Geröstet.«

»In der Pfanne, oder –«

»Herrgott, Tassos! Ist das ein Verhör? Gib mir einfach irgendwas.«

Wir quetschen uns an einen Tisch am Fenster, möglichst weit weg von dem überdrehten Jungvolk. Ich frage mich, welcher Hype einen dazu veranlasst, in einem Gewerbegebiet ekles Backwerk in Ingwermarinade in sich reinzustopfen. Bernward guckt angewidert auf seine Brezel und schiebt sie von sich weg. Ich bin so verwegen, einen kleinen Bissen zu probieren – und bereue es umgehend. »Himmel!«, entfährt es mir, und ich spucke die Brezel in meine Serviette. »Schmeckt wie Füße. In Currymarinade!«

Kurz darauf erscheint Tassos und sinkt ächzend auf einen Stuhl. »Ich bin jetzt auf diesen Drecksjob angewiesen«, zischt er wütend. »Papa Ambros und ich haben uns vor Ewigkeiten per Handschlag auf einen lebenslangen Pachtvertrag für die *Schöne Amalia* geeinigt. Er war ein Ehrenmann. Mit ihm konnte man das machen. Aber jetzt gehört das Haus Torben, und da es keinen schriftlichen Vertrag gibt, kann er machen, was er will. Als ich aus Griechenland zurückgekommen bin, hat er mich vor die Alternative gestellt: Arbeitslosigkeit oder *Brezel-Village!*«

»Viel besser ergeht es uns auch nicht«, sagt Bernward mit betrübtem Blick und berichtet Tassos von dem neuen, kalten Qualitäts-Wind, der unsere Arbeitswelt durchweht.

Ich blicke derweil von einem zum anderen und komme nach kurzem Überlegen zu dem Schluss, dass dies der richtige Zeitpunkt sein könnte, um sie in meine Gedanken zum Tod von Papa Ambros einzuweihen. »Er hatte zwar vor, Torben das Geschäft zu übergeben, aber diesen ganzen Controlling-Blödsinn hätte er niemals zugelassen«, sage ich einleitend, bevor ich zum eigentlichen Thema komme. »Findet ihr nicht, dass Torben der Tod seines Vaters auffallend gelegen kommt?«

»Was willst du damit sagen? Laut Polizei war es doch ein Unfall.« Tassos blickt mich mit zweifelndem Blick an.

»Ich sage nur, dass er vom plötzlichen Dahinscheiden seines Vaters profitiert. Und ich bin mir sehr sicher, dass Papa Ambros keinen Unfall hatte.« Ich strecke den Kopf vor und flüstere: »Als ich bei ihm war an dem Abend vor seinem Tod, da wollte er mir etwas sagen. Irgendwas hat ihm Angst gemacht. Aber dann sind wir unterbrochen worden und ... Und dann die Sache mit der Tür: Als ich ging, hat er die Tür hinter mir verschlossen und verriegelt. Aber am nächsten Morgen war sie nur zugezogen. Er muss noch mal jemandem die Tür geöffnet haben. Und dieser späte Besucher hat dafür gesorgt, dass Papa Ambros nicht mehr von der Sonnenbank aufsteht.«

»Meinst du wirklich? Klingt ja gruselig«, befindet Bernward. »Aber ich weiß nicht ... Hat Torben Bennecke nicht gesagt, es wäre ein Kurzschluss gewesen?«

»Torben Bennecke traue ich nicht von hier bis dort. Und einen Kurzschluss kann man absichtlich herbeiführen. Dass Papa Ambros verbrannt ist, ist keine Überraschung. Aber ich bin mir sicher, dass er nicht selbst auf die Sonnenbank geklettert ist. Sondern, dass ihn jemand dort hingelegt hat, als er bereits tot oder zumindest betäubt war. Mich würde interessieren, ob man in seinem Körper Spuren irgendeines Betäubungsmittels gefunden hat. Rohypnol oder so eine Scheiße ... Haben wir noch irgendwelche Verbindungen in die Gerichtsmedizin? Oder irgendeinen Informanten bei der Polizei?«

»Was die Gerichtsmedizin angeht, da könnte ich vielleicht was anleiern«, sagt Tassos. »Die Freundin des jüngsten Sohnes einer Cousine meines Schwagers arbeitet da in der Verwaltung. Ich werde fragen, ob sie mir einen Gefallen tun und mal einen Blick in die Akte werfen kann.«

»Okay. Melde dich, wenn du was weißt, Tassos. Und bis dahin –«

»Die Grillbrezel wenden sich nicht von selbst, Karoufakis!«, kräht das Pickelgesicht aus der Küche.

»Komme sofort, Herr Kerkenschwedt!« Tassos drückt Bernward und mir zwei Papierbögen in die Hand und wispert flehend: »Füllt bitte noch schnell unseren Kundenzufriedenheitsbogen aus. Und bewertet den Service unbedingt mit drei goldenen Brezeln, sonst … Ich steh eh schon auf der Abschussliste. Ihr nehmt damit automatisch an einem Gewinnspiel für *Brezel-Village*-Gutscheine teil.« Tassos nickt uns zum Abschied eilig zu und hastet mit dem panischen Blick eines gejagten Wildes hinter die Theke.

Ich verleihe ihm die drei goldenen Service-Brezeln, rolle die Reste meiner marinierten Brezel in den Zufriedenheitsbogen und entsorge das Gesamtpaket in die dafür vorgesehene *Feedback-Bag* am Ausgang. Ich hoffe innigst auf den Gewinn eines Gutscheins. Falls ich mal ein Geschenk für jemanden brauche, dem ich die Kotzeritis an den Hals wünsche.

Die transzendente Zitronencreme-Lana-Viertelstunde fällt heute aus. Ich bin so geschafft, dass ich mich, zu Hause angekommen, ohne Zwischenstation in die Falle begebe und innerhalb von fünf Sekunden wegschnarche. Aber Papa Ambros und die beängstigenden Veränderungen an meinem Arbeitsplatz verfolgen mich bis in den Schlaf. Im Verlauf der Nacht habe ich einen verwirrenden, episodenhaften Traum.

Zu Beginn laufe ich barfuß über die sandbedeckten Fliesen eines riesigen, menschenleeren Sonnenstudios. Kabine neben Kabine. Bis an den Horizont. Aus einer davon ist Schlagermusik zu hören. Santa Maria. Mit klopfendem Herzen bleibe ich vor der Kabine stehen und öffne zögerlich die Tür.

Papa Ambros sitzt, in gleißendes künstliches Licht getaucht, auf der Sonnenbank, als wäre er der Strandkönig von Waikiki. An seinem Hals baumelt eine schwere Goldkette, in der Rechten hält er ein Glas Feigenlikör. »Pius«, sagt er freudig überrascht, und ein Lächeln breitet sich auf seinem Gesicht aus. »Wie schön, dich zu sehen. Möchtest du ein Spargelröllchen?«

Ich schüttle den Kopf und beobachte mit einiger Verwunderung, dass Rauch unter seinem Toupet aufzusteigen beginnt.

»Alles in Ordnung, Pius?«, fragt er.

»Papa Ambros … An dem Abend, an dem ich bei dir war, an dem Abend vor deinem Tod …

»Meinem Tod?«, sagt er überrascht. »Ich bin tot? Komisch. Fühlt sich gar nicht so an. Aber wer weiß, bevor er draufgeht, schon, wie es sich anfühlt. Ist doch alles nur Spekulation und Feigenlikör. So? Tot also … Hab mich schon gewundert, warum ich mich neuerdings so federleicht fühle. Tot … Warum sagt einem denn keiner was? Nimm dir doch was von dem Mettigel, Pius.«

Ich schüttle den Kopf. »An dem Abend, Papa Ambros, da wolltest du mir was Wichtiges sagen. Es ging um etwas, das dir Sorgen gemacht hat.«

»Wirklich?« Kleine blaue Flammen flackern über Papa Ambros Augenbrauen. Nicht nur von seinem Toupet, auch aus seinen Achselhöhlen und von seinen Fußsohlen steigt dichter Rauch auf. Einen Augenblick später beginnt er vor meinen Augen zu zerfließen, wie eine Wachspuppe in der Sauna.

»Papa Ambros! Was wolltest du mir sagen?«

»Es ist nicht alles Gold, was glänzt«, flüstert er mit einem zerfließenden Lächeln. Dann löst er sich in Wohlgefallen auf. Nur die Goldkette und eine kleine Lache Feigenlikör bleiben auf der Sonnenbank zurück.

Es ist nicht alles Gold, was glänzt … Während Papa Ambros' Worte in Dauerschleife durch meinen Kopf schwirren, irre ich, auf der Suche nach dem Ausgang, durch das Sonnenstudio, bis ich am Ende eines schmalen Gangs auf eine Hintertür stoße.

Als ich sie öffne, sitze ich plötzlich mit Lana Del Rey auf einem Rodelschlitten, und wir jagen einen Abhang aus Zitronencreme hinab. Sie lacht, ihr glänzendes Haar flattert im Fahrtwind. Von irgendwoher klingen helle Glocken, vom Himmel schweben dicke Zitronenschaumflocken herab. Lana summt die erste Strophe von »Video Games« in mein Ohr, während wir durch den Zitronenschnee talwärts sausen. Ich wünschte, diese Fahrt würde niemals enden. Aber plötzlich tauchen am Rand der Piste überall picklige Sechzehnjährige auf und beginnen, marinierte Brezeln nach uns zu werfen. Ich verliere die Kontrolle über den Schlitten, Lana schreit auf, wir fliegen in hohem Bogen durch die Luft und – ich stehe in einem endlos langen Gang vor einer Bürotür. Lana Del Rey ist verschwunden.

Ich klopfe an, drücke die Klinke und trete ein. Lena Krytschewski sitzt am Ende des Raumes an einem hohen Schreibtisch. Hinter ihr hängt eine Fahne, auf die in riesigen Lettern das Wort **CONTROL** *geprägt ist. Rechts und links an den Wänden steht eine ganze Armee von Druckern.*

»Sie …, Sie wollten mich sprechen?«, frage ich zaghaft.

»Ja. Kommen Sie rein, 0815«, sagt sie mit heiser klingender Stimme. »Und schließen Sie die Tür!«

»Worum geht es?«, frage ich, als ich auf dem Stuhl vor ihrem Schreibtisch Platz nehme.

Sie lehnt sich vor, blickt mir tief in die Augen und haucht zu meiner Überraschung: »Vorhin konnte ich es Ihnen natürlich nicht so offen sagen, aber … Ihre Art von Humor und Widerstand gefällt mir. Und der Rest von Ihnen ebenfalls. Sehr sogar …«

Lena Krytschewski und ich sind urplötzlich in einen roten Lichtkegel gehüllt und der aphrodisierende Sound einer schwitzigen Schweineorgel dröhnt durch den Raum. Lenas feucht schimmernde Lippen sind halb geöffnet. Ohne den Blick von mir zu wenden, löst sie ihren Zopf, schüttelt die Haare, nimmt einen tiefen Atemzug, gibt den Drucken-Befehl in ihren Laptop ein – und stöhnt im nächsten Moment verzückt auf, als alle Drucker gleichzeitig beginnen, Formularbögen auszuspucken, wie Schneemaschinen die Kunstflocken. Die Bögen schwirren als wild gewordener Vogelschwarm durch den Raum, segeln um unsere Köpfe und gehen als nicht enden wollender Papierregen auf dem Boden nieder. Lena erhebt sich mit einer lasziven Bewegung hinter ihrem Schreibtisch. Erst in diesem Moment fällt mir auf, dass sie für eine Controllerin nur spärlich bekleidet ist. Sie greift mit der Hand in meine Haare, zieht mich zu sich heran und sagt schwer atmend: »Ich will dich! Sofort! Bis du um Gnade flehst. Hier, auf den Formularen!« Dann pressen sich ihre Lippen auf meine, meine Hände fahren durch ihr Haar, über ihr Gesicht, ihre Brüste, ihren Bauch … Eng umschlungen sinken wir zu Boden, wälzen uns auf den papierbedeckten Dielen und reißen uns die Kleidung vom Leib, während ein Regen aus Antrags- und Dokumentationsformularen auf uns niederprasselt.

»Sag schmutzige Wörter!«, flüstert sie mir mit erregter Stimme ins Ohr.

»Ich …«

»Komm schon!« Sie beginnt, wie wild an meinem Ohrläppchen zu knabbern. »Sag was Schmutziges. Komm schon!«

»Ich, äh …, na gut: Verfahrens … steuerung.«

»Ja«, keucht Lena. »Mehr!«

»Qualitätskontrolle.«

»Mehr! Mehr!«

»Prozess-opti-mierung«, presse ich stoßweise atmend hervor. »Aufwandsminimierung. Personalkostensenkung. Operatives Controlling.«

»Nicht, nicht aufhören«, fleht sie. »Bitte nicht. Mach weiter! Weiter!«

»Dokumentationswesen. Zertifizierung.«

»Ja! Weiter. Bitte. Weiter. Nur noch ein Wort! Ein Wort!«

Ihre Fingernägel krallen sich in meinen Rücken, mein Herz pumpt wie verrückt, mein Atem geht schneller und schneller … »Kunden-zu-frieden-heit«, stoße ich mit verzerrtem Gesicht hervor.

»Jaaaa!«, schreit Lena, dann verschmelzen unsere Münder, ein gemeinsames Zittern lässt unsere schweißnassen, formularbedeckten Körper in einem Tsunami der Lust erbeben – als plötzlich das Riff von »Paranoid« ertönt …

»Verdammt noch mal!« Widerwillig kämpfe ich mich aus meinem Traum, registriere beim Wachwerden, dass ich einen Riesenständer habe, und taste nach dem Smartphone. Frau Seiler. Warum bin ich dazu verdammt, morgens um sieben mit Frau Seiler zu telefonieren? Mit einem Ständer?

»Es tut mir leid, Sie so früh stören zu müssen, Herr Nordberg. Aber Ihre Mutter –«

»Hat sie einen paramilitärischen Revolutionskampftrupp gegründet?«

»Nein. Es ist nur … Sämtliche Nachbarn haben sich bei mir beschwert. Weil sie letzte Nacht nicht schlafen konnten. Wegen der … Geräusche aus dem Haus Ihrer Mutter.«

»Welche Geräusche?«

Einen Moment herrscht peinliche Stille, und ich kann vor meinem inneren Auge regelrecht sehen, wie Frau Seiler errötet.

»Geräusche der … körperlichen Liebe. Stöhnen, Jauchzen … Ein Nachbar sprach von schrillen Schreien der Lust.«

Mein Ständer verabschiedet sich auf der Stelle. Na, wie schön, denke ich. Da war der kreative Joe ja anscheinend ganz besonders kreativ. »Jetzt mal im Ernst, Frau Seiler, denken Sie wirklich, dass ein Sohn mit seiner Mutter über die angemessene Lautstärke beim Geschlechtsakt diskutieren sollte? Glauben Sie nicht, Sie könnten die Frage vielleicht in einem Gespräch von Frau zu Frau anschneiden?«

»Ich … Ja, Sie haben natürlich recht, Herr Nordberg. Das wäre vielleicht wirklich … unangemessen. Gut, ich werde versuchen, mit Ihrer Mutter zu reden.«

»Danke. Und Gott mit Ihnen, Frau Seiler!«

Bei Papa Ambros hat keiner vor elf Uhr morgens zu arbeiten begonnen. Aber Daniel Streit und Ansgar Degen haben uns gestern eröffnet, dass sich das Team Bennecke ab sofort jeden Morgen um Punkt acht Uhr zu einer *Planungsbesprechung* einzufinden hat.

Während ich unter der Dusche stehe, geht mir das, was Papa Ambros in meinem Traum orakelt hat, durch den Kopf. *Es ist nicht alles Gold, was glänzt.* Als er es im Traum gesagt hat, schien es ausgesprochen wichtig zu sein. Bei Tageslicht fällt es eher schwer, darin einen tieferen Sinn zu entdecken. Merkwürdig. Aber in Träumen äußern Menschen ständig total banale Dinge, die, wenn sie sie sagen, mit unglaublicher Bedeutung aufgeladen, tatsächlich aber völlig hirnrissig sind. Ich hatte mal einen Traum, in dem ich mit John Lennon in einem englischen Garten saß, wo er mir den Rat gab: »Folge den Erdbeerfeldern, wenn du wissen willst, wer das Walross ist.« Was mir in dem Moment ungemein weise erschien – mich im Alltag aber nicht so wirklich weiterbrachte.

Als ich in den Aufzug huschen will, fliegt die Tür von Anoushkas Wohnung auf. Offenbar hat sie mich abgepasst.

»Morgen, Pius«, piepst sie. »Ich will dir wirklich nicht lästig fallen, aber wäre es möglich … Also, könntest du nächsten Samstag noch mal auf Bonny und Jonny-Lee aufpassen?«

»Klar. Kein Problem. Wieder mit deiner Freundin ins Kino?«

Anoushka läuft rot an. »Ich habe jemanden kennengelernt.«

»Tatsächlich?« Ich nehme sie mit zusammengekniffenen Augen ins Visier. »Käppchenträger?«

Sie lächelt und schüttelt den Kopf.

»Eifersuchts-Aggro?«

»Nein.«

»Ein Typ mit Selbstwertproblematik und locker sitzender Hand?«

»Nein. Hör schon auf, Pius.« Anoushka schüttelt lachend den Kopf.

»Okay. Sag mir einfach Bescheid, ab wie viel Uhr du mich am Samstag brauchst.«

»Vielen Dank, Pius. Ähm, könntest du nur darauf achten, dass Jonny-Lee diesmal keine Kerze isst?«

– 10 –

Als sich das Team Bennecke um acht Uhr im Besprechungsraum versammelt, ist der Namensgeber nicht dabei. Hat schon wieder irgendeinen unglaublich wichtigen Außentermin, wie ich einem Gespräch zwischen Daniel Streit und Ansgar Degen entnehme. Aber nicht nur unser neuer Chef fehlt – auch von den Trollen ist nichts zu sehen.

»Acht Uhr … War doch klar, dass die das niemals pünktlich schaffen«, murmelt Bernward. Er sieht aus, als hätte er kaum geschlafen. Bestimmt wieder familiäre Probleme. Wahrscheinlich hat seine Älteste Totenschädel ausgebuddelt und sie im elterlichen Thermomix ausgekocht.

Die Milchgesichter haben das Fehlen der Trolle-Brüder natürlich ebenfalls bemerkt. »Eine telefonische Krankmeldung ist nicht erfolgt«, höre ich Daniel Streit zu Ansgar Degen sagen. »Das wird arbeitsrechtliche Konsequenzen haben.«

Dann legt er ein falsches Lächeln auf, wendet sich den Mitarbeitern zu und verkündet mit leuchtenden Augen: »Ab heute werden wir die halbe Stunde zwischen acht und halb neun für Maßnahmen des Teambuildings und Motivationscoachings nutzen! Wir alle arbeiten als Team an einer großen gemeinsamen Aufgabe! Unsere Stärke ist unsere Gemeinsamkeit! Und an dieser Stärke wollen wir arbeiten. Zunächst einmal mit einer ganz einfachen Übung. Würden Sie bitte die Stühle zur Seite räumen und in der Mitte des Raumes zwei Kreise, einen inneren und einen äußeren, bilden? Ja, genau so. Hinter jedem im inneren Kreis steht ein Partner im äußeren Kreis. Um erfolgreich mit unseren Kollegen zusammenzuarbeiten, müssen wir Ihnen vertrauen. Diese Übung wird uns helfen, das Vertrauen in unsere Kollegen zu festigen. Vertrauen wir ihnen! Was auch geschieht – sie werden uns auffangen! Ich möchte nun die Kollegen im inneren Kreis bitten, ihrem Hintermann Vertrauen zu schenken, sich einfach zurückfallen zu lassen und sicher zu sein, aufgefangen zu werden.«

»Ich hab aber keinen Vordermann«, beschwert sich Jan van Messer.

»Keine Sorge, Herr van Messer. Ich werde das übernehmen«, bietet das Milchgesicht eilfertig an und nimmt die entsprechende Position ein.

»Ist ja entzückend«, wispert Carla, die meine Vorderfrau ist. »Wahrscheinlich fangen wir morgen damit an, unsere Namen zu tanzen.«

»Frau Olson? Herr Nordberg? Wenn Sie beginnen wollen. Keine Angst, Frau Olson. Lassen Sie sich fallen. Vertrauen Sie Herrn Nordberg!«

»Wenn es denn der Qualitätssteigerung dient«, seufzt Carla, schließt die Augen und lässt sich nach hinten fallen. Sie wiegt nicht mehr als ein Sack Federn, ich fange sie problemlos auf. Aber umgekehrt wird das schwierig werden. Und das ist keine Frage des Vertrauens, sondern von Masse und Schwerkraft.

»Danke sehr. Und jetzt vielleicht Herr Leim und Herr Panzko? Vertrauen Sie einander. Ja. Prima. Genau so. Und nun vertraue ich Ihnen, Herr van Messer.« Daniel Streit lässt sich nach hinten fallen. Jan van Messer grinst, macht einen Schritt zurück, und sein Vordermann knallt unsanft auf den Hinterkopf. Ein fieses, knackendes Geräusch!

Daniel Streit rappelt sich benommen auf, befühlt die entstehende Beule an seinem Hinterkopf und wirft Jan einen ungläubigen Blick zu. »Hoppala! Tut mir leid«, beteuert dieser mit unschuldigem Gesicht. »War für einen kurzen Moment abgelenkt.«

»Gut. Ich, äh … Belassen wir es zunächst dabei«, sagt Daniel Streit, der mit leichten Gleichgewichtsstörungen zu kämpfen hat. »Doch denken Sie daran, was Sie gerade erfahren haben: Sie können Ihren Kollegen vertrauen – den meisten zumindest. Aber bevor wir auseinandergehen, wollen wir uns alle noch kurz zu einem Kreis versammeln. Kommen Sie! Kommen Sie!«

Widerwillig bilden wir einen Kreis um ihn herum.

»Ja. So ist es gut. Und nun: Nehmen Sie Verbindung miteinander auf! Legen Sie die Arme um die Schultern Ihrer Kreisnachbarn. Ja. Und nun: den Kreis enger fassen. Alle rücken zusammen!« Daniel Streit reckt den Kopf in die Mitte des Kreises vor und brüllt in schlimmster Motivationsmanier: »Wenn man etwas aussprechen kann, dann kann man es auch tun! Und was wir gemeinsam aussprechen, das können wir gemeinsam tun. Und wer gemeinsam handelt, der ist stark. Der erreicht sein Ziel! Und deswegen will ich, dass ihr mir nun nachsprecht: Ich bin mir und meinen Kollegen immer das Beste schuldig!«

Alle blicken sich fragend an. »Ich bin mir und meinen Kollegen immer das Beste schuldig«, leiern alle unmotiviert.

»Ich bin stark. Ich werde meine Ziele erreichen!«, feuert Daniel Streit uns an.

»… meine Ziele erreichen«, nuschelt Sunny mit unbeteiligter Miene, während Ralf und alle anderen nur stumm die Lippen bewegen.

»Gemeinsam schaffen wir das Unmögliche. Denn wir sind Sieger. Wir sind die Bennecke-Group!«, schreit sich Daniel Streit dem Höhepunkt seiner Wollt-ihr-den-totalen-Erfolg?-Kampagne entgegen.

»Wir sind die Bennecke-Group«, murmeln alle weitgehend emotionsfrei.

»Spitze! Das war schon sehr gut«, befindet Daniel Streit und klatscht uns Beifall. »Und ich bin sicher, dass wir es morgen noch überzeugender hinbekommen werden. – Der Tag gehört euch! Geht da raus und nehmt ihn euch!«

»Ich nehm lieber 'ne Magentablette«, flüstert mir Bernward zu. »Wenn ich den Affenzirkus künftig jeden Morgen über mich ergehen lassen muss, habe ich in zwei Wochen ein neues Geschwür.«

Bevor wir *da rausgehen und uns den Tag nehmen,* gibt es aber noch die Planungsbesprechung, die von Lena Krytschewski geleitet wird. Was mich einigermaßen ins Schwitzen bringt. Während sie mit regloser Miene Arbeitsaufträge erteilt, versuche ich krampfhaft, nicht an meinen Traum von vergangener Nacht zu denken. Mit sehr bescheidenem Erfolg. Bis sie mit geschäftsmäßiger Stimme eine Neuerung im Bereich Inkassowesen verkündet, die sich anfühlt wie ein Tritt in die Eier: Ab sofort haben wir täglich doppelt so viele Fälle abzuarbeiten wie bisher! Die frohe Kunde führt bei Bernward zum sofortigen Einwurf einer zweiten Tablette. »Die haben sie doch nicht mehr alle! Das ist niemals zu schaffen. Völlig unmöglich«, stöhnt er und sieht ganz elend aus.

»Wie gestern angekündigt, werden wir Ihre Kleinteams begleiten, um uns einen Eindruck von den Verfahrensabläufen zu verschaffen«, kündigt Lena Krytschewski an. »Herr Degen wird die Abteilung *Weiche Drogen* durch ihren Arbeitstag begleiten.«

Ralf und Sunny machen Gesichter, als würden sie sich ins nächste Paralleluniversum wünschen. »Komisch, dass die Trolle nicht da sind«, sage ich zu Bernward. »Dass sie zu spät kommen, hat ja Tradition. Aber dass sie überhaupt nicht auftauchen …«

»Hatten vielleicht keine Lust auf das neue, qualitätsgemanagte Betriebsklima und haben beschlossen, lieber freiberuflich zu arbeiten«, murmelt Bernward.

»Aber dann hätten sie doch einem von uns Bescheid gesagt«, wende ich ein, als Lena Krytschewskis Stimme die Luft zerschneidet: »Habe ich Ihre Aufmerksamkeit, Herr Nordberg?« Sie mustert mich mit hochgezogenen Augenbrauen. »Ähm, ja. Natürlich.«

»Herr Streit wird sich Herrn Panzko und Herrn van Messer anschließen!«

Daniel Streit betastet die Beule an seinem Hinterkopf und blickt ängstlich zu Jan van Messer, der ihn frohgemut angrinst, während Lena Krytschewski ausführt: »Ich werde mir einen Überblick über die Verfahrensabläufe im Bereich Inkassowesen verschaffen und Herrn Nordberg und Herrn Kniehase begleiten. Danke für Ihre Aufmerksamkeit. Ich wünsche uns allen einen erfolgreichen Tag.«

Ich kann nicht verhindern, dass mich als Folge ihrer Ankündigung ein leichtes, nicht unangenehmes Kribbeln durchläuft. Was wenig mit Verfahrensabläufen, aber eine ganze Menge mit meinem Traum zu tun hat. Bei Bernward kribbelt nichts. Er fällt in sich zusammen wie ein Soufflé im Durchzug. »Auch das noch! Da denkt man, schlimmer geht es nicht mehr …, und jetzt dürfen wir auch noch Miss *Ich hab in ganz Europa studiert* durch die Gegend kutschieren.« Er wirft mir einen drohenden Blick zu. »Und du verinnerlichst gefälligst, was ich dir gesagt habe. Halt dich von ihr fern! Und geredet wird nur das Allernötigste. Nichts Persönliches. Verstanden?«

»Ja, ja. Jetzt krieg dich mal wieder ein.« Ich sehe Ralf und Sunny nach, die in ihrem abgetakelten VW-Bus mit Ansgar Degen davontuckern. Bernward quetscht sich mit mürrischem Gesichtsausdruck auf den Fahrersitz des Opels. Ich lehne mich gegen den Wagen, blinzle in die Morgensonne und pfeife leise *Blue Jeans* vor mich hin, während wir auf Lena Krytschewski warten.

Als sie aus der Tür tritt, verschlucke ich mich beinah. Offenbar hatte sie den schlauen Gedanken, dass ein Hosenanzug nicht die allergeeignetste Arbeitskleidung an der kriminellen Arbeitsfront ist, und hat ihn gegen Jeans, T-Shirt und eine schwarze Lederjacke getauscht. Und wieder ist es wie in dem Moment, in dem sie die Kirche betreten hat. Als würde sich eine schwerelose, überirdische Engelgestalt auf mich zubewegen. Ein Engel in Bluejeans. Überall auf meinem Körper entladen sich winzige Stromstöße, und in meinem Kopf beginnt Lana Del Rey zu singen.

Ihr Gesang bricht abrupt ab, als Lena Krytschewski auf dem Rücksitz des Opels Platz nimmt, angesichts der Geruchsmischung aus Frikadelle, Magentropfen und kaltem Rauch angewidert das Gesicht verzieht und in schnepfenhaftem Ton bemerkt: »Ihnen ist doch klar, dass der Nichtraucherschutz am Arbeitsplatz auch hier gilt, Herr Nordberg?«

Ihre Worte haben die gleiche Wirkung wie ein Kübel Eiswasser über den Kopf. Von einem Moment auf den anderen ist der Strahlenkranz des Mysteriösen und Überirdischen verschwunden. Seufzend stecke ich das Tabakpäckchen weg. Das muss man erst mal schaffen, denke ich. Von der geheimnisumwehten, engelhaften Erscheinung zur Controllerin in 0,01 Sekunden.

Natürlich riecht der Wagen muffig. Aber muss man seinen übertriebenen Ekel unbedingt so demonstrativ zeigen? Der Wagen riecht muffig, weil in ihm Menschen durch die Gegend fahren. Und Menschen haben manchmal Hunger oder Magenschmerzen oder möchten einfach mal eine Zigarette rauchen. Müssen Autos riechen, als würde sie niemand benutzen?

Aber das ist erst der Anfang. Auch in der Folge ist Lena Krytschewski eifrig bemüht, alles, was an ihr engelhaft ist, wegzusperren. Nur der Duft ihres Zitronenparfüms schwebt weiter wie eine schwache Reminiszenz an ihr Lana-Ich durch den Wagen.

»Die Auftragsliste haben Sie dabei, Herr Nordberg?«, dringt ihre Stimme vom Rücksitz.

»Ja. Natürlich.« Ich nehme das Klemmbrett mit den Listen auf den Schoß. Bei Papa Ambros bekam man einen Schmierzettel mit Namen und Adresse der säumigen Schuldner in die Hand gedrückt. Was völlig ausreichend war. Aber jetzt gibt es für jeden Auftrag ein zweiseitiges Formular, auf dessen erster Seite jede Menge überflüssiger Daten erhoben werden, weswegen sich praktischerweise auf Seite 2 eine ganzseitige Datenschutzerklärung befindet.

»Bitte briefen Sie mich bezüglich der ersten Zielperson, die wir aufsuchen, Herr Nordberg.«

»Ein externer Auftrag. Der Mann heißt Albert Kahnem. Zweiundsechzig Jahre. Besitzer eines Hundefriseursalons in der Kaiserstraße. Hat Umbauten in seinem Geschäft durchführen lassen, die Handwerker aber nicht bezahlt. Mahnungen waren erfolglos.«

»Danke sehr«, sagt sie. »Für die Arbeitsplatzsicherheitsanalyse benötige ich dann noch Ihre Einschätzung des Gefährdungspotenzials.«

»Des *Gefährdungspotenzials?*« Bernward und ich tauschen einen kurzen Blick aus, und ich beiße mir auf die Lippen, um nicht zu lachen. »Sie wollen wissen, ob ich denke, dass der Mann uns gefährlich werden könnte?«

»So ist es.«

»Also, das ist ein Hundefriseur. Ich würde sagen, das Gefährdungspotenzial ist eher gering.«

»Aha«, macht sie und gibt mit wichtigem Gesicht irgendwas in ihr Smartphone ein. »Das bedeutet, Sie schätzen den Arbeitsumfang bei diesem Auftrag als durchschnittlich ein?«

»Genau. Ein ganz durchschnittlicher Auftrag«, seufze ich – ohne zu ahnen, dass unser Einsatz alles andere als durchschnittlich verlaufen wird.

Die Kaiserstraße liegt in der Innenstadt, was bedeutet, dass man ewig nach einem Parkplatz suchen muss. Nachdem Bernward zweimal ums Karree gegurkt ist, hat er die Nase voll und fährt ins Parkhaus.

»Denken Sie an die Quittung, wenn Sie nachher ausfahren, Herr Kniehase. Die muss Ihrem Antrag auf Fahrtkostenerstattung zwingend beigefügt sein«, ermahnt unsere Controllerin ihn. »Und was Ihren Einsatz angeht, meine Herren … Ich bin nur Beobachterin. Bitte gehen Sie so vor wie immer. Tun Sie so, als wäre ich gar nicht da.«

»Mit dem allergrößten Vergnügen«, sage ich. »Können wir?«

Wir verlassen das Parkhaus und laufen die Kaiserstraße runter. Aus den Augenwinkeln sehe ich, wie Lena Krytschewski mich mit interessiertem Blick beobachtet. Aber wenn ich *interessierter Blick* sage, meine ich damit nicht irgendein Frau-an-Mann-Interesse. Eher die Art von zwischen Schock und Faszination angesiedeltem Interesse, mit dem Zoobesucher einen masturbierenden Orang-Utan beobachten.

»*Mit dem allergrößten Vergnügen.* – Sehr witzig, Herr Nordberg. An Ihnen ist ein Komiker verloren gegangen. Für Sie ist das alles nur ein Witz, nicht wahr?«, sagt sie plötzlich. »All die Anstrengungen, die meine Kollegen und ich unternehmen, um einen abgewirtschafteten Betrieb wieder marktfähig zu machen. Sehen Sie nicht, dass dies vor allem im Bewusstsein der Verantwortung für Ihre Arbeitsplätze geschieht?«

»Wollen Sie eine ehrliche Antwort? Die *Anstrengungen,* die unternommen werden, liegen ja wohl bei der Belegschaft. Wir müssen uns schließlich mit diesem zusätzlichen Aufwand rumschlagen. Dieses aufgeblasene Qualitäts-Ding, das hat sich doch ein Haufen verängstigter Zwangsgestörter ausgedacht. Leute, denen jedes Anzeichen von Selbstvertrauen und echter Persönlichkeit bei anderen eine Heidenangst einjagt. Weswegen sie ihren Mitmenschen gerne ein System überstülpen, um deren Persönlichkeit gar nicht erst zur Entfaltung kommen zu lassen. Das hat herzlich wenig mit Qualität zu tun! Systeme sind für Menschen da und nicht umgekehrt. Und ich kann es überhaupt nicht leiden, wenn Leuten die eigene Ausbeutung auch noch als wahrer Segen verkauft werden soll. Glauben Sie mir: Ich bin kurz davor, meine alten *Ton, Steine, Scherben*-Alben rauszukramen.«

»Ach? So einfach gestrickt ist Ihre Welt? Oben die bösen Ausbeuter und unten die geknechtete Masse?«

»Ich bin intellektuell durchaus in der Lage, das ein wenig differenzierter zu sehen, Frau Krytschewski. Aber im Prinzip: Ja!«

»Sie irren sich gewaltig, Herr Nordberg. In modern geführten Betrieben gehört die Übernahme sozialer und gesellschaftlicher Verantwortung selbstverständlich zur Unternehmenskultur.«

»Klar. Bisschen bunter Flitter muss ja.«

»Flitter? Vielleicht sollten Sie gelegentlich mal einen Blick in unser Leitbild werfen. – Eigentlich ist es noch zu früh, darüber zu sprechen, aber erst gestern hat sich Herr Bennecke mit den Leitungen der befreundeten Organisationen getroffen und die gemeinsame Finanzierung eines Projekts besprochen, das Mut und Unternehmergeist in unserer Gesellschaft fördern soll: Es wurde beschlossen, einen Kleinunternehmer, der eine Erfolg versprechende Geschäftsidee präsentieren kann, über eine Dauer von drei Jahren finanziell zu unterstützen und ihn zu beraten.« Sie sieht mich an, als würde sie auf sofortige Heiligsprechung hoffen.

»Sie tun es schon wieder«, sage ich. »Irgendwas als was ganz anderes zu verkaufen. *Unternehmen finanziell unterstützen und beraten?* Es geht doch nur darum, Betriebe hochzuziehen, in denen man später möglichst unauffällig schmutziges Geld waschen kann.«

Sie wirft mir einen bösen Blick zu und schweigt beleidigt. »Sie können mich nicht besonders gut leiden, was?«, sagt sie nach einer Weile und klingt dabei beinah wie ein menschliches Wesen.

In meinen Träumen schon, denke ich, sage es aber natürlich nicht und zucke bloß mit den Schultern.

»Gibt es ein Problem auf der persönlichen Ebene, oder haben Sie prinzipiell ein Problem damit, wenn Ihre Vorgesetzte eine Frau ist?«

Ich bleibe abrupt stehen und stoße wütend hervor: »Was soll der Scheiß denn? Wollen Sie mir wirklich mit *dem* bekloppten Totschlag-Argument kommen? Es ist mir Jacke wie Hose, ob mir ein Mann oder eine Frau vorsitzt. Ich fände es nur schön, wenn es kein gefühlloser Android wäre, der unaufhörlich irgendwelchen Wichtigsprech absondert und altgediente Kollegen in die Armut schubst.«

»Androiden? Gefühllos? So sehen Sie mich und meine Kollegen also.« Es gelingt ihr nicht, die Wut in ihrer Stimme zu verbergen. »Meine Kollegen und ich schaffen Strukturen und fällen Entscheidungen. Dabei können wir auf Einzelschicksale nicht immer Rücksicht nehmen. Das macht einen nicht beliebt. Aber wir treffen diese Entscheidungen, weil wir das große Ganze im Blick haben. Weil wir etwas bewegen wollen.«

»Ja. In erster Linie eine größere Summe auf Ihr Bankkonto.« Ich blicke sie eindringlich an. »Warum tun Sie das?«

»Was?« Ihre Augen funkeln wütend.

»Warum arbeiten Sie für Torben Bennecke? Warum arbeiten Sie für eine kriminelle Organisation, wenn Sie doch so unglaubliche Qualifikationen haben? Warum sitzen Sie nicht in einem Riesenkonzern? Nicht, dass ich das für bedeutend weniger kriminell hielte, aber … Kann es sein, dass Ihre beeindruckende Karriere ab einem bestimmten Punkt gar nicht mehr so beeindruckend verlaufen ist? Oder sind Sie Torben Bennecke etwas schuldig? Was ist passiert, Frau Krytschewski?«

Einen Moment lang entgleiten ihr ihre Gesichtszüge, dann hat sie sich wieder unter Kontrolle, presst die Lippen zusammen und zischt: »Ich bin *kein* Android!«

»Sie sind Auditorin.«

»Augenscheinlich überfordert es Ihre Kapazitäten, sich vorzustellen, dass man ein rational denkender und handelnder Mensch sein und trotzdem über emotionale Regungen verfügen kann.«

»Im Moment wirken Sie tatsächlich ein bisschen wütend. Das macht Hoffnung. Aber ich meinte eigentlich so was wie Empathie und Mitleid und Verständnis. Ich meinte die Fähigkeit, am Schicksal anderer emotional Anteil zu nehmen. Wissen Sie was? Wenn ich bis zum Feierabend auch nur einen Akt der Mitmenschlichkeit bei Ihnen beobachte, spende ich einen Fünfziger für den guten Zweck! Und spendiere Ihnen eine Frikadelle beim Holländer.«

Lena Krytschewski verschränkt die Arme vor der Brust, kneift die Augen zusammen und blickt mich so giftig an, als würde sie mich gerne anspucken. »Also schön«, faucht sie. »Dann erhöhen wir den Einsatz doch etwas: ein Hunderter für den guten Zweck. Und keinen Imbissfraß, sondern ... ein Essen im *Casa Nova*. Verlierer zahlt.«

Ein Essen im *Casa Nova*? Ich versuche mir nicht anmerken zu lassen, wie verdattert ich bin, verschränke die Arme vor der Brust und zische zurück: »Von mir aus! Abgemacht! Wann?«

»Samstag. Zwanzig Uhr. Und man kommt nur mit Krawatte rein. Damit Sie es wissen!«

»Schön«, entgegne ich in patzigem Ton. Es entsteht ein kurzes Schweigen, dann räuspere ich mich umständlich und füge ein leises »Damit wäre dann ja wohl alles geklärt« an.

Die letzten Meter zum Hundesalon laufen wir stumm und ohne uns auch nur einmal anzublicken nebeneinander her. Ein Date!, wird mir klar, und ich muss schwer aufpassen, nicht zu grinsen wie ein totaler Vollidiot. Beim teuersten Italiener der Stadt. Ich habe ein Date mit Lena Krytschewski! Auch wenn es das erste Date ist, zu dem ich mich fauchend und zischend verabredet habe. Scheißegal! Ich habe ein Date. Mit ihr! Mit Lena. Und wer weiß, denke ich und werfe aus den Augenwinkeln einen kurzen Blick auf sie, vielleicht ja auch mit Lana ...

Hundefriseur Albert Kahnem – seit 1980 steht auf der kleinen Schaufensterscheibe des Geschäfts. In der Tür hängt ein *Geschlossen*-Schild. Bernward, dem meine gezischte Verabredung mit Lena Krytschewski natürlich nicht entgangen ist, bedenkt mich mit einem schwer vorwurfvollen Blick. Dann drückt er mir den Schmerzenskoffer in die Arme und nimmt, nachdem er kurz die Umgebung gescannt hat, das Türschloss in Angriff. Ist nur eine Frage von Sekunden. Man muss kein Troll sein, um das altertümliche Schloss zu knacken.

Eilig drängen wir uns in den Laden.

Die Wände sind tapeziert mit Fotos all der Wauzis, Charlys, Bellos und Hassos, die sich hier schon die »Frisur« richten lassen durften. Zwei Regale mit jeder Menge Pflegeprodukte für die vierbeinigen Lieblinge. Und jede Menge rosa und blauer Plüsch: plüschige Hundekörbchen, Plüschrahmen um die Spiegel, plüschbezogene Hocker. Aber kein Friseur.

Da dringt ein erbarmungswürdiges Schluchzen an unsere Ohren.

»Das kam von oben«, flüstere ich. Wir hasten die Stufen einer Wendeltreppe hoch, die in eine über dem Laden liegende Wohnung führt, und verharren lauschend vor einer Tür – als ein lautes Rumpeln zu hören ist. So als würde ein Stuhl umkippen. Dann das gurgelnde Geräusch, das Menschen von sich geben, wenn ihnen die Luft abgedrückt wird. Ich reiße die Tür auf, bin einen Moment wie gelähmt vor Schreck – und begreife schlagartig, dass dies kein durchschnittlicher Einsatz ist: Vor mir baumelt der Körper eines Mannes. Die Gliedmaßen zucken unkontrolliert, sein Kopf steckt in der Schlinge eines Elektrokabels, das über einen Stützbalken geführt ist.

Ich springe vor, umklammere seine Beine und versuche ihn zu stützen. Bernward greift sich die Gartenschere aus seinem Koffer, klettert hurtig auf einen Tisch und durchtrennt das Kabel mit zwei entschlossenen Schnitten. Der verhinderte Selbstmörder sinkt in meine Arme, ich verfrachte ihn auf ein Sofa und löse die Schlinge um seinen Hals. Er japst nach Luft wie ein Fisch auf dem Trockenen.

Der Mann – bei dem es sich um Albert Kahnem, den verschuldeten Hundefigaro handeln dürfte – ist schmächtig und hat sorgfältig manikürte Fingernägel. Seine Schuhe sind auf Hochglanz gewienert, in der Brusttasche seines tadellosen Anzugs steckt ein gedecktes Einstecktuch.

»Warum darf ich nicht mal sterben, wann ich will?«, stammelt er verzweifelt und bricht in Tränen aus.

Bernward nimmt ein Blatt Papier vom Tisch. »*Ade, du schnöde Welt*«, beginnt er halblaut vorzulesen. »*Vergangen ist die Zeit, in der mir jeder Tag Verheißung und Versprechen war. Wo seid ihr hin, ihr Farben meines Lebens? Die Welt ist in ein trübes Grau getaucht, und jeder Tag ist Mühsal nur. So geh ich denn dahin. Dorthin zurück, von wo aus ich einst in dieses Leben trat. In das Land der Hoffnung und der Farben.*

Mit freundlichen Grüßen, Albert

Haben Sie sich das selbst ausgedacht?« Bernward blickt den Hundefriseur fragend an. »Meine älteste Tochter schreibt auch immer so ein Zeug über die triste graue Welt. Aber«, er schaut zu dem Deckenbalken hoch, »umbringen wollte sie sich bis jetzt noch nicht.«

Lena Krytschewski steht sichtlich unter Schock. Mit weit aufgerissenen Augen blickt sie auf den kleinen Mann, der nur noch lebt, weil wir in allerletzter Sekunde hier aufgekreuzt sind. Ihr Gesicht ist kalkweiß.

»Holen Sie mal einen Schnaps«, wispere ich ihr zu. »Unser Freund Albert könnte jetzt einen Schluck vertragen. Und Sie offenbar auch. Sehen Sie mal in der Küche nach. Irgendwo wird ja was aufzutreiben sein.«

»Ja, ja, natürlich«, murmelt sie und verschwindet im Flur.

Ich setze mich neben den weinenden Albert und streiche ihm beruhigend über den Rücken. »Das, was Sie in Ihrem Abschiedsbrief geschrieben haben … Ich weiß genau, was Sie meinen«, sage ich leise. »Ich weiß, wie es sich anfühlt, wenn die Welt nur noch grau ist. Bei mir gab es auch mal einen Moment, in dem ich … Aber jemand hat mich davon überzeugt, dass es sich lohnt, weiterzuleben.«

»Wer, wer sind Sie überhaupt?«, fragt er mit krächziger Stimme, als Lena Krytschewski mit einer Flasche Calvados in der Hand ins Zimmer stürzt.

»Danke«, sage ich und ziehe ihr die Flasche aus der Hand. »Und Sie nehmen jetzt erst mal einen kräftigen Schluck, Albert. Genau so. Ja, so ist es gut. Das weckt die Lebensgeister. Und bevor ich Ihnen sage, wer wir sind … Erzählen Sie uns doch mal, was es ist, dass die Farben aus Ihrer Welt vertrieben und sie so grau gemacht hat.«

Lena Krytschewski verdreht die Augen und wirft einen nervösen Blick auf ihre Armbanduhr.

»Fühlen Sie sich nicht gedrängt«, sage ich in sanftem Ton zu dem Hundefriseur, während ich sie herausfordernd anschaue. »Wir haben alle Zeit der Welt. Nur ein gefühlloser Android könnte einem Menschen in Ihrer Situation Hilfe verweigern. Das sehen Sie doch bestimmt ebenso, Frau Krytschewski? Oder?«

Sie sieht mich an, als würde sie mir gerne den Kehlkopf eindrücken, dann lächelt sie gezwungen und sagt: »Natürlich nehmen wir uns Zeit, Herr Kahnem. Denn wir sind ja *keine* Androiden!« Ihre Augen schießen wütende Blitze in meine Richtung.

»Nun mal raus mit der Sprache, Herr Kahnem«, versucht sich Bernward in ein bisschen ungelenker Empathie. »Wo drückt denn der Schuh?«

Der Hundefriseur schaut zur Decke. Ein trauriges Lächeln spielt um seine Lippen, als er stockend zu erzählen beginnt: »Früher, da war mein Leben bunt. Nicht im Sinne von ganz besonders oder unglaublich aufregend. Das hätte ich gar nicht gewollt. Ich mag mein Leben ruhig und beschaulich. Ich konnte mich an den kleinen Dingen freuen, die der Tag brachte: morgens den Laden aufzuschließen, ein Schwätzchen mit Roswitha aus der Bäckerei von nebenan zu halten, sich in der Mittagspause in das Café gegenüber zu setzen und dabei das Leben auf der Straße zu beobachten ... Ich liebte meine Arbeit. Und meine Kunden.«

»Äh ... meinen Sie jetzt die Hunde?«, wirft Bernward ein. »Oder ...?«

»Alle«, seufzt Albert Kahnem. »Die Hunde und ihre Herrchen und Frauchen. Ich liebte es, wenn Leben im Laden war. Es war eine schöne Zeit. Eine Zeit, in der jeder Zeit hatte. Aber dann, vor ein paar Jahren ...« Der Hundefriseur wischt sich verschämt eine Träne aus dem Gesicht. »Da begann es schwierig zu werden: Ich hatte viele Stammkunden, viele kamen schon seit den 80er-Jahren zu mir. Aber man wird älter und ... Wie das eben so ist: In den letzten Jahren sind viele von ihnen verstorben, mein alter Kundenkreis brach weg, und neue Kunden kamen nicht nach. Mein Neffe hat mir gesagt, ich müsste den Laden *hipper* gestalten. Und nachdem er mir erklärt hatte, was das ist, hat er mir auch gleich ein paar Ideen unterbreitet. Also habe ich ein paar Umbauten vornehmen lassen und mir von einem Raumgestalter diesen ganzen Plüsch aufschwatzen lassen. Doch dann ...«

»Dann stellte sich heraus, dass die von Ihnen in die betrieblichen Neuerungen eingebrachten Investitionen nicht den beabsichtigten Effekt des Gewinns einer neuen Kundengruppe hatten«, sagt Lena Krytschewski.

»Ähm, was?« Der Hundefriseur stiert sie völlig verständnislos an.

»Was Frau Krytschewski in ihrer mitfühlenden Art zu sagen versucht, ist: Es lief nicht gut«, erkläre ich. »Die Kunden blieben weiterhin aus. Oder?«

»Nein, nein«, wehrt er ab. »Zunächst kamen tatsächlich viele neue Kunden. Aber Spaß hat mir meine Arbeit nicht mehr gemacht. Es war nicht mehr wie früher. Alle hatten es furchtbar eilig. Ständig gab es ausgefallene Sonderwünsche, die ich versuchte, so gut wie möglich zu erfüllen. Aber trotzdem konnte man es den Leuten nie recht machen. Und dann gab es ständig neue Sicherheits-, Brandschutz- und Hygienevorschriften. So viele, dass man ihnen unmöglich nachkommen konnte, wenn man auch noch seinen eigentlichen Job erledigen wollte. Alles war nur noch hektisch. Trotzdem habe ich versucht, durchzuhalten. Einfach immer weitergemacht. Bis die nächste Katastrophe über mich hereinbrach.« Mit erstickter Stimme entfährt es ihm: »*Hounddog-Hair* kam in die Stadt!«

»Hounddog-Hair?« Ich blicke zu Bernward, der aber auch nur dumm guckt und die Schultern zuckt. »Ein … Bluesgitarrist?«, frage ich.

»Ein was? Äh, nein. Eine Hundefrisiersalon-Kette! Die haben vier Riesenfilialen in der Stadt eröffnet. *Wir rasieren jedem das Fell!* ist ihr Werbeslogan. Ich habe mir mal einen der Läden angesehen: überall flimmernde Monitore, Unmengen Spiegel und dazu Musik in einer Affenlautstärke. Die Hunde waren völlig verängstigt und verstört. Aber Herrchen und Frauchen schien es zu gefallen. Fast meine gesamte Kundschaft ist übergelaufen. Das hat mir das Genick gebrochen. Und ich habe noch immer Schulden bei dem schrecklichen Plüschgestalter und den Handwerkern, die den Umbau gemacht haben.« Albert Kahnem zieht die Nase hoch. »Dabei geht es eigentlich nur noch um drei Jahre«, sagt er mit betrübtem Gesicht. »Drei verflixte Jahre. Dann habe ich Anspruch auf eine ausreichende Rente. Aber die drei Jahre hätte der Laden unbedingt noch weiterlaufen müssen. Ich hatte schon die Idee, eine mobile Hundepflege anzubieten. Viele der älteren Kunden kommen einfach deshalb nicht mehr, weil sie nicht mehr gut zu Fuß sind.«

»Die Hunde oder …?«

»Beide. Mit einem mobilen Salon hätte ich mich noch drei Jahre über Wasser halten können, aber … Dazu brauche ich ein Auto, das nicht nach zwei Monaten den Geist aufgibt. Aber niemand will mir einen Kredit geben. Heute Morgen kam wieder die Absage einer Bank. Und da habe ich endgültig den Mut verloren und … und dann kamen Sie!« Er zwinkert nervös und legt den Kopf schief. »Und ich weiß immer noch nicht, wer Sie eigentlich sind!«

»Hmmh … Drei Jahre, sagen Sie?« Ich gehe kurz in medias res, dann lege ich dem Hundefriseur die Hände auf die Schultern und kommandiere lächelnd: »Sitzen Sie bequem, Albert. Und lauschen Sie hingebungsvoll meinen Worten: Der Tag, von dem Sie glaubten, es sei Ihr letzter auf Erden, ward zu dem Tag, da die Schicksalsgöttin beschloss, ein Füllhorn des Glücks über Ihnen auszuschütten. Und um endlich Ihre Frage, wer wir sind, zu beantworten: Wir kommen von der Bennecke-Group. Wir sind Sieger. Und wir engagieren uns gesellschaftlich. Das gehört zu unserer Unternehmenskultur. Ist es nicht so, Frau Krytschewski?«

»Also …, ja, sicher«, stößt sie überrumpelt hervor. »Aber …«

»Und weil wir gesellschaftlich so engagiert sind, sind wir hier bei Ihnen, Albert. Die Bennecke-Group hat beschlossen, eine Erfolg versprechende unternehmerische Idee über einen Zeitraum von drei Jahren finanziell großzügig zu unterstützen. Und wenn Sie mich fragen: Ihre Hammeridee mit dem mobilen Hundesalon hat gerade sämtliche Mitbewerber aus dem Ring geboxt.«

»Das, äh, darüber entscheidet erst ein unabhängiges Gremium«, wirft Lena Krytschewski hastig ein. Sie wirkt zunehmend verzweifelt. So viel Spaß hatte ich nicht mehr, seit dem Tag, an dem Papa Ambros eine Live-Version von *Brigitte, nimm den Topf vom Herd!* zum Besten gegeben hat.

»Machen Sie sich da mal keine Sorgen, Albert«, sage ich im Brustton der Überzeugung. »Frau Krytschewski ist von Ihrer Idee so begeistert, dass sie dieses Projekt in dem Gremium zur Vergabe der Fördermittel auf jeden Fall durchboxen wird. Komme, was wolle.«

Lena Krytschewski sieht aus, als stünde sie kurz vor einer Implosion. Ich halte meine Augen auf sie gerichtet, während ich zu Albert sage: »Es macht aus ökonomischer Sicht Sinn, das Projekt zu fördern. Aber darüber hinaus sind wir Menschen. Nachdem wir Ihre traurige Geschichte kennen – wäre da die Zusage, Ihnen die Fördermittel zuzugestehen, nicht auch …« Ich mache ein genussvolles Päuschen und grinse Lena Krytschewski an. »… *ein Akt der Mitmenschlichkeit?* Und daher wird Frau Krytschewski Ihnen gleich in die Hand versprechen, dass Ihr Projekt auf jeden Fall die Zusage erhält. Niemand von uns, und ganz besonders nicht Frau Krytschewski, möchte riskieren, dass sich Ihr Gemütszustand noch einmal so sehr trübt, dass Sie …«

»Im Ernst? Ich … ich kann es nicht glauben.« Albert Kahnem starrt Lena Krytschewski ungläubig an. »Ich werde das Geld bekommen?« Die Rührung übermannt ihn, dicke Tränen kullern ihm über die Wangen.

Hätte unsere Controllerin einen Dolch, würde er jetzt in meiner Brust stecken, aber da sie keinen hat, kann sie sich nur in ihr Schicksal fügen. Sie tritt vor den Friseur und lächelt. Ein wenig gezwungen, aber doch echt genug, um ihr einen Lidschlag lang einen flüchtigen, engelhaften Schimmer zu verleihen. »Sie können sich auf mich verlassen, Herr Kahnem.«

»Sie, Sie haben mir das Leben gerettet«, stammelt der Hundefriseur. »Ich weiß überhaupt nicht, wie ich …«

»Danken Sie nicht uns, Albert«, sage ich großmütig. »Sie haben der karitativen Mission der Bennecke-Group ein Ziel gegeben. Wir danken Ihnen. Denn wir sind das Team Bennecke und gesellschaftlich engagiert. Wir haben moderne Unternehmenskultur. – Wir sind dann mal wieder weg, Albert. Aber Sie sollten sich für den Moment ein bisschen Gesellschaft suchen. Haben Sie irgendjemanden? Familie? Freunde?«

»Meine Schwester und meinen Neffen. Wohnen ein paar Straßen weiter.«

»Wissen Sie was?« Ich zücke mein Portemonnaie und überreiche dem verdutzten Albert einen Hunderter. »Davon kaufen Sie jetzt ein Fläschchen erlesene Blubberbrause, und dann stoßen Sie mit den beiden an: auf das traditionsreiche Hundefriseurwesen und die rasanten Wendungen des Schicksals.«

Er fällt mir um den Hals, dann wendet er sich Lena Krytschewski zu, betrachtet sie mit großen Bassettaugen und sagt andachtsvoll: »Sie … Sie sind ein Engel. Ich habe es gleich an Ihrem Gesicht gesehen.«

Verblüfft meine ich ein kurzes Schimmern in ihren Augen wahrzunehmen, bevor sie sich abrupt abwendet und auf die Tür zuhält. »Auf Wiedersehen, Herr Kahnem.«

»Machen Sie es gut in Ihrer neuen bunten Welt, Albert«, sage ich, schüttle dem kleinen Mann die Hand und schlendere gemütlich aus dem Zimmer.

– 11 –

Bis zum Auto schafft sie es, sich zusammenzureißen. Aber kaum hat Bernward den Opel gestartet, faucht Lena wütend vom Rücksitz: »Haben Sie den geringsten Schimmer, in was für eine Lage Sie mich mit dieser miesen Nummer gebracht haben? Moralisch und … Herrgott, ich kann diesen Selbstmordkandidaten doch jetzt nicht hängen lassen. Aber das Gremium wird so einen lahmen Firlefanz wie den mobilen Hundesalon niemals als förderungswürdig befinden. Die lachen mich aus.«

»Alberts Idee ist sicher nicht die allerpfiffigste. Aber was soll es? Der Mann strengt sich an. Also können Sie sich doch auch ein bisschen anstrengen. Für ihn!«

»Diese Idee ist Schwachsinn. Da kann ich mich anstrengen, wie ich will. Dank Ihnen werde ich mich vor allen lächerlich machen! Ach, verdammte Scheiße!« Sie schlägt mit der Faust gegen meine Kopfstütze.

»Sie verlieren die Kontrolle. Wenn man Controllerin ist, ist das doch eher schlecht, oder?«

»Ich verliere nie die Kontrolle!«, zischt es von hinten.

»Ja. Lassen Sie sich das auf ein T-Shirt drucken! Seien Sie doch nicht so missmutig. Sie haben allen Grund, sich zu freuen: Sie haben unter Beweis gestellt, dass Sie wie ein menschliches Wesen handeln können. Nicht ganz freiwillig, aber … Fühlt sich doch gut an, oder? War es Ihr erstes Mal?«

Bernward gluckst in sich hinein.

Lena Krytschewskis Kopf stößt wütend vor, und ich finde mich plötzlich Nase an Nase mit ihr wieder. »Klopfen Sie sich ruhig weiter so selbstgefällig auf die Schulter«, schnaubt sie. »Aber Sie haben völlig recht: Das *war* ein Akt der Mitmenschlichkeit! Die Rechnung im *Casa Nova* geht auf Sie. Und ich bekomme jetzt sofort einen Hunderter von Ihnen. Für den wohltätigen Zweck.«

»Hab ich doch schon gespendet. An Albert. Für den Schampus.«

Sie nimmt mich ins Visier und knurrt mit drohendem Unterton: »Machen Sie sich im *Casa Nova* auf was gefasst. Ihre Rechnung wird gigantisch. Ich werde Pasta in mich reinstopfen, bis ich platze!«

»Ich bin hocherfreut, Zeuge dieses Ereignisses werden zu dürfen«, entgegne ich freundlich lächelnd. »Samstag. Zwanzig Uhr. Mit Krawatte natürlich.«

Und damit herrscht erst mal Funkstille zwischen uns. Abgesehen von ein paar weiteren Kurzbriefings und Einschätzungen des Gefährdungspotenzials.

Für unseren Außeneinsatz ist eine Dauer von sieben Stunden veranschlagt. Aber um sechzehn Uhr haben wir gerade mal zwei Drittel unserer Aufträge geschafft. Und das auch nur, weil wir auf jegliche Zigarettenpause und die üblichen Stopps beim *Holländer-Grill* verzichten und ich Bernward seinen Magensaft während der Fahrt einflöße. Und weil wir es mit leicht zu beeindruckender und schreckhafter Kundschaft zu tun haben. Bernwards Koffer hat heute frei.

»Das Auftragspensum, das Sie da vorgeben, ist nie zu schaffen!«, beschwert er sich, als Lena Krytschewski unseren Einsatz für beendet erklärt. »Sie sehen es doch. Selbst wenn alles noch so schnell geht. Und so schnell wie heute geht es so gut wie nie«, murrt er, während wir zurück zur Betriebszentrale fahren. Ende des Außendienstes bedeutet nicht mehr automatisch Feierabend. Sondern *Office-Time*. Zeitnahe Dokumentation der erledigten Aufträge. Zeitnahe Dokumentation ist ganz unglaublich wichtig. Wegen Qualität und so …

Mit gerunzelter Stirn nimmt Lena Krytschewski Bernwards Einwände zur Kenntnis. »Ich werde Ihren Hinweis in meine Überlegungen einbeziehen, Herr Kniehase. Ich habe auch schon eine Idee, wie sich die Arbeit des Inkassowesens durch grundlegende strukturelle Veränderungen optimieren ließe.«

»Na, da freue ich mich ja schon drauf«, nuschelt er. Als wir aus dem Wagen steigen, eilt Lena Krytschewski über die Straße davon. Bernward hält mich am Arm fest, wartet, bis sie in der Zentrale verschwunden ist, und zischt: »Hatten wir nicht gesagt: Kein privates Wort? Und jetzt hast du eine Verabredung mit der Dame! Beim Nobelitaliener! Hast du sie noch alle?«

»Reg dich mal wieder ab, Bernward. Ich hab sie nur ein bisschen hochgenommen.«

»Für wie doof hältst du mich eigentlich, Pius? Dieses kleine Scharmützel, das ihr euch geliefert habt … Es war, als würde man euch beim Vorspiel zusehen. Und wenn du nicht schnellstens wieder in deine Hose springst und das Essen im *Casa Nova* absagst, dann ist es zu spät.«

»Sie ist nicht die Kanaille, für die du sie hältst, Bernward. Sie macht einen auf Gefriertruhe, aber … Dieser kurze Moment vorhin, als sie Albert versprochen hat, dass er Unterstützung für seinen Laden bekommt. Wie sie ihn angelächelt hat. Das war echt. Wundert mich überhaupt nicht, dass er sie als Engel bezeichnet hat.«

»Ach du Scheiße«, stöhnt Bernward. »Du bist schon so was von übers Vorspiel. Sie tut es bereits: Die Frau fickt dir gerade dein Gehirn weich!«

Wenn Bernward sauer ist, kann er ganz schön ordinär werden. Mit grimmigem Gesicht und gebeugtem Rücken stiefelt er in die Zentrale. Und sieht für einen Moment wirklich wie ein großer, böser Kobold aus.

Nur gelegentlich ist ein Räuspern oder ein leises Husten zu hören. Sämtliche Mitarbeiter hocken vor ihren Monitoren und mühen sich mit der Dokumentation ihrer Einsätze ab. Ein Tag qualitätsgemanagter Tätigkeit hat ausgereicht, um das entspannte Betriebsklima, das unter Papa Ambros geherrscht hatte, zu beerdigen. Jan van Messer hackt mit einem Finger auf seiner Tastatur rum, Bernward kämpft mit heftigem Sodbrennen und stößt alle paar Minuten auf. Wolle Panzko sieht genervt zu mir rüber und macht mittels einer angedeuteten Finger-in-den-Hals-Geste klar, was er vom Dokumentationswesen hält.

Lena Krytschewski – mittlerweile wieder im Hosenanzug – läuft mit wichtigem Blick von einem Kollegen zum anderen und kontrolliert, dass auch jedes Nümmerchen im richtigen Feld sitzt. Den etwas komplizierten Fall Albert Kahnem hebe ich mir für später auf und dokumentiere erst mal unsere übrigen, glatt verlaufenen Einsätze. Fall für Fall die gleichen, fantasiebefreiten Textbausteine: *wurden zur Zielerreichung folgende Maßnahmen eingesetzt …, wurde der Schuldner darauf hingewiesen …, erklärte sich der Schuldner bereit …*

Als ich für einen Moment den Blick vom Monitor wende, sehe ich, wie Lena Krytschewski eindringlich auf Bernward einredet, bis er schließlich zustimmend nickt. Dann eilt sie mit schnellen Schritten auf mich zu, beugt sich vor und starrt auf meinen Monitor. »Sie kommen voran, Herr Nordberg? Oder gibt es Probleme?«

»Nö. Alles supi-dupi.«

»Hören Sie«, flüstert sie leise. »Es tut mir leid, wenn ich vielleicht etwas schnippisch war, aber … Sie haben mich da wirklich in eine schwierige Situation gebracht. Und ich, ich brauche unbedingt etwas Zeit, um mir zu überlegen, wie ich meinen Kollegen den mobilen Hundesalon als die Innovation des Jahrhunderts verkaufen kann, ohne mich dabei zur totalen Witzfigur zu machen. Und deswegen … deswegen wäre es gut, wenn Sie jegliche Dokumentation über den Fall Albert Kahnem zunächst einmal zurückstellen. Mit Herrn Kniehase habe ich bereits gesprochen: Er wäre dazu bereit.«

»Aber …« Mit einer *Shocking!*-Geste schlage ich die Hand vor den Mund. »Sie verlangen von mir, meinen Einsatz nicht zu dokumentieren? Das geht nicht! Ich bin mir und meinen Kollegen doch das Beste schuldig. Und was ist mit unserem Qualitätsanspruch?«

»Was ist? Helfen Sie mir nun, oder nicht?«

»Unter einer Bedingung. Nein, warten Sie, unter zwei Bedingungen!«

»Ich höre«, stößt sie zwischen aufeinander gepressten Lippen hervor.

»Bedingung Nummer eins: Sie überzeugen Torben davon, die Trolle nicht zu feuern. Ich bin sicher, die beiden sind nur deswegen nicht aufgetaucht, weil sie sich von all den Neuerungen überfordert fühlen. Ich werde heute Abend mit den beiden sprechen. Sven und Gunnar werden ab morgen wieder pünktlich zur Arbeit erscheinen. Ich garantiere es Ihnen. Erzählen Sie Torben Bennecke, die Brüder hätten sich heute Morgen bei Ihnen krankgemeldet. Und Sie hätten vergessen, das weiterzugeben.«

»Was mich ja ganz unglaublich gut dastehen lässt«, entgegnet sie. »Aber … gut.« Sie betrachtet mich mit einem langen, skeptischen Blick. »Und die zweite Bedingung?«

»Im *Casa Nova* tragen Sie das schwarze Sommerkleid, das Sie auf der Beerdigung getragen haben.«

»Oooh, ich fasse es nicht. Das ist … Ich wusste, dass Sie ein chauvinistisches, sexistisches Schwein sind«, zischt sie.

»Sie wollen was von mir«, sage ich in gelangweiltem Ton und wende mich wieder dem Monitor zu. »War nur ein Angebot.«

»Das ist kein Angebot. Das ist Erpressung. Das ist … Also schön, das schwarze Kleid.«

»Und zu dem schwarzen Kleid tragen Sie bitte rote Westernstiefel. Mit goldenen Sternchen drauf. Oh, und auf dem Kopf ein Paar dieser leuchtenden Teufelshörnchen, die man sich ins Haar stecken kann. Ich mag es, wenn die blinken. Bis dann, Frau Krytschewski.«

Es ist die Unternehmensleitung persönlich, die mich eine knappe Stunde später aus der Arbeit reißt. Ich bin fast mit der Dokumentation fertig, als Torben Bennecke wie ein gereizter Wasserbüffel zur Tür hereinstürmt.

»Mitkommen!«, knurrt er in Richtung Lena und Milchgesichter, und der Hofstaat folgt ihm durchs Hinterzimmer in das große Büro, das er in den beiden ineinander übergehenden Räumen eingerichtet hat, die Tassos' Wohn- und Schlafzimmer waren.

Die aufsichtslos zurückgelassene Belegschaft wirft sich fragende *Was geht denn jetzt ab?*-Blicke zu.

»Muss mal pinkeln«, sage ich zu Ralf und schlendere in das Hinterzimmer. Links geht es zu den Toiletten, rechts in einen kleinen Korridor, der zu Torbens Büro führt. Ich halte auf die Toiletten zu und husche im letzten Moment, als ich sicher bin, dass mich niemand beobachtet, in den Korridor. Aus dem Büro sind erregte Stimmen zu hören. Ich schleiche auf Zehenspitzen durch den schummerigen Gang – und knalle mit dem Kopf gegen einen Deckenbalken. Vor meinen Augen blitzen rote und grüne Sterne auf. Mit verzerrtem Gesicht hüpfe ich auf der Stelle umher und reibe über meine Stirn, dann beiße ich die Zähne zusammen, taumle zu der geschlossenen Bürotür, recke den Kopf vor und lausche angestrengt.

»Gefälscht? Die Hälfte der Barren sind Fälschungen? Aber wie kann das sein? Was bedeutet das?«, höre ich Ansgar Degen sagen.

Barren? Augenblicklich geht ein Alarmbuzzer in meinem Kopf los. Spricht er etwa von Gold*barren? Es ist nicht alles Gold, was glänzt …*

»Was das bedeutet? Das bedeutet, dass sich der alte Idiot von irgendeiner Drecksau hat abkochen lassen!«, knurrt Torben. »Von einem seiner geschätzten Mitarbeiter, für die er auch noch ständig Sozialamt gespielt hat. Als ich das Schließfach in der Bank geöffnet und die Barren unter die Lupe genommen habe, habe ich sofort gemerkt, dass sie unterschiedlich schwer waren. Die Hälfte der Barren sind Fälschungen aus Messing mit einem dünnen Goldüberzug! Wisst ihr, von welchen Werten wir hier reden? Das war alles fest in den Etat eingeplant. Und jetzt … Verfluchte Scheiße!« Ich höre, wie irgendwas, wahrscheinlich ein Locher, gegen die Wand fliegt. »Aber ich bin nicht mein Vater! Mich verarscht keiner! Ich hole mir zurück, was mir gehört. Ich werde herausbekommen, wer von ihnen es war, und dann werde ich –«

»Ich weiß nicht, ob es in diesem Zusammenhang eine Rolle spielt«, unterbricht ihn Ansgar Degen. »Aber die Brüder Trolle sind der Arbeit heute unentschuldigt ferngeblieben.«

»Nein. Äh, nein ... Sie haben sich heute Morgen bei mir krankgemeldet. Ich habe nur vergessen, die Information weiterzugeben«, sagt Lena Krytschewski und schafft es, glaubhaft zerknirscht zu klingen.

Immerhin, denke ich. Sie hält sich an unsere kleine Abmachung.

»Die Trolle-Brüder? Die beiden Schwachköpfe schaffen es doch kaum, gleichzeitig zu atmen und zu gehen«, bemerkt Torben in abfälligem Ton. »Nein, da steckt jemand anderer dahinter ... Ihr behaltet die gesamte Brut im Auge und informiert mich unverzüglich, wenn sich jemand auffällig oder verdächtig verhält. Und unsere Geschäftspartner dürfen nichts von dem fehlenden Kapital erfahren. Unter keinen Umständen. Verstanden?«

Ich höre einverständliches Gemurmel, dann meldet sich Daniel Streit mit kieksiger Stimme zu Wort: »Nichtsdestotrotz müssen wir aber noch unbedingt über den heutigen Tag sprechen. Ich habe den starken Eindruck, dass ...«

»Glaubst du etwa, dafür hätte ich in dieser Situation den Nerv?«, fährt Torben ihn an.

»Bitte, Torben! Du vergisst dich«, versucht Lena ihn zu beruhigen. »Ich denke, Daniel hat recht. Auch wenn unerwartete Ereignisse eintreten, müssen wir die Kontrolle über die Gesamtsituation bewahren. Qualitätsmanagement funktioniert nur, wenn die Mitarbeiter es verinnerlichen. Wenn es ein *gelebtes* Qualitätsmanagement ist. Nach den Erfahrungen des heutigen Tages fürchte ich, dass wir davon Welten entfernt sind. Es gibt eine teils versteckte, teils offene, auf jeden Fall aber sehr massive Ablehnung gegen die Neuerungen im Betriebsablauf.«

»Kann man wohl sagen«, merkt Ansgar Degen an. »Dieses Drogenpärchen, mit dem ich unterwegs war – Ralf und Sunny Sativa –, ist ein Albtraum. Die sind von morgens bis abends völlig zugedröhnt. Und statt die geschäftlichen Transaktionen möglichst zügig abzuwickeln, quatschen sie sich mit jedem ihrer genauso bekifften Kunden ewig fest. Und labern nur Schwachsinn. Nachmittags stand ich kurz davor, mir ein paar ihrer Haschkekse zu genehmigen, weil es nüchtern kaum noch auszuhalten war.«

»Das ist nichts gegen meinen Tag«, stöhnt Daniel Streit. »Dieser Wolle Panzko hat die Umgangsformen eines Neandertalers. Und Jan van Messer – der Mann macht mir Angst. Ständig sieht er mich an, als wäre ich ein Stück Fleisch auf seinem Teller. Wir sind von einem düsteren Wettbüro zum nächsten gegondelt. Ein paarmal haben sie finster aussehenden Typen Umschläge übergeben. In den Läden war es total unheimlich. In einem hat mir ein bulliger Schnauzbartträger eine exotische sexuelle Dienstleistung angeboten, und in dem letzten Schuppen wurde mir meine Kreditkarte geklaut. Und die Feedbackbögen.«

»Vor allem Pius Nordberg zeigt sich renitent«, höre ich Lena sagen. »Was gefährlich ist, denn ich habe den Eindruck, dass seine Meinung bei der Belegschaft Gewicht hat. Was aber auch eine Chance für uns sein kann. Wenn es uns gelingt, ihn auf unsere Seite zu ziehen, dann …«

»Ja«, sagt Ansgar Degen. »Investieren wir ein bisschen und kaufen ihn ein. Mit einer kräftigen Gehaltserhöhung und irgendeinem Posten auf der mittleren Leitungsebene, wo er kein Unheil anrichten kann.«

»Das zieht bei ihm nicht«, befindet Lena Krytschewski. »Wir müssen in seinem Fall anders vorgehen. Mehr über seine emotionalen Bedürfnisse … Ich arbeite bereits daran. Ich bin am Samstag mit ihm zum Essen verabredet. Es wird zäh werden, aber ich bin mir sicher: Ich schaffe es, ihn umzudrehen. Vertraut mir.«

Torben Bennecke lacht auf. »Nehmt euch ein Beispiel an eurer Kollegin, ihr Weicheier. Statt zu jammern, hat sie die Situation analysiert und präsentiert einen konstruktiven Lösungsvorschlag. Und was die gefälschten Barren angeht … Ich muss den Verkäufer finden. Wenn man mit illegal erwirtschaftetem Geld Goldbarren kaufen will, geht man nicht zur staatlichen Scheideanstalt. Mein Vater muss das mit einem privaten Verkäufer durchgezogen haben. Und der steckt aller Wahrscheinlichkeit nach in dem Betrug mit drin. Wenn ich ihn erst habe, dann …«

Ich habe genug gehört. Genug jedenfalls, um in einem Zustand der Maximalverwirrung zu sein. Eilig schleiche ich durch das Hinterzimmer zurück und hocke mich vor meinen PC.

»Hat ja ewig gedauert«, sagt Wolle Panzko und wirft mir einen mitfühlenden Blick zu. »Durchfall? Oder nicht genügend Druck auf die Leitung gekriegt?«

»Äh, ja. Man wird nicht jünger«, murmle ich ausweichend, während ich verzweifelt versuche, irgendeine Ordnung in meine Gedanken zu bekommen. Fange ich doch mal mit dem an, was ich sicher weiß. Erstens: Ich weiß, dass Lena Krytschewski genau die hinterhältige Kanaille ist, für die Bernward sie hält. Ich habe kein Date. Nicht mit Lena und ganz bestimmt nicht mit Lana. Und ich frage mich, wie ich auch nur einen Moment lang so bescheuert sein konnte, zu glauben, ich hätte eines. Nein, sie hat mich als möglichen Brandherd einer drohenden Revolte ausgemacht und beschlossen, diesen frühzeitig einzudämmen. Es geht ihr um Kontrolle. Darum, mich *umzudrehen.* Aber sie weiß nicht, dass ich es weiß. Was mich in eine nicht unvorteilhafte Ausgangsposition bringt …

Zweitens – und das beschäftigt mich in diesem Moment weitaus mehr als die Ränkespiele von Lena Krytschewski: Wenn ich die richtigen Schlüsse aus den Versatzstücken des Gesprächs zwischen Torben und seinen Leitungskräften ziehe, dann hat jemand Papa Ambros beschissen! Ihm falsche Goldbarren untergejubelt.

Das war es, was er mir an dem Abend vor seinem Tod sagen wollte!, durchfährt es mich. Das war es, was ihn so beunruhigt hat. Er wusste, dass man ihn betrogen hatte! Hatte er jemanden in Verdacht? Musste er deswegen sterben? *Es ist nicht alles Gold, was glänzt.* Und Torben ist sich sicher, dass es einer meiner Kollegen ist …

Unauffällig lasse ich meinen Blick über die Gesichter der Anwesenden wandern. Bernward, Jan van Messer, Wolle Panzko, Ralf und Sunny, Carla, Udo Zornig, Harry Leim … Ich kann mir nicht vorstellen, dass einer von ihnen Papa Ambros betrogen, geschweige denn um die Ecke gebracht hat.

Torben Bennecke dagegen traue ich nicht im Geringsten über den Weg. Was genau läuft da eigentlich zwischen ihm und Lena Krytschewski? Und wer garantiert mir, dass das, was diese Schleimkröte seinem Leitungsteam erzählt hat, wirklich die Wahrheit ist? Vielleicht hat er ein ganz persönliches Interesses daran, die Geschichte mit den gefälschten Goldbarren zu verbreiten. Wer garantiert mir, dass er nicht selbst hinter dem Betrug steckt?

»Ich bin mit dem Dokumentationsblödsinn durch«, reißt mich Bernwards Stimme aus meinen Gedanken. »Ich mache für heute Feierabend. Wenn ich dich mitnehmen soll, dann solltest du jetzt auch Schluss machen. Ich hab es eilig. Muss nachher noch zum Elternabend.«

»Okay«, sage ich, versuche aus meinen düsteren Gedanken ins Hier und Jetzt zurückzukehren, speichere die Daten und fahre den Computer runter. »Wieder ein Treffen der großen Kobolde?«

»Nein. Diesmal muss ich in die Schule. Es geht um meine Älteste.«

»Was hat sie angestellt?«, frage ich, während wir das Gebäude verlassen und auf den Opel zumarschieren. »Tieropfer in der großen Pause?«

»Sie sollte im Kunstunterricht eine Marionette anfertigen«, klärt mich Bernward auf. »Hat sie aber nicht. Stattdessen hat sie Voodoo-Püppchen von ihren Mitschülerinnen gebastelt. Und die haben jetzt alle Angst vor ihr. Und auf der anstehenden Klassenfahrt will keine mit ihr auf einem Zimmer übernachten. Ich weiß nicht, wie ich dieses Mädchen jemals wieder zur Vernunft bringen soll. Du solltest mal diese angsteinflößende Grunzmusik hören, die ständig aus ihrem Zimmer schallt.«

»Ist doch alles halb so wild«, versuche ich ihn zu beruhigen. »Und ehrlich gesagt: Marionetten *sind* furzlangweilig. Klingt für mich nicht danach, als ob deine Tochter das Problem wäre. Eher so, als wären ihre Mitschülerinnen das leicht zu erschreckende Produkt überängstlicher Helikopter-Eltern.«

»Ja. Vielen Dank, Pius. Genau *so* sollte ich nachher argumentieren. Mann, Mann, Mann! Manchmal merkt man wirklich, dass du keine Kinder hast – und dich deshalb nie mit den Eltern anderer Kinder rumschlagen musst. Die sind die Pest.« Bernwards Gesicht sieht verknitterter aus als ein zusammengeknülltes Butterbrotpapier. Ein tiefer Seufzer entringt sich seiner Brust. »Manchmal da wünsche ich mich einfach nur ganz, ganz weit weg.«

Als ich zu Hause aus dem Aufzug trete, ist das Erste, was ich sehe, ein aufgebrachter Mennlein, der wie ein wild gewordenes Rumpelstilzchen vor Anoushka hin und her hüpft. Sie steht in der geöffneten Wohnungstür und hat die Arme schützend um Jonny-Lee gelegt, der den tobenden Pullunder mit verschrecktem Gesichtsausdruck beobachtet.

»Das kommt dabei raus, wenn man nicht in der Lage ist, seine Bälger vernünftig zu erziehen!«, kreischt Mennlein und speichelt dabei großräumig die Umgebung ein. Er ist dermaßen in Rage, dass er mich auch dann noch nicht bemerkt, als ich direkt hinter ihm stehe.

»Jetzt beruhigen Sie sich mal wieder«, sagt Anoushka beschwichtigend. »Er ist vier Jahre alt. Und was soll er denn machen, wenn der Aufzug eine halbe Stunde lang stecken bleibt und er eine volle Blase hat? Außerdem habe ich doch längst alles weggeputzt.«

»Würden Sie Ihr Wechselbalg vernünftig erziehen, dann könnte er es sich auch mal eine halbe Stunde verkneifen. Aber Disziplin ist ja heutzutage ein Schimpfwort. Wegen Leuten wie Ihnen geht dieses Land den Bach runter!«

Mennleins Kopf stößt drohend vor, und Anoushka weicht ängstlich zurück.

Das ist der Moment, in dem ich eingreifen sollte – was sich aber erübrigt, da der verängstigte Gesichtsausdruck seiner Mutter Jonny-Lees Beschützerinstinkt aktiviert: Blitzschnell greift er nach Mennleins Hand und verbeißt sich in dessen Mittel- und Zeigefinger.

»Aaah!«, schreit Mennlein mit schmerzverzerrtem Gesicht. »Aufhören! Hör auf, du asozialer Bastard!« Es gelingt ihm, seine Hand aus Jonny-Lees Mund zu befreien, erschrocken blickt er auf seine blutenden Finger, holt mit der anderen Hand aus und …

»Jetzt reicht's!«, sage ich und drehe ihm den Arm auf den Rücken.

»Aaaah … Oh, Herr Nordberg!«, stammelt er verdattert. »Haben Sie … haben Sie nicht gesehen, wie dieser missratene …«

»Ich habe gesehen, dass der Junge versucht hat, seine Mutter vor einem amoklaufenden Blockwart zu schützen. Und du machst jetzt ganz schnell einen Abgang. Und lässt dir von einem Arzt 'ne Tetanusspritze verpassen. Und am besten auch noch eine gegen Tollwut. Obwohl die bei dir wahrscheinlich ein paar Jahre zu spät kommt.«

Er macht ein Gesicht wie Napoleon nach Waterloo, beißt sich auf die Lippen und zieht gedemütigt ab.

»Danke, Pius«, piept Anoushka und fährt ihrem Sohn zärtlich über den Kopf.

»Nimm es nicht persönlich. Wer so ein ereignisloses Leben wie Mennlein führt, sucht dauernd nach Gründen, um sich aufzuregen. Damit wenigstens mal irgendwas passiert«, konstatiere ich.

»Bei Gelegenheit werde ich noch mal ein tiefer gehendes Gespräch mit ihm führen. – Schönen Abend, Anoushka.«

Ächzend lasse ich mich in einen Sessel fallen, gönne mir ein Tütchen und höre zu, wie Lana Del Rey davon singt, aus welchen Ingredienzien ihr *Summer Wine* besteht. Aber die zitronigen Fantasien, die sich normalerweise dabei einstellen, wollen sich heute nicht entfalten. Stattdessen lande ich in Gedanken immer wieder bei dem Gespräch, dessen Zeuge ich geworden bin. Falsche Goldbarren …, jemand, der Papa Ambros betrogen hat …, sein Tod auf der Sonnenbank … Und dann mein seltsamer Traum: *»Es ist nicht alles Gold, was glänzt.«* Wie hängt das alles zusammen? Es ist, als würde ich unzählige lose Fäden in der Hand halten.

Die Trolle!, durchfährt es mich plötzlich. Fast hätte ich es über meinen Spekulationen vergessen: Ich muss die Trolle anrufen und ihnen klarmachen, dass sie morgen pünktlich zu erscheinen haben, wenn sie ihren Job behalten wollen. In dem Moment, als ich nach dem Smartphone greife, bekomme ich einen Anruf. Oh, nein!, denke ich nach einem Blick auf das Display. Darauf habe ich jetzt wirklich überhaupt keine Lust. Aber natürlich bin ich ein braver Sohn und gehe ran. »Hallo, Tabea«, melde ich mich und ahne schon, was kommt …

Frau Seiler war tatsächlich so tollkühn, Mutter um mehr Diskretion bei ihren nächtlichen Aktivitäten zu ersuchen. Was Tabea zu einer wüsten Schimpftirade veranlasst. Während ihres viertelstündigen Wortschwalls fallen mehrmals die Begriffe *verklemmte Wachtel, frigide Kuh* und noch ein paar heftigere, nicht druckreife Bezeichnungen.

»Und wie läuft es bei dir und dieser Frau, die du nicht leiden kannst?«, schwenkt sie im Anschluss daran mühelos von einem unangenehmen Thema zum nächsten über.

»Ich … manchmal träume ich von ihr«, stottere ich überrumpelt.

»Das ist ein gutes Omen, Pius. Erotische Träume?«

»Müssen wir das erörtern?«

»Träume sind die Sprache der Seele, Pius. Und wir sollten uns bemühen, unsere Seelen zu verstehen. Dabei ist es völlig egal, ob es um Sex oder sprechende Feuerwehrwagen oder tanzende Weihnachtsmänner geht. Also, erzähl schon!«

»Aber …«

»Pius! Ich will dir doch nur helfen!«

Ich kann nicht glauben, dass ich das wirklich tue, denke ich, während ich Tabea eine kurze, nicht zu detaillierte und in möglichst neutrale Worte verpackte Kurzinhaltsangabe meines Traums mit Lena und den papierspuckenden Druckern gebe.

»So viel an erotischer Fantasie hätte ich dir gar nicht zugetraut«, befindet sie anerkennend – und ich frage mich, ob das ein Satz ist, den man von seiner Mutter hören möchte.

»Und wie sieht es in der Realität mit ihr aus?«, bohrt Tabea nach.

»Ähm, so mittel«, stottere ich.

»Ach, Pius. Es würde bestimmt hervorragend laufen, wenn du dir endlich mal einen Ruck geben würdest. Glaub mir, Sofie hätte nicht gewollt, dass du alleine bleibst.«

Als sie das sagt, durchfährt es mich siedend heiß, und mir wird klar: Ich habe heute noch nicht an Sofie gedacht! Zum ersten Mal seit sechs Jahren. Zum ersten Mal, seit …

»Pius? Alles in Ordnung?«, fragt Mutter.

»Ja, ja. Aber das mit der Frau ist nicht so einfach. Ich befürchte, sie ist nicht ganz ehrlich zu mir.«

»Ah, eine Frau mit Geheimnissen. Das ist doch ganz wunderbar. Eine Frau mit der Aura des Mysteriösen. Sie versteht sich auf die Kunst subtiler Verführung.«

»Nein, sie lügt ganz dreist. – Ich muss jetzt dringend einen Anruf erledigen, Tabea«, würge ich Mutter ab.

»Komm doch am Sonntag zum Kaffee vorbei«, sagt sie fröhlich. »Dann kannst du Joe mal besser kennenlernen. Er kann ganz unglaubliche Geschichten über Musikergrößen erzählen, mit denen er gearbeitet hat. Wie er sich mal völlig stoned in Soho verirrt hat, zusammen mit –«

»Ich kann es kaum erwarten«, sage ich und rolle mit den Augen. »Bis Sonntag, Tabea.«

Jetzt sind endlich die Trolle an der Reihe. Sven und Gunnar besitzen ein gemeinsames Troll-Handy. Ein uraltes Teil aus der Mobilfunk-Steinzeit, das sie andauernd verlegen. Insofern wundert es mich nicht, dass ich nach ein paar Freizeichen zur Sprachbox weitergeleitet werde. Glücklicherweise habe ich auch ihre Festnetznummer. Aber der Anschluss ist besetzt. Die Trolle telefonieren. Das kann dauern. Wegen ihrer ständigen Wortwiederholungen sind Telefonate mit Sven und Gunnar nur was für Nervenstarke mit viel Freizeit.

Ich warte eine Viertelstunde, dann versuche ich es erneut. Noch immer besetzt. Doch ich *muss* mit den Trollen reden. Ich habe Lena Krytschewski garantiert, dass sie morgen wieder auftauchen. Ansonsten sind sie ihren Job los.

Aber wenn dauernd besetzt ist … Was bleibt mir übrig, außer die Brüder persönlich aufzusuchen? Seufzend ziehe ich mir die Jeansjacke über, binde mir die Haare zu einem Zopf und eile nach unten.

– 12 –

Cem ist dabei, das Büdchen abzuschließen. »Hey, Mister Quarterback«, frohlockt er. »Nachts ist alles Grauen für die Katz, oder? Ist dir in letzter Minute eingefallen, dass du noch Tabak brauchst?« Er macht Anstalten, den Laden noch mal aufzuschließen.

»Nein, aber könnte ich mir vielleicht mal deinen Elektroroller ausleihen? Nur für 'n Stündchen oder so.«

»Klar.« Cem zieht den Schlüssel aus der Hosentasche und wirft ihn mir zu. »Stell den Roller nachher im Hof ab. Den Schlüssel kannst du mir morgen früh zurückgeben. Und vergiss nicht, Mister Quarterback: Wenn Hänschen es heute nicht besorgt bekommt, kann es sich Hans morgen auch schieben.«

Wenn man zu den eher Großgewachsenen gehört, gibt man auf einem Elektroroller nicht die eleganteste Figur ab. Doch ich mag es, wie mir der Fahrtwind um die Nase weht, und nach ein paar Minuten beginne ich, meinen kleinen, ungeplanten Ausritt durch den Sommerabend zu genießen.

Die Dämmerung hat eingesetzt, aber die Tische vor den Restaurants und Kneipen, an denen ich vorbeikomme, sind noch alle voll besetzt. Eine entspannte Sommerabend-in-der-Stadt-Idylle.

Als ich vor dem *Segredos do Brasil,* einem beliebten brasilianischen Restaurant, an einer roten Ampel halte, wandert mein Blick über die Gesichter der Gäste, die hinter der Frontscheibe des Ladens sitzen – und ich falle vor Schreck beinah vom Roller! Im ersten Moment glaube ich, ich hätte eine Halluzination. Mit offenem Mund starre ich in das Restaurant und kriege erst mit, dass die Ampel umgesprungen ist, als hinter mir wütend gehupt wird. Ich starte den Roller, fahre fünfzig Meter weiter, dann parke ich ihn auf dem Gehsteig, überquere schnellen Schrittes die Straße, laufe ein Stück zurück und beziehe gegenüber dem *Segredos do Brasil,* versteckt hinter einem Altkleider-Container, Stellung.

Ich hatte keine Halluzination: Hinter dem mit gelb-grünen Wimpeln geschmückten Fenster sitzt Bernward. Mit einer Frau. Einer Frau, die definitiv nicht seine Frau ist. Eine Brasilianerin aber auch nicht. Bei der Frau denkt man nicht an Karneval in Rio, sondern an Polonaise in Köln-Kalk: eine burschikos wirkende Erscheinung mit einem breiten, gutmütigen Gesicht und einer riesigen

Warze auf der Nase. Die beiden schlürfen eine Piña Colada, haben die Köpfe zusammengesteckt und flüstern vertraut miteinander.

Bernward mit einer fremden Frau? Es gibt bestimmt eine Erklärung für die Situation, versuche ich mir einzureden. Vielleicht ist die Dame die Klassenlehrerin seiner satanistischen Tochter, und er versucht gut Wetter zu machen. Aber dann werde ich Zeuge, wie ihre Hand zärtlich durch seine Schamhaar-Frisur wuselt. Bernward lächelt so glücklich, wie er es sonst nur tut, wenn er mit dem Dentalbohrer hantieren darf. Noch nie habe ich sein Gesicht so knitterfrei gesehen. Als hätte ihm jemand mit dem Plätteisen die Falten rausgebügelt. Und spätestens als die beiden einen filmreifen Kuss mit bemerkenswert engagiertem Zungeneinsatz hinlegen, gibt es keine Zweifel mehr: Bernward hat eine Affäre! Ausgerechnet Bernward. Er wäre der Letzte gewesen, von dem ich vermutet hätte, dass er …

Einen Augenblick lang bin ich versucht, ihn unter irgendeinem Vorwand anzurufen und ganz unschuldig zu fragen, wo er denn gerade ist. Nur um zu hören, welche Geschichte er mir auftischen wird. Aber nach kurzem Überlegen stecke ich das Smartphone weg. Das geht dich nichts an, Pius, sage ich mir. Was immer da abgeht … Das ist allein Bernwards Sache. Aber abgefahren ist es schon … Ich werfe einen letzten Blick auf die beiden Turteltäubchen, dann ducke ich mich hinter dem Container weg und schleiche zu meinem Roller zurück.

Bernward hat eine Affäre! Man ist nie vor Überraschungen sicher, denke ich – ohne zu ahnen, dass mich noch eine Überraschung ganz anderer Art erwartet.

Die Trolle wohnen im Märchenland. Das Viertel heißt so, weil sämtliche Straßen nach Märchenfiguren benannt sind: Dornröschenweg, Schneewittchenweg, Froschkönigweg … Zu dieser Zeit ist hier kein Mensch mehr auf der Straße. Das Märchenland wirkt völlig ausgestorben, nur der Ton eines laut gestellten Fernsehers dringt hier und da aus einem offen stehenden Fenster. Die Arbeitersiedlung ist Ende der 60er-Jahre hochgezogen worden. Kleine Einfamilienhäuser mit Jägerzäunen, roten Dachschindeln und angeschlossener Gartenparzelle. Eines davon, das Haus am Ende des Rapunzelwegs, gehört der Familie Trolle. Der Vater von Sven und Gunnar ist schon lange tot, ihre Mutter ist vor fünf Jahren gestorben. Seitdem hausen die Brüder hier alleine. Und wenn ich hausen sage, meine ich hausen. Kochen, Waschen und Putzen beherrschen die beiden nur rudimentär. Schon das Äußere des verfallenen Hauses gibt einen Vorgeschmack darauf, was einen im Inneren erwartet: Mehrere Dachziegel fehlen, in der Regenrinne wachsen Gräser, an der Fassade wuchert ein Pilz, und der Kamin bröckelt fröhlich vor sich hin. Sämtliche Rollläden sind heruntergelassen. Der kleine Vorgarten ist völlig verwildert und sieht deutlich mehr nach *Dornröschen* als nach *Rapunzel* aus.

Ich parke den Roller auf dem Gehsteig, gehe über einen unkrautüberwucherten Plattenweg zur Haustür und drücke den Klingelknopf. Ein scheppernder Ton schrillt durch das Haus. Drinnen rührt sich nichts. Aber die Trolle müssen zu Hause sein: Ihr alter roter Audi mit den verdreckten Scheiben ist ein Stück die Straße runter geparkt. Ich klingle noch einmal, warte ein paar Sekunden, und als sich noch immer nichts tut, überkommt mich ein mulmiges Gefühl – und die düstere Ahnung, dass irgendwas nicht stimmt.

Hätte ich nur was zur Verteidigung dabei, denke ich, während ich zur Rückseite des Hauses schleiche. Die Terrassentür steht offen! Als ich die Stufen zur Veranda hinaufsteige, höre ich, wie auf dem schmalen Weg, der hinter dem Grundstück der Trolle entlangführt, ein Wagen startet.

»Sven? Gunnar?« Mit angehaltenem Atem betrete ich das Haus – und stehe im Schlafzimmer der Trolle. Ein breites, ungemachtes Doppelbett, umgeben von einer Mauer aus aufgestapelten Automagazinen. Die Wände sind mit Pin-up-Postern tapeziert, in einer Ecke türmt sich ein Berg schmutziger Wäsche auf. Es müffelt nach getragenen Socken und kaltem Schweiß. Darüber schwebt, kaum wahrnehmbar, ein anderes Aroma, das ich nicht einordnen kann. Aber ich kenne diesen Geruch. Das ist …

In diesem Moment glaube ich, aus dem Haus ein leises Knacken zu hören, und fahre zusammen. »Sven? Gunnar?«, rufe ich noch einmal und taste mich weiter in die Diele vor. Auf einer schmalen Kommode stehen eine kleine Sammlung von Zinnkrügen, zwei Schneekugeln und das Telefon. Das gleiche uralte Wählscheiben-Modell, dass auch Tassos präferierte. Der Hörer liegt daneben – was erklärt, warum der Anschluss vorhin besetzt war. Rechts geht es in die Küche. Schmutziges Geschirr, ein überquellender Mülleimer, der Herd ist mit verkrusteten Soßenresten bedeckt. Zu meiner Linken steht eine Tür offen. Das Wohnzimmer. Der schwache Lichtstrahl einer Stehlampe fällt in den Flur. Vorsichtig spähe ich in das Zimmer – und kotze mir beinah auf die Füße: Sven und Gunnar sitzen nebeneinander auf dem Sofa. Mausetot. Ihre Oberkörper sind vornübergebeugt, ihre Köpfe stecken in zwei wassergefüllten Plastikeimern, die auf dem niedrigen Couchtisch vor ihnen stehen. Die beiden sind in ihrem Wohnzimmer ertrunken. In Eimern, in denen gerade einmal zwanzig Zentimeter hohes Wasser steht.

Ich bin völlig unter Schock, aber meine Füße beginnen sich wie von selbst in Bewegung zu setzen. Mit zögernden Schritten nähere ich mich den Brüdern und betrachte sie neugierig. Nichts anfassen! Fingerabdrücke!, ermahne ich mich und frage mich gleichzeitig, ob ich bereits irgendetwas im Haus berührt habe.

Was ist hier passiert? Spuren eines Kampfes gibt es nicht. Aber dass die beiden für den Tauchschein trainiert haben, kann man wohl auch ausschließen. Auf dem Tisch stehen eine Flasche Ouzo und zwei Gläser. Als ich genauer hinsehe, entdecke ich auf der Tischplatte den Abdruck eines dritten Glases, und ganz allmählich dämmert mir, was hier geschehen sein könnte … Jemand war hier, denke ich. Jemand hat sie besucht. Jemand, dem sie vertraut haben. Sie haben gemeinsam ein paar Ouzo getrunken, und dann hat er ihnen, ohne dass sie es mitbekommen haben, irgendwas in ihre Gläser geschüttet. Ein starkes Betäubungsmittel. Und nachdem sie weggetreten waren und keinen Widerstand mehr leisten konnten, hat er zwei Eimer mit Wasser gefüllt und Sven und Gunnar ertränkt. Und das Glas, aus dem er getrunken hat, anschließend mitgenommen, um keine Spuren zu hinterlassen. Eine Gänsehaut überzieht meine Arme. Die bizarren Todesumstände von Sven und Gunnar erinnern in schrecklicher Weise an … War hier derjenige am Werk, der auch Papa Ambros umgebracht hat?

Ich nehme Gunnars Arm und versuche ihn zu beugen. Die Totenstarre löst sich bereits. Ich habe genug Krimis gelesen, um zu wissen, was das heißt: Die Brüder sind seit mindestens vierundzwanzig Stunden tot. Ich habe die Trolle gestern Nachmittag zum letzten Mal lebend gesehen, rekapituliere ich. Zieht man dazu die sich wieder lösende Totenstarre in Betracht, legt das die Vermutung nahe, dass sie gestern am frühen Abend gestorben sein müssen.

Ich lasse mich in einen Sessel sinken und spüre, wie mir Tränen in die Augen treten. Die Trolle waren keine Engel, sie waren Autoknacker und Einbrecher, hatten so einiges auf dem Kerbholz und waren ganz sicher nicht die hellsten Kerzen am Baum – aber auf ihre Art waren sie feine Kerle. Sven und Gunnar hätten einen niemals hintergangen. So zu sterben, den Kopf in einem Eimer voller Wasser, haben sie bestimmt nicht verdient. Genauso wenig wie es jemand verdient, auf einer Sonnenbank zu Tode gegrillt zu werden.

»Macht es gut, Freunde«, sage ich andächtig, beuge mich vor und streiche ihnen über die Haare – als ein Klingeln ertönt. Es kommt aus dem Sofa! Ich schieße herum, fahre mit der Hand zwischen die Polster und fördere das Trolle-Handy zutage! Unbekannter Anrufer. Er hinterlässt eine Nachricht auf der Sprachbox. Ich warte, bis er aufgelegt hat, dann höre ich die Box ab: »*Mein Name ist Mertesacker. Ich bitte Sie dringend um Rückruf unter …*« Die Nummer, die er nennt, beginnt mit 899. Überrascht ziehe ich die Brauen hoch. Mit 899 beginnen alle Nummern im Polizeipräsidium. Jetzt wird es interessant … Umgehend rufe ich zurück.

»KK 3. Mertesacker.«

»Hier ist Gunnar Trolle«, sage ich. »Sie haben auf mein Dings gequatscht. Sie wollten, dass ich Sie anrufe. Dass ich Sie anrufe.«

»Danke für Ihren Rückruf, Herr Trolle. Wir werten im Rahmen einer Ermittlung die Daten eines Smartphones aus und sind dabei auch auf Ihre Nummer gestoßen. Wir erhoffen uns von Ihnen einen sachdienlichen Hinweis in diesem Fall.«

»Häh? Was für 'n Fall? Was für 'n Fall?«

»Sagt Ihnen der Name Leopold Dietrich etwas?«, fragt mein Gesprächspartner.

»Nö. Sagt mir nix. Muss 'n Irrtum sein. Wiederhören. Wiederhören«, murmle ich hastig und lege auf.

Er versucht mich sofort zurückzurufen, aber ich gehe nicht ran. Leopold Dietrich, wiederhole ich in Gedanken. Sobald ich wieder zu Hause bin, werde ich mich im Netz auf die Suche nach dem mysteriösen Leopold begeben – aber jetzt stellt sich erst mal die Frage, was ich mit den Trollen mache. Ich muss die Polizei informieren. Aber nicht von hier aus. Erst wenn ich einen Sicherheitsabstand zwischen mich und die toten Brüder gebracht habe.

Das Trolle-Handy nehme ich mit. Und just in dem Moment, als ich das Haus durch die Terrassentür verlasse, geht mir auf, worum es sich bei dem schwachen Geruch, der über dem Schweißfußaroma liegt, handelt. Es ist der Duft von Zitronenblüten!

Ich kenne nur eine Person, die nach Zitronenblüten duftet. Sie war hier!, hallt es durch meinen Kopf. Lena Krytschewski war im Haus der Trolle. Aber welches Motiv sollte sie haben, die Trolle zu ermorden? Das ergibt überhaupt keinen Sinn, sage ich mir, während ich durch die Dunkelheit zu meinem Roller husche. Niemand auf der Straße, niemand hängt am Fenster. Ich hoffe nur, dass nicht irgendein vorwitziger Nachbar irgendwo eine Webcam installiert hat.

Nachdem ich ein paar Kilometer zwischen mich und die toten Brüder gebracht habe, verlasse ich die Straße und halte unter einer Eisenbahnbrücke, direkt an einem Kanal, an. Dann ziehe ich das Trolle-Handy aus der Jacke und wähle die Nummer des 899-Polizeianschlusses.

»KK 3. Mertesacker.«

»In einem Haus am Rapunzelweg 39 finden Sie zwei Tote«, wispere ich in den Hörer. Dann hole ich mit dem Arm aus und schleudere das Handy in hohem Bogen in den Kanal.

Was hat Lena Krytschewski mit dem Tod der Trolle zu tun?, frage ich mich unablässig. Es war ihr Parfüm. Sie muss im Haus gewesen sein. Die Frage ist nur: bevor oder nachdem Sven und Gunnar ihren letzten Atemzug getan haben?

Vielleicht sehe ich klarer, wenn ich weiß, wer dieser Leopold Dietrich ist, den der Polizist am Telefon erwähnt hat. Das Erste, was ich tue, als ich zu Hause ankomme, ist, seinen Namen in die Suchmaschine einzugeben. Und gleich beim ersten Ergebnis setze ich mich auf den Arsch: *Bizarrer Unfall? Juwelier Leopold Dietrich tot aufgefunden.* Unter *Lokales* wird in der Online-Ausgabe des hiesigen Käseblattes über den Fall berichtet. Der Beitrag ist heute Mittag hochgeladen worden. Oben auf der Seite findet sich ein Bild von Leopold Dietrich, einem schmächtigen Mann mit grauen Haaren und Schnurrbart. Im dazugehörigen Artikel heißt es: *Leopold Dietrich, Inhaber des traditionsreichen Juweliergeschäfts Dietrich, wurde heute Morgen in seiner Wohnung in Öhdefeld tot aufgefunden. Seine Haushälterin fand den leblosen Körper des Achtundfünfzigjährigen über seinem Aquarium hängend vor, den Kopf unter Wasser. Ein Sprecher der Polizei wollte weder einen tragischen Unfall noch ein Verbrechen ausschließen. Leopold Dietrich war eine stadtbekannte Persönlichkeit. Der im Volksmund liebevoll Klunker-*

Leo genannte Junggeselle war bekannt für sein wohltätiges Engagement im Bereich der Obdachlosenhilfe und der Resozialisierung von Straftätern. Weiterhin war er Mitglied und Sponsor zahlreicher Vereine, wie den Sangesfreunden Concordia, dem Sportverein THC Öhdefeld …

Ich kann mich nicht erinnern, den Namen Leopold Dietrich jemals zuvor gehört zu haben, aber offenbar war der Mann eine lokale Berühmtheit. Und jetzt ist er tot. Ein Unfall? Er füttert fröhlich seine kleinen schuppigen Freunde, und dabei wird ihm plötzlich unwohl, und er kippt kopfüber ins Aquarium? So ein Schwachsinn. Durch den Anruf des Polizisten weiß ich, dass es irgendeine Verbindung zwischen Leopold Dietrich und den Trollen gab. Und dann stirbt er am selben Abend wie sie? Auf beinah identische Weise? Mit dem Kopf unter Wasser? Wenn das ein Unfall war, bin ich ein Mettigel. Der Mann ist umgebracht worden! So wie die Trolle! Aber was war es, das ihn mit den Brüdern verbunden hat? Und steht sein Tod wiederum in Zusammenhang mit dem Ableben von Papa Ambros? Was verbindet einen Schlager liebenden Gangsterboss und einen stadtbekannten Juwelier, der … In diesem Moment ist es, als würde ein gewaltiger Gongschlag durch meinen Kopf hallen! Natürlich, geht es mir auf, und ich rufe mir ins Gedächtnis, was Torben Bennecke gesagt hat: »Wenn man mit illegal erwirtschaftetem Geld Goldbarren kaufen will, geht man nicht zur staatlichen Scheideanstalt. Mein Vater muss das mit einem privaten Verkäufer durchgezogen haben. Und der steckt aller Wahrscheinlichkeit nach in dem Betrug mit drin. Wenn ich ihn erst habe, dann …«

Natürlich. Leopold Dietrich. Seines Zeichens Juwelier. Er muss der Verkäufer der Goldbarren gewesen sein! Und irgendetwas sagt mir, dass er genau deswegen gestorben ist.

Ich kann beim besten Willen nicht einschlafen. Stattdessen wälze ich mich von einer Seite auf die andere und versuche das, was ich weiß, zu einem halbwegs schlüssigen Gesamtbild zusammenzufügen. So wie ich es mir zusammenreime, muss es folgendermaßen abgelaufen sein: Papa Ambros hat irgendwann begonnen, Teile des ungesetzlich erwirtschafteten Kapitals zu investieren. Schmutziges Geld in sauberes Gold zu verwandeln. In Goldbarren, die er natürlich nicht von der staatlichen Scheideanstalt, sondern von Leopold Dietrich erworben hat. Und jetzt sind sowohl Käufer als auch Verkäufer der Barren tot. Aber wie passt der Tod der Trolle-Brüder da rein? Waren sie an diesen Transaktionen beteiligt? Dietrichs Geschäft liegt in Öhdefeld. Das weiß ich aus dem Online-Artikel. Und Papa Ambros hatte keinen Führerschein. Also brauchte er vertrauenswürdige Boten, die er mit Geldkoffern zu Dietrich schicken konnte und die die Goldbarren anschließend im Schließfach einer Bank deponierten. Und wenn die Trolle diese Boten waren – sind sie irgendwann auf die Idee gekommen, einen Teil der echten Barren für sich abzuzweigen und Papa Ambros Fälschungen unterzujubeln? Mithilfe von Leopold Dietrich? Haben sie Papa Ambros ermordet, als er ihnen auf die Schliche kam? Und haben sie das Gleiche mit Leopold Dietrich gemacht, damit er nichts ausplaudern konnte? Nein, nein, nein! Das ist völlig schwachsinnig: Wären sie die Täter, dann säßen sie nicht tot auf ihrer Couch …

– 13 –

Am nächsten Morgen sind die Leichen vom Rapunzelweg und der tote Klunker-Leo die Topnachricht in sämtlichen Lokalmedien. Ein privater Radiosender spekuliert bereits über einen Zusammenhang zwischen den Todesfällen.

Natürlich haben bis acht Uhr auch alle Kollegen davon erfahren. Als ich bei der Arbeit eintreffe, blicke ich in eine Ansammlung blasser Totensonntagsgesichter. Carla fällt mir schluchzend um den Hals. Jan, Wolle und Harry Leim stehen mit versteinerten Mienen da, Ralf und Sunny sehen bedenkenswert nüchtern aus, Bernward schluckt drei Tabletten auf einmal, und auch die übrigen Kollegen wirken völlig fassungslos. Dass ich es war, der die Trolle gefunden und die Polizei verständigt hat, behalte ich vorläufig für mich, und als Bernward fragt: »Wolltest du nicht gestern Abend mit ihnen sprechen?«, lüge ich: »Hab sie nicht erreicht. War ständig besetzt. Da habe ich es aufgegeben.«

Wie es sich für einen Betrieb mit moderner Unternehmenskultur gehört, hat die Geschäftsleitung umgehend auf den tragischen Tod ihrer Mitarbeiter reagiert. Im Hinterzimmer ist ein Tisch hergerichtet worden, auf dem zwei weiße Kerzen und ein gerahmtes Foto der Trolle stehen. Offenbar das einzige Foto von Sven und Gunnar, das sich so schnell auftreiben ließ. Es ist bei der letzten Weihnachtsfeier geschossen worden: Die Trolle tragen Weihnachtsmannmützen, haben sich Salzstangen in Nase und Ohren geschoben und grinsen reichlich angetüdelt in die Kamera.

Die Leitungskräfte sind vollzählig angetreten. Lena Krytschewski und die Milchgesichter zeigen dem Anlass angemessene Betroffenheitsmienen. Torben Bennecke verbeugt sich in einer affektierten Geste vor dem Bild der Trolle und sagt mit Pastorenstimme: »Heute Morgen hat uns die traurige Nachricht vom Tod unserer Kollegen Sven und Gunnar Trolle erreicht. Ich habe die Herren leider nur kurz kennenlernen dürfen, aber ich weiß, dass mein Vater die Brüder Trolle als verlässliche und vertrauenswürdige Mitarbeiter geschätzt hat. Lassen Sie uns, das Team Bennecke, in dieser Stunde des Verlustes und des Schmerzes zusammenstehen und gemeinsam …«

Was weiß er?, frage ich mich, während ich seine Trauerphrasen an mir vorbeirauschen lasse. Wenn Torben Bennecke nicht mit dem Klammerbeutel gepudert ist, muss er zu den gleichen Schlüssen wie ich gekommen sein: dass Leopold Dietrich der Verkäufer der Goldbarren war. Und dass die Trolle irgendeine Rolle bei der Sache gespielt haben. Oder weiß er noch viel mehr? Mehr, als er seinem Leitungsteam erzählt hat? Kann es sein, dass er …

Torben räuspert sich eingehend. »Um Ihrer Trauer einen angemessenen Raum zu geben, hat sich die Geschäftsführung entschlossen –«

»Uns heute frei zu geben?«, platzt Jan van Messer hoffnungsfroh dazwischen.

»Ein Kondolenzbuch auszulegen. Außerdem werden wir auf das heutige Motivationscoaching verzichten, um Ihnen die Möglichkeit zu einem kurzen privaten Austausch zu geben. Um neun Uhr finden Sie sich dann bitte zu Ihren Einsätzen ein. So schwer es uns auch im Angesicht eines solchen Verlustes zu akzeptieren fällt: Die Welt dreht sich weiter. Und die Konkurrenz schläft nicht. Erweisen wir den Brüdern Trolle unsere Achtung, indem wir zeigen, dass uns auch schwere Schicksalsschläge nicht davon abhalten können, unseren Aufgaben nachzukommen. Ich bin mir sicher, dass dies im Sinne der Verstorbenen wäre.«

»Wenn er sich da mal nicht irrt«, nuschelt Sunny. »Im Sinne der Trolle, die ich kannte, waren nur Automagazine, Pornos und Bratkartoffeln mit Speck.«

Auch unter der Belegschaft schießen die Mutmaßungen über eine mögliche Verbindung zwischen dem Tod der Trolle und dem von Leopold Dietrich ins Kraut. Auf die Idee, dass auch der Tod von Papa Ambros damit in Zusammenhang stehen könnte, kommt erst mal keiner. Zumindest spricht niemand darüber. Nachdem ich mich in das Kondolenzbuch eingetragen habe, gehe ich schon vor zum Wagen. Ich brauche fünf Minuten Ruhe. Und eine Zigarette. Aber kaum habe ich das erste Rauchwölkchen in die Luft gestoßen, ruft Tassos an.

Auch er hat vom Tod der Trolle erfahren und ist erschüttert. »Was für eine Scheiße passiert da, Pius?«, schluchzt er. Offenbar ruft er vom *Brezel-Village* aus an, im Hintergrund ist das Klappern von Geschirr zu hören. »Erst Papa Ambros und jetzt Gunnar und Sven. Vielleicht liegst du richtig mit deiner Vermutung: Zuerst hat Torben Bennecke seinen Vater aus dem Weg geräumt, um den Betrieb nach eigenem Gusto führen zu können. Und jetzt beginnt er damit, Personal zu reduzieren. Da hab ich mit meiner Versetzung in die Brezel-Hölle ja noch regelrecht Glück gehabt. Ich –«

»Karoufakis?«, brüllt jemand aus dem Hintergrund. »Was ist mit den Karamellbrezeln?«

»Sofort, Herr Kerkenschwedt«, höre ich Tassos in devotem Ton sagen. »Ich schiebe gleich ein Blech in den Ofen. – Hör zu, Pius: Der Grund, weswegen ich dich eigentlich anrufe, ist, dass ich mit Marie-Grace gesprochen habe.«

»Marie-wer?«

»Na, die Freundin des jüngsten Sohnes der Cousine meines Schwagers. Du weißt schon: die in der Gerichtsmedizin arbeitet. Sie konnte Einblick in die Akte von Papa Ambros nehmen. Und jetzt kommt's: Du hattest recht mit deiner Vermutung: Man hat bei ihm Spuren eines starken Betäubungsmittels gefunden. Frag mich nicht nach dem Namen. Irgendwas mit vielen X und Y und Z. Marie-Grace hat erzählt, dass das Mittel normalerweise von Tierärzten bei größeren Operationen eingesetzt wird.«

»Tierärzte?«, wiederhole ich verblüfft.

»Ja«, bestätigt Tassos. »Aber das Zeug wird auch auf dem Schwarzmarkt gehandelt und kommt im Rotlichtmilieu zum Einsatz. Ist geruch- und geschmacklos. Damit werden gerne Puffbesucher betäubt, um sie um Bares und Kreditkarten zu erleichtern.«

Rotlichtmilieu? Sofort denke ich an Pavel Borkowski und die übrigen Sackratten. Ist es möglich, dass einer von ihnen mit der Sache zu tun hat?, durchfährt es mich. »Danke für die Info, Tassos. Und erzähl vorerst niemandem davon. Okay?«

»Ja. Klar. Wir sehen uns auf der Beerdigung von Gunnar und Sven«, verabschiedet sich Tassos. Bevor er auflegt, höre ich das Pickelgesicht krähen: »Wo bleiben die Karamellbrezeln, Karoufakis?«

Papa Ambros ist betäubt worden, bevor ihn jemand auf die Sonnenbank gelegt hat. Und ich gehe jede Wette ein, dass die Trolle und Leopold Dietrich vor ihrem Tod ebenfalls betäubt wurden. Dass die Obduktion bei ihnen Spuren der gleichen Substanz zutage fördern wird. Und dass das Zeug im Rotlichtmilieu zum Einsatz kommt, ist natürlich ein Umstand, der Pavel Borkowski und Konsorten auf der Liste der Verdächtigen ganz weit nach oben schnellen lässt. Andererseits … Dass sie dieses Betäubungsmittel benutzen, um Freier auszurauben, glaube ich sofort. Aber wenn es in diesen Kreisen um den finalen Exitus geht, bevorzugen die Herrschaften andere Mittel und Wege: eine Pistole mit Schalldämpfer, ein Messer oder auch schon mal einen Schlag mit dem berüchtigten stumpfen Gegenstand. Und es ist auch nicht ihre Art, die Opfer am Tatort zurückzulassen. Die landen in der Regel in einem Fluss, einem Sumpf oder in einem Gartenhäcksler. Dass dies nicht passiert ist, könnte bedeuten, dass … Ja, was eigentlich? Ich rufe mir vor Augen, wie die Opfer gestorben sind. Jemanden auf diese Weise zu ermorden, erfordert kaum körperliche Kraft. Einen Leichnam zu beseitigen aber schon. Entweder hatte der Täter nicht ausreichend Zeit dazu, oder ihm fehlte die nötige Kraft. Alles deutet darauf hin, dass er nicht gerade ein muskelbepackter Riese ist. Eher ein kleiner und nicht besonders kräftiger Mann.

Oder eine Frau!, schießt es mir durch den Kopf, als Lena Krytschewski, umschwebt von einem leichten Zitronenduft, auf den Opel zukommt.

Sie war im Haus der Trolle. Aber mir fällt noch immer keine plausible Erklärung dafür ein, warum sie die beiden umgebracht haben sollte. Und noch weniger, welches Motiv sie gehabt haben könnte, Papa Ambros und den Juwelier um die Ecke zu bringen. Hat sie vielleicht in Torben Benneckes Auftrag gehandelt? Aber wie soll sie an das Betäubungsmittel gekommen sein? Über Torbens *Vernetzung?* Hat sie irgendwelche Verbindungen ins Milieu? Oder kennt sie vielleicht einen Tierarzt, der ihr einen Gefallen schuldet? Den sie um den Finger gewickelt hat, um …

»Habe ich eine Leuchtdiode auf der Stirn? Oder warum starren Sie mich so an?«, fragt sie in zickigem Ton.

»Äh, nein. Ich dachte nur gerade … Steht Ihnen gut. Die, ähm, Jeans. Und die Lederjacke. Viel besser als der Hosenanzug.«

Sie bedenkt mich mit einem biestigen Blick und klettert auf die Rückbank. Höchste Zeit, ihr ein bisschen auf den Zahn zu fühlen. Kaum ist Bernward losgefahren, drehe ich mich zu ihr um und frage: »Haben Sie eigentlich ein Haustier?«

Bernward sieht mich an, als hätte ich nicht mehr alle Nadeln an der Tanne. Lena Krytschewski auch. »Was soll die Frage denn jetzt?«, sagt sie genervt.

»Entschuldigung. Ich wollte nur ein bisschen Konversation machen. Und haben Sie? Der Katzentyp sind Sie eher nicht. Aber der Hundetyp irgendwie auch nicht.«

»Ach ja? Und welcher Typ bin ich Ihrer Meinung nach?«

»Am ehesten könnte ich mir irgendein Reptil bei Ihnen vorstellen.«

»Wie ungemein komisch. Ich weiß zwar nicht, was es Sie angeht, aber ich habe kein Haustier. Ich habe einen Job. Und der nimmt mich voll und ganz in Anspruch.«

Was ja nicht zwingend heißt, dass du nicht doch einen Tierarzt kennst, denke ich, sage stattdessen aber laut: »Ich hatte mal einen Hamster. Er hieß Captain Kirk.«

Das scheint weder sie noch Bernward besonders zu interessieren. Ich warte drei Minuten, dann starte ich den nächsten Anlauf.

»Das Parfüm, das Sie da tragen …«

»Was ist damit?«, sagt sie kurz angebunden.

»Riecht gut. Wie Zitronenschaumcreme. Ich mag Zitronenschaumcreme.«

»Wie schön für Sie.«

»Wie heißt es denn?«

Lena Krytschewski rollt genervt mit den Augen. »Es heißt *Lemon Soul.* Aber das Parfüm ist hier nicht erhältlich. Eine Freundin aus den Staaten hat es mir geschenkt. Und auch da ist es nur sehr schwer zu bekommen.«

»Das heißt: Sie sind wahrscheinlich die einzige Frau diesseits des Atlantiks, die diesen Duft trägt?«

»Wäre möglich«, stöhnt sie entnervt.

»Komisch …« Ich drehe mich zu ihr um und sage: »Dabei bin ich mir sicher, genau diesen Duft erst kürzlich irgendwo wahrgenommen zu haben. Wo war das nur gleich …?«

Lena Krytschewski wirkt einen Lidschlag lang verunsichert, hält meinem Blick aber stand und sagt: »Da müssen Sie sich wohl getäuscht haben. – Und könnten Sie nun vielleicht Ihre Aufmerksamkeit auf die vor uns liegenden Aufgaben richten? Mir ist bewusst, dass die Situation für Sie, aufgrund des Todes Ihrer Kollegen, nicht einfach ist. Nichtsdestotrotz müssen die anstehenden Aufträge erledigt werden! Sie, Herr Kniehase, haben ja gestern den Einwand vorgebracht, dass acht Aufträge innerhalb eines Tages nicht zu bewältigen sind. Sie haben vollkommen recht.«

»Sag ich doch«, brummelt Bernward.

»Nicht so voreilig, Herr Kniehase. Acht Aufträge sind nicht zu schaffen, wenn Sie so vorgehen, wie Sie gestern vorgegangen sind.

Sie müssen Ihre Vorgehensweise in puncto Effektivität, Stringenz und zielorientierten Handelns optimieren. Ich ersuche Sie dringend, die von mir erarbeiteten Modifikationsvorschläge in Ihre Arbeitsabläufe mit einfließen zu lassen.«

»Wie jetzt … Modifikation?«, murrt Bernward mit Knittergesicht. »Ist doch Blödsinn. Wir arbeiten schon ewig so, wie wir arbeiten. Und darüber hat bis jetzt noch keiner gemeckert.«

»Wissen Sie, wie oft ich diesen Satz schon gehört habe?«, sagt sie in herablassendem Ton. »Dass etwas gut ist, bedeutet nicht, dass man es nicht noch besser machen kann. Und das betrifft in Ihrem Fall die Stringenz Ihres Vorgehens. Zudem ist mir aufgefallen, dass es Ihrem Auftreten an Seriosität mangelt.«

Bernward und ich tauschen einen *Ach du Scheiße, was kommt denn jetzt?*-Blick. »Und das bedeutet konkret was?«, frage ich.

»Es bringt wenig, das jetzt theoretisch zu erörtern«, entgegnet sie kühl. »Neuerungen in den Arbeitsabläufen prägen sich Mitarbeitern am besten ein, wenn man sie in der Praxis einübt. Wir werden gleich den ersten Auftrag des heutigen Tages dazu nutzen.« Sie reicht mir das Klemmbrett mit den Auftragsformularen und sagt: »Es handelt sich um einen externen Auftrag. Marc Buchbinder. Ein Musikmanager. Hat kürzlich seinen fünfzigsten Geburtstag gefeiert. Mit über dreihundert Gästen. Viel Prominenz aus dem Musikbusiness. Das Catering-Unternehmen, das er für Verpflegung und Service an dem Abend angeheuert hatte, hat sein Geld bis heute nicht erhalten. Trotz mehrerer Mahnungen. Es handelt sich um eine fünfstellige Summe.«

»Die Adresse kenne ich«, sage ich nach einem kurzen Blick auf das Formular. Marc Buchbinder wohnt in einem der teuren Appartementhäuser, die man vor ein paar Jahren hochgezogen hat, als das runtergekommene Hafenviertel aufgepimpt und in ein angesagtes Neureichen-Quartier umgewandelt wurde.

»In den Häusern gibt es Pförtner und Sicherheitspersonal. Da kommt man nicht so ohne Weiteres rein«, gibt Bernward zu bedenken.

»Das ist mir bewusst«, entgegnet Lena Krytschewski. »Daher habe ich schon vorgearbeitet. Ich habe uns angekündigt. Als Journalistin und zwei Fotografen eines Musikmagazins. Wir haben um zehn Uhr einen Interview-Termin mit ihm. In diesem Zusammenhang vielleicht schon einmal der Hinweis: Je sorgfältiger Sie Ihre

Einsätze vorbereiten, desto effektiver können Sie vor Ort arbeiten. Die Planung hat zwingend eine Gefährdungspotenzialanalyse und eine Übersicht über die örtlichen Gegebenheiten des Einsatzortes zu beinhalten. Ich habe mit einem gewissen Erstaunen feststellen müssen, dass weder Sie noch Ihre Kollegen ihre Einsätze vorbereiten, und daher gegenüber Herrn Bennecke die Schaffung eines *Arbeitskreises Planung und Vorbereitung* angeregt, der sich regelmäßig treffen und entsprechende Standards erarbeiten wird.«

»Oh, Mann«, kichert Bernward. »Wenn du nicht mehr weiterweißt, bilde einen Arbeitskreis.«

»Und Sie, Herr Kniehase, sind als Vertreter des Bereichs Inkassowesen in diesem Gremium vorgesehen.«

Bernward sieht mit einem Mal aus, als hätte er ein Fässchen Gurkenwasser getrunken.

Das Appartementhaus, in dem Marc Buchbinder residiert, verfügt über eine Lobby, in der man einen Privatjet parken könnte. Marmorboden, ein riesiger Indoor-Springbrunnen, ein halbes Dutzend Security-Schränke in maßgeschneiderten Anzügen, die Eingang und Aufzüge bewachen, und ein Portier, der so arrogant guckt, als würde ihm diese Nobelbude gehören. Er mustert uns unverhohlen misstrauisch, als wir auf seinen Tresen zusteuern.

»Guten Tag. Judith Kaiphas und Kollegen. Vom Musikmagazin *Sonic Mess*«, lügt Lena Krytschewski, ohne mit der Wimper zu zucken. »Wir haben einen Termin bei Herrn Buchbinder.«

Der Pförtner drückt einen Knopf auf seiner überdimensionierten Telefonanlage, spricht in diskretem Flüsterton in den Hörer und lauscht kurz, dann nickt er dem Security-Typen vor dem Aufzug zu und näselt in unsere Richtung: »Herr Buchbinder erwartet Sie. Elfte Etage.«

Wir quetschen uns an dem Sicherheits-Gorilla vorbei in den Lift. »Gehen Sie zunächst vor wie üblich«, kommandiert unsere Controllerin, während uns der Aufzug nach oben befördert. »Im Nachgang werden wir dann einen modifizierten Verfahrensablauf durchspielen.«

»Modifizierter Verfahrensablauf?«, sage ich verdattert, aber in diesem Moment öffnet sich auch schon die Aufzugstür, und wir stehen in dem Riesenappartement von Marc Buchbinder. Ich blicke auf diverse Sitzgruppen, zwei große Flachbildschirme, ein

Riesenaquarium und jede Menge goldener Schallplatten an der Wand. Der Hausherr, ein posthipper Ziegenbärtchenfreund um die fünfzig, trägt nur einen Bademantel und Adiletten und hat sich offenbar eine Ladung Muntermacher zugeführt. Er wischt hektisch mit dem Handrücken unter seiner Nase rum und wirkt ausgesprochen aufgekratzt.

»Ah, die Presse«, begrüßt er uns euphorisch und fügt mit einem lüsternen Blick auf Lena Krytschewski hinzu: »Und was für eine!«

Wer schnell handelt, ist im Vorteil. Ich nehme ihn in den Schwitzkasten, zerre ihn zu einer Couch und drücke ihn in die Lederpolster.

»He, was soll das?«, kreischt er panisch.

»Wir sind nicht von der Presse, du Koksschnuffel.«

»Was … was wollen Sie von mir?«, wimmert er.

Ich lasse ihn zappeln und betreibe ein wenig aktives Schweigen. Dann beuge ich mich vor (Atem auf die Wange), werfe meine Kinski-Stimme an und starte eine meiner üblichen Ansprachen – interessiert beobachtet von Lena Krytschewski, die an der Tür stehen geblieben ist und alles mit ihrem Smartphone filmt. »Vor Kurzem hast du deinen fünfzigsten Geburtstag gefeiert. Erinnerst du dich daran, Marc?«

»Ähm, äh, ja, natürlich«, stammelt er und schaut mich ängstlich an. »Aber was …?«

Ich tue so, als würde ich durch ihn hindurch in eine unbestimmte Ferne blicken und einer inneren Stimme lauschen. Eines meiner schönsten Stilmittel, das beim Gegenüber verlässlich den Eindruck erweckt, einem Wahnsinnigen gegenüberzustehen. Marc Buchbinder sieht aus, als würde er gleich vor Angst kotzen. »Sagen Sie mir doch endlich, was Sie wollen!«

»Du hast die Caterer nicht bezahlt, du Koksmatrose!« Bernward hält dem zitternden Musikmanager das Auftragsformular vor die Nase und deutet mit dem Finger auf die ausstehende Summe.

»So viel, so viel habe ich nicht hier«, stammelt Marc Buchbinder.

»Ach, ich glaube schon«, sage ich und lasse meinen Blick durch das Appartement wandern. »Ich bin sicher, es gibt irgendwo hier einen Tresor. Du sagst mir die Kombination, und ich werde die entsprechende Summe plus einer kleinen Bearbeitungsgebühr entnehmen. Und überleg dir gut, wie deine Kombination lautet. Nicht, dass dir ein bedauerlicher Zahlendreher unterläuft.« Ich beuge mich zu seinem Ohr und wispere: »Ich sage es nicht gerne, aber mein Kumpel mit dem Koffer ist unberechenbar.«

»Es … es gibt keinen Safe. Ich –«

»Ach, dass es aber auch nie ohne Schmerz abgehen kann«, murmelt Bernward, öffnet seinen Koffer, nimmt den Dentalbohrer heraus und lässt ihn kurz aufjaulen.

Marc Buchbinders Augen weiten sich vor Entsetzen, er wird kalkweiß. »Warten Sie! Nicht! Vielleicht gibt es doch einen. Habe ich ganz vergessen. Da, da drüben!« Er erhebt sich schwerfällig vom Sofa, stolpert ein paar Schritte vor und nimmt eine der goldenen Schallplatten von der Wand. Dahinter kommt ein Tresor zum Vorschein. Ich beobachte, wie er die Kombination eingibt und ein Bündel Fünfhunderter aus dem Safe nimmt, das er mir mit zitternden Händen überreicht.

»Na bitte. Geht doch«, sage ich.

Marc Buchbinder sieht aus, als brauchte er dringend eine weitere Linie Vitalpulver. Mit einem leisen Schluchzen sinkt er auf die Couch. Bernward klappt den Koffer zu, ich stecke das Geldbündel ein, und wir marschieren in Richtung Tür.

»Haben Sie nicht etwas vergessen?« Lena Krytschewski blickt uns mit hochgezogenen Brauen an. »Den Feedbackbogen!« Sie drückt Bernward das Formular in die Hand.

Er schlurft in Richtung Sofa zurück und knurrt den verwirrt aussehenden Marc Buchbinder an: »Hier! Füll das aus, Freundchen!«

»Nein, nein, nein, Herr Kniehase«, fährt ihm unsere Controllerin in die Parade. »Es ist besser, wenn wir den gesamten Verfahrensablauf noch einmal durchspielen.«

»Was?« Marc Buchbinder blickt erschrocken auf. »Aber ich habe Ihnen doch …«

Lena Krytschewski schenkt ihm ein kühles Lächeln. »Herr Buchbinder, ich betreibe hier *Employee Development.* Natürlich ist Ihre Teilnahme daran freiwillig, aber ich denke, eine Mitwirkung ist auch in Ihrem persönlichen Interesse.«

»Also, ich weiß nicht«, wendet er zaghaft ein.

»Doch, natürlich«, klärt sie ihn auf. »Damit unterstützen Sie die Entwicklung eines standardisierten Verfahrensprozesses. Was einen weitaus schnelleren Prozessablauf garantiert. Stellen Sie sich vor, dass Sie noch einmal in eine solche Situation kommen. Wäre

Ihnen da nicht auch an einer schnellen und problemlosen Abwicklung des Verfahrens gelegen? – Darf ich dann bitten, meine Herren? Noch einmal von vorne!«

»Ist das Ihr Ernst?«, frage ich geplättet. Bernward verzieht das Gesicht, presst eine Hand auf den Magen und wünscht sich wahrscheinlich gerade ganz weit weg. Ich mich auch. Aber ich füge mich ins Unabänderliche, atme tief durch und winke Marc Buchbinder mit dem Zeigefinger zu mir heran. »Komm schon. Wir fangen noch mal an. Und du sagst das, was du vorhin gesagt hast. Über die Presse und so.«

Er kommt zu mir herübergeschlichen, blickt mich an wie eine verängstigte Haselmaus und krächzt mit trockenem Hals: »Ah, die Presse. Und was für eine.«

»Wir sind nicht von der Presse, du Koksschnuffel!«

»Danke. Bis hierhin«, unterbricht uns Lena Krytschewski. »Ist Ihnen etwas aufgefallen, Herr Nordberg? Sie teilen Herrn Buchbinder mit, wer Sie nicht sind. Statt ihn darüber zu informieren, wer Sie sind. Aber wir müssen transparent handeln. Inhaltliche und verfahrenstechnische Transparenz sind wesentliche Qualitätsfaktoren. Und Herr Buchbinder hat selbstverständlich Anspruch auf Transparenz.«

»Genau!«, krächzt der Angesprochene forsch. So forsch, wie man krächzen kann, wenn einem die Luft abgedrückt wird.

»Ich habe einen Standardtext entwickelt, der dem Anspruch auf Transparenz Rechnung trägt«, sagt Lena Krytschewski und hält mir ein Formular vor die Nase. »Er ist ab sofort zu verwenden.«

Bernward und ich tauschen einen verzweifelten Blick aus. »Guten Tag«, lese ich von dem vorbereiteten Manuskript ab. »Mein Name ist Nordberg und … Was? Ich nenne ihm doch nicht meinen Namen!«, protestiere ich.

»Transparenz, Herr Nordberg. Transparenz. Und seien Sie unbesorgt, was Ihre Daten angeht. Herr Buchbinder wird im Anschluss an das Verfahren eine Datenschutzerklärung unterschreiben.«

»Ja. Mach ich«, röchelt dieser. »Aber würde es Ihnen was ausmachen, nicht ganz so fest zuzudrücken?«

»Fahren Sie fort, Herr Nordberg«, kommandiert meine Controllerin.

»Mein Name ist Nordberg«, lese ich betonungsfrei und reichlich genervt. »Das ist mein Kollege, Herr Kniehase. Wir sind für die Bennecke-Group tätig, die von dritter Seite beauftragt wurde, bei Ihnen eine ausstehende Zahlung einzutreiben. Wir weisen Sie ausdrücklich auf Ihr Beschwerderecht hin, für den Fall, dass Ihnen unser Vorgehen unangemessen erscheinen sollte. Nutzen Sie in diesem Fall das Formblatt Beschwerde.«

Lena Krytschewski springt vor und überreicht Marc Buchbinder ein Formular. »Das wäre dieses hier. Und dann hätten wir hier noch das Feedbackformular und die Datenschutzerklärung.«

»Ähm, danke«, nuschelt er, während sie mich auffordert: »Bitte weiter, Herr Nordberg.«

Weiter? Ich habe vor lauter Standardtext den Faden verloren. Wie ging es noch mal weiter? Ah, ja … Ich nehme Marc Buchbinder in den Schwitzkasten und zerre ihn zum Sofa.

»Au! Ich werde mich auf jeden Fall beschweren«, kreischt er. Ich drücke ihn in die Polster und starte die Kinski-Nummer. »Vor Kurzem hast du deinen fünfzigsten Geburtstag gefeiert. Erinnerst du dich daran, Marc?«

»Stopp«, ertönt die Stimme von Lena Krytschewski. »Bemühen Sie sich doch bitte um ein Mindestmaß an Seriosität, Herr Nordberg. Das, was Sie da sagen, klingt wie ein Monolog aus einem Mafiafilm. Als kämen Sie von einer kriminellen Organisation.«

»Ähm, genau genommen tun wir das«, wendet Bernward ein, worauf Lena Krytschewski ihn mit einem mitleidigen Blick bedenkt.

»Lesen Sie gelegentlich den Wirtschaftsteil der Zeitung, Herr Kniehase? Die erfolgreichen kriminellen Organisationen sind die, die so seriös erscheinen, dass niemand auf die Idee käme, sie als kriminell zu bezeichnen. Und Sie, Herr Nordberg, verwenden auch an dieser Stelle des Verfahrensprozesses bitte die vorgegebenen Formulierungen.«

»Ganz wie Sie meinen.« Ich lasse meine Augen über den Text wandern, bevor ich Marc Buchbinder ins Visier nehme und verkünde: »Ihnen steht die Möglichkeit einer Ratenzahlung offen. Wir weisen Sie darauf hin, dass wir uns – sollten Sie die Zahlung generell verweigern – die Anwendung körperlicher Gewalt vorbehalten.«

»Ähm, aber doch nicht wirklich, oder?«, wispert Marc Buchbinder mit zitternder Stimme. »So wie ich das verstanden habe, ist das jetzt doch bloß eine Übung. Oder?«

Lena Krytschewski antwortet nicht, wendet sich stattdessen Bernward zu und meckert: »Denken Sie nicht, das wäre der richtige Zeitpunkt, um den Koffer zu öffnen, Herr Kniehase? Sie können Ihren Kollegen an diesem Punkt des Verfahrens nonverbal unterstützen. Also bitte etwas mehr Körperspannung. Und einen drohenden Gesichtsausdruck! Je mehr sich Ihr Gegenüber ängstigt, desto schneller und zeitsparender der Verfahrensablauf. «

Grummelnd fügt Bernward sich in sein Schicksal und grimassiert ein bisschen. Sein Drohgesicht sieht nicht besonders bedrohlich aus. Eher so, als würde er seit zehn Tagen an Verstopfung leiden.

»Aber ich muss Ihnen das Geld jetzt nicht wirklich noch mal geben. Oder?« Marc Buchbinder nestelt nervös an seinem Bademantelgürtel rum und blickt fragend zu unserer Controllerin.

»Natürlich nicht. Aber unterzeichnen Sie jetzt bitte die Datenschutzerklärung und füllen Sie das Feedbackformular aus. Vielen Dank! Hier ist Ihre Quittung.«

»Und diesmal gehen Sie auch wirklich?«, fragt Marc Buchbinder mit matter Stimme.

Lena Krytschewski nickt und schenkt ihm eines ihrer Kühlschrank-Lächeln. »Die Bennecke-Group dankt Ihnen für Ihre Unterstützung beim Employee Development.«

Marc Buchbinder sinkt halb ohnmächtig auf sein Sofa und murmelt: »Keine Ursache. Gern geschehen.«

»So 'ne riesige Zeitersparnis sehe ich bei dem neuen Verfahren jetzt nicht«, merkt Bernward an, als wir in den Opel steigen.

»*Noch nicht*, Herr Kniehase. Natürlich muss sich das Verfahren einspielen. Aber wenn Sie mit dem Ablauf und dem Standardtext vertraut sind, verkürzt sich die Prozessdauer, meiner Erwartung nach, auf die Hälfte der bisher benötigten Zeit.«

»Was für wunderbare Nachrichten«, befinde ich. »Aber ich möchte da doch leise Zweifel anmelden: Wenn wir das entsprechend Ihrem Verfahrensmodell durchziehen, wirken wir in etwa so bedrohlich wie zwei Bibelvertreter.«

Sie wirft einen schnellen Blick auf den Feedbackbogen und verkündet in triumphierendem Ton: »Herr Buchbinder hat uns ein einhundert Prozent positives Feedback gegeben.«

»Natürlich hat er das. Weil er Angst hatte, dass ich seine Luftröhre zerquetsche.«

»Ihr Sarkasmus ist unangebracht, Herr Nordberg. Sie werden sehen: Langfristig gibt mir der Erfolg recht.«

Mag sein. Kurzfristig ist unser qualitätsgemanagtes Standardvorgehen aber ein Volldesaster. Angst und Schrecken zu verbreiten funktioniert nur mittelprächtig, wenn man sich dabei anhört, als hätte man einen Verwaltungsbeamten gefrühstückt.

Ein Puffbetreiber mit Stiernacken, der einer Sanitärfirma mehrere Tausend Euro schuldet, lacht uns lauthals aus. Zwei andere Schuldner drohen, die Polizei zu rufen. Ein dritter wähnt sich, als ihm Feedback- und Beschwerdeformular ausgehändigt werden, bei der *Versteckten Kamera*. Was in allen Fällen dazu führt, dass Bernward Zange und Bohrer zum Einsatz bringen muss, um zu verdeutlichen, wie dringlich unser Anliegen tatsächlich ist. Ergebnis: Wir kriegen letztendlich zwar die Kohle, brauchen für jeden der Einsätze aber doppelt so viel Zeit wie vorher.

Unsere Controllerin lässt sich nicht beirren. »Wie gesagt: Die Abläufe müssen sich noch einspielen. Das sind Startschwierigkeiten. Das neue Verfahren wird in jedem Fall beibehalten. Vielleicht braucht es hier und da noch eine Modifizierung bestimmter Details, um das Ergebnis zu verbessern.«

»Aha? Zum Beispiel?«, frage ich.

»Da bin ich wieder bei der Seriosität Ihres Auftretens. Ich denke …« Sie betrachtet mit angewidertem Blick Bernwards Knitteranzug und meine ausgebleichte Jeansjacke. »Ich denke da an einheitliche Arbeitskleidung.«

Für die Dokumentation unserer ausufernden Einsätze brauchen Bernward und ich beinah zweieinhalb Stunden. Und sind damit doch früher fertig als die meisten der Kollegen. Auch in ihren Arbeitsbereichen wurden zahlreiche Modifizierungen eingeführt, was zu einem unheilschwangeren Stimmungsmix aus mentaler Erschöpfung, Resignation, Depression und schwelender Aggression führt.

»Transparenz … die geht mir am Arsch vorbei!«, knurrt Jan van Messer und stiert wütend auf seinen Monitor.

»Die verlangen, dass wir während der Arbeitszeit nicht mehr stoned sind«, nuschelt Sunny fassungslos.

Ralf deutet kopfschüttelnd auf einen Aktenstapel neben seinem PC. »Dafür müssen wir die Kunden jetzt darauf hinweisen, dass unsere Produkte Allergie auslösende Substanzen beinhalten könnten. Und ich muss Herkunft und Vertriebsweg jedes Produktes kennen, lückenlos dokumentieren und auf Wunsch des Kunden jederzeit offenlegen. Transparenz … Heiliger Sankt Cannabis, hilf!«, seufzt er und macht ein Gesicht, als wären die Farben in *seinem* Leben auch gerade dabei, sich zu verflüchtigen.

Als ich den PC runterfahre, höre ich hinter mir die Stimme von Lena Krytschewski in bemüht beiläufigem Ton fragen: »Ach, unsere Verabredung, morgen Abend … Es bleibt dabei?«

Sicher, denke ich. Ich will mir doch keinesfalls entgehen lassen, welche Anstrengungen du unternimmst, um mich *umzudrehen*. Und zu einem verliebten Trottel zu machen. Aber wir werden ja sehen, wer wen verarscht … »Natürlich bleibt es dabei«, sage ich lächelnd. »Wettschulden sind Ehrenschulden. *Casa Nova*. Zwanzig Uhr. Ach, und die Sache mit den blinkenden Teufelshörnchen habe ich mir überlegt: Das ist nur ein Kann, kein Muss. Aber denken Sie bitte an die roten Stiefel. Mit Sternchen. Bis dann.«

Bernward fährt mich nach Hause, verzichtet dankenswerterweise auf den obligatorischen Abstecher zu *Kniehases Wunderland* und nutzt die Gelegenheit, mir seine Vermutungen zum Tod der Trolle zu unterbreiten: »Das war Mord, Pius. Und ich fürchte mittlerweile, das mit Papa Ambros war auch einer. Vielleicht liegst du richtig mit deinem Verdacht, und Torben Bennecke …«

Ich antworte nur ausweichend. Bernward wechselt daraufhin das Thema, schimpft über die Zumutungen des Qualitätsmanagements und landet schließlich bei seinem neuen Lieblingsthema: einer erneuten eindringlichen Warnung vor näherem Kontakt zu Lena Krytschewski. Zur Sicherheit bekomme ich eine detaillierte Handlungsanweisung für meine Verabredung mit auf den Weg: »Du machst unverfängliche Konversation. Und achtest darauf, dass ihr zusammen höchstens eine Flasche Wein trinkt. Und nach dem Essen zahlst du, bestellst ihr ein Taxi und winkst ihr hinterher, wenn sie in die Nacht entschwindet. Auf keinen Fall geht ihr noch auf einen Kaffee zu dir. Oder zu ihr. Auf keinen Fall! Verstanden, Pius? Alles andere führt zu nichts Gutem!«

Wenn ich von jemandem Beziehungsratschläge brauche, dann bestimmt von dir, Senhor Piña Colada, denke ich. Der Tod der Trolle hat heute alles andere überschattet, aber natürlich habe ich

Bernwards Rendezvous – die burschikose Dame mit Warze auf der Nase – noch immer auf dem Schirm.

»Wie ist es eigentlich gestern Abend gelaufen?«, frage ich hinterlistig und beobachte gespannt, wie er reagiert.

Bernward guckt erschrocken und stottert: »Wie jetzt? Gestern Abend gelaufen?«

»Na, dein Termin in der Schule: deine Tochter, die Voodoo-Püppchen … Was ist denn jetzt? Fährt sie mit auf Klassenfahrt? Oder wird sie auf einem Scheiterhaufen in der Raucherecke verbrannt?«

»Oh, das … das konnte ich regeln. Sie darf jetzt mit auf Klassenfahrt.«

»Wie schön«, sage ich und denke: Du bist ein erbärmlicher Lügner, Bernward Kniehase. Und wenn du deiner werten Gattin gegenüber genauso schlecht lügst, wirst du in absehbarer Zeit ziemlich tief in der Scheiße stecken. Aber das ist dein Problem, nicht meins.

Eine außereheliche Affäre ist moralisch fragwürdig, aber kein Verbrechen. Nur ein kleines, schmutziges Geheimnis. Bernwards Geheimnis. Eine Lachnummer im Vergleich zu dem düsteren Geheimnis, dass jemand anderer in meinem Umfeld mit sich herumträgt. Jemand, der Menschen auf Sonnenbänken verbrennt und in Plastikeimern und Aquarien ertränkt. Wer ist dieser Irre? Torben Bennecke? Pavel Borkowski oder eine andere Sackratte? Oder doch etwa einer meiner Kollegen? Oder … Lena Krytschewski? Zwei Leichen und Zitronenblütenduft … Ich muss wissen, was sie im Haus der Trolle gemacht hat!

– 14 –

Hätte ich den Ort zur Einlösung meiner Wettschuld bestimmen dürfen, wäre meine Wahl bestimmt nicht auf das *Casa Nova* gefallen. Die schlappen Gerichte in diesem Nobelschuppen haben allesamt affige Namen und schmecken nach nichts, dafür sind die Preise ausgesprochen deftig. Und die herablassenden Ober vermitteln konsequent den Eindruck, dass es vollkommen unter ihrer Würde ist, jemanden bedienen zu müssen, der nicht wenigstens der Papst ist. Viel Schein, wenig Sein, affektiertes Publikum und ekelhaft grelles Licht – aber angesagt bis zum Geht-nicht-Mehr. Bisher war ich nur einmal in dem Laden. Mit Tabea. Als sie siebzig geworden ist und mich eingeladen hat. Sie konnte die blasierten Kellner auch nicht ausstehen, und es kam, wie es kommen musste … Seitdem hat sie Hausverbot im *Casa Nova*. Wie auch immer: Lena Krytschewski wird sich nicht mit Pasta vollstopfen müssen, um meinen Etat für diesen Monat kollabieren zu lassen. Dafür reicht schon ein durchschnittliches 3-Gänge-Menü.

Den ganzen Samstag über arbeite ich eine Strategie für unser Treffen aus. Sie will mich *umdrehen*. Also ist mit gut getimten Flirtattacken zu rechnen. Natürlich nicht auf die plumpe Tour, sondern ganz subtil: ein Augenaufschlag hier, ein Lächeln dort. Ihre Hand, die wie zufällig meine berührt, wenn wir nach unseren Weingläsern greifen … Als ich mir die Situation vorstelle, durchläuft mich ein kurzer, wohliger Schauer. Fuck! Genau dann musst du aufpassen, Pius, befehle ich mir. Standhaft bleiben! Kühlen Kopf bewahren. Sonst bist du spätestens nach dem Hauptgang auf einen verliebten Trottel eingedampft. Du musst zum Schein auf ihre Flirtmanöver eingehen. Und dann, ohne dass sie es merkt, den Spieß umdrehen. Sie zum Reden bringen. Und dann, wenn sie nicht damit rechnet: *Bäng!* Ihr auf den Kopf zusagen, dass sie im Haus der Trolle war – und sehen, was passiert.

Immer daran denken: Sie will dich umdrehen! Nichts von dem, was sie sagt, ist ehrlich gemeint. Egal wie charmant oder verführerisch es klingt. Du machst das schon, Pius!, spreche ich mir in Gedanken Mut zu. Aber der beste Plan, ob Maus, ob Mann, geht manchmal ganz daneben. Zum Beispiel, weil man ein winziges, aber sehr bedeutendes Detail vergessen hat.

Kurz vor halb acht – im Hintergrund singt Lana Del Rey, und ich habe schnell noch ein kleines Tütchen zur Beruhigung geraucht – stehe ich vor dem Spiegel und versuche einen halbwegs zivilisierten Krawattenknoten zu binden. Nach zehn erfolglosen Versuchen gebe ich auf und wickle mir den Schlips einfach um den Hals. Was soll's? Ich überprüfe noch einmal, wie mein Zopf sitzt, dann streife ich das Jackett über und will gerade ein Taxi rufen – als es an der Tür klingelt.

»Oh, Anoushka.« Verwundert betrachte ich meine Nachbarin. Anoushka ist stylingmäßig hochgerüstet und sieht aus, als ob sie auch vorhätte …

»Ich werde in fünf Minuten abgeholt. Wenn du dann gleich rüberkommen könntest, Pius?«, sagt sie.

Samstag! Anoushkas Verabredung! Babysitten!, durchfährt es mich siedend heiß.

Sie bemerkt meinen bestürzten Gesichtsausdruck, wirft einen Blick auf meinen Anzug und sagt: »Oh, nein. Du hast es vergessen. Und du hast auch eine Verabredung, oder?« Sie senkt den Kopf und haucht traurig: »Dann muss ich wohl …«

»Nein, nein, nein! Du gehst zu deiner Verabredung, Anoushka«, befehle ich und denke gleichzeitig: Ade, Essen im *Casa Nova*. Ade, ihr scheinbar zufälligen Berührungen. Ade, Zitronenblütenduft.

»Aber so wie es aussieht, hast du doch auch was vor, Pius«, protestiert Anoushka halbherzig.

»Schon, aber … Ich habe versprochen, heute Abend auf Jonny und Bonny-Lee aufzupassen. Und was ich verspreche, halte ich auch. Und du gehst zu deiner Verabredung.«

»Wirklich? Du bist ein Schatz, Pius.«

»Keine Ursache«, seufze ich und folge Anoushka in ihre Wohnung, wo sie mir ein paar grundlegende Instruktionen gibt.

»Mit Bonny-Lee wirst du keine Arbeit haben. Sie schläft schon. Seit sie das Zahnen hinter sich gebracht hat, schläft sie bis morgens durch. Jonny-Lee hat gerade eine kleine Trotzphase. Aber egal wie sehr er bettelt – um diese Zeit kriegt er nichts Süßes mehr. Und in einer Stunde muss er ins Bett. Das wird nicht ohne Quengelei abgehen. Lass dich auf nichts ein, auch wenn er versucht, auf die Tränendrüse zu drücken, oder frech wird. Lass dich nicht einschüchtern! Keine Ausnahme, keine Verlängerung!«

»Mach dir keine Sorgen, Anoushka. Wenn er frech wird, schüchtere ich ihn ein.«

»Für den Notfall hast du ja meine Nummer, Pius.« An der Tür dreht sie sich noch einmal um und fragt: »Bist du wirklich sicher, dass du nicht lieber …?«

»Geh schon, Anoushka. Schönen Abend! Aber klopf den Kerl erst mal auf eventuelle Psychomacken ab.«

»Er ist eine Sie. Und kein bisschen Psycho«, sagt Anoushka lächelnd und zieht die Tür hinter sich zu. Durch das Fenster sehe ich, wie sie kurz darauf in einen silberfarbenen Kleinwagen steigt, der vor dem Haus wartet.

Bonny-Lee schlummert friedlich in ihrem Kinderbettchen und pupst gelegentlich. Aber ihr Bruder entpuppt sich, wie befürchtet, als Problemfall. Offenbar erwartet er von mir ein Bespaßungsangebot. Jonny baut sich mit verschränkten Armen vor mir auf und verkündet: »Mir ist langweilig.«

»Ja und? Mir auch«, sage ich. »Nichts gegen dich persönlich, Jonny, aber … Ich könnte jetzt mit einer wunderschönen, wenn auch etwas durchtriebenen Frau beim Essen sitzen und die Sternchen auf ihren Stiefeln zählen.« Oh, Mist, durchfährt es mich. Sie sitzt wahrscheinlich längst im *Casa Nova* und wartet. Ich muss ihr absagen. Aber ich habe noch nicht einmal ihre Handynummer. Fuck!

»Ich will Eis!«, fordert Jonny-Lee und untermauert seine Forderung, indem er mit dem Fuß aufstampft.

»Kommt nicht in die Tüte!«

»Ich will Eis! Und Pizza!« Er reckt den Kopf vor und stiert mich herausfordernd an.

Ich beuge mich so weit vor, dass er meinen Atem auf seiner Wange spürt, und flüstere: »Es gibt keine Pizza. Und erst recht kein Eis. Wenn ich dir Eis gebe, macht deine Mutter Hackfleisch aus mir und verteilt meine Innereien in eurer Küche. Möchtest du das? Möchtest du meine Innereien in eurer Küche verteilt sehen?«

Jonny-Lee reißt erschrocken die Augen auf und schüttelt den Kopf. Eine Zehntelsekunde später fließen Tränen, begleitet von einem durchdringenden, heulbojenartigen Laut.

»Oh, Mann«, entfährt es mir erschrocken. »Ich wollte nicht … Tut mir leid, Kumpel, ich wollte dich nicht traumatisieren. Kann ich irgendwas tun, um es wieder gutzumachen?«

Augenblicklich versiegen die Tränen. »Ich will Pizza! Und Eis! Und länger aufbleiben!«

»Nein! Und gib die Kerze her! Ich habe dir doch gerade sehr drastisch geschildert, was deine Mutter …« Ich stutze und grüble angestrengt nach … Also, wenn man genauer darüber nachdenkt: Ich will ein Essen mit Lena Krytschewski. Im *Casa Nova*. Und Johnny-Lee will Pizza und Eis …

»Weißt du, worüber ich gerade nachdenke, Johnny? Irgendwie geht es sich beschwingter durch den Schilderwald des Lebens, wenn man das eine oder andere Verbotsschild ignoriert.«

»Pizza! Eis! Lange aufbleiben!«

»Genau das kriegst du! Was wissen Mütter schon davon, wie viel Essen vierjährige Jungs in sich reinstopfen müssen, ehe sie satt sind? Man muss sich auch mal was gönnen!«

Jonny-Lee hat noch nicht ganz begriffen, dass sich ihm gerade das Tor zum verbotenen Paradies lukullischer Genüsse und einer ungeregelten Zu-Bett-geh-Zeit geöffnet hat. Mit großen Augen sieht er zu, wie ich seine schlafende Schwester behutsam in ein Maxi-Cosi verfrachte. »Deine Schwester, du und ich, wir machen einen kleinen Ausflug. Pizza. Eis. Und aufbleiben, bis du im Stehen einschläfst. Wirf die Orgel an, Mister Music-Man. Ich ruf uns ein Taxi. Wir machen einen drauf.«

Wenn man mit Maxi-Cosi in der einen und einem Vierjährigen an der anderen Hand in ein Restaurant stolpert und auf einen wunderschönen, umwerfend aussehenden Engel blickt, der alleine an einem Tisch sitzt und die Speisekarte studiert, kann es schon mal passieren, dass das Herz einen Schlag lang aussetzt. Und wenn der Engel dann auch noch …

Oh, mein Gott! Sie trägt tatsächlich rote Cowboystiefel!

Mit goldenen Sternchen!

»Wow«, entfährt es mir und Jonny-Lee gleichzeitig, bevor ich mich zur Ordnung rufe: Das gehört alles zu ihrem Plan, sage ich mir. Um mich umzudrehen. Ich habe doch nicht im Ernst erwartet, dass sie wirklich … Rote Stiefel mit Sternchen. Das ist ein Hinterhalt, Pius. Das sind trojanische Stiefel! Lass dich nicht einwickeln.

»Boah! Die Frau da ist schön«, befindet Jonny-Lee und deutet mit ausgestrecktem Finger auf Lena.

»Alles nur Maskerade, Kumpel«, sage ich. »Sie glaubt, so kann sie gutgläubige Jungs wie uns um den Finger wickeln. Sei vorsichtig!«

»Häh?«, macht Jonny.

»Hör auf, sie anzustarren. Sie ist 'ne Controllerin«, kläre ich ihn auf.

»Was ist das?«

»So was wie die böse Hexe. Nur mit Laptop statt mit Besen.«

»Eine Hexe?« Jonny blickt mich ängstlich an.

»Ja. Und wenn sie alleine ist, dann fällt die schöne Maskerade von ihr ab. Und darunter kommt ihre schuppige und schorfige, qualitätsgeprüfte Hexenhaut zum Vorschein. Und blutunterlaufene, zertifizierte Hexenaugen und ...«

Jonny-Lee verzieht das Gesicht und startet sein Heulbojen-Weinen. Lena Krytschewski hebt den Kopf und blickt überrascht.

»Nicht weinen«, versuche ich Jonny zu beschwichtigen, während uns der Ober mit einem abschätzigen Blick bedenkt. »War nur Spaß. Kindern tut sie nichts. Komm, ich mach euch mal bekannt.«

Ich habe erwartet, dass sie verärgert oder sogar wütend ist, weil ich sie habe warten lassen. Aber zu meiner Verwunderung macht Lena Krytschewski ein ausgesprochen entspanntes Gesicht.

»Tut mir leid, dass ich mich verspätet habe«, sage ich, als ich mit den Kindern an den Tisch trete. »Die schlafende Schönheit ist Bonny-Lee. Und das ist ihr großer Bruder: Jonny-Lee.«

»Sehr angenehm.« Lenas Sprache klingt ein wenig verwaschen und eher uncontrollerinnenhaft. Sie scheint über meine minderjährigen Begleiter nicht sonderlich erstaunt, kichert und reicht Jonny-Lee die Hand. Dabei lächelt sie schief, und mir fällt auf, dass sie einen ganz leichten, aber unglaublich charmanten Silberblick hat.

»Kann es sein, dass Sie schon was getrunken haben?«, frage ich, während ich Jonny-Lee auf einen Stuhl hieve und ebenfalls Platz nehme.

»Habe ich«, entgegnet sie und schielt an meinem rechten Ohr vorbei. »Wenn man alleine in einem Restaurant sitzt und ein schwarzes Kleid und rote Stiefel mit Goldsternchen trägt ... Wissen Sie, was dann passiert? Die Hälfte der männlichen Gäste – die Hälfte, die mit weiblicher Begleitung da ist – starrt einen an, als wäre man aus einer Freakshow entlaufen. Und die andere Hälfte so unverhohlen lüstern, als wollte sie diese Freakshow ganz unbedingt sehen. Und wissen Sie, was in dieser Situation hilft? Wein! Und wenn man außerdem noch ein ganz klein bisschen sauer ist, weil man glaubt, versetzt worden zu sein: Wissen Sie, was dann hilft? Noch mehr Wein!« Sie hebt das Glas und ruft in Richtung Ober: »Ich nehme noch ein Gläschen von diesem herrlichen Ambrosia!«

Ich lächle sie an und denke: Na dann, Prost! Welch vorteilhafte Entwicklung der Geschehnisse. Oder spielt sie mir die Angetrunkene nur vor, weil sie glaubt, dass ich dann unvorsichtig werde? Ist das nur einer ihrer perfiden Tricks? Wachsam bleiben, Pius. Und standhaft. Egal wie süß dieser leichte Silberblick ist.

»Das ist meine Erklärung dafür, warum ich ein ganz klein wenig angeheitert bin.« Lena Krytschewski lässt ihren Silberblick über Bonny und Jonny gleiten, bevor er an mir hängen bleibt. »Und was ist Ihre Erklärung für Ihre plötzliche Vaterschaft?«

»Oh, das sind nicht meine.« Ich beuge mich vor und flüstere: »Ist die Nachkommenschaft meiner Nachbarin Anoushka. Ich passe nur auf sie auf.«

»Ja, hätte mich auch gewundert«, befindet sie und gönnt sich noch ein Schlückchen Wein.

»Wieso? Ich könnte doch Vater sein.«

Sie sieht mich lange an, dann zieht sie die Nase kraus und schüttelt den Kopf. »Nein. Dazu sind Sie viel zu … Sie sind nicht so der seriöse, verantwortungsbewusste Typ.«

»Ach ja? Und woraus folgern Sie das?«

»Vielleicht aus dem Umstand, dass Sie Ihre Krawatte wie eine Gardinenschnur um den Hals tragen. – Darf ich mal?«

»Tut mir wirklich leid«, entschuldige ich mich noch mal, während sie an meiner Krawatte rumbastelt. »Ich hoffe, es macht Ihnen nichts aus, dass ich Jonny und Bonny mitgebracht habe. Ich habe da was mit meinen Terminen durcheinandergebracht.«

Sie zieht den Schlipsknoten so eng, dass ich kurz nach Luft japse, und lächelt mich an: »Na, da wissen wir ja schon mal, dass Zeitmanagement das Thema Nummer eins bei unserem ersten Personalgespräch sein wird.«

»Du bist voll schön. Und du hast tolle Stiefel«, klinkt Jonny-Lee sich ins Gespräch ein.

»Ach. Wie lieb«, sagt sie und fährt ihm über den Kopf. »Du bist der charmanteste Vierjährige, mit dem ich je zu Abend essen durfte.«

»Pius hat gesagt, du wärst eine böse, schorfige –«

»Wolltest du nicht Pizza?«, grätsche ich dazwischen und werfe Jonny einen drohenden Blick zu. »Wir sollten mal einen Blick in die Karte werfen.«

Ich entscheide mich für das Nudelgericht mit dem am wenigsten affigen Namen, Lena nimmt eine Dorade und noch ein Gläschen Wein, und Jonny-Lee bestellt selbstbewusst:

»Eine Pizza mit Zwiebel und ganz viel scharf!«

Der Ober macht ein Gesicht, als wäre der Petersdom entweiht worden. »Ich bedaure: *Pizza* …« – er spricht es so angeekelt aus, als würde er über Schneckengekröse reden – »*Pizza* bieten wir in unserem Restaurant nicht an.«

Jonny-Lees Gesicht verzieht sich unheilvoll. »Vielleicht findest du ja ein paar leckere Nudeln, die dir schmecken«, versuche ich einzugreifen, bevor er die Heulboje einschaltet. »Was meinst du? Vielleicht Rabiata im Saiblingsud mit gehacktem Ingwer?«

»Ich will Pizza«, heult Jonny los. »Mit Zwiebel und viel scharf!«

Hilfesuchend blicke ich zu Lena Krytschewski. Sie beugt sich vor, tätschelt Jonnys Hand und sagt: »Keine Sorge, Schatz. Du kriegst deine Pizza.« Dann sieht sie den Ober mit einem Krawall verheißenden Blick an, wie ich ihn bisher nur von Mutter kannte.

»Ist Ihr Betrieb zertifiziert?«

»Selbstredend«, näselt der Ober.

»Flexibilität gehört offensichtlich nicht zu Ihren Qualitätszielen!«, kommentiert sie spitz.

Der Kellner läuft rot an und schnappt nach Luft. »Wir sind für unseren hohen Qualitätsstandard bekannt«, zischt er. »Wir sind fünffach zertifiziert und ausgezeichnet und …«

»Sparen Sie sich die Luft«, unterbricht sie ihn und greift nach ihrem Smartphone. »Hallo? Pizzeria Diavolo? Ich möchte eine extragroße Pizza mit Zwiebeln und Peperoni. Was? Moment, ich frage nach. – Mit Knoblauch?«, fragt sie Jonny. Der nickt eifrig und strahlt, als würden Weihnachten und Ostern auf einen Tag fallen. »Ja. Mit Knoblauch. Das geht zum Schillerplatz 12. Ja, ich weiß, dass das das *Casa Nova* ist. Ja … Genau. Wie lange brauchen

Sie? … Okay.« Sie steckt das Smartphone ein und blickt den Ober herausfordernd an.

Der Mann sieht aus, als hätte er gerade einen Magendurchbruch erlitten. »Es ist in unserem Hause nicht üblich, dass …«

»Jetzt haben Sie sich doch nicht so«, sage ich. »Er ist ein kleiner Junge, der gerne Pizza möchte. Und Sie möchten nicht wissen, wie laut er schreien kann, wenn er keine bekommt. Ganz ruhig! Sie werden auch an uns genug verdienen. Und Jonny nimmt bestimmt noch einen großen Nachtisch. Also bringen Sie ihm erst mal nur Besteck für die Pizza.«

Der Ober rümpft die Nase und zieht ab.

»Was haben Sie?« Lena sieht mich fragend an.

»Ich finde, dass Sie viel lockerer und netter sind, wenn Sie ein bisschen was getrunken haben.«

»Ich bin entzückt, dass ich Ihnen alkoholisiert besser gefalle«, entgegnet sie in spöttischem Ton, wendet ihre Aufmerksamkeit Jonny-Lee zu, und alsbald sind die beiden in eine lebhafte Diskussion darüber verstrickt, was leckerer ist: Weingummi oder Lakritze. Ich bin erst mal abgemeldet. Bonny-Lee bekommt von all dem nichts mit. Sie schlummert friedlich in ihrem Maxi-Cosi und pupst hin und wieder.

Gerade als der Ober die Gerichte mit hochnäsiger Miene vor uns abstellt, wird auch Jonnys Pizza geliefert, und er macht sich über Zwiebeln, Peperoni und Knoblauch her wie ein Biber über den Baumstamm.

»Guten Appetit, Schatz«, sagt Lena und lächelt ihm zu.

Was mein inneres Frühwarnsystem für einen Moment außer Betrieb setzt. Es ist das Leuchten in ihren Augen, die Art, wie sie mit Jonny spricht, die ihr in diesem Augenblick etwas beinah Überirdisches gibt: als würde man das Bildnis einer Madonna mit Kind betrachten. Na gut, Madonna mit pizzaschlingendem Kind. In schwarzem Sommerkleid und roten Stiefeln. Die nicht besonders madonnenhaft, aber ganz unglaublich sexy sind.

»Würde es Ihnen den Abend sehr verderben, wenn Sie nicht die ganze Zeit auf meine Beine starren würden?«, fragt sie und nimmt einen Bissen von der Dorade.

»Oh, ’tschuldigung. Ich habe nur Ihre Stiefel … Also, ich habe nicht damit gerechnet, dass Sie … Sie wissen schon, dass das ein Scherz war? Dass ich nicht wirklich erwartet habe, dass Sie sich für heute Abend ein Paar roter Cowboystiefel kaufen. Mit Goldsternchen.«

»Wer sagt Ihnen denn, dass ich nicht bereits welche in meinem Schuhschrank stehen hatte?«

Die Vorstellung, dass sie zu Hause einen Schrank voll roter Stiefel hat, bringt mich ein wenig aus dem Gleichgewicht. Für einen Moment tanzen meine Hormone Pogo – bevor ich mich wieder in den Griff kriege. Genau das will sie doch erreichen. Einen hormongesteuerten Trottel aus mir machen. Reiß dich zusammen, Pius. Mach das Spiel zu deinem Spiel. Bring sie aus dem Konzept. Mit Direktheit, beispielsweise.

»Darf ich Sie was fragen?«, sage ich. »Warum gerade dieser Wetteinsatz?«

»Was meinen Sie?«, entgegnet sie lächelnd.

»Sie hätten auch um einen Kinogutschein oder ein Wochenende im Wellnesshotel wetten können. Aber Sie wetten um ein Essen im *Casa Nova*. Mit mir. Warum? Weil Sie sehen wollten, ob ich einen Krawattenknoten hinkriege?«

Sie fährt mit dem Finger über den Rand ihres Glases, dann hebt sie lächelnd den Kopf, betrachtet mich mit leichtem Silberblick und sagt: »Vielleicht mag ich Ihre Art von Humor.«

Ich starre sie mit offenem Mund an, während in meinem Kopf tausend Alarmglocken losschrillen! Das Gleiche hat sie in meinem Traum gesagt. Und ich kann mich sehr deutlich daran erinnern, wie das geendet hat. Verzweifelt versuche ich die Bilder zu ignorieren, die vor meinem inneren Auge aufblitzen: sie und ich, nackt und verschwitzt, auf einer Liebesstatt aus Qualitätsformularen. Mein Mund ist plötzlich staubtrocken, nervös greife ich nach meinem Glas. Im gleichen Moment, wie Lena Krytschewski nach dem ihren. Eine kurze, scheinbar zufällige Berührung unserer Hände. Ein entschuldigender Augenaufschlag, ein Lächeln … Sie hat wirklich ganz unglaublich tolle Zähne. Und Lippen, die …

Stopp! Sie ist wirklich gut, denke ich. Aber nicht so gut, wie sie denkt. Sie glaubt, sie hätte mich am Wickel. Der perfekte Moment, um sie mit einem Angriff aus dem Hinterhalt zu überrumpeln.

»Haben Sie was mit Torben Bennecke?«

Sie ist so verdattert, dass sie sich an ihrem Wein verschluckt. »Was? Ich wüsste nicht, was Sie das …«

»Haben Sie, oder haben Sie nicht?«

»Nein!« Lena funkelt mich böse an.

»Hatten Sie mal?«

»Auch wenn es Sie nicht im Geringsten etwas angeht: Meine Beziehung zu Torben war und ist beruflicher Natur. Überwiegend …«

»Ach was? Und nicht überwiegend?«

»Zum letzten Mal: Ich habe nichts mit Torben Bennecke«, faucht sie wütend.

»Was mich zu einer bisher unbeantwortet gebliebenen Frage zurückbringt: Warum arbeiten Sie dann für ihn? Ein Leitungsposten in einer kriminellen Vereinigung macht sich doch wirklich nicht so irre gut im Lebenslauf. Oder gilt das für Controller nicht? Klären Sie mich auf.«

Sie zögert einen Moment, bevor sie antwortet. »Ich habe Torben auf einem Weiterbildungsseminar getroffen. Vor einem Jahr.«

»Was war das Thema Ihrer Fortbildung? Lassen Sie mich raten: *Tarifvertrag – drauf geschissen?*«

»Drauf geschissen«, wiederholt Jonny, sichtlich begeistert. »Drauf geschissen.« Der Kellner bedenkt uns mit einem Blick, als wären wir niederstes Gewürm. »Drauf geschissen. Drauf –«

»Iss deine Pizza«, unterbreche ich Jonnys Mantra. »Wenn du sie ganz schaffst, kriegst du noch ein Eis.«

Er macht sich umgehend ans Werk.

»Wir waren bei Ihrer ersten Begegnung mit Torben Bennecke«, sage ich zu Lena.

»Kaufen Sie mir auch ein Eis, und ich erzähle Ihnen davon!«

Ich winke den Ober zum Tisch und ordere zwei große Eisbecher.

»Unsere Dessertkarte beinhaltet keine *Eisbecher*«, näselt er und guckt angeekelt. »Ich kann Ihnen aber unsere gefrostete Erdbeer-Dill-Mousse mit geraspeltem Zuckerrohr empfehlen. Oder eine geeiste Pfifferlingcreme im Schokoladenmantel.«

»Bringen Sie einfach von allem was. Hauptsache kalt«, sage ich resigniert, bevor ich mich Lena zuwende. »Dann mal weiter. Ihre erste Begegnung mit Torben. Ersparen Sie mir kein schmutziges Detail.«

»Torben hat mir erzählt, dass er in absehbarer Zeit den Betrieb seines Vaters übernehmen wird«, sagt sie und schiebt ihren Teller von sich weg. »Davon, dass er einige Umgestaltungen plant. Mir war nach kürzester Zeit klar, dass es sich dabei nicht um ein legales Unternehmen handelt, aber Torben hat mir gegenüber auch gar keinen Hehl daraus gemacht. Und ich habe ihm verdeutlicht, dass seine Pläne nur halbherzig und nicht radikal genug waren. Dass eine wirkliche Neuausrichtung des Unternehmens nur funktioniert, wenn er ein umfassendes Qualitätsmanagement und Controlling einführt.«

»Sie haben ihn in diesen Qualitätsschwachsinn reingequatscht? Ich fasse es nicht. Warum?«

»Weil mir sofort klar war, welche Möglichkeiten zur Erprobung des Qualitätsmanagements eine nicht legale Organisation bietet. Wo einen kein Betriebsrat und keine Gewerkschaft daran hindern, effektive Maßnahmen zur Qualitätssteigerung durchzuführen. Ein betriebswirtschaftliches Experimentierfeld.« Ihre Gesichtszüge wirken plötzlich hart, der Silberblick hat sich verflüchtigt. Was mich in dem Verdacht bestärkt, dass sie mir die angetrunkene Lena nur vorspielt.

»Ein Experimentierfeld? Ist ja reizend. Und was sind wir? Ihre Laborratten?«

»Laborratten«, kräht Jonny-Lee mit vollem Mund. »Laborratten. Laborratten! Drauf geschissen!«

»Pst, Schatz«, macht Lena und streicht ihm beruhigend über die Wange. »Oh, sieh mal: Da kommt unser Nachtisch.«

»Das ist kein Eis!«, protestiert er lauthals.

»Das ist geeistes Ich-weiß-nicht-mehr-Was im Schokomantel«, sage ich und atme dabei auf seine Wange.

»Das ist so gut wie Eis. Also iss!«

»Sie müssen Ihre schlechte Laune nicht an Jonny auslassen.« Lena bedenkt mich mit einem vorwurfsvollen Blick und stochert mit dem Löffel in ihrem Erdbeer-Dill-Irgendwas rum.

»Entschuldigung. Aber ich bekomme schon mal schlechte Laune, wenn ich erfahre, dass ich eine Laborratte bin.«

»Ich experimentiere, weil es ohne Experiment keinen Fortschritt gibt. Ich erprobe Zukunftsmodelle. Sie sind in der Vergangenheit verhaftet. Das unterscheidet uns.«

Wenn es zu ihrem Umdrehplan gehört, mich durch Provokation aus der Fassung zu bringen, dann hat sie es in diesem Moment geschafft: Ich werde laut! So laut, dass sich alle Köpfe im Restaurant in unsere Richtung drehen. »Wenn das die Zukunft ist, dann: Danke! Diese aufgeblasene Qualitätsscheiße. Diese ganzen Zertifikate sind doch nicht mehr wert als ein Karnevalsorden. So ein Zertifikat sagt rein gar nichts aus. Sehen Sie sich doch nur mal den Laden hier an. Durchzertifiziert bis zum Geht-nicht-Mehr – aber die Brüder bringen es nicht zustande, einem Vierjährigen 'ne Pizza zu backen oder ein Eis zu organisieren. Das ist doch Scheiße!«

Der Ober sieht mich an, als würde er mich gerne mit einem Digestif vergiften.

»Ich kann Ihnen genau sagen, was für einen wunderbaren Effekt Ihre Maßnahmen auf unseren Betrieb haben werden«, schimpfe ich. »Die Leute werden überfordert und gleichzeitig gelangweilt, bevor sie beginnen, an der Sinnhaftigkeit ihrer Arbeit zu zweifeln, und schließlich völlig unmotiviert sind. Die Krankmeldungen werden sich häufen, dann kommen die ersten Burn-out-Fälle und dann –«

»Hören Sie auf, so zu schreien«, unterbricht sie mich und deutet mit dem Finger auf Jonny-Lee, der, nachdem er seinen Nachtisch vertilgt hat, mit dem Kopf auf dem Tisch eingeschlafen ist. Dann lächelt sie den Kellner an, deutet dabei auf mich und flüstert: »Der Herr möchte zahlen.«

Beim Anblick der Rechnung wird mir übel. Aus den Augenwinkeln glaube ich zu sehen, wie ein hämisches Lächeln über das Gesicht des Obers huscht. Die Tatsache, dass ich kein Trinkgeld gebe, kommentiert er mit einem kurzen, verächtlichen Blick, händigt mir mit zusammengepressten Lippen das Wechselgeld aus und zieht mit großer Geste zwei Blatt Papier hinter seinem Rücken hervor. »Wenn Sie noch so freundlich wären, unseren Kundenzufriedenheitsbogen auszufüllen? Das *Casa Nova* freut sich über Feedback und konstruktive Kritik.«

»Tatsächlich?«, knurre ich, als Jonny-Lee aus seinem kurzen Schläfchen erwacht. Irgendwie hat sein Gesicht eine leicht grünliche Färbung.

»Was ist los, Schatz?«, fragt Lena besorgt.

»Mir ist schlecht«, keucht er, dann schießt sein Kopf vor, und er erbricht sich großflächig über die Kundenzufriedenheitsbögen – was ihn so erschöpft, dass er unmittelbar danach wieder wegratzt. Der Ober starrt wie geeist und gefrostet auf den Tisch.

Ich nehme den schlafenden Jonny auf den Arm, Lena greift sich das Maxi-Cosi mit seiner kleinen Schwester. »Das kleine Malheur tut mir leid«, beteure ich in Richtung des erstarrten Kellners. »Aber Jonnys Feedback hätten Sie damit ja schon mal.«

Einen tief schlafenden Vierjährigen und ein Maxi-Cosi gleichzeitig zu schleppen, erweist sich als schwierig.

»Ich helfe Ihnen, die beiden nach Hause zu bringen«, sagt Lena, als wir vor dem *Casa Nova* stehen, und winkt ein Taxi heran.

Vorsicht, Pius!, rufe ich mir Bernwards Warnung ins Gedächtnis. *Auf keinen Fall noch einen Kaffee. Nicht bei dir. Nicht bei ihr. Das führt zu nichts Gutem.*

Aber hier geht es ja nicht um einen Kaffee. Nur darum, dass sie mir hilft, Jonny und Bonny in ihre Betten zu verfrachten. Ganz harmlos.

»Was haben Sie?«, fragt Lena, als ich im Taxi einen nervösen Blick auf die Armbanduhr werfe.

»Ähm … ich hoffe, wir kommen vor Anoushka an. Jonny-Lee sollte längst im Bett liegen. Außerdem hat sie mir eingeschärft, dass er so spät nichts mehr essen darf.«

»Da haben Sie ja ganz unglaublich erfolgreiche Arbeit geleistet. Herzlichen Glückwunsch, Herr Nordberg!«

Anoushka ist glücklicherweise noch nicht zurück.

Als ich Bonny-Lee aus dem Maxi-Cosi hebe und sie ins Bett lege, schlägt sie kurz die Augen auf, brabbelt etwas und schläft wieder ein.

Jonny-Lee ist so fertig, dass ihn nicht mal ein Artilleriegeschütz aufwecken würde. Lena Krytschewski zieht ihm seinen Pyjama über, legt ihn ins Bett, deckt ihn zu und fährt ihm mit der Hand über den Kopf. »Gute Nacht, Jonny«, flüstert sie und sieht in diesem Moment so engelhaft aus, als wäre sie gerade auf einer Wolke eingeschwebt.

Als sie aufschaut, fühle ich mich ertappt, blicke hastig zur Seite und murmle: »Danke für Ihre Hilfe.«

»Ich danke Ihnen. Für das Essen. Und dafür, dass ich Jonny und Bonny kennenlernen durfte. Ich fand den Abend sehr schön. Mal abgesehen von Ihrer etwas pathetisch vorgebrachten QM-Kritik. Wissen Sie, dass Sie dabei die ganze Zeit über eine Nudel am Kinn hängen hatten?«

In diesem Moment dreht sich ein Schlüssel im Schloss, und Anoushka kommt, völlig außer Atem, in die Wohnung gestürmt. Auf ihrem Hals prangt ein Knutschfleck von der Größe Neuseelands. »Es tut mir leid, Pius«, haucht sie. »Ich wollte längst zurück sein, aber … Oh, hallo.« Ihr Blick bleibt an Lena hängen, sie wirkt verwirrt und sieht mich fragend an.

»Das ist Lena Krytschewski, eine Kollegin von mir«, stelle ich vor. »Sie hat mir geholfen, auf deine beiden Süßen aufzupassen.«

»Hallo«, sagt Lena lächelnd.

»Wow, Sie haben echt scharfe Stiefel« piept Anoushka und wirft mir einen *Wo hast du denn die Megabraut her?*-Blick zu.

»Und hattest du einen schönen Abend, Anoushka?«, frage ich, woraufhin sie verschämt guckt und rot anläuft. Dann wandert ihr Blick über ihren schlafenden Nachwuchs.

»Alles in Ordnung? Oder gab es Probleme mit den beiden, Pius?«

»Nein, nein. Alles in Ordnung. Außer … Jonny-Lee hat ein bisschen fantasiert. Hat irgendwelchen Unfug über ein Restaurant erzählt. Und über Pizza. Und Laborratten. Kinder … reden jeden möglichen Blödsinn, der ihnen durch den Kopf geht. Das darf man einfach nicht ernst nehmen.«

Anoushka runzelt besorgt die Stirn. »Laborratten? Merkwürdig. Er fantasiert sonst nie. Du hast ihm doch nicht noch was zu essen gegeben?«

»Natürlich nicht«, beteuere ich mit treuen Dackelaugen.

»Ich sehe Ihr Babysitter-Zertifikat gerade in weite Ferne rücken«, befindet Lena Krytschewski spöttisch, als wir im Flur vor Anoushkas Wohnung stehen. »Ich rufe dann mal ein Taxi.«

»Mmhm«, mache ich und beobachte, wie sie in ihrer beutelförmigen Handtasche nach dem Smartphone gräbt. Dabei inhaliere ich so unauffällig wie möglich ihren Zitronenduft. Der olfaktorische Reiz bewirkt in meinem Kopf das Aufblitzen einer Folge sinnlich zitroniger Fantasiebilder. Nein, nein, nein! Weg mit diesen Bildern! Und keinen Kaffee. Denk an den Rat des großen Kobolds. Das endet nicht gut. Frag sie nicht. Keinen Kaffee!

»Möchten Sie noch einen Kaffee trinken?«, höre ich mich sagen.

Sie neigt den Kopf und betrachtet mich erstaunt, dann steckt sie das Smartphone in die Tasche zurück und lächelt. »Wenn Sie mir versprechen, dass Sie im Kaffeekochen besser als im Babysitten sind.«

»Mein Kaffee ist schlürfzertifiziert und aus kontrolliertem Supermarktangebot.«

»Dann gerne«, sagt sie mit einem Augenaufschlag, der bei mir alle Alarmsysteme scharf schalten sollte. Aber statt mir einzugestehen, dass ich nur noch zwei Augenaufschläge und eine zufällige Berührung von einem verliebten Volltrottel entfernt bin, rede ich mir tapfer ein, die Situation unter Kontrolle zu haben. Dass es ja einen Grund gibt, warum ich sie hereinbitte: um endlich herauszubekommen, was sie im Haus der Trolle gemacht hat. Und zwar nur aus diesem Grund!

»Ist leider nicht aufgeräumt«, sage ich, als ich die Tür öffne und sie an mir vorbei in die Wohnung schwebt. »*Herrgott, Pius!*«, meldet sich meine innere Stimme. »*Du starrst sie an wie ein Kobold auf Fliegenpilz.*«

Während ich Kaffeepulver in den Filter gebe, sieht sie sich neugierig um, inspiziert mein Bücherregal und betrachtet die beiden gerahmten Fotos auf der Fensterbank. Die links stehende Fotografie ist eine vierzig Jahre alte Gruppenaufnahme, die während der *Ashes of Apocalypse*-Tour von *Pius Pompeji* gemacht wurde.

»Die vernebelt blickende Frau in der Mitte ist meine Mutter«, erkläre ich. »Und die fünf vernebelten Herren sind meine Väter. – Fragen Sie nicht ...«

»Und wer ist das?«, sagt sie und nimmt die zweite Fotografie in die Hand.

»Das ist ... Sofie. Wir waren verlobt. Sie ist gestorben. Vor sechs Jahren.«

»Das tut mir leid«, sagt sie, und so wie sie es sagt, klingt es beinah aufrichtig. Behutsam stellt sie das Bild zurück. »Ich wollte nicht ...«

»Schon gut. Milch und Zucker?«

»Nur Milch bitte. – Ich fände es schöner, wenn das Licht weniger grell wäre. Sie nicht auch?«, sagt Lena in diesem Moment und bewegt sich in Richtung Lichtschalter. »Sie haben doch nichts dagegen?«

»Ähm ..., also ..., eigentlich ...«

»Sehen Sie? Ist doch viel gemütlicher so.« Nur das gedämpfte Licht einer Stehlampe erhellt noch den Raum und lässt die Sternchen auf ihren Stiefeln golden glitzern.

»Viel gemütlicher«, sage ich, muss schlucken und bücke mich, um die Milch aus der Kühlung zu nehmen.

»Ist das ... ist das etwa Zitronencreme«, fragt Lena und deutet in den Kühlschrank.

»Ja. Möchten Sie mal kosten?«

»Sehr gerne«, sagt sie und nimmt lächelnd auf der Couch Platz.

Ich nehme zwei Dessertlöffel aus der Schublade und steuere auf das Sofa zu.

»Du hast sie nicht mehr alle, Pius! Eine Schale, zwei Löffel? Das ist wie Sex. Nur mit Kohlehydraten. Zitronenschaumcreme? Bei gedämpftem Licht? Dir ist doch wohl klar, wohin das führt?«, meldet sich meine innere Stimme warnend zu Wort.

»Jetzt mal ganz locker«, wispert eine zweite Stimme. *»Das ist gut. Gemeinsames Essen sorgt für Vertrauen und ein Gefühl der Nähe. Das wird sie unvorsichtig machen. Und dann – wenn sie überhaupt nicht damit rechnet – knallst du ihr die Trolle-Geschichte vor die Brust. Keine Sorge. Solange du einen kühlen Kopf bewahrst, kann nichts passieren.«*

Sie probiert einen Löffel von der Creme, wirft den Kopf zurück und stößt einen verzückten Laut aus. »Gelobt seien alle Heiligen Zitroniens! – Die ist fabelhaft. Sind das Pistazien, die ich da schmecke? Und Mascarpone? Und ein Schuss Zitronenlikör?«

»Ja«, entgegne ich verdattert. Lena rückt an mich heran und wispert: »Als Sie gestern im Auto über Zitronenschaumcreme sprachen, da … Na ja, da war ich nicht in der Stimmung, darauf einzugehen. Aber die Wahrheit ist …« Sie hebt den Kopf und blickt mir tief in die Augen. »Ich könnte für Zitronenschaumcreme sterben.«

»Wirklich?«, sage ich mit weit aufgerissenen Augen.

»Ja«, haucht sie, und ihre Augen blicken verträumt. »Wenn es ein Paradies gibt, dann besteht es aus Zitronenschaum.«

Ich kann nicht glauben, was ich da höre, und starre sie an wie das Kaninchen die Schlange. Ihre Vorstellung vom Paradies ist so zitronig wie meine!

»Pius! Du kriegst dich ganz schnell wieder ein, sonst …«

»Jetzt, da wir gemeinsam Zitronencreme löffeln … Wäre es da nicht angebracht, sich zu duzen? Ich bin Lena«, haucht sie und rückt ein bisschen näher.

»Nein! Es ist kein bisschen angebracht, Pius. Es ist …«

»Pius«, sage ich wie in Trance.

»Du bist so was von im Arsch«, ätzt meine innere Stimme. *»In zwei Minuten schlürfst du Zitronencreme von ihren Fingerspitzen. Du hast nur noch eine Chance: Halte sie von deinem Plattenspieler fern, damit –«*

»Ich mach mal Musik«, sagt Lena, hüpft von der Couch und steuert auf meine Schallplatten-Sammlung zu. »Oh, du magst Vinyl? Ich auch.«

In einem letzten, halbherzigen Widerstandsakt murmle ich: »Der ... der Plattenspieler ist defekt.«

»Wieso? Funktioniert doch«, befindet sie, unmittelbar, bevor die ersten Takte von Lana Del Reys *Love* durch den Raum schweben. »Sie ist wundervoll, oder? Ich stehe auf Lana Del Rey«, sagt Lena mit leiser Stimme.

»Mhm«, mache ich und nicke matt.

Und dann tut sie das, was mir den Rest gibt: Sie beginnt mitzusingen. Sollte ich noch einen winzig kleinen Rest von Widerstandskraft in mir gehabt haben, dann löst er sich in diesem schicksalhaften Moment in Rauch auf. Ich sitze reglos auf der Couch und blicke wie gebannt auf sie, während sie in schwarzem Kleid und roten Stiefeln vor dem Fenster steht, in die Dunkelheit schaut und *Love* singt. Ich habe noch nie etwas Schöneres gesehen. Wenn es so was wie einen multiplen Herz-Orgasmus gibt, dann habe ich in diesem Moment einen. Alles an ihr ist so wunderbar, dass ich ...

Sie dreht mir das Gesicht zu und betrachtet mich lange. Dann kommt sie, ohne den Blick von mir zu wenden, auf die Couch zu und hüllt uns beide in eine Wolke aus Zitronenduft. Ihre Finger streichen über meine Wange, im nächsten Augenblick fühle ich ihre Lippen auf meinen und ... *Paranoid!*

Nicht jetzt!, schreie ich innerlich, reiße die Augen auf, greife nach dem Smartphone und drücke Frau Seiler weg. Aber die Magie ist verflogen. Mehr als das. Es fühlt sich an, als wäre ich gerade noch sturzbetrunken gewesen und nun auf einen Schlag stocknüchtern. Was machst du da eigentlich, Pius?, durchfährt es mich. Die Stiefel, das gedämpfte Licht, der Gesang ... Sie zieht eine Show ab. Sie hat dich genau da, wo sie dich haben wollte.

»Was hast du?« Lena blickt mich fragend an und fährt mir mit der Hand durch die Haare.

»Du bist wirklich gut«, sage ich.

»Ich habe noch gar nicht angefangen«, flüstert sie und haucht einen Kuss auf meinen Hals.

Ich schiebe sie von mir weg. »Ich spreche von deinen Bemühungen, mich *umzudrehen.* Einen *verliebten Trottel* aus mir zu machen. Mich über meine *emotionalen Bedürfnisse* zu manipulieren.

Ich konnte dein kleines Gespräch mit Torben Bennecke zufällig mithören. Und ich muss zugeben, dass du dich wirklich schwer ins Zeug gelegt hast. Beinah wäre ich darauf –«

»Das mit dem *Umdrehen* habe ich doch nur gesagt, damit …« Lena nimmt meine Hand und blickt mich eindringlich an. »Ich habe nichts mit Torben Bennecke, aber er … er versucht es immer wieder. Und falls du es noch nicht bemerkt haben solltest: Er hat nicht nur eine kleine narzisstische Persönlichkeitsstörung. Torben wäre wenig begeistert, wenn er mitbekäme, dass ich mich mit jemandem treffe. Also habe ich ihm erzählt, ich hätte mich mit dir verabredet, um dich –«

»Ja. Bestimmt«, sage ich. »Wieso war ich mir sicher, dass du mit so einer Erklärung um die Ecke kommen würdest? Ist das auch ein vorbereiteter Standardtext?«

Sie weicht zurück und wirkt ehrlich bestürzt. »Ich bin mit dir ausgegangen, weil ich dachte, dass ich dich mögen könnte«, sagt sie leise. »Weil ich geglaubt habe, du wärst kein Idiot. Sieht aus, als hätte ich mich getäuscht.« Lena springt auf die Füße und funkelt mich böse an: »Hast du wirklich gedacht, ich würde … Wofür hältst du mich? Für eine Nutte?«

Sie greift nach ihrer Jacke und der Tasche und hastet zur Tür. Und ich frage mich, ob ich mich in dem verzweifelten Bemühen, keinen verliebten Volltrottel aus mir machen zu lassen, zu einem paranoiden Volltrottel habe machen lassen! Warum habe ich die Möglichkeit ausgeschlossen, dass sie vielleicht wirklich …

»Warte!«, rufe ich, als ihre Hand nach der Türklinke greift. »Wenn du willst, dass ich dir vertraue, dann sag mir, was du im Haus der Trolle gemacht hast.«

– 15 –

»Was?« Sie fährt herum und blickt mich verblüfft an.

»Ich weiß, dass du da warst. Ich habe dein Parfüm gerochen.«

»Ach ja?«, entgegnet sie kühl. »Das bedeutet doch nur, dass *du* im Haus warst – und verdächtigerweise bisher niemandem davon erzählt hast. Und irgendein Parfüm wahrgenommen hast, das zufällig so riecht wie *Lemon Soul.*«

»Es *war* Lemon Soul. Wie wäre es zur Abwechslung mal mit etwas Transparenz?«

Sie blickt hinunter und kaut auf ihrer Unterlippe, dann kommt sie mit zögerlichen Schritten zum Sofa und setzt sich. So weit entfernt von mir wie möglich.

»Also schön«, sagt sie, ohne aufzublicken. »Ich war da. Aber da waren sie schon tot.«

»Wann war das?«

»Am Donnerstagabend. Kurz nach zehn. Auf mein Klingeln hat niemand reagiert. Aber die Terrassentür stand offen. Ich bin ins Haus und habe die beiden gefunden. Ich stand völlig unter Schock. Aber dann habe ich mich wieder eingekriegt. Und begonnen, mich dort umzusehen. Ich hatte gerade damit angefangen, als es an der Tür klingelte.«

»Das war ich.« Mir wird klar, dass sie die Wahrheit sagt. Wäre sie zu einem anderen Zeitpunkt im Haus gewesen, wüsste sie nichts von dem Klingeln.

»Ich bin durch den Garten zu meinem Wagen gerannt und habe gemacht, dass ich wegkam.«

Ich erinnere mich an das Geräusch des startenden Motors. Das passt zu dem, was sie erzählt, aber …

»Ich hatte einen Grund, dort zu sein«, sage ich. »Weil Sven und Gunnar meine Freunde waren. Weil ich sie überreden wollte, wieder zur Arbeit zu erscheinen.« Ich taxiere Lena mit einem prüfenden Blick. »Aber was hattest du da verloren?«

Sie streicht sich mit einer fahrigen Geste die Haare aus der Stirn. »Ich hatte Angst, dass ich mich in Schwierigkeiten gebracht haben könnte. Deshalb war ich da.«

»Welche Art von Schwierigkeiten?«

»Wenn du das Gespräch mit angehört hast, weißt du, dass ich mich an unsere kleine Abmachung gehalten und behauptet habe, die Trolle hätten sich bei mir krankgemeldet. Und dass Torben glaubt, die beiden wären zu einfach gestrickt, um die Sache mit den gefälschten Goldbarren –«

»Oh, ja die gefälschten Goldbarren«, unterbreche ich sie. »Ich bin begierig, mehr darüber zu erfahren. Aber bleiben wir zunächst mal bei den Trollen.« Ich blicke sie herausfordernd an.

»Als ich zu Hause war, kam mir der ungute Gedanke, dass Torben sich geirrt haben könnte. Dass Sven und Gunnar Trolle vielleicht doch nicht so einfältig waren. Was, wenn sie sich mitsamt der echten Goldbarren abgesetzt hatten und deshalb nicht zur Arbeit erschienen waren? Und wenn dann rauskommen würde, dass ich, entgegen meiner Behauptung, an diesem Morgen *nicht* mit ihnen telefoniert hatte … Das würde mich ziemlich blöd dastehen lassen. Vielleicht würde man mich sogar verdächtigen, mit ihnen unter einer Decke zu stecken. Die Sache ließ mir keine Ruhe. Also bin ich spätabends noch zum Haus der Trolle gefahren. Und habe sie tot aufgefunden. Und das ist die Wahrheit.«

Lena senkt den Kopf, blickt zu Boden und sieht dabei wunderschön und gleichzeitig todtraurig aus.

Ich muss schlucken. Vorsichtig beuge ich mich zu ihr, lege zögernd meine Hand auf ihre und sage: »Es tut mir leid, wenn ich vorhin …«

Sie zieht die Hand weg und sieht mich mit einem schwer zu deutenden Blick an. »Vielleicht war es besser so«, sagt sie leise.

»Ähm, ja. Vielleicht«, nuschle ich.

»Idiot! Idiot! Idiot! Du bist ein Vollidiot, Pius. Ihr würdet schon über Kindernamen reden, wenn du dich nicht wie ein paranoider Volltrottel benommen hättest.«

Lena betrachtet mich nachdenklich, dann nimmt ihr Gesichtsausdruck einen entschlossenen Zug an, und ich höre sie mit fester Stimme sagen: »Vergessen wir unser kleines zwischenmenschliches Dilemma für den Moment und konzentrieren wir uns auf das Wesentliche.«

»Was meinst du?«

»Wir beide wollen wissen, wer Sven und Gunnar Trolle getötet hat. Du, weil sie deine Freunde waren. Ich, weil ich will, dass die Betriebsabläufe in einem Betrieb, in dem *ich* für das Controlling zuständig bin, funktionieren. Ermordete Mitarbeiter sorgen für erhebliche Störungen im Betriebsablauf.«

»Oh, welch nobles Motiv«, merke ich an.

»Ich finde es entsetzlich, dass und wie Sven und Gunnar Trolle gestorben sind«, entgegnet Lena. »Aber ich habe sie so gut wie nicht gekannt. Hast du nicht gerade eben von Vertrauen gesprochen? Ich bin nur ehrlich. Wäre es dir lieber, wenn ich Trauer heucheln würde? Konzentrieren wir uns lieber auf unser gemeinsames Ziel. Wir sollten Informationen austauschen und sehen, ob uns das weiterbringt.« Sie sieht mir in die Augen, streckt mir ihre Rechte entgegen und sagt: »Einverstanden? Sind wir Partner?«

»Einverstanden«, sage ich nach kurzem Zögern und schlage ein. »Partner.«

»Partner? Du bist so ein Vollverlierer, Pius. Diese Frau ist wie Lana und Zitronencreme im Quadrat. Du hattest deine Lippen auf ihren – und jetzt seid ihr Partner? Du hast es vermasselt, Pius. Du bist ein jämmerlicher … «

»Halt die Klappe«, knurre ich meine innere Stimme an. Lena sieht mich mit erstauntem Blick an. »Wovon sprichst du?«

»Von, äh …, nicht so wichtig«, nuschle ich, lehne mich zurück und atme tief durch. »Na gut, tauschen wir Informationen aus. Beginnen wir mit dem Gold: Ich weiß, dass Papa Ambros Goldbarren gekauft hat. Bei dem Verkäufer dürfte es sich um Leopold Dietrich gehandelt haben. Und die Brüder Trolle waren, wahrscheinlich als Kuriere, an diesen Transaktionen beteiligt. Nun sind alle vier tot. Und ich bin sicher, sie sind wegen der gefälschten Barren gestorben.«

Lena nickt zustimmend. »Zu dem Schluss bin ich auch gekommen. Und ich vermute, Torben Bennecke ebenso.« Sie hebt den Kopf und blickt mich eindringlich an. »Aber ich weiß noch ein wenig mehr über dieses Goldgeschäft: Bei der Testamentseröffnung hat der Notar Torben einen Brief seines Vaters übergeben. Darin hat dieser ihn über das Schließfach und die Goldbarren informiert. Und über den Verwendungszweck des Goldes.«

»Verwendungszweck?« Erstaunt ziehe ich die Augenbrauen hoch.

»Wilfried Ambros war offenbar ein Mensch, dem das Wohl seiner Mitmenschen am Herzen lag«, sagt Lena.

»Das war er!«, bestätige ich.

»Nach seinem Tod sollte mit dem Erlös des Goldes ein Altersruhesitz für Kleinkriminelle finanziert werden«, fährt Lena fort.

»Und da er es offenbar vorzog, ein stiller Wohltäter zu sein, waren nur wenige in das Goldgeschäft eingeweiht.«

Ein Altersruhesitz? Ich kann mir ein Grinsen nicht verkneifen. Was für ein sympathischer Gedanke: eine *Singende Nachtigall,* wo der nette Nachbar ein ehemaliger Taschendieb oder Einbrecher oder sonst wie Kleinkrimineller ist, anstatt eine der großkriminellen Wirtschaftsgrößen, von denen Mutter umzingelt ist. Aber warum ... Wie kommt es, dass ich heute zum ersten Mal davon höre? Die frohe Kunde müsste doch längst ...

Lena scheint meine Gedanken lesen zu können. »Torben hat den Wunsch seines Vaters ignoriert«, sagt sie. »Er hat das Gold als zusätzliches Kapital in den Etat eingeplant.«

»Diese miese kleine Kakerlake«, presse ich hervor. Da plagt man sich als arbeitsamer Kleinkrimineller zeit seines Berufslebens mit einem krummen Ding nach dem anderen ab und wird dann von einem gelgelockten Gierlappen um den wohlverdienten Ruhestand gebracht. »Aber dann musste er feststellen, dass die Hälfte der Barren gefälscht ist«, geht es mir auf. »Dürfte ein übler Schock für den sympathischen Torben gewesen sein.«

»Sprich mit niemandem über die Fälschungen!«, sagt Lena in eindringlichem Ton. »Wenn du es tust, bringst du uns alle in Gefahr. Die Finanzierung des Qualitätsmanagements erfolgt durch einen gemeinsamen Etat aller beteiligten Organisationen. Wenn Torbens Geschäftspartner Wind davon bekommen, dass er viel weniger Kapital hat, als er behauptet, könnten sie ziemlich unbeherrscht reagieren.«

»Ja. Wahrscheinlich«, seufze ich. Manni Popalla und Pavel Borkowski sind im Sternzeichen der *Kurzen Lunte* geboren. Wenn die schnallen, dass sie verarscht werden ... Das gibt ganz viel schlimmes Aua!

»Torben dürfte reichlich nervös sein«, mutmaße ich.

»Ja. Er versucht verzweifelt, Licht in die Angelegenheit zu bringen. Er hat mir erzählt, dass es ihm gelungen ist, einem der Bankangestellten Informationen zu entlocken. Der Mann hat Torben erzählt, dass Herr Ambros das Schließfach vor ein paar Jahren persönlich angemietet hat. In der Folgezeit tauchte er aber erst mal nicht mehr in der Bank auf. Dafür erschienen in regelmäßigen Abständen mit einer Vollmacht von Herrn Ambros ausgestattete *Herren,* um den Inhalt ihrer mitgebrachten Koffer dort zu deponieren.«

»Konnte er die Männer beschreiben?«

»Nein«, antwortet Lena und lächelt. »Die *Herren* trugen sämtlich Sonnenbrillen, billige Perücken und angeklebte Bärte.«

»Was dafür spricht, dass der Mann die Wahrheit sagt«, seufze ich. »Perücken und falsche Bärte. Das ist genau die Art von 70er-Jahre-Klamauk, auf die Papa Ambros abgefahren ist. Konnte der Angestellte sich denn wenigstens erinnern, ob sie groß, klein, kräftig oder schmächtig waren?«

»Nein.« Lena schüttelt den Kopf. »Aber was er sagen konnte, war, dass es sich dabei um insgesamt drei Herren handelte. Zwei, die immer gemeinsam kamen. Und ein einzelner Dritter.«

»Interessant«, sage ich nachdenklich. »Das Zweierteam dürften die Trolle gewesen sein. Und der dritte Mann …«

»Der Angestellte hat außerdem erzählt, dass zu seiner Überraschung Wilfried Ambros vor ein paar Wochen persönlich in der Bank erschienen ist und das Schließfach in Augenschein genommen hat.«

»Das klingt plausibel«, entgegne ich. »Er hatte vor, Torben den Betrieb zu übergeben. Und wollte sich wahrscheinlich vergewissern, dass alles in Ordnung ist.«

»Der Mann aus der Bank hat gesagt, dass Herr Ambros anschließend sehr bestürzt wirkte. Regelrecht aufgelöst.«

Ich lasse mich in die Polster zurückfallen, schließe die Augen und versuche, das, was wir wissen, zu einem sinnvollen Ganzen zusammenzufügen.

»Es könnte sich folgendermaßen abgespielt haben«, sage ich nach einer Weile, suche Lenas Blick und eröffne ihr meine Theorie: »Papa Ambros hat eines Tages die schöne Idee zu diesem Alterssitz für Kriminelle. Um seine Idee zu finanzieren, möchte er in Gold investieren, sucht einen Verkäufer und findet – Leopold Dietrich. Aber er braucht Kuriere, die das Geschäft für ihn abwickeln und die Barren in der Bank deponieren. Die Trolle. Und einen dritten, unbekannten Mann. Jemand, dem er vertraut. Nur diese fünf Personen wissen von dem Geschäft. Eine Zeit lang läuft alles wie geplant. Aber dann erliegt der unbekannte dritte Mann der Versuchung. Während die Trolle brav die echten Barren bei der Bank abliefern, entschließt er sich eines Tages dazu, für sein eigenes Wohlergehen zu sorgen. Er gewinnt Leopold Dietrich, den Klunker-Leo, als Komplizen. Die beiden schieben Papa Ambros gefälschte Barren unter und streichen den Gewinn, sei es nun in Form von Geld oder echten Goldbarren, ein. Und wahrscheinlich hatten sie vor, das auch noch eine Zeit lang zu betreiben. Vielleicht, bis sie genug beisammen hatten, um abzutauchen und irgendwo ein Millionärsleben unter falschem Namen zu beginnen. Womit sie nicht gerechnet haben: Papa Ambros beschließt, sich zurückzuziehen und seinem Sohn das Feld zu überlassen. Natürlich will er die Finanzen geordnet übergeben. Und wirft daher zum ersten Mal seit Jahren einen Blick in sein Schließfach. Er bemerkt, dass es sich bei einem Teil der Barren um Fälschungen aus Messing handelt. Kein Wunder, dass er aufgewühlt war. Er wusste, dass er betrogen worden war. Von Leopold Dietrich. Und von einem oder mehreren seiner Kuriere. Und dann …«

»Dann merkt derjenige, dass Herr Ambros ihm auf die Schliche gekommen ist«, ergänzt Lena und runzelt die Stirn.

»Ich gehe jede Wette ein, dass Papa Ambros ihn direkt darauf angesprochen hat«, sage ich. »Und so wie ich ihn kannte, hat er es getan wie ein verständnisvoller Klassenlehrer, der einen Sechsjährigen beim Klauen erwischt. Papa Ambros hat nie den Glauben an das Gute im Menschen verloren. Es würde mich nicht wundern, wenn es nach dem Motto abgelaufen wäre: ›Na gut, Junge, du hast Mist gebaut. Aber wir alle bauen mal Mist. Also gib mir einfach mein Gold zurück – und Schwamm drüber.‹ Aber derjenige denkt überhaupt nicht daran, das Gold wieder herzugeben, verschafft sich Zugang zu Papa Ambros' Wohnung, betäubt ihn, manipuliert die Sonnenbank und lässt die Hitze den Rest erledigen. – Bei der Obduktion der Leiche sind Spuren eines Betäubungsmittels gefunden worden. Ein Mittel, das Tierärzte einsetzen«, kläre ich Lena auf.

»Nehmen wir an, es war so, wie du denkst«, sagt sie. Unser Mann tötet Herrn Ambros und beschließt zu warten, bis Gras über die Sache gewachsen ist, um sich dann abzusetzen. Aber ihm droht neues Ungemach: Er bekommt mit, dass Torben durch den Brief über das Gold informiert ist und sich das Schließfach ebenfalls ansehen will …«

»Gut möglich«, kommentiere ich. »Davon hat Torben ja am Morgen der Informationsveranstaltung so laut gesprochen, dass es jeder mitbekommen hat.«

»Unser Mann muss also handeln«, setzt Lena ihre Überlegungen fort. »Er hat Angst. Angst, dass Torben den Betrug ebenfalls bemerkt und Nachforschungen anstellen könnte. Dass er auf Hinweise stößt, die ihn zu Leopold Dietrich führen. Oder zu den Trolle-Brüdern. Die ahnen ja nichts von dem Betrug und gehen davon aus, dass sämtliches Gold echt ist. Gut möglich, dass sie Torben Bennecke ganz arglos erzählen könnten, wie das Goldgeschäft abgewickelt wurde. Und wer daran beteiligt war! Wenn unser großer Unbekannter nicht auffliegen will, muss er schnellstens handeln. Und seine Mitwisser beseitigen. Innerhalb weniger Stunden tötet er erst Leopold Dietrich und ermordet anschließend Sven und Gunnar Trolle. – So würde alles Sinn ergeben, oder?« Lena hebt den Kopf und blickt mich erwartungsvoll an, während ich in ein nachdenkliches Schweigen verfalle. »Was denkst du, Pius?«

»Ich glaube, dass es sich so abgespielt hat«, antworte ich nach kurzem Überlegen. »Aber …« Ich blicke Lena in die Augen und sage leise: »Ich will nicht glauben, dass einer meiner Kollegen dazu imstande ist. Die meisten von ihnen kenne ich seit fünf Jahren, und ich … Was ist mit dem Betäubungsmittel? Ich weiß, dass das Zeug auch im Rotlichtmilieu eingesetzt wird. Das deutet darauf hin, dass Pavel Borkowski und Freunde was mit der Sache zu tun haben.«

»Und ihr Motiv?«, fragt Lena kühl. »Nein, alles dreht sich nur um das Gold. Und der Mann, den wir suchen, ist der unbekannte dritte Kurier. Man muss kein Pimp sein, um sich dieses Betäubungsmittel auf dem Schwarzmarkt zu besorgen. Oder der Mann hat tatsächlich auf irgendeine Weise Zugang zu einer Tierarztpraxis. Wer weiß.«

»Na schön. Dann eben nicht Pavel Borkowski. Aber was ist mit Torben Bennecke? Für mich ist der noch lange nicht aus der Nummer raus«, befinde ich. »Wenn sein Vater ihm so vertraut hat, dass er ihm die Geschäfte übergeben hat, warum sollte er ihm dann nicht genügend vertraut haben, um ihn als Gold-Kurier einzusetzen? Was, wenn er der dritte Mann war, der Papa Ambros die Fälschungen untergeschoben und anschließend den Überraschten gespielt hat?«

»Und wieso sollte er das tun?«

»Na weil, äh, weil …«

Lena lächelt spöttisch. »Du möchtest gerne, dass Torben der unbekannte Dritte ist. Aber er ist es nicht. Jedenfalls nicht, wenn wir davon ausgehen, dass alle vier Männer von der gleichen Person getötet wurden.« Sie wird ein wenig rot und streicht nervös mit den

Fingern der Rechten über ihre linke Hand. »In der Nacht, in der sein Vater starb, war Torben bei mir. Auch wenn du ihn nicht leiden kannst – er ist kein Mörder.«

Ich glotze sie reichlich belämmert an. »Bei dir? Aber du … Hast du nicht eben noch erzählt, du hättest nichts mit ihm?«

»Habe ich auch nicht.« Lena streicht sich die Haare zurück und blickt mir in die Augen. »Torben tauchte an dem Abend überraschend bei mir auf. Stockbetrunken. Wenn er betrunken ist, verfällt er immer in eine weinerliche und jammerlappige Stimmung. Ich hatte nicht die geringste Lust darauf, aber – er ist mein Chef, ich konnte ihn nicht so einfach rausschmeißen. Also habe ich mir mehrere Stunden lang angehört, wie er über die Ungerechtigkeit der Welt lamentiert hat. Darüber, wie schwer er es im Leben hat, dass ihn keiner leiden kann und so weiter. Dabei hat er immer weitergetrunken. Fast eine ganze Flasche Whisky, die er mitgebracht hatte. Erst um zwei Uhr nachts habe ich es geschafft, ihn rauszukomplementieren und in ein Taxi zu setzen. In dem Zustand, in dem er war, konnte er nicht mal mehr geradeaus kotzen. Geschweige denn, jemanden umbringen. – Torben kannst du von der Liste der Verdächtigen streichen.«

Das widerstrebt mir außerordentlich. Aber jetzt hat er ein Alibi. Von Lena Krytschewski. Meiner *Partnerin* höchstpersönlich.

»Ich habe im Haus der Trolle Beweismaterial gesichert«, verblüfft sie mich ein weiteres Mal.

»Welches Beweismaterial?«

Lena beginnt in ihrer seesackgroßen Handtasche zu kramen. »Das hier.« Sie zieht ein zusammengerolltes Papiertaschentuch aus der Tasche und wickelt daraus einen Kugelschreiber aus. »Der lag auf dem Teppich, direkt vor dem Sofa. Vielleicht hat der Täter ihn verloren, als er die Trolle-Brüder ertränkt hat.«

Mit skeptischem Gesichtsausdruck betrachte ich den Kugelschreiber. Eines von den feinsinnigen Modellen, auf denen das Konterfei einer Frau zu sehen ist, die sich zügig entblößt, wenn man den Schreiber auf den Kopf stellt.

»Ich bin mir ziemlich sicher, dass der Sven oder Gunnar gehört hat«, befinde ich.

»Und wenn nicht? Es gibt doch zumindest eine kleine Möglichkeit, dass er dem Täter gehören könnte. Der Kugelschreiber ist die einzige Spur, die wir haben, Pius.«

»Ja. Natürlich. Du hast recht. Aber wie bekommen wir raus, wem er gehört?«

»Keine Sorge. Ich habe einen Plan. Du tust am Montag einfach Folgendes …

»Ist den Versuch wert«, sage ich, nachdem Lena mich in ihr Vorhaben eingeweiht hat.

»Ja. Sehen wir, was passiert. – Bis Montag, Pius.« Sie nimmt die Jacke und ihre Handtasche. Draußen dämmert es bereits. Als Lena in der Tür steht, dreht sie sich noch einmal um und sagt: »Und denk bitte daran, mich bei der Arbeit weiterhin zu siezen. Gute Nacht … Partner.«

– 16 –

Ich erinnere mich, dass meine Kindergeburtstage unter meinen Freunden gefürchtet waren: Mutter war nicht nur, was das Leben im Allgemeinen, sondern auch was die Zubereitung von Backwaren anging, reichlich experimentell drauf. War man Gast bei meinen Geburtstagen, konnte es einem passieren, das man eine Veilchen-Ananas-Rüben-Spargel-Torte serviert bekam. Oder ein Gebäck, das aussah, als wäre eine Bluttransfusion mit einem Windbeutel zusammengestoßen – und das auch so ähnlich schmeckte.

Dankenswerterweise hat sich Tabea mit zunehmendem Alter vom experimentellen Backen verabschiedet und konzentriert sich auf das, was sie wirklich gut kann: Mohnkuchen. Und den gibt es auch heute, stelle ich erleichtert fest, als ich mich zum sonntäglichen Kaffeetrinken in der *Singenden Nachtigall* einfinde.

Als Tabea mir die Haustür öffnet, schwebt bereits Kaffeeduft durchs Haus. Der kreative Joe fläzt sich auf dem Sofa und …

»Huh!«, entfährt es mir. Vor der Couch sitzt ein Riesenkalb von Dogge, das sich knurrend erhebt, als es meiner ansichtig wird, langsam auf mich zukommt und mich interessiert betrachtet. Vorsichtshalber mache ich zwei Schritte zurück. Zu Hunden habe ich ein gespaltenes Verhältnis. Als Siebenjähriger war ich dank Tabeas Demonstrationstourismus dabei, als eine Hüttensiedlung in Wackersdorf geräumt wurde. Bei der Gelegenheit hat mich ein Polizeihund in den Hintern gebissen – wovon noch immer eine eindrucksvolle Narbe kündet.

»Keine Angst«, beruhigt mich Mutter lächelnd. »Das ist Mister Mojo. Der will nur spielen.«

»Aha?« Ich bin nicht völlig überzeugt. »Könntest du … könntest du ihn zurückrufen?«, bitte ich Joe.

»Klar«, nuschelt er und befiehlt: »Relax, Mister Mojo. Mach schön Chilli!«, woraufhin die Dogge sich zu seinen Füßen niederlegt. »Er ist wirklich harmlos«, beruhigt mich Joe und krault der Dogge das Fell. »Geht stiften, wenn er 'ne Katze in fünfzig Meter Entfernung sieht. Mister Mojo ist schon seit fünf Jahren mein bester Freund. Tabea und ich dachten, ihr solltet euch mal beschnuppern.«

Während des Kaffeetrinkens werfe ich argwöhnische Blicke zu der Dogge, immer in Habachtstellung, falls sie sich in meine Richtung bewegen sollte. Aber Mister Mojo döst friedlich vor sich hin, reagiert nicht mal, als sich eine Fliege auf seine Nase setzt, und scheint tatsächlich ein entspannter Charakter zu sein. So langsam wird er mir sympathisch. Und als wir nach dem Kaffee eine Runde um den See drehen und er sich als noch größerer Feigling als ich entpuppt (als er sich zu nahe an einen der Schwäne wagt, stößt dieser drohend den Kopf vor, woraufhin die Dogge sich den restlichen Spaziergang über nicht mehr von Joes Seite wagt), da sind Mister Mojo und ich so gut wie Freunde. Joe erzählt währenddessen ein Musiker-Anekdötchen nach dem anderen, und ich erfahre, dass er vier Exfrauen und sieben Kinder hat. Das älteste zweiundfünfzig, das jüngste dreizehn.

»Was war eigentlich vergangene Nacht los?«, frage ich Tabea. »Frau Seiler hat versucht, mich zu erreichen.«

Mutter lächelt und wirft Joe einen verschwörerischen Blick zu. »Nur ein kleines nächtliches Bad im See. Wir brauchten ein bisschen Abkühlung.«

»Textilfrei?«

»Was mich angeht, ich hatte noch einen Tiger-Tanga an«, eröffnet mir Joe.

»Du bleibst doch noch zum Abendessen, Pius?«, fragt Tabea. »Es gibt Ofenkäse.«

Nach dem Essen wird es tiefenentspannt. Mister Mojo liegt vor der Couch und nagt an irgendwas rum, von dem ich nicht wissen möchte, was es ist. Joe baut eine Tüte, Tabea verschwindet währenddessen in die Küche und kehrt kurz darauf mit einer Flasche teurem Champagner und drei Gläsern zurück.

»Cannabis *und* Alkohol?«, frage ich. »Hast du vor, neue Drogenbeauftragte der Bundesregierung zu werden?«

»Keineswegs«, sagt sie, lässt den Korken knallen und schenkt uns ein. Sie und Joe lächeln sich auf eine beunruhigend vertraute Weise an, dann wendet sie sich mir mit strahlenden Augen zu und verkündet: »Ich habe mich den ganzen Tag zusammengenommen, um nicht damit rauszuplatzen. Aber es gibt was zu feiern! Eine wunderbare Neuigkeit!«

Jetzt wird sie mir eröffnen, dass ich mich auf ein kleines Brüderchen freuen darf, durchschießt es mich im ersten Moment, bevor ich mir klarmache, dass damit doch eher nicht zu rechnen ist. Verwirrt blicke ich zwischen Joe und Mutter hin und her. »Habt ihr vor, zu heiraten?«, frage ich mit relativ gemischten Gefühlen und versuche, mich innerlich darauf einzustellen, dass ich demnächst neben fünf Vätern auch noch einen Stiefvater und sieben Stiefgeschwister haben werde.

»Heiraten? So ein Nonsens«, befindet Mutter. »Ich bin einundsiebzig. Meinst du, da fange ich noch mit so einem bürgerlichen Stuss an? Warum sollten wir heiraten? Joe und ich haben jede Menge Spaß miteinander. Und dabei soll es auch bleiben. Ich bin mir sicher: Wären wir verheiratet, würden wir nicht die ganze Zeit –«

»Schön, ihr heiratet nicht«, halte ich fest. »Was also haben wir dann zu feiern?«

Ein verträumtes Lächeln spielt um Tabeas Lippen. »Stell dir vor: Neulich haben Joe und ich ein wenig in Erinnerungen geschwelgt, und ich habe ihm von meiner Zeit mit *Pius Pompeji* erzählt. Und dann haben wir ein paar ihrer Platten gehört. Und dabei kam Joe der Gedanke, dass dies genau der richtige Zeitpunkt für ein Prog-Rock-Revival und für eine *Pius-Pompeji*-Reunion sein könnte.«

»Echt?«

»Ja«, sagt Mutter begeistert. »Daraufhin habe ich ein bisschen rumtelefoniert. Du weißt ja: *Pius Pompeji* haben sich vor sechsundzwanzig Jahren aufgelöst: musikalische und persönliche Differenzen. Brian, der Sänger, und Andrew, der Gitarrist, haben seitdem kein Wort miteinander gesprochen. Aber ich habe meinen Charme und meine Überzeugungskraft spielen lassen und jetzt …« Mutter sieht einen Moment lang wie ein hysterischer Teenager aus. »Jetzt werden sie eine neue Platte machen! Die erste seit siebenundzwanzig Jahren.«

»Ich bin sicher, darauf hat die Welt gewartet.«

»Aber ja doch!«, entfährt es Tabea im Brustton der Überzeugung. »Und das Tollste ist: Joe wird das Album produzieren. Das Studio ist bereits gebucht. In London. Joe fliegt schon morgen früh rüber!«

»Das wird der Startschuss in eine neue psychedelische Ära«, prophezeit Joe euphorisch, beklagt im nächsten Moment aber: »Leider kann ich Mister Mojo nicht mitnehmen. Ich will erst mal abchecken, ob die Chemie zwischen *Pius Pompeji* und mir stimmt. So lange wohne ich im Hotel. Wenn ich mir sicher bin, dass wir gleich schwingen und dass unsere Zusammenarbeit was bringt, werde ich mich auf einen längeren Aufenthalt in London einrichten und ein Haus mieten.«

»Und dann komme ich mit Mister Mojo nach. Aber bis es so weit ist, wird er erst mal hier bei mir wohnen«, offenbart mir Tabea. »Deswegen wollte ich, dass ihr beide euch schon mal ein bisschen kennenlernt, Pius.«

»Aha?«, murmle ich und betrachte die Dogge mit einem langen Blick, dann stehe ich auf, hebe mein Glas und bringe einen dreifachen Toast aus. »Auf *Pius Pompeji.* Auf Mister Mojo. Und auf die psychedelische Zukunft.«

Während wir unsere Gläser leeren, spiele ich mit dem Gedanken, Joe darüber zu informieren, dass Tabea als Tierpflegerin eine riskante Wahl ist. Mein Wellensittich Fidél ist den Kältetod gestorben, als Mutter an einem frostigen Januarmorgen beschlossen hatte, ihm die Freiheit zu schenken. Und der Tod von Captain Kirk, meinem Hamster selig, geht ebenfalls auf ihr Konto. Beziehungsweise auf das ihres Staubsaugers. Aber – ich werfe einen kurzen Blick auf die riesige Dogge – dieses Schicksal droht Mister Mojo dann wohl doch nicht.

»Ähm, Pius? Hast du mal einen kurzen Moment?« Just als ich meine Wohnung betreten will, steckt Anoushka den Kopf aus der Tür. »Ich habe mich noch mal mit Jonny-Lee unterhalten. Und ich muss sagen: Ich finde seine Fantasien beunruhigend konkret. Entweder sollte ich mit ihm schleunigst zum Kinderpsychologen oder … Besteht eventuell die klitzekleine Möglichkeit, dass du mit ihm und Bonny und deiner Kollegin gestern Abend in einem Restaurant warst, wo er eine Riesenpizza und ein ekliges Eis gegessen und sich anschließend übergeben hat? Ich dachte, ich frage zur Sicherheit mal nach, bevor er demnächst Psychopharmaka verschrieben bekommt.«

Ich lasse das Kinn schuldbewusst auf die Brust sinken. »Tut mir leid, Anoushka. Asche auf mein Haupt. Ich bin wohl so ziemlich der unfähigste Babysitter der Welt. Jonny fantasiert nicht. Ich war mit Bonny und ihm im *Casa Nova*. Und ich kann verstehen, wenn du mich zukünftig nicht mehr …«

»Im *Casa Nova*? Ihr wart im *Casa Nova*? Jonny hat im *Casa Nova* über den Tisch gekotzt?« Anoushka reißt überrascht die Augen auf, und ein Kicheranfall ereilt sie. »Und damit ist dir vergeben, Pius. Im *Casa Nova* … Weißt du, dass ich in dem Laden eine Zeit lang als Küchenhilfe gejobbt habe? Die hatten da so einen fiesen Oberkellner, der immer versucht hat, mich zu betatschen. Und als ich ihm ein paar auf die Finger gegeben habe, hat er dafür gesorgt, dass ich rausgeflogen bin. Und jetzt nimmt Jonny für Mama Rache und kotzt denen auf den Tisch. Wie süß und heldenhaft von ihm! – Außerdem hat er mir den ganzen Tag von deiner Kollegin mit den tollen Stiefeln vorgeschwärmt. Er möchte wissen, wann sie das nächste Mal vorbeikommt.«

»Das, ähm, kann ich nicht so genau sagen«, antworte ich ausweichend.

Anoushka schenkt mir einen mitleidsvollen Blick. »Läuft nicht so?«

Ich zucke die Schultern, als es lauthals aus ihrer Wohnung kräht: »Drauf geschissen!«

»Jonny-Lee!«, piept Anoushka empört und wispert in meine Richtung: »Wo er das herhat, wüsste ich auch mal gerne.«

»Bestimmt auf der Straße aufgeschnappt. – Nacht, Anoushka«, entgegne ich hastig, flüchte in meine Wohnung und schließe die Tür.

– 17 –

Ein Kuli mit einer Stripperin, die sich auszieht, wenn man das Schreibgerät mit der Spitze nach oben hält. Genau die Art von Entertainment, die den Trollen gefiel. Das Teil hat mit neunundneunzigprozentiger Sicherheit Sven oder Gunnar gehört, denke ich, während ich meinen Morgenkaffee schlürfe und den Kugelschreiber betrachte, den Lena am Tatort gefunden hat. Aber sie hat natürlich recht: Es besteht die winzig kleine Möglichkeit, dass der Schreiber dem Mörder gehört. Dass er ihn am Tatort verloren hat …

Als ich den Kuli in meine Jackentasche stecke und mich auf den Weg zur Arbeit mache, tue ich das mit einem zwiespältigen Gefühl: So sehr ich hoffe, dass uns der Kugelschreiber bei unserer Spurensuche weiterbringt, so sehr fürchte ich es auch. Der Gedanke, dass einer meiner Kollegen Papa Ambros und die Trolle umgebracht hat, ist unerträglich und irgendwie irreal. Insgeheim hoffe ich noch immer, dass sich eine andere Erklärung auftun wird. Ich bin so unruhig und fahrig, dass es selbst Cem auffällt.

»Was ist los, Mister Quarterback? Zopf hoch! Noch ist nicht aller Tage Gold im Mund!«

»Du hast recht«, seufze ich. »Und außerdem: Wer morgens eine Grube lobt, der gräbt auch noch am Abend.«

Sämtliche Kollegen sind zum morgendlichen Teambuilding und Motivationscoaching angetreten. Im Besprechungsraum sind die Stühle zu einem Kreis aufgestellt. Mir schwant Übles.

Bernward zieht mich zur Seite und flüstert verschwörerisch: »Und?«

»Und was?«

»Dein Essen mit Lena Krytschewski. Wie ist es gelaufen? Ich hoffe, du hast nichts Dummes getan?«

»Keine Sorge. Wir haben gegessen und geplaudert und dann sind wir nach Hause gegangen. Sie zu sich und ich zu mir«, lüge ich mit unschuldigem Gesicht.

Lena und Torben befinden sich in einem Gespräch mit einem etwa fünfzehnjährigen, lippengepiercten Jüngling, der ihnen eine dünne Dokumentenmappe überreicht.

»Ist ein Schülerpraktikant. Fängt nächsten Monat hier an«, raunt mir Carla zu.

»Und das Freiwillige Soziale Jahr kann man demnächst im Puff machen, oder was?«, mault Jan van Messer.

Der Praktikumsbewerber verabschiedet sich, Torben verschwindet in sein Büro, Lena und die Milchgesichter nehmen im Stuhlkreis Platz.

»Guten Morgen, Team Bennecke!«, brüllt Ansgar Degen und erntet als Reaktion ein genuscheltes »Morgen« von Sunny, die abwesend in ihrer Tasche kramt, ein Taschentuch zutage fördert und sich lautstark schnäuzt.

»Heute wird es um unsere Ressourcen gehen«, leitet Daniel Streit das Teambuilding ein. »Sie erinnern sich sicher an das, was Frau Krytschewski bei der Informationsveranstaltung betont hat: Die größte Ressource eines Unternehmens sind seine Mitarbeiter. Ihre Talente. Ihre Fähigkeiten. Und dabei spreche ich nicht nur von Ihren beruflichen Fähigkeiten. In vielen Betrieben liegt Potenzial brach, weil man gar nichts von den außerberuflichen Fähigkeiten und Talenten der Mitarbeiter ahnt. Dabei könnten viele diese Fähigkeiten, wären sie bekannt, dem Unternehmen zugutekommen. Deshalb wollen wir uns alle besser kennenlernen und über unsere Fähigkeiten und Talente sprechen. Wer von Ihnen kann etwas besonders gut? Was interessiert Sie? Welche Hobbys haben Sie? Also – wer möchte beginnen?«

Keiner gibt einen Mucks von sich. Wahrscheinlich denken die Kollegen dasselbe wie ich: Meine Interessen und Talente gehen euch einen feuchten Kehricht an.

Daniel Streit blickt fragend in die Runde. »Herr Leim, was ist zum Beispiel mit Ihnen? Haben Sie ein Hobby?

»Ich fahre gerne Riesenrad.«

»Mhm, mhm … Gibt es noch etwas? Ein weiteres Hobby? Eine Leidenschaft?«

»Ähm … Pferdewetten«, murmelt Harry und läuft rot an.

»Mögen Sie uns sagen, was Sie daran so fasziniert?«, fragt das Milchgesicht und legt den Kopf schief.

»Dass man dabei Geld verdienen kann, ohne sich zu bewegen«, klärt Harry ihn auf.

»Was macht das mit Ihnen, wenn Sie eine Wette gewinnen? Möchten Sie es Ihren Kollegen schildern?«

»Wenn ich verliere, bin ich traurig, und wenn ich gewinne, bin ich froh.«

»Vielen Dank, Herr Leim. War doch gar nicht so schwer, oder? Auch wenn mir jetzt spontan nicht einfällt, wie das der Qualitätssteigerung … Wer möchte als Nächster? Herr van Messer – wie wäre es mit Ihnen? Erzählen Sie uns von Ihren Hobbys!«

Jan verschränkt die Arme und knurrt: »Ich sammle abgeschnittene Daumen. In 'ner alten Kaffeedose. Ist schon halb voll.«

Ansgar Streit schluckt und wird blass. In diesem Moment nickt Lena mir kaum merklich zu. Das Startsignal für unsere kriminalistischen Ermittlungen. In klassischer Miss-Marple-Manier. Unauffällig ziehe ich den Kuli aus meiner Jackentasche und lasse ihn, übertönt durch einen kurzen Huster, zu Boden fallen, wo er unter ein flaches Regal rollt. Dann warte ich zehn Sekunden, bevor ich den Stift zufällig *entdecke*. Laut ächzend bücke ich mich, hebe ihn auf und halte mir den Schreiber so auffällig wie möglich vor die Nase. »Wow!«, schwärme ich und drehe den Kuli auf den Kopf. »Frau ist angezogen, ausgezogen, angezogen, ausgezogen … Wie Privatfernsehen, bevor es Privatfernsehen gab!«

»Hey! Das ist meiner!« Jan van Messer springt auf und reißt mir den Schreiber aus der Hand. Dann verzieht er sein Gesicht zu einem breiten Grinsen. »Danke, Pius. Den vermisse ich schon, seit wir die Formular-Einführung hatten. Hab schon gedacht, jemand hätte ihn eingesackt.« Er steckt den Kuli ein, setzt sich und motzt in Richtung Daniel Streit: »Was ist denn jetzt? Wollen Sie noch mehr über meine Daumen wissen oder nicht?«

Jan van Messer? Ich sitze völlig geplättet da und muss mich zwingen ihn nicht unentwegt anzustarren. Hat Jan die Trolle umgebracht? Oder sagt er die Wahrheit, und jemand hat den Kuli …

»Herr Nordberg?«

Ich hebe den Kopf und sehe, dass Daniel Streit mich erwartungsvoll anblickt. »Äh, ja? Was?«

»Ich hatte nach Ihrem Hobby gefragt«, näselt er.

»Erzähl ihm irgendwas. Irgendeinen Blödsinn, Pius.«

»Ich, ähm, ich … schreibe«, höre ich mich sagen, ohne im Geringsten zu wissen, warum ich mir ausgerechnet das als falsches Hobby ausgesucht habe. Vielleicht weil man dabei auch Geld verdienen kann, ohne sich zu bewegen. Bernward guckt mich an wie ein Auto. Carla wirkt nicht minder verblüfft und scheint sich zu fragen, warum ich ihr mein schriftstellerisches Talent bisher vorenthalten habe.

»Das ist ja sehr interessant«, sagt Ansgar Degen freudig. »Da scheint es bei Ihnen ja einiges an kreativer Energie zu geben. Und was schreiben Sie so?«

»Eigentlich alles«, lüge ich. »Was man halt so schreibt: lange Geschichten, kurze Geschichten. Und Lyrik. Lyrik natürlich auch. Wenn ich mal nicht so viel Zeit habe.«

»Und wo nehmen Sie all Ihre Ideen her?«

»Aus meinem Kopf«

»Ich bin sicher, Ihre Kollegen können es kaum erwarten, dass Sie etwas aus Ihren Werken vortragen!«

»So? Ich guck mal, was sich machen lässt …«

Zum Abschluss unserer Motivationseinheit versichern wir einander natürlich wieder, was für eine Supertruppe wir doch sind, bevor sich die einzelnen Teams in die Niederungen des Tagesgeschäfts begeben.

Auf dem Weg zu unserem Auftrag grüble ich ohne Unterlass über Jan van Messer nach. Hat er den Stift bei den Trollen verloren, ohne es zu merken, und glaubt nur, er wäre ihm schon früher abhanden gekommen? Haben wir damit unseren Mann? Oder sagt er die Wahrheit, und jemand hat ihm den Kuli geklaut? Ich bin sicher, dass Lenas Überlegungen in dieselbe Richtung gehen, aber von ihrem Gesicht ist keinerlei Regung abzulesen. Ganz Controllerin reicht sie mir das Klemmbrett mit den Auftragsformularen nach vorne und krittelt an Bernwards Fahrtroute rum.

»Wären Sie links abgebogen, hätte uns das zehn Minuten gespart. Jetzt geraten wir in den Stau auf der Freiherr-von-Otter-Allee. Da ist um diese Zeit alles dicht.« Natürlich hat sie recht. Und bemerkt, während wir uns langsam durch den Stau vorankämpfen, mit triumphierendem Unterton: »Ich muss Sie noch einmal auf die Wichtigkeit einer detaillierten Vorbereitung hinweisen. Dazu gehört auch die Planung der schnellsten Route zum Einsatzort. Regelmäßige Staus wie dieser sind in die Planung einzubeziehen. Ich werde in den nächsten Tagen ein Formular zur Routenplanung entwickeln, das ins QM-Handbuch eingestellt wird.«

Bernward schmeißt eine Tablette ein, wirft mir einen flehenden Blick zu und flüstert: »Erwürg mich bitte, Pius. Jetzt gleich. Erwürg mich. Oder besser, erst mal sie!«

Wovon ich absehe. Zum einen gehört es sich nicht, seine Kollegen umzubringen – auch wenn man es manchmal gerne täte. Zum anderen aus ökonomischen Gründen: Kollegen sind betriebliche Ressourcen. Und Ressourcenverschwendung dürfte ein Grund für eine sofortige Kündigung sein – zumindest für eine Abmahnung.

Auch heute zeigt sich, dass die neu entwickelten Verfahrensstandards nicht so richtig greifen. Dafür sorgen sie bei unserer Klientel für jede Menge Heiterkeit. Keiner der Schuldner, die wir aufsuchen, nimmt uns nach unserer Standardtext-Vorstellung ernst. Es gibt jedes Mal langes Palaver, und alle zahlen erst, nachdem Bernward mit Gartenschere, Zange und Bohrer vor ihrer Nase rumgefuchtelt hat.

»Warum lassen Sie uns nicht einfach unseren Job machen? Ich bedrohe seit dreiunddreißig Jahren Schuldner. Als ob ich nicht wüsste, wie das am besten geht«, murrt Bernward, als wir von einem Auftrag zurückkommen, wirft Lena einen gereizten Blick zu und schleudert die Mappe mit den Feedbackbögen auf die Rückbank des Opels.

»Wenn man Neuerungen einführt, müssen sich zunächst alle am Prozess Beteiligten daran gewöhnen. Das gilt auch für unsere Klienten«, entgegnet Lena schnippisch. »Wenn sie sich erst einmal über die Vorteile im Klaren sind, die standardisierte, qualitätsgeprüfte Verfahren für sie bieten, werden sich Abläufe einspielen und beschleunigen.«

Hoffen wir es mal, denke ich. Denn wenn das nicht bald geschieht, werden der Bennecke-Group die Kunden abspringen. Sie wird schneller den Bach runtergehen, als man Zertifizierung sagen kann.

Der letzte Auftrag des Tages führt uns zu einem grobgesichtigen Box-Promotor, der einer Heizungsfirma ein schönes Sümmchen schuldet und dem dicke Lachtränen übers Gesicht laufen, als wir ihn auf seine Beschwerde- und Ratenzahlungsmöglichkeiten hinweisen. »Was seid ihr denn für Pussys?«, gackert er. »Jetzt habe ich ja ganz unglaubliche Angst. Muss ich etwa die Kinderpolizei rufen?«

Da reicht es nicht, das Schmerzensinstrumentarium nur zu präsentieren. Bernward muss richtig ran an den Mann. Was mir die Möglichkeit bietet, mit Lena unter vier Augen zu sprechen.

»Kommen Sie mit nach draußen«, sage ich. »Das hier kriegt Bernward ohne Controlling hin. Glauben Sie mir: An diesem Teil des Verfahrens gibt es nichts zu verbessern. Bernward macht das mit der optimalen Mischung aus handwerklichem Können und moralischer Abgestumpftheit.«

Wir gehen vor die Tür. Während drinnen der Bohrer surrt, drehe ich mir eine Zigarette und befinde: »Unsere kleine Kugelschreiber-Aktion war ein Flop. Hat uns nicht wirklich weitergebracht, oder?«

»Nein«, pflichtet sie mir mit enttäuschtem Blick bei. »Wir wissen jetzt, dass der Kuli Jan van Messer gehört. Aber es könnte genauso gut sein, dass ihm jemand den Stift gestohlen hat.«

»Was beinah schon Sinn machen würde. Stell dir vor: Unser Mann kriegt mit, wie Torben das Schließfach erwähnt. Ihm wird bewusst, dass er schleunigst handeln und die anderen an dem Goldgeschäft Beteiligten zum Schweigen bringen muss. Natürlich wird man die Leichen früher oder später entdecken, also empfiehlt es sich, eine falsche Spur zu legen. Als Jan für einen Moment nicht aufpasst, kassiert er den Kuli ein und platziert ihn später gut sichtbar im Wohnzimmer der Trolle.«

»Wäre möglich«, befindet Lena. »Aber als Täter ausschließen können wir Jan van Messer vorerst nicht.«

»Was bedeutet, dass wir nicht schlauer sind als vorher. Was machen wir jetzt?«

»Wir brauchen ein Täterprofil«, antwortet sie so schnell, dass klar ist, dass sie schon länger darüber nachgedacht hat. »Wir erstellen ein Raster und sehen, wer darin hängen bleibt. – Wir treffen uns nach Feierabend.«

Hinter der Tür ist ein Schmerzensschrei zu hören, der Bohrer setzt aus, und ich höre den Box-Promotor winseln: »Da himpn, da himpn isch Bargeld. In der Ledertaffe. Bibbe nich mehr bohrn.«

»Okay. Nach Feierabend«, wispere ich Lena zu. »*Holländer-Grill.* Sieben Uhr.«

Als wir in die Betriebszentrale zurückkehren, finde ich mehrere Fortbildungsangebote in meinem Postfach.

Ich kann wählen zwischen *Lange Rede kurzer Sinn – die Kraft der Worte in Bedrohungsszenarien*, *Es geht auch ohne Worte – Mimik und Körpersprache im Schuldnergespräch* und *Waterboarding im Inkassowesen.* Da fällt die Auswahl schwer. Letztlich entscheide ich mich für das Waterboarding, weil die Fortbildung erst im nächsten Jahr stattfindet. Bis dahin hat es sich vielleicht schon wieder mit Zertifizierung und Fortbildung.

In Gedanken bin ich bereits bei meinem Treffen mit Lena. Und das nicht nur, weil wir ein Täterprofil zu erstellen haben …

Ich beobachte sie, als sie Wolle Panzko erklärt, dass er sich bei der Schilderung des Verfahrensablaufs sprachlich ein bisschen anstrengen und Begriffe wie *alte Drecksau* oder *dummes Stück Scheiße* vermeiden sollte. Dabei kann sie sich aber ein amüsiertes Lächeln nicht verkneifen. Es sind diese kurzen Augenblicke, wenn ihre innere Lana durchschimmert, die mich völlig fertigmachen – und ich könnte mir in den Arsch beißen. *Partner.* Ganz toll, Pius. Ihr seid jetzt *Partner.* Wenn es richtig prickelnd läuft, macht sie dich demnächst mit ihrem Liebhaber bekannt. Wahrscheinlich eine Intelligenzbestie mit Götterkörper. Und dann stellt sie dich dieser fleischgewordenen Perfektion als *Partner* vor … Gibt es vielleicht jemanden, der mich erwürgen möchte?

Um halb sieben fahre ich den Computer runter. »Du brauchst mich heute nicht mitzunehmen. Hab noch was zu erledigen«, sage ich zu Bernward.

Er scheint darüber nicht unerfreut. Vielleicht, weil ihm das Zeit gibt, zwischen Arbeit und familiären Problemen ein melancholisches Stündchen in *Kniehases Wunderland* einzuschieben. Oder einen kleinen Schubser mit seiner Affäre, der leidenschaftlichen Küsserin mit Warze. Wer weiß?

Beim Holländer setzte ich mich an einen Tisch in der hintersten Ecke und bestelle Pommes, eine Frikadelle, eine Bamischeibe und eine große Cola. Während ich genüsslich kaue, werfe ich immer wieder Blicke auf den kleinen, stumm geschalteten Fernseher, der über der Bestelltheke hängt. Irgendein Musikkanal. Ein Video, in dem zwei Typen mit Hundemasken Gokarts in einen Swimmingpool fahren.

Lena lässt sich Zeit. Erst um kurz nach halb acht taucht sie auf. Reichlich abgehetzt. »Was war los?«, frage ich, während sie sich setzt und ein Wasser und einen Krautsalat bestellt.

»Ich konnte mich nicht früher loseisen«, sagt sie, noch immer außer Atem. »Torben wollte mit mir reden. Er steckt in Schwierigkeiten. Und das nicht nur wegen der gefälschten Barren. Unsere Partnerorganisationen beklagen starke Gewinneinbrüche seit der Einführung des QM. Und machen Torben deswegen die Hölle heiß. Pavel Borkowski und Charly Schlitzer klangen am Telefon ziemlich wütend.«

»Dich scheint das aber nicht sonderlich zu beunruhigen«, befinde ich. »Ich habe keine Zweifel, dass am Ende alles so laufen wird, wie ich es geplant habe«, sagt sie lächelnd und ergänzt nach einer kurzen Pause: »Außerdem hat Torben versucht, mich über unsere Verabredung auszuquetschen. Er wollte wissen, wie weit ich damit bin, dich umzudrehen.«

»Was hast du ihm gesagt?«

»Dass das nichts wird. Weil du schwul bist.«

»Schwul? Wer soll das denn glauben?«

»Torben glaubt es. Und es ist auf jeden Fall glaubwürdiger als die Geschichte mit dem Inkasso-Poeten, die du heute Morgen aufgetischt hast. *›Öhm, äh, lange Geschichten und, ähm, kurze Geschichten. Und, öhm, Lyrik.‹*«

Lena kichert drauflos.

»Könnten wir vielleicht zum Anlass unseres Treffens kommen?«, sage ich leicht verschnupft. »Was ist mit dem Täterprofil?«

»Wir erstellen eine Liste von Eigenschaften, die auf den dritten Kurier zutreffen«, schlägt Lena vor. »Dann sehen wir, wer in dem Raster hängen bleibt. Eigenschaft Nummer eins: Wenn er ein Kurier ist, muss er auf jeden Fall einen Führerschein haben.«

Ich nicke und nehme einen Schluck von meiner Cola. »Es ist zwar nicht so stichhaltig wie die Sache mit dem Führerschein – aber ich bin sicher, dass es jemand ist, den Papa Ambros lange kannte und dem er blind vertraute. Das schließt ein paar der jüngeren Kollegen aus.«

»Wäre möglich«, sagt sie. »Was fällt dir noch ein?«

»Der Bankangestellte hat von *Herren* gesprochen. Also können wir Carla Olson und Sunny Sativa ausschließen.«

»Die Leute trugen falsche Bärte und Perücken. Eine von ihnen könnte sich als Mann verkleidet haben«, protestiert Lena.

»Also ehrlich gesagt, ich habe noch keine Frau gesehen, die mit angeklebtem Bart wie ein Mann aussah. Immer nur wie eine Frau mit angeklebtem Bart. Das wäre dem Bankmenschen garantiert aufgefallen.«

nicht mehr raus. Auf dem stummen Musikkanal läuft das *Summer-Wine*-Video von Lana Del Rey. Ausgerechnet. Ich brauche ganz schnell ganz viel Trost.

»Joost? Kannst du den Fernseher auf laut stellen?«, bitte ich den diensthabenden Grill-Holländer. »Und bring mir bitte 'ne Vla. 'ne Große. So schnell, wie es geht.«

Wenn man sich so richtig beschissen fühlt – zum Beispiel, weil die Frau, die das Universum für einen bestimmt, nur ein Partner ist und man selbst daran schuld ist, dass sie nur ein Partner ist, weil man sich aufgeführt hat wie ein paranoider Spinner, und wenn diese Frau, weil sie ja nur ein Partner ist, einfach so geht und sich nicht, wie wenn sie eine Liebende wäre, mit einem gehauchten Kuss verabschiedet, und wenn man dann auch noch Lana leichtfüßig durch ihr *Summer-Wine*-Video tänzeln sieht und sich vorstellt, wie es wäre, mit Lena durch den Sommer zu tänzeln, und im nächsten Moment begreift, dass das nicht passieren wird, weil sie entschieden hat, dass wir nur Partner sind – dann braucht man Trost. Nichts tröstet einen besser als Vla.

Zitronenschaum ist die cremegewordene Leichtigkeit des Seins. Der Champagner unter den Desserts. Eine Zitronenschaumcreme ist Silvester und Jazz und knallende Korken und rückenfreie Abendkleider. Aber leider ist das Leben nicht immer Silvester und Jazz. Manchmal ist es ein ziemlicher Schlamassel. Dann braucht man Vla. Eine Vla schmeckt nach Trost. Sie ist wie eine Mama, die ihren Vierjährigen in den Arm nimmt, wenn er schluchzend berichtet, dass ihm eine Gang von Fünfjährigen das Dreirad geklaut hat. Ein wunderbares, vanilliges Sedativum.

Nachdem ich meine Portion Trost verschlungen habe, fühle ich mich wieder halbwegs arbeitsfähig, zücke mein Smartphone, rufe Waltraut Hummel und Konrad Kumann an und bitte sie, zum *Holländer-Grill* zu kommen.

Waltrauts Schmuck klimpert wie ein Windspiel, als sie dreißig Minuten später auftaucht und sich zu mir an den Tisch quetscht. »Konrad kommt nach. Konnte seine Brille nicht finden. Du hast es ja superdringend gemacht. Was ist denn los?«, fragt sie. Ich überlege kurz, ob ich sie darüber informieren soll, dass sie Lippenstift auf den Zähnen hat, sage aber nur: »Warten wir, bis Konrad kommt.«

Der trifft fünf Minuten später ein. Auf einem alten Klappfahrrad. Mit wackeligem Schritten betritt er den Grill, blinzelt kurzsichtig und kann uns erst orten, als Waltraut aufsteht und wild mit den Armen fuchtelt. »Hier hinten, Konrad!«

Waltraut und Konrad wohnen jetzt zusammen, erfahre ich. Weil sie sich einzeln keine Wohnung mehr leisten können, seit Papa Ambros sie nicht mehr sponsert. Stattdessen hausen sie in einer winzigen 2-Zimmer Senioren-WG und kommen kaum über die Runden. Die beiden wirken reichlich ausgehungert. Ich ordere zwei halbe Hähnchen mit Pommes und eröffne ihnen, während sie sich über die Vögel hermachen, dass ich einen Auftrag für sie habe. Überrascht stellen sie das Kauen ein und blicken mich neugierig an.

Natürlich kann ich nicht sagen, worum es wirklich geht: dass einer ihrer früheren Kollegen ein Mörder ist. Das würden sie noch viel weniger glauben wollen, als ich es glauben will. Dass einer ihrer Exkollegen ein Polizeiinformant ist, vielleicht schon eher …

»Du meinst, einer von ihnen quatscht bei den Bullen?«, fragt Waltraut, nachdem ich ihr genau diese Geschichte aufgetischt habe.

»Ja. Ich bin mir ziemlich sicher. Ich habe ein paar Leute im Verdacht. Und an dem Punkt kommt ihr ins Spiel: Ich kann nicht alle Verdächtigen gleichzeitig im Auge behalten, und darum bitte ich euch, zwei von ihnen zu observieren. Ich dachte, du übernimmst Wolle Panzko und Konrad überwacht Tassos.«

»Tassos? Wolle? Du denkst, einer von den beiden ist es?«, sagt Waltraut nachdenklich. »Kann ich mir nicht vorstellen. Die beiden sind schon seit Ewigkeiten dabei. Die verpfeifen doch nicht ihre Kollegen. – Aber du würdest nie auf die Idee kommen, einen Kollegen zu verdächtigen, wenn du nicht gute Gründe dafür hättest, Pius. Also, klar helfen wir dir.«

»Danke. Ich wusste, dass ich mich auf euch verlassen kann. Aber seid vorsichtig! Wahrt immer ausreichend Abstand, und falls derjenige euch doch entdeckt, dann stellt euch dumm und macht einen auf: ›Ach, was für ein Zufall! Du auch hier? Wie schön, dich zu sehen.‹ Klar?«

Waltraut und Konrad nicken verständig.

»Führt Protokoll darüber, was sie tun, wohin sie gehen, wen sie treffen und so weiter … Erstattet mir einmal am Tag Bericht. Und wenn sich was Auffälliges tut, meldet ihr euch sofort bei mir.«

Ich spendiere den beiden noch eine Vla und ein Softeis. Als wir uns kurz darauf vor dem Grill verabschieden, erklärt Waltraut klimpernd: »Keine Sorge, Pius. Wir kriegen das hin. «Sie schwingt sich auf Konrads Gepäckträger, Konrad tritt in die Pedale und entgeht im nächsten Moment nur deshalb einem Zusammenstoß mit einem Taxi, weil der reaktionsschnelle Fahrer eine Vollbremsung hinlegt.

Ich hoffe inniglich, dass sie es hinkriegen.

Auch wenn jetzt Waltraut und Konrad an Bord sind, fehlt noch immer jemand, der Ralf observiert. Aber wie ich im Laufe vieler sangesfroher Freitagabende mit Papa Ambros gelernt habe: *Wunder gibt es immer wieder!* Und manchmal tragen sie karierte Pullunder.

Als ich zu Hause ankomme, ist es zwei Minuten vor elf. Gerade noch rechtzeitig, um mich bei Cem mit Tabak einzudecken, ehe er schließt.

Die Laterne vor dem Hauseingang ist defekt und flackert. Als ich die Tür öffnen will, fällt mein Blick auf den Spielplatz neben dem Haus, und ich glaube, eine kurze, schemenhafte Bewegung in der Dunkelheit wahrzunehmen. Auf dem Klettergerüst. Ich sehe genauer hin und traue meinen Augen nicht …

Mit leisen Schritten schleiche ich mich an und beobachte das schmächtige Männchen, das auf dem Gerüst hockt und mit seinem Smartphone in eine Wohnung filmt. In die von Anoushka. Ihre Silhouette zeichnet sich hinter dem Badezimmerfenster ab.

»So was ist strafbar, Mennlein!«, sage ich weithin vernehmlich. Er wirft den Kopf herum, reißt erschrocken die Augen auf und kippt rückwärts vom Gerüst, wobei sein Hinterkopf gleich mehrmals auf Metall trifft – was jedes Mal ein dumpfes *Klong* zur Folge hat. Benommen richtet er sich auf, weicht zurück und winselt: »Bitte tun Sie mir nichts, Herr Nordberg. Und bitte, bitte gehen Sie nicht zur Polizei.« Mennlein wird kreideweiß und krächzt mit zitternder Stimme: »Es gab da vor ein paar Jahren schon mal eine ähnliche Sache, für die ich Ärger bekommen habe. Natürlich völlig zu Unrecht. Aber wenn Sie mich jetzt … Bitte tun Sie es nicht, Herr Nordberg. Sehen Sie: Ich lösche alles!« Er greift nach seinem Smartphone und fummelt hektisch auf dem Touchscreen rum.

»Ich glaube, im Interesse all der Frauen, die du in Zukunft bespannen könntest, sollte ich sehr wohl zur Polizei gehen, Mennlein.«

»Bitte nicht, Herr Nordberg«, fleht er verzweifelt und beteuert: »Ich, ich werde es nie wieder tun. Ich schwöre. Ich …« Plötzlich beginnen seine Schultern zu zucken, er schluchzt auf und bricht in Tränen aus. »Ich versuche ja, damit aufzuhören, aber … Horchen und Gucken und Durchwühlen und Verfolgen und Nachspionieren und Observieren, das war früher mein ganzes Leben. Bis …«

Er wischt sich eine Träne von der Wange und schildert mir seine tragische Lebensgeschichte. In einem vierminütigen Worst-of: Mennlein wurde in Gera geboren, war ein neugieriges Kind und hatte von klein auf einen übergroßen Hang zum Schnüffeln und Spionieren. Sein Lebenstraum von einer Karriere bei der Stasi wurde aber vom Mauerfall vereitelt. Nach der Wiedervereinigung hatte er sich überall angedient: Polizei, BND, Verfassungsschutz. Der Verfassungsschutz hatte ihn schließlich genommen (die sind offenbar nicht wählerisch). Mennlein agierte allerdings ein wenig übermotiviert und wurde gefeuert, als herauskam, dass er auf eigene Faust einen verfassungstreuen Geschichtslehrer observierte, den er wegen eines Facebook-Posts zum Thema *Tempolimit* für den Drahtzieher einer unmittelbar bevorstehenden Revolution hielt. Seitdem lebt er vom Jobcenter und ist nur noch privat im Überwachungswesen tätig. Weil es ihn einfach immer wieder überkommt.

»Ich kann machen, was ich will, ich schaffe es einfach nicht, es bleiben zu lassen«, jammert er.

»Du bist also ein Opfer. Mir kommen gleich die Tränen.«

»Bitte, Herr Nordberg«, beschwört mich Mennlein und ist kurz davor, sich mir zu Füßen zu werfen. »Verlangen Sie von mir, was Sie wollen, aber gehen Sie nicht zur Polizei!«

Ich rolle die Zunge im Mund, betrachte ihn eingehend und denke nach. »Na gut, Mennlein. Aber ab jetzt bist du auf Bewährung. Lebenslang. Unter zwei Auflagen. Punkt eins: Du wirst nie wieder irgendjemandem nachspionieren! Jedenfalls nicht, ohne, dass du dazu einen Einsatzbefehl von mir bekommst. Und damit sind wir schon bei Bedingung Nummer zwei.«

»Ich, ähm, ich verstehe nicht«, stottert er und sieht mich verwirrt an. »Unterhalten wir uns drinnen weiter«, schlage ich freundlich lächelnd vor. »Bei mir.«

Als Mennlein meine Wohnung betritt, tut er das wie jemand, der aus Versehen eine Station zu weit mit der U-Bahn gefahren ist und sich in einem zwielichtigen Viertel wiederfindet. Ängstlich um sich blickend schleicht er mir hinterher.

»Setz dich«, sage ich. »Was zu trinken? Oder ein Tütchen?«

Er schüttelt den Kopf und nimmt zögernd auf einer Stuhlkante Platz. »Du wirst jetzt einen Auftrag von mir erhalten, Mennlein. Alles, was du dazu wissen musst, erfährst du von mir. Was du nicht von mir erfährst, musst du nicht wissen. Verstehen wir uns?«

Mennlein nickt eifrig. »Jemand in meiner Firma steht im Verdacht, Gelder zu unterschlagen«, lüge ich. »Ich möchte, dass du ihn für mich observierst.« Ich nehme meinen Laptop. Ralfs Facebook-Account ist öffentlich und für jeden einsehbar. »Das ist der Mann«, erkläre ich.

»*Aquarius Rising?* Heißt er wirklich so?«, fragt Mennlein irritiert. »Natürlich nicht. Im richtigen Leben heißt er Ralf Sativa. Und er wohnt …« Ich reiche Mennlein Stift und Zettel, gebe ihm Ralfs Adresse, sein Autokennzeichen und ein paar weitere Informationen, zum Beispiel, dass Ralf mit Sunny verheiratet und alle zwei Wochen beim Friedenstrommeln im Stadtpark anzutreffen ist.

»Und Sie meinen, ich darf den Mann wirklich observieren? Vierundzwanzig Stunden am Tag?« Ein verzücktes, dankbares Lächeln tritt auf Mennleins Lippen. Da zeigt es sich mal wieder: Man muss die Talente eines Menschen nur in eine konstruktive Bahn lenken und schon kommt die freundlichere Seite seiner Natur zum Vorschein.

»Zwischendurch darfst du schon auch mal schlafen, Mennlein.«

»Ich kann es gar nicht fassen«, stammelt Mennlein, ganz besoffen vom unverhofften Glück.

»Bist du motorisiert? Hast du einen Wagen?«

»Ich hab ein Mofa. Steht im Keller.«

»Das tut es zur Not auch«, befinde ich. »Ich erwarte tägliche Berichte und exakte Beobachtungsprotokolle.«

Mennlein guckt, als wäre Weihnachten vorverlegt worden, und eilt hochmotiviert zur Tür. »Ich werde Sie nicht enttäuschen. Was das Rumschnüffeln in den Angelegenheiten anderer Leute anbelangt, bürgt der Name Horst Mennlein für Qualität.«

»Davon bin ich überzeugt. Dann mal los. Du hast keine Zeit zu verschenken, Mennlein. Also: schnell den Tarnpullunder übergezogen und dann nichts wie ran an den Gesinnungsfeind!«

– 18 –

Die Stimmung in der Arbeit als angespannt und gereizt zu bezeichnen, wäre stark untertrieben. Die Kollegen sind dauergenervt, weil sie immer weniger Zeit für ihre Kerntätigkeit haben und kaum hinterherkommen mit ihren Dokumentationen, dem Beantragen von Büromaterial und ihrer erzwungenen Mitarbeit in diversen Arbeitskreisen, wie *Einsatzplanung und Vorbereitung* oder *Kundenbeteiligung und Beschwerdemanagement.* Die Nerven liegen angesichts der hohen Arbeitsbelastung blank, der Umgangston wird rauer, und Bernwards Magentabletten-Konsum sprengt alle Dimensionen.

Aber auch im Leitungsteam treten deutliche Spannungen zutage. Torben Benneckes Laune ist auf dem Tiefpunkt, und direkt nach der morgendlichen Teambuilding-Gehirnwäsche geraten Daniel Streit und Ansgar Degen aneinander. Offenbar geht es um die Sinnhaftigkeit bestimmter Methoden des Motivationscoachings. Natürlich geht die Diskussion ohne körperliche Gewalt oder offene Beleidigungen ab, aber ihr Gesichtsausdruck zeigt deutlich, dass sie sich am liebsten an die Kehle gehen würden. Auch der Ton eines Gesprächs, das Lena und Torben Bennecke führen, ist ungewohnt scharf.

»… sind nicht effektiv«, höre ich Torben wütend zischen, worauf Lena ihn mit einem vorwurfsvollen Wortschwall überschüttet, in dem die Begriffe *Zielvorgabensteuerung* und *Qualitätsoptimierung* mit bemerkenswerter Häufigkeit auftauchen. Torben Bennecke verschwindet türenknallend in seinem Büro. Wo er allerdings nicht lange Ruhe hat, denn unvermittelt stehen Charly Schlitzer und Manni Popalla auf der Matte, gucken wie zwei aggressive Gorillamännchen, marschieren schnurstracks in Torbens Büro – und es gibt lautstarkes Palaver und Geschrei. Irgendwer schmeißt einen Stuhl durch die Gegend. Als die Sackratten eine Viertelstunde später gehen, kommt Torben mit verängstigtem Gesicht aus seinem Büro getaumelt, atmet schwer und bedient sich erst mal am Wasserspender.

»Läuft ja anscheinend nicht so bombig auf dem Qualitätssektor«, merke ich an, als wir kurz darauf in Bernwards Opel sitzen und dem ersten Klienten des Tages entgegenfahren.

Lena reagiert nicht, blickt aus dem Seitenfenster und schweigt.

Es knirscht gewaltig im standardisierten Verfahrensablauf. Sogar Theo Wiesel, ein kleines Hutzelmännchen, das ständig versucht, irgendwen zu bescheißen, und den wir schon des Öfteren heimgesucht haben, fühlt sich durch unsere nur minimal bedrohliche Ansprache ermutigt, den Helden zu spielen, und weigert sich, zu zahlen. Erst zwei Backen- und einen Schneidezahn später kriegen wir unser Geld.

Und wenn man sich die Kollegen bei der Erstellung der Dokumentation ansieht, weiß man, dass der Qualitätsdampfer zielstrebig in Richtung Sandbank tuckert. Während ein Teil der Belegschaft aufgegeben hat und mit leerem Blick Daten ins System eingibt, sieht der andere Teil aus, als ob er seinen Rechner gerne in den Ruhezustand versetzen würde. Mittels einer Axt.

Aber all das nehme ich nur am Rande wahr. Stattdessen schlage ich mich mit der Frage herum, wie ich es anstelle, Jan van Messer möglichst unauffällig zu beschatten. Als 2-Meter-Mann ist man keine Idealbesetzung für so eine Aufgabe. Ich rage aus jeder Menschenmenge, wie ein Leuchtturm aus einer Schrebergartensiedlung. Als Jan Feierabend macht und sich mit einem geknurrten: »Bis morgen auf der Sklavengaleere!«, verabschiedet, beeile ich mich, den PC runterzufahren und ihm zu folgen. »Tschau, Bernward. Schönen Feierabend.«

Ich wahre so viel Abstand wie möglich und lasse mich gelegentlich, wenn Jan vor einem Schaufenster oder an einer Fußgängerampel stehen bleibt, zurückfallen oder drücke mich in irgendwelche Hauseingänge.

Was ich sehe, ist wenig spektakulär. Jan geht schnurstracks nach Hause. (Abgesehen von einer kleinen Zwischenlandung in einem Imbiss, wo er sich einen Döner einverleibt und den Pulli mit Sauce vollkleckert.) Von der *Schönen Amalia* bis zu seinem trauten Heim sind es nur zehn Minuten zu Fuß. Ich war noch nie in seiner Wohnung, weiß aber, dass er ganz oben, unter dem Dach, wohnt. Als er im Haus verschwindet, beziehe ich in einem Stehcafé schräg gegenüber Position.

Was, wenn seine Freizeitplanung nur einen gemütlichen Fernsehabend vorsieht?, frage ich mich, als ich eine Stunde später beim vierten Kaffee angelangt bin. Dann ist außer Spesen und einem Koffeinflash nichts gewesen. Aber ich habe Glück. Eine Viertelstunde später verlässt Jan frisch geduscht das Haus. Er hat den bekleckerten Pulli gegen ein Hemd getauscht und Unmengen von Aftershave aufgelegt. So viel, dass man es selbst in zwanzig Metern Entfernung riecht. Der restliche Abend verläuft dann so, wie ich mir einen Jan-van-Messer-Abend schon immer vorgestellt habe: Er geht zwei Straßen weiter in eine Kneipe, in der sich dermaßen üble Gestalten rumdrücken, dass ich lieber verdursten würde, als auch nur einen Fuß in den Laden zu setzen. Jan scheint jedermann zu kennen. Durch das Fenster beobachte ich eine Vielzahl betont männlicher Begrüßungsrituale: knappe Umarmungen mit Rückenklopfen, kernige Handshakes und grüßend hochgereckte Kinne. Jan zischt so einiges weg, und als er zwei Stunden später aus der Tür schwankt, schätze ich ihn auf knappe zweieinhalb Promille. Er wankt zu einem Taxistand und lässt sich ins Bahnhofsviertel kutschieren. Ich folge ihm in einem zweiten Taxi zu einem Etablissement namens *Roter Pelikan*, wo er ein wenig käufliche Liebe in Anspruch nimmt. Nicht besonders lange. Nach einer halben Stunde verlässt er den Laden wieder, wirft sich in ein Taxi, gönnt sich einen zweiten Döner und schafft es bei der Gelegenheit, auch sein Hemd zu versauen. Anschließend torkelt er nach Hause. Nachdem das Licht in seiner Wohnung ausgegangen ist, warte ich fünf Minuten, dann beende ich meine Observation für den heutigen Tag.

Dreiundzwanzig Uhr. Ich will nur noch meine Ruhe, Lana Del Rey und ein paar Löffelchen Zitronenschaum. Aber dazu kommt es erst mal nicht.

Mennlein erwartet mich vor dem Aufzug, hat eine braune Aktentasche in der Hand, tritt von einem Fuß auf den anderen und empfängt mich mit den Worten: »Es gibt sensationelle Erkenntnisse, Herr Nordberg!«

Kaum sind wir in der Wohnung, präsentiert er mir auf dem Smartphone eine ganze Bilderserie, die Ralf, Sunny und etliche ihrer Kunden bei der Geschäftsabwicklung zeigt. »Der Mann ist ein Drogendealer!«, platzt es aus Mennlein heraus.

»Er ist Einzelhandelskaufmann in der Rauchwaren-Branche. Und das ist keine Neuigkeit. Was er in seinem Job macht, interessiert mich nicht sonderlich. Eher, mit wem er sich ansonsten so rumtreibt und was er in seiner Freizeit macht.«

»Habe alles detailliert festgehalten«, jauchzt Mennlein euphorisch und zieht eine Dokumentenmappe aus seiner Tasche. Sein

Bericht hat fünfundzwanzig Seiten. Für einen Tag. Verfasst auf einer alten Schreibmaschine – einer Stasi 500, oder was weiß ich, wie die Dinger heißen. Mennlein hat jeden Gähner von Rolf protokolliert, hat festgehalten, wann er die Nase hochgezogen und sich am Hintern gekratzt hat. »Wie wäre es fürs Erste mit einer knappen mündlichen Zusammenfassung?«, sage ich. »Nur das Wichtigste.«

»Ich bin Ralf Sativa und seiner Frau zu ihrem Bauernhof gefolgt. Da saßen sie auf der Terrasse und haben Haschisch konsumiert. Ich, äh, ich habe noch ein altes Richtmikrofon aus Stasi-Beständen«, gesteht Mennlein. »Ich habe sie belauscht und dabei mitbekommen, wie sie über zwei Personen gesprochen haben.«

Ich hebe interessiert den Kopf. »Über wen?«

Mennlein blättert hektisch in seinem Bericht, bis er auf die entsprechende Stelle stößt. »Über einen gewissen Lingam und eine Yoni. Klingt irgendwie finnisch – glauben Sie, dass er Drogengeschäfte mit Finnen macht? Oder das unterschlagene Geld nach Finnland verschoben hat?«

Ich beschließe, Mennlein bei Gelegenheit ein Exemplar des Kamasutra zukommen zu lassen. »Ich glaube, die finnische Spur können wir vernachlässigen. Was war sonst noch?«

»Als es dunkel wurde sind Ralf Sativa und seine Frau noch mal aufgebrochen. Bin ihnen sofort mit dem Mofa hinterher. Zum Bahnhof! Da haben sie eine ältere Frau vom Zug abgeholt.«

»Und?«

»Also …« Mennlein zieht seinen schriftlichen Bericht zu Hilfe. »Die Frau sagte zu Ralf Sativa, dass er sich die Haare schneiden lassen soll und dass er ganz mager wäre. Und dass das wahrscheinlich daran liegen würde, dass seine Frau nur vegan kocht. Und dass sie ihm deshalb ein paar Schweinerippchen mitgebracht hätte, weil er die doch früher so gerne mochte. Und dass sie sich freut, gleich drei Wochen zu bleiben. Darauf sagte Sunny Sativa, dass es besser wäre, wenn *sie* während dieser drei Wochen in ein Schweigekloster ginge, weil es sein könnte, dass sie ansonsten den Rest ihres Lebens wegen Totschlags in einer Zelle verbringen würde.«

»Schon mal daran gedacht, dass die Dame Ralfs Mutter sein könnte?«, gebe ich zu bedenken.

»Äh, ja. Das habe ich natürlich auch schon.«

»Okay, Mennlein. Gute Arbeit! Weiter so. Und denk dran: Ansonsten wird niemand ausspioniert!«

Mennlein drückt den Rücken durch. »Natürlich nicht, Herr Nordberg. Muss mich jetzt aber noch um die Falschparker kümmern. Hatte ja den ganzen Tag über keine Zeit dazu.«

Kaum ist er raus, klingelt mein Smartphone. Es ist Waltraut, die mir ebenfalls Bericht erstattet.

»Hab Wolle Panzko den ganzen Tag über im Auge behalten, Pius. Er war nicht mal in der Nähe irgendeiner Polizeidienststelle. Hatte auch keine konspirativen Treffen mit irgendwem. Aber heute Abend hat er an einer illegalen Pokerrunde teilgenommen. Und so wie sein Gesicht anschließend aussah, hat er nicht gerade den Jackpot abgeräumt. Vielleicht hat er Spielschulden und braucht Geld und hat deshalb mit den Bullen –«

»Wäre möglich«, unterbreche ich sie und sage: »Behalte ihn weiter im Auge. Und versuche, mit einem seiner Pokerkumpel ins Gespräch zu kommen und rauszufinden, ob er tatsächlich Schulden hat. Und jetzt gib mir bitte Konrad. Ich möchte wissen, was er über Tassos zu berichten hat.«

»Konrad schläft schon«, sagt Waltraut. »War völlig fertig vom Observieren. Aber er hat mir alles aufgeschrieben. Also, Tassos hatte Frühschicht in der Brezelbude. Bis fünfzehn Uhr. Von dort aus ist er mit der Linie 75 in die Stadt gefahren. Zu einem Hautarzt. Anschließend war er längere Zeit in einem Mobilfunkladen in der Einkaufszone. Danach in einer Shopping-Mall, wo er sich mit einer jungen blonden Frau getroffen hat.«

»Was?«, entfährt es mir. Ein Mobilfunkladen? Eine junge blonde Frau? Das klingt so gar nicht nach Tassos.

»Ja. Merkwürdig, oder?«, krächzt Waltraut. »Und abends ist er dann zu einem Volkshochschulkurs: *Zur Führungskraft in hundert Tagen.*«

Reichlich irritiert beende ich das Gespräch mit Waltraut. Mobilfunk? Blondine? Volkshochschule? Entweder ist Tassos ein Mann mit vielen Geheimnissen, oder … Des Rätsels Lösung offenbart sich mir, als ich den nächsten Anruf bekomme. Von Tassos höchstpersönlich.

»Hast du irgendeine Ahnung, was mit Konrad Kumann los ist?«, schreit er in den Hörer. »Wieso?«

»Als ich heute Nachmittag von meiner Schicht kam, lungerte er vor dem *Brezel-Village* rum. Ich habe laut gerufen und gewunken, aber er hat mich weder gehört noch gesehen. Und das Merkwürdigste: Ich hatte den Eindruck, dass er meinem pickligen Chef, diesem Kerkenschwedt, hinterherschleicht.«

Das erklärt so einiges. Konrad sollte sich dringend eine neue Brille verschreiben lassen. Ich gebe mich ahnungslos und sage: »Du kennst Konrad doch. Ich nehme mal an, er hatte sich verirrt.«

»Wenn du mich fragst: Bei dem alten Knaben rieselt der Kalk«, diagnostiziert Tassos. Anschließend klärt er mich darüber auf, dass das Arbeitsklima in der Brezelbude den Bach runtergeht, da die Mitarbeiter so intensiv mit der Auswertung der Feedback-Bags beschäftigt seien, dass sie kaum noch zum Brezelteigkneten kämen.

»Ich muss Schluss machen, Tassos. Ich bekomme gerade einen zweiten Anruf rein. – Ja. Hallo?«

»Ich bin es, Lena. Ich rufe aus dem Auto an. Ich bin gerade auf dem Nachhauseweg.«

Als ich ihre Stimme höre, beschleunigt sich mein Herzschlag, und mein Mund fühlt sich mit einem Mal staubtrocken an.

»Hallo? Hörst du mich, Pius?«

»Ähm, ja. Wie ist es mit Bernward gelaufen?«

»Nichts Auffälliges: Er ist nach der Arbeit nach Hause gefahren, hat Frau und Töchter in den Opel geladen, und sie sind zu einem Familientherapeuten gefahren. Dann ging es zurück. Sie haben auf der Terrasse zu Abend gegessen. Es gab einen Streit, und seine ältere Tochter ist wutentbrannt ins Haus gestürmt. Als die Kinder im Bett waren, haben Bernward und seine Frau ferngesehen. Sie ist dabei eingeschlafen, und er hat sich noch mal rausgeschlichen. Du hattest recht: Er ist zu dem stillgelegten Vergnügungspark gefahren. Er war in der Goldmine, und später hat er sich in den Saloon gehockt und Mundharmonika gespielt. *Moon River.* Das war eine dermaßen traurige Angelegenheit … Anschließend fühlte ich mich ganz deprimiert. Nach einer halben Stunde ist er zurückgefahren. Und jetzt liegt er im Bett und schläft. Nichts Verdächtiges bisher. Und wie sah es bei Jan van Messer aus?«

»Döner. Trinken. Vögeln. Döner. Schlafen«, schildere ich ihr Jans Abend und berichte, was ich von Waltraut über Wolle Panzko und seine Pokerrunde erfahren habe. »Und was Tassos Karoufakis angeht … Da muss mein Spitzel neu ansetzen«, sage ich zerknirscht.

»Ich habe noch mal über die Geschichte mit dem Betäubungsmittel nachgedacht«, sagt Lena. »Wenn es wirklich von einem Tierarzt stammt, sollten wir herausfinden, wer von unseren Verdächtigen ein Haustier hat! – Oh, da vorn kommt ein Tunnel. Wir sehen uns morgen. Gute Nacht, Partner.«

»Gute Nacht«, sage ich, aber da ist die Verbindung bereits abgerissen.

Während der folgenden Tage finden wir heraus, dass weder Bernward noch Wolle noch Jan oder Tassos ein Haustier haben. Jedenfalls keines, mit dem sie die Wohnung verlassen. Ralf und Sunny können dagegen mit einem Kleinzoo aufwarten: mehrere Katzen, ein Bernhardiner, eine Schar Gänse, fünf Hennen, ein Hahn, zwei Ziegen und ein Esel. Wenn jemand einen Tierarzt kennen dürfte, dann sie. Ansonsten hat Mennlein aber nichts Bemerkenswertes über Ralf zu berichten. Außer dass Sunny ihrem Gatten eröffnet hat, dass sie zuerst dem Pazifismus und dann ihm den Rücken kehren wird, sollte sich der Besuch ihrer Schwiegermutter tatsächlich über drei Wochen erstrecken.

Konrad hat es mittlerweile geschafft, sich auf die richtige Zielperson zu konzentrieren, weiß aber auch nichts Weltbewegendes zu berichten: Tassos ist der eher häusliche Typ und verlässt, außer zum Einkaufen und seinen Schichten im *Brezel-Village,* so gut wie nie die Wohnung. Jans und Wolles Leben bewegt sich weiterhin zwischen Döner, Kneipe, Puff und Pokerrunden. Lena beobachtet Bernward bei einem Treffen mit seiner Affäre und zwei weiteren sentimentalen Abstechern zu *Kniehases Wunderland.*

Übersehen wir etwas?, frage ich mich unablässig. Oder liegen wir mit unserem Raster daneben? Sind wir auf einer völlig falschen Spur?

»Und außerdem …«, sage ich zu Lena, als wir beim Holländer Kriegsrat halten, »findest du es nicht merkwürdig, dass wir die Einzigen sind, die in dieser Sache ermitteln? Warum habe ich in den vergangenen Wochen kein einziges Mal einen Polizisten zu Gesicht bekommen? Wenn innerhalb kurzer Zeit drei Leute sterben, die derselben Organisation angehören und dazu noch ein zwielichtiger Juwelier … Warum ermitteln die nicht?«

»Ich bin sicher, das tun sie längst«, entgegnet Lena und nimmt sich ein paar Pommes von meinem Teller. »Wahrscheinlich verdeckt.«

In der Folgezeit vergewissere ich mich, während ich Jan beschatte, auch immer, dass *mir* nicht jemand folgt. Entdecken kann ich niemanden – was aber nicht bedeuten muss, dass es keine verdeckten Ermittler gibt. Die sind – im Gegensatz zu unserer Amateurtruppe – in der Regel gut ausgebildet, klimpern während des Observierens nicht weithin hörbar mit Schmuck und verirren sich eher selten. Ich bin ständig auf der Hut.

Unsere eigenen Nachforschungen sind weiterhin ergebnislos und drohen im Sande zu verlaufen.

In der Arbeit bewegt sich dagegen so einiges. Leider in die falsche Richtung. Torben muss tagtäglich wütende Anrufe seiner aufgebrachten Geschäftspartner entgegennehmen, deren Bilanzkurve im Sinkflug begriffen ist. Sein Hemdkragen ist schon am Mittag durchgeschwitzt, mitunter zittern seine Hände, dann wieder brüllt er Lena oder eines der Milchgesichter aus nichtigem Anlass an. So ähnlich müssen die letzten Stunden auf der Titanic abgelaufen sein. Dazu passt auch, dass uns jeden Tag mindestens drei neue, weitgehend sinnfreie Formulare aufs Auge gedrückt werden. Purer Aktionismus, der Normalität vortäuschen und davon ablenken soll, dass sich die Dinge ungut entwickeln. Wir bekommen noch nicht einmal zur Beerdigung der Trolle frei. Wer zu der Bestattung möchte, muss einen halben Tag Urlaub nehmen. Was die Belegschaft geschlossen tut.

Dann kommt der nächste Erdrutsch: Erst meldet sich Carla Olson mit einem grippalen Infekt ab, am Tag darauf bekommt Udo Zornig eine Magenschleimhautentzündung. Der Hausarzt von Harry Leim attestiert ihm vegetative Erschöpfung und schreibt ihn zwei Wochen krank, und so weiter und so weiter … Es rauscht eine Krankmeldung nach der anderen rein. Was den Arbeitsaufwand für die verbliebenen, noch halbwegs gesunden Kollegen natürlich beträchtlich erhöht. Zunächst mal. Aber Bernward und ich müssen uns bald keine Gedanken mehr darüber machen, wie wir acht Aufträge am Tag bewältigt kriegen. Die Zahl unserer Einsätze sinkt nämlich. Von acht auf fünf und dann auf nur noch drei am Tag. Neue Aufträge für die Bennecke-Group bleiben aus. Und eines schönen Nachmittags erfahre ich auch, warum.

Lena begleitet uns an diesem Tag nicht, sie muss an der Sitzung des Gremiums, das über die Fördermittel für einen pfiffigen Jungunternehmer berät, teilnehmen. Ich möchte nicht in ihrer Haut stecken, wenn sie dem Gremium Alberts mobilen Hundesalon als den heißesten Scheiß seit der Erfindung des Smartphones verkaufen muss.

Als Bernward und ich auf dem Rückweg von einem Einsatz sind, kommen wir am Hümmeler Platz vorbei. Eine mittelschwere städteplanerische Katastrophe. So was wird von seinen Planern gerne als *Ort der Begegnung* verkauft, aber damit die Begegnung nicht allzu gemütlich wird, haben sie nur zwei Stahlbänke aufgestellt und den Platz vorsichtshalber zubetoniert. Was dazu führt, dass sich hauptsächlich Menschen begegnen, die kein Problem damit haben, morgens um sieben das erste Bier zu trinken. Außerdem ist hier der Kleinkriminellen-Straßenstrich. Möchte man einen Einbruch vortäuschen, um die Versicherung abzuziehen, oder verliehenes Geld schnell zurückbekommen, und sind einem Profis wie wir zu teuer, kann man hier Amateure anheuern, die den Job für die Hälfte erledigen. Aber natürlich auch nur halb so gut. Höchstens.

»Halt mal an, Bernward«, rufe ich, als mein Blick an einem bärtigen Mann hängen bleibt, der gerade billige Arbeitskräfte anwirbt. »Ist das nicht Karl Vierbekker?«

»Ja. Das ist er«, sagt Bernward erstaunt.

Karl Vierbekker hat eine Schreinerei und gehört zu unseren Stammkunden. Über viele Jahre hinweg haben wir für ihn Geld eingetrieben. Papa Ambros und er waren Freunde. Und jetzt mietet er Nichtskönner auf dem Straßenstrich! »Ich will mit ihm reden. Fahr da vorne rein, Bernward. Da wird gerade ein Parkplatz frei.«

Wir steigen aus und schlendern auf Karl Vierbekker zu. Sein Anbahnungsgespräch scheint sich schwierig zu gestalten.

»Hallo, Karl«, grüße ich.

Er blickt überrascht auf – und läuft tomatenrot an. »Ooh … Pius, Bernward.«

»Haben wir was falsch gemacht?«, frage ich. »War irgendwas nicht zu deiner Zufriedenheit? Oder warum engagierst du jetzt irgendwelche Stümper? – Nichts gegen Sie persönlich, meine Herren.«

»Nein, nein«, beteuert der Schreinermeister. »Das hat absolut nichts mit euch zu tun. Du weißt: Ich habe immer bei Papa Ambros arbeiten lassen. Aber seit sein Sohn die Geschäfte führt … Bitte, versteh mich nicht falsch, Pius, aber ich will doch nur an mein Geld kommen. Aber ich arbeite, ich hab keine Zeit, erst mal seitenweise Auftragsformulare auszufüllen. Oder Datenschutzerklärungen und Kundenzufriedenheitsbögen. Das ist aufwendiger als ein Kreditantrag für ein Spaceshuttle. Da komme ich lieber hierher. Das ist problemloser. Und 'ne Menge anderer Leute, die ich kenne, denken genauso. Versteht ihr?«

Bernward und ich nicken betrübt.

»Sobald der Blödsinn rückgängig gemacht wird, bin ich wieder euer Kunde«, beteuert Karl. »Aber im Moment … Tut mir leid, Pius.« Er wendet sich wieder seinen Verhandlungspartnern zu, von denen einer dreist fordert: »You give us money first – then we do job!«

»No, no«, höre ich Karl sagen, während wir kehrtmachen und zum Wagen zurückgehen. »First the job, then the money.«

Zurück in der Betriebszentrale, treffe ich auf Lena, die ziemlich geschafft aussieht. Sie zieht mich zur Seite und berichtet flüsternd von dem Verlauf ihrer Sitzung.

»Alberts Leben wird also wieder bunt?«, sage ich.

Sie lächelt. »War ein hartes Stück Arbeit. Ich habe drei Stunden ununterbrochen auf sie eingeredet, bis sie irgendwann so mürbe waren, dass sie auch der Finanzierung einer Plastikkäseproduktion zugestimmt hätten. – Wir telefonieren später«, kann sie mir gerade noch zuwispern, ehe Torben sie mit ärgerlichem Unterton in sein Büro bittet: »Lena? Kommst du bitte mal?«

»Hast du das schon gesehen?«, quatscht mich Wolle Panzko an und deutet mit angeekeltem Blick auf einen Aushang, vor dem sich etliche Kollegen versammelt haben. »Für die nächsten beiden Tage sind Personalgespräche anberaumt. Als ob es grade nichts Wichtigeres gäbe. Auf der Liste kannst du sehen, wann du an der Reihe bist.«

Morgen Nachmittag, entnehme ich dem Aushang. Für jedes Gespräch sind dreißig Minuten angesetzt. Ich bin als Vorletzter dran. Um siebzehn Uhr. Nach Ralf und vor Jan van Messer.

Bernwards Gesprächstermin ist erst übermorgen. Um halb zwölf. Was ihm mehr Zeit gibt, sich aufzuregen. »Personalgespräch«, murrt er, als er mich nach Hause fährt. »Eine halbe Stunde lang. Worüber redet man mit seinem Personal 'ne halbe Stunde lang? Bei Papa Ambros war ›*Nimm dir was von dem Mettigel!*‹ ein Personalgespräch.

Und das war meiner Meinung nach völlig ausreichend.« Anschließend schwenkt er auf sein privates Elend über und erzählt mir, dass seine Älteste sich in einem schwarzmagischen Internetforum angemeldet hat, während die kleine Luisa sich gerade als Feuerteufel entpuppt und versucht hat, einen ihrer Mitkobolde anzuzünden.

Da verwundert es nicht, dass Bernwards Augen, als wir am *Segredos do Brasil* vorbeikommen, einen sehnsuchtsvollen, schwärmerischen Ausdruck annehmen. Ihm ist vom Gesicht abzulesen, dass er in diesem Moment in die Erinnerung an das romantische Treffen mit seiner Affäre eintaucht. Und zwar so intensiv, dass er kurzeitig ausblendet, dass er am Steuer eines Wagens sitzt. Er hält geradewegs auf einen Radfahrer zu.

»Bernward!«

Im letzten Moment reißt er das Steuer nach links, der Opel gerät ins Schleudern, ehe Bernward ihn wieder auf Kurs bringen kann.

»Mann! Du hättest ihn beinah erwischt. Was ist bloß los mit dir?«, schimpfe ich.

»Tut mir leid«, keucht Bernward. »Liegt daran, dass ich mir dauernd Gedanken um meine Älteste mache. Sie hat jetzt einen Freund, auch so einen Satansjünger, und ich habe Angst, dass sie schwanger werden könnte. Mit der Brut des Bösen.«

»Nein. Daran liegt es nicht«, rutscht es mir raus.

»Was meinst du?«

Es gibt Momente im Leben, da sollte man die Karten auf den Tisch legen. Ich atme tief durch, nehme Bernward ins Visier und sage: »Es liegt nicht an deiner Tochter. Es lag am *Segredos do Brasil.* Du kannst aufhören, mir irgendwelche Geschichten zu erzählen. Ich weiß davon.«

»Was? Wovon?«, stottert er perplex.

»Von deiner Affäre. Der Frau mit der Warze auf der Nase. Ich habe euch gesehen. Dich und deine *Bekannte.* Im *Segredos do Brasil.* Zufällig.«

Bernward ist weiß wie die Wand und sieht aus, als hätte ein böser Dämon alle Lebensenergie aus ihm gesaugt. »Pius«, stammelt er in flehendem Ton, »du, du wirst doch nicht … Wenn meine Frau davon erfährt, dann …«

»Das wird sie früher oder später, Bernward. Nicht von mir. Aber so was kommt immer raus.«

Bernward klammert sich ans Steuer, sinkt in sich zusammen und nuschelt: »Du hältst mich jetzt sicher für ein Riesenarschloch. Und wahrscheinlich hast du recht.«

»Es ist kein Verbrechen, sich zu verlieben, Bernward. Gefühle sind straffrei.« Ich blicke ihn fragend an. »Ist es was Ernstes mit dieser Frau?«

Bernward nickt. »Aber … ich bin nun mal verheiratet. Und Vater. Was … was mache ich jetzt nur?«

»Wenn du meine Mutter fragen würdest, würde sie dir wahrscheinlich empfehlen, allen reinen Wein einzuschenken und eine unkonventionelle Beziehungsform auszuprobieren. Aber wenn du meinen Rat hören willst: Du solltest dich entscheiden. So oder so. Und aufhören zu lügen. Und reinen Tisch machen.«

Ich bin noch keine Viertelstunde zu Hause, als es an der Tür klingelt. Lena?, schießt es mir durch den Kopf und mich durchläuft ein leichtes Kribbeln, als ich den Hörer der Sprechanlage abnehme. »Ja?«

»Ta-be-a«, zwitschert es aus dem Hörer. »Und Mis-ter Mo-jo.«

Verwundert drücke ich auf den Türöffner. Mutter setzt so gut wie nie einen Fuß aus der *Singenden Nachtigall.* Sie besucht mich einmal im Jahr. Zu meinem Geburtstag. Aber das hat sie für dieses Jahr bereits abgearbeitet. Entweder sie kommt, weil sie sich ohne Joe in ihrem trauten Heim so langweilt, dass sie dringend jemanden braucht, dem sie ein Ohr abquatschen kann. Oder weil sie diesmal so großen Mist gebaut hat, dass sie es mir lieber selbst beichtet, bevor mich Frau Seiler anruft.

Wie sich zeigen soll, trifft beides zu.

»Ich langweile mich ohne Joe zu Tode«, gibt sie lautstark bekannt, als sie meine Wohnung entert. »Ich vermisse ihn. Und Mister Mojo vermisst ihn auch. So sehr, dass er in letzter Zeit dauernd Durchfall hat.«

»Tatsächlich?« Ich werfe der Dogge, die es sich auf meinem roten Lieblingsteppich gemütlich macht, einen warnenden Blick zu.

»Hat Frau Seiler vielleicht angerufen?«, fragt Tabea so angestrengt nebensächlich, dass ich sofort Lunte rieche.

»Warum hätte sie denn anrufen sollen?«, frage ich misstrauisch.

»Ach nichts Dramatisches«, sagt Mutter lächelnd. »Ich hatte mit einem meiner Nachbarn eine kontroverse Diskussion darüber, ob

Mister Mojo seinen Pool benutzen darf. Dabei hat er sich aufgeregt und ist ins Stolpern geraten. Und reingefallen. In seinen Pool. Und behauptet jetzt, ich hätte ihn reingestoßen. Der Mann leidet an Bewusstseinstrübung.«

»Hatte ich dir nicht geraten, dein Krawallpotenzial mittels illegaler Substanzen einzudämmen?«

»Habe ich ja auch getan. Aber ich hab nichts mehr.«

»Was? Du hast schon alles weggeraucht?«

»Yep. Und damit sich so ein unschönes Vorkommnis wie das mit dem Pool nicht wiederholt und ich auch dem größten Vollidioten tiefenentspannt gegenübertreten kann, hätte ich jetzt gerne ein bisschen Nachschub.«

»So sehr ich deine Bereitschaft zur Selbstmedikation auch begrüße – ich hab nichts von dem Zeug hier. Muss ich erst besorgen. Ich kann es dir morgen Abend vorbeibringen. Schaffst du es bis dahin, keinen deiner Nachbarn zu erwürgen?«

Tabea verspricht, ihr Bestes zu tun, und schildert mir im Anschluss daran begeistert, wie gut es zwischen Joe und *Pius Pompeji* vorangeht und dass der Groove zwischen Band und Produzenten so was von stimmt. Joe hat sich bereits auf die Suche nach einem Haus gemacht. Sobald alles geregelt ist, ziehen Mutter und Mister Mojo nach London.

»Ich freue mich, dass das Vereinigte Königreich in den Genuss kommt, deinen vielschichtigen Charakter kennenzulernen«, verabschiede ich sie. »Nacht, Tabea. Ich komme morgen Abend vorbei. Nacht, Mister Mojo. Und gute Besserung!«

Am Fenster stehend beobachte ich, wie Dame und Dogge in ein Taxi steigen und Richtung Rosenhag entschwinden. Anschließend lasse ich mich aufs Sofa fallen, gönne mir eine Schaumcreme und rekapituliere den aktuellen Stand der Dinge: Keiner der Leute, die wir beobachten, verhält sich verdächtig. Wenn auch nicht immer charakterlich astrein. Siehe Bernward und seine Affäre. Von Lena weiß ich, dass er die Frau sogar einmal zu *Kniehases Wunderland* mitgenommen hat. Tassos macht die meiste Zeit über gar nichts, Ralf übt sich in dem aussichtslosen Unterfangen, im Kalten Krieg zwischen Sunny und ihrer Schwiegermutter zu vermitteln. Und die Spur mit den Spielschulden von Wolle Panzko hat ins Nichts geführt. Er hat keine Schulden. Wolle gewinnt fast immer. Dass er so bärbeißig guckt, ist nur Gewohnheit. Und Jan van Messer? Vielleicht wäre es hilfreich, sich mal in seiner Wohnung umzusehen, denke ich, obwohl ich selbst nicht weiß, was ich zu finden hoffe. Goldbarren in der Schlafkommode? Wohl kaum. – Aber vielleicht ist es gerade diese Frage, mit der wir uns verstärkt beschäftigen sollten: Wo hat unser Mann die Barren versteckt? Bestimmt nicht zu Hause. Er hat wahrscheinlich ein Schließfach angemietet. So wie Papa Ambros. Kriegen wir ihn dadurch? Aber nicht ein Einziger unserer Verdächtigen ist in den letzten Tagen auch nur in die Nähe einer Bank gekommen. Wieder eine Sackgasse.

Alles zurück auf Start: Ich sollte mich auf jeden Fall bei Jan umsehen! Keine Ahnung, ob uns das weiterbringt – aber schaden kann es auch nicht. In die Wohnung reinzukommen dürfte nicht besonders schwierig sein. Jans Dachfenster sind immer einen Spalt breit geöffnet. Und im Garten hinter dem Haus gibt es einen Birnbaum, an dem eine hohe Holzleiter lehnt. Ich muss nur aufpassen, dass mich niemand bemerkt, und einen günstigen Moment abpassen. Und natürlich muss ich sichergehen, dass Jan nicht plötzlich unverhofft zur Tür reinschneit und mich dabei erwischt, wie ich in seinen Sachen rumwühle.

Moment mal … Morgen sind doch die Personalgespräche, dämmert es mir. Na klar, so machen wir es …

»Bist du morgen bei Jan van Messers Personalgespräch dabei?«, frage ich Lena, als wir kurz darauf telefonieren.

»Ich bin bei allen Gesprächen dabei. Auch bei deinem.«

»Ich möchte Jans Wohnung unter die Lupe nehmen. Mein Personalgespräch ist um siebzehn Uhr. Und Jan ist nach mir dran. Als Letzter. Währenddessen könnte ich es versuchen. Aber eine halbe Stunde reicht nicht. Könntest du Jans Gespräch ein bisschen strecken? Auf eine Stunde?«

»Kein Problem. Das kriege ich hin. Aber wenn du willst, dass die Sache funktioniert, solltest du dafür sorgen, dass *dein* Personalgespräch zügig abläuft. Sag einfach das, was von dir erwartet wird. Bitte keine Fundamentalkritik am Kapitalismus, keine Grundsatzdiskussion über Qualitätsmanagement und auch kein Abschweifen zum Thema *Bedingungsloses Grundeinkommen*. Und denk daran, mich zu siezen. Kriegst du das hin?«

»Natürlich«, sage ich leise seufzend, und es tritt eine kurze Pause ein, ehe Lena fragt: »Isst du gerade Zitronencreme?«

»Ja. Aber woher weißt du …?«

»Ich kann es an deiner Stimme hören«, sagt sie. »Weißt du, ich glaube, ich esse jetzt auch eine. Gute Nacht, Pius.«

– 19 –

Personalgespräche rangieren auf meiner Skala emotional negativ besetzter Events noch vor Beerdigungen. Als Ralf Sativa, der vor mir dran ist, aus seinem Gespräch kommt, fange ich ihn ab und ziehe ihn in eine Ecke. »Und? Wie ist es gelaufen?«

Ralf schüttelt traurig den Kopf und äußert sich nur vage: »Wenn der Geist des Wassermanns nicht bald über uns alle kommt, ist die Welt im Arsch, Pius.«

»Ganz deiner Meinung. Und apropos Geist des Wassermanns – kannst du mir noch mal was von dem Dope verkaufen? Meine Mutter wartet auch auf den Wassermann. Und das Zeug hilft ihr dabei.«

Ralf kramt in seinen Taschen, gibt mir die Ware, und ich bezahle – als Daniel Streit den Kopf aus dem Büro streckt. »Herr Nordberg, wenn Sie dann so weit wären?«

Die Atmosphäre ist echt kuschelig. Wer denkt sich eigentlich Büroeinrichtungen aus? Ausschließlich Menschen mit unglücklicher Kindheit? Wir sitzen gemütlich um einen weißen Resopaltisch. Das heißt, ich auf der einen und Torben, die Milchgesichter und Lena Krytschewski auf der anderen Seite. Torben sagt die ganze Zeit über gar nichts und blickt mich nur finster an. Dafür haben die Milchgesichter jede Menge Fragen.

»Herr Nordberg, warum arbeiten Sie für die Bennecke-Group? Warum gerade für unser Unternehmen?«, eröffnet Ansgar Degen das Gespräch. Weil Papa Ambros mein Schutzengel war. Und weil ich für ihn gearbeitet habe. Und zwar gerne. Ihr habt mich nur geerbt, ihr Pappnasen, denke ich, täusche aber vorsichtshalber Motivation vor und sage: »Weil hier Gewinner arbeiten. Weil etwas bewegt wird und ich mich dabei einbringen kann. Weil der Teamspirit großartig ist. Weil hier etwas Neues entsteht, an dessen Entwicklung ich mitwirken darf.«

»Wo sehen Sie Ihre persönlichen Stärken?«

Ich bin unglaublich gut darin zu erkennen, was für fantasiebefreite, beschränkte Verfahrens-Honks ihr seid, sage ich natürlich nicht, sondern rattere die erwarteten Phrasen runter: »Ich bin flexibel, belastbar, offen für Kritik, lern- und teamfähig und verfüge über umfassendes Fachwissen im Bereich der Einschüchterung und Bedrohung.«

So und so ähnlich lüge ich mich durch das restliche Personalgespräch, in der Hoffnung, der Sache damit möglichst schnell ein Ende zu bereiten. Nur bei der Frage nach den Leitsätzen der Bennecke-Group muss ich passen und rate stattdessen fröhlich: »Geld stinkt nicht? Vertrauen ist gut, Kontrolle ist besser? Am Ende zählt allein die Knete?« Abgesehen von diesem kleinen Ausrutscher gelingt es mir aber ganz passabel, Kompetenz und Motivation vorzutäuschen – und tatsächlich: Nach achtundzwanzig Minuten sind wir durch. Nur Lena hat noch eine letzte Frage. Sie richtet den Blick auf mich, sieht mir tief in die Augen und sagt: »Was mich noch interessieren würde: Wo sehen Sie sich in fünf Jahren, Herr Nordberg?«

Da sehe ich mich mit dir an einem Fjord in Norwegen. In einer roten Holzhütte. Oder in einem kleinen Haus an der Nordsee. Oder in Brügge oder Amsterdam oder Dublin. Eigentlich ganz egal wo. Hauptsache, du bist dabei und unser Leben ist Zitronenschaum und wir sind möglichst weit weg von all den Arschgesichtern hier.

»In fünf Jahren sehe ich mich auf der mittleren Leitungsebene, wo ich meine Fähigkeiten hoffentlich in noch größerem Maße zum Wohle der Bennecke-Group einbringen kann«, sage ich lächelnd und stehe auf. »Wenn Sie keine weiteren Fragen mehr haben …«

Vor dem Büro treffe ich auf Jan, der auf seinen Termin wartet und hin und her stromert, wie ein Tiger im Käfig. Sieht so aus, als könnte sein Gespräch einen spannenden Verlauf nehmen: Jan ist jetzt schon auf hundertachtzig! »*Personalgespräch*«, knurrt er und sieht dabei weniger nach Tiger als nach Bullterrier aus. »Ich schwöre dir, Pius: Wenn mir einer von denen blöd kommt, dann …«

»Lass dich nicht provozieren«, rate ich freundschaftlich. »Und lass dich nicht hetzen. Und nicht drängeln.«

Damit ich ausreichend Zeit habe, deine Bude auf den Kopf zu stellen.

Eine Viertelstunde später stehe ich im Garten hinter Jans Haus, versichere mich, dass mich niemand beobachtet, erklimme mittels der Gartenleiter das Dach, schiebe Jans Fenster auf und springe in die Wohnung.

Das Erste, was ich sehe, sind jede Menge leerer Pizzaschachteln, Chipstüten und Bierflaschen. Jans kleine Einzimmerwohnung unter der Dachschräge ist eine ähnliche Müllhalde wie das Heim der Trolle. Aus dem Müll erheben sich eine Heimzapfanlage, ein

Uraltcomputer mit Uraltdrucker und eine riesige Fritteuse, die aussieht, als könnte sie bei Inbetriebnahme tektonische Verwerfungen auslösen.

Als mein Blick zu Jans ungemachter Bettstatt wandert, weiten sich meine Augen vor Überraschung. Auf einer Kommode neben dem Bett steht ein kleines Terrarium! Er hat ein Haustier! Ich bahne mir einen Weg zwischen den Pizzaschachteln hindurch und betrachte das Teil genauer. Hinter dem Glas stiert mich eine bunt schillernde Echse an. Und zwar so giftig, dass ich ausgesprochen erleichtert bin, dass uns eine dicke Scheibe trennt. Sieh mal einer an, denke ich. Schon jetzt hat uns mein Einbruch eine neue Information beschert: Der gute Jan gehört zum Kreis der Tierhalter – und hält sich daher vielleicht gelegentlich in einer Tierarztpraxis auf.

Ansonsten Fehlanzeige. In den Schubladen der Kommode finden sich natürlich keine Goldbarren, sondern nur Feinrippunterwäsche, eine Gummipuppe und ein Jahrhundertvorrat an Batterien. In einem Regal steht eine alte Kaffeedose aus Metall. Während ich mich noch frage, ob ich sie wirklich öffnen und erfahren möchte, was sich darin befindet, meldet sich mein Smartphone. Es ist Lena – und ihre Stimme klingt völlig panisch.

»Bist du noch in der Wohnung, Pius?«

»Ja. Ich –«

»Du musst da raus! Sofort! Jan van Messer ist während des Gesprächs ausgeflippt. Als er gefragt wurde, ob er sich vorstellen kann, in Zukunft im *Brezel-Village* zu arbeiten, hat er einen Stuhl gegen die Wand geworfen und Torben beschimpft und bedroht. Dann ist er davongestürmt. Er kann jeden Augenblick …«

In diesem Moment höre ich jemanden im Korridor auf die Wohnung zustapfen und laut vor sich hin fluchen. Umgehend lasse ich Kaffeedose Kaffeedose sein, klettere mit affenartiger Geschwindigkeit aus dem Fenster und hocke mich aufs Dach. Eine Sekunde später fliegt die Wohnungstür auf, und Jan stürmt mit hochrotem Kopf in die Bude. »Wo ist der verdammte Basi?«, brüllt er und tritt ein paar Pizzaschachteln durch die Gegend. »Wo ist der verdammte Basi, wenn man ihn braucht? – Ah, hier!« Er greift sich den Baseballschläger, brüllt »Bennecke, du Sau! Ich mach dich fertig!« und stürzt raus.

»Lena? Bist du noch da?«

»Ja.«

»Jan ist auf dem Kriegspfad. Hat sich mit einem Baseballschläger bewaffnet und will Torben Bennecke ans Leder. Der Mann macht sich unglücklich. Komm mit dem Wagen! Schnell! Dann schaffen wir es vielleicht, vor ihm da zu sein und das Schlimmste zu verhindern.«

»Bin in fünf Minuten da!«, verspricht sie – und hält Wort. Kaum bin ich die Leiter hinuntergeklettert, kommt Lenas rotes Cabrio mit einer filmreifen Vollbremsung vor dem Haus zu stehen. Ich springe in den Wagen, und wir brettern unter Missachtung sämtlicher Tempobeschränkungen in Richtung *Schöne Amalia*.

»Was Interessantes in der Wohnung gefunden? «, fragt Lena.

»Erzähle ich dir später. Jetzt müssen wir dafür sorgen, dass Jan sich wieder beruhigt. Mir liegt zwar nicht das Geringste an Torbens körperlicher Unversehrtheit – aber ich will nicht, dass Jan sich Ärger einhandelt.« Wir waren nicht schnell genug, stelle ich mit Schrecken fest, als wir kurz vor der *Schönen Amalia* sind. »Scheiße!«, entfährt es mir. Jan stößt Torben Bennecke vor sich her aus der Betriebszentrale, schwingt den Schläger durch die Luft und schreit: »Ich mach dich alle, Bennecke! Hier draußen auf der Straße. Als abschreckende Warnung an alle zukünftigen Betriebswirtschaftler.«

Torben wimmert, fällt auf die Knie und hält schützend die Arme vors Gesicht – als sich die Ereignisse überschlagen: Plötzlich schießt ein schwarzer Transporter mit getönten Scheiben von einem Parkplatz weg und bremst auf Höhe von Jan und Torben ab. Die Hecktür des Wagens fliegt auf, drei muskelbepackte Schränke springen raus, zerren Torben mit sich in den Wagen – und rasen davon. Das Ganze dauert keine zehn Sekunden. Jan steht mit erhobenem Basi da, guckt ernstlich verwirrt und scheint sich zu fragen, was gerade passiert ist.

Lena gibt augenblicklich Gas – und setzt sich auf die Spur des Transporters, der schon um die nächste Ecke schießt.

»Hey! Was tust du da?«, frage ich.

»Die haben gerade Torben entführt!«

»Ja. Wahrscheinlich irgendwelche Sackratten, die ihm einen ordentlichen Einlauf verpassen werden. Das erspart Jan die Arbeit und den Knast. Mein Mitleid hält sich in Grenzen. Wie wäre es mit einer Frikadelle beim Holländer?«

»Du willst ihn einfach seinem Schicksal überlassen? Wer von uns ist denn hier der Android?« Lena wirft mir einen strengen

Gouvernanten-Blick zu. »Und außerdem: Was wenn das keine Sackratten waren? Wenn es um was völlig anderes geht? Was, wenn es mit dem Gold zu tun hat?«

»Jaaa, schon gut«, ergebe ich mich.

Jetzt darf ich auch noch Torben Bennecke retten. Super. Es gibt moralische Verpflichtungen, die gehen einem echt auf den Senkel!

An der nächsten Ampel schließen wir zu dem Transporter auf. »Nicht so dicht. Halt ein bisschen mehr Abstand«, meckere ich. »Außerdem fände ich es nett, wenn du mir verraten würdest, welches weitere Vorgehen deine Planung vorsieht.«

»Wir finden raus, wohin sie ihn bringen – und holen ihn da raus.«

»Wow! Das ist ja ein irre gut ausgetüftelter Plan. Und so durchdacht.«

»Mach dir mal keine Sorgen«, sagt sie mitleidig lächelnd. »Ich kann Standard *und* Improvisation.«

Wohin die Reise geht und dass wir es bei Torbens Entführern tatsächlich mit Sackratten zu tun haben, wird mir klar, als der schwarze Transporter von der Schnellstraße abfährt und der Landstraße nach Tugendingen folgt, einem kleinen, dörflichen Vorort mit zwei schönen Kirchen – vor dessen Ortseingang aber auch die Sünde ein Zuhause gefunden hat.

»Die wollen garantiert zum *Grashopper.* Der Schuppen gehört Pavel Borkowski«, sage ich.

»Was ist das? Ein Bordell?«

»Nein. Ein Swingerclub.«

Kaum kommt das Gebäude mit der grünen *Grashopper*-Leuchtschrift in Sicht, drosselt der Transporter das Tempo, biegt in eine Einfahrt und hält vor einem Seiteneingang, der von einem groß gewachsenen Schlägertypen bewacht wird. Dieser öffnet die Tür, Torben wird – einen schwarzen Stoffbeutel über dem Kopf – von seinen Entführern ins Haus geschubst, die Tür fällt zu. Zurück bleibt nur der massige Schläger, der hochwachsam die Umgebung scannt.

»Runter«, befehle ich, und wir rutschen so tief in die Sitze wie es geht. »An dem Typen kommen wir nicht vorbei. Keine Chance.«

»Dann nehmen wir eben den Haupteingang«, sagt Lena in beunruhigend unternehmungslustigem Ton.

»Äh, was –?«

»Wir gehen vorne rein. Als Gäste. Wir sind ein tolerantes, sexuell aufgeschlossenes Paar und möchten uns ein paar beschwingte Stunden im *Grashopper* gönnen. Wenn wir erst mal drin sind, können wir nach Torben suchen.«

»Aber es ist noch nicht mal sieben. Der Schuppen ist garantiert noch geschlossen«, wage ich einzuwerfen.

»Und warum ist dann der Parkplatz da vorne voll?« Lena zieht ihr Smartphone zu Rate. »Na bitte!«, sagt sie nach kurzer Recherche. »Seit siebzehn Uhr ist *Afterwork-Orgy.* Also komm schon!«

Sie fährt auf den Parkplatz, beugt sich zur Beifahrerseite, schließt das Handschuhfach auf und entnimmt ihm – eine kleinkalibrige Pistole! Mir fällt die Kinnlade runter.

»Wieso hast du eine Pistole?«, stammle ich.

»Zum Selbstschutz natürlich. Für Gelegenheiten wie diese«, sagt sie ungerührt und steckt die Waffe ein.

»Hast du für das Teil einen Waffenschein?«

»Ich habe sie mir von meinem Vater geborgt«, erklärt sie mir so fröhlich, als würden wir über eine Tafel Schokolade reden. »Fällt ihm gar nicht auf – seine Waffensammlung ist riesig. Er ist Jäger.«

»Was jagt man denn mit Kleinkaliberpistolen?«, frage ich zweifelnd. »Biber? Dachse? Dackel?«

»Diese Diskussion bringt uns nicht weiter«, befindet Lena kühl. »Sei doch froh, dass wir das Ding dabeihaben. Ist nur für den Notfall! Ich habe nicht vor, um mich ballernd in den Laden zu stürmen. – Und jetzt: Komm!«

Wir steigen aus und halten auf die Eingangstür des *Grashopper* zu. Mir ist reichlich unwohl. Und das gleich aus mehreren Gründen.

Lena mustert mich kritisch. »So fliegen wir sofort auf. Versuch doch wenigstens, ein bisschen geil auszusehen.«

»Ich geb mir ja Mühe.«

Auf dem Dach des Clubs thront ein neongrün leuchtender, riesiger Plastik-Grashopper. Vor die Fenster sind schwere flaschengrüne Vorhänge gezogen. Lena klingelt, eine schwenkbare Überwachungskamera nimmt uns ins Visier, dann öffnet sich die Tür, und wir sehen uns einer rothaarigen Dame gegenüber, die hinter einem niedrigen Empfangstresen steht und nichts trägt als Stilettos und ein Grashopper-grünes Bodypainting.

»Oh, was für ein schönes Paar«, sagt sie nach einem kurzen anerkennenden Blick. »Endlich mal neue Gesichter. Freut mich, euch kennenzulernen. Mein Name ist Patricia. Wir sagen hier Du. Und ihr seid?«

»Ähm … Ralf und Sunny«, antworte ich und lasse meinen Blick durch den Empfangsbereich wandern. Gedämpftes Licht, ein kleiner Indoor-Springbrunnen mit grün gefärbtem Wasser und viermal so viel Plüsch wie in Alberts Hundesalon.

»Da dies euer erster Besuch im *Grashopper* ist, möchte ich euch über ein paar Dinge informieren«, sagt die rothaarige Patricia lächelnd. »Ich freue mich, euch sagen zu dürfen, dass das *Grashopper* der erste zertifizierte Swingerclub Europas ist. Wir sind ständig bemüht, unsere Leistungen zu verbessern, und freuen uns über eure Rückmeldung, die ihr uns nach eurem Besuch mittels eines Kundenzufriedenheitsbogens geben könnt.«

»Jetzt *bin* ich geil«, raune ich Lena zu, die mir daraufhin gegen das Schienbein tritt.

»Der Eintritt zur Afterwork-Orgy beträgt für Paare zweihundert Euro«, erklärt Patricia. »Getränke inklusive. Bar oder Karte. Da vorne links geht es zur Umkleide. Bitte beachtet den heutigen Dresscode.«

»Und der wäre?«

»Essbare Unterwäsche. Ihr findet sie in euren Spinden. Ist im Eintritt enthalten. Hinter der Umkleide geht es zum Kontaktbereich mit Bar und Tanzfläche. Daran schließen die große Spielwiese und die Motto-Räume an: *Dekadentes Rom, Grashoppper-Island, Sündiges Märchenland, Wüstes Wolfsburg* … Guckt euch alles in Ruhe an und seht, was euch einen Kick gibt. Und was eure sexuellen Vorlieben angeht …« Sie klappt einen Laptop auf. »Was sucht ihr denn? Ein Paar? Herrengruppe? Eine Bi-Frau? Partnertausch oder nur sehen und zeigen?«

»Und wieso willst du das wissen?«, frage ich skeptisch.

»Im Rahmen der Qualitätsentwicklung arbeiten wir mit dem KONTAKT-Programm«, sagt sie lächelnd. »KONTAKT gleicht eure sexuellen Vorlieben mit denen der anderen Gäste ab und ermöglicht so eine schnellere Kontaktaufnahme und die größtmögliche Schnittmenge gemeinsamer Vorlieben. Dabei wird natürlich ein Höchstmaß an Datenschutz von uns gewährleistet. KONTAKT bringt euch mit den Menschen in Kontakt, die ihr sucht!«

»Das ist ja ganz unglaublich toll«, sagt Lena, beugt sich zu der forschen Patricia vor und haucht: »Unsere Vorlieben sind allerdings sehr speziell ...«

In den nächsten drei Minuten gibt sie sämtliche unserer angeblichen sexuellen Präferenzen und Fetische zu Protokoll. Ausgesprochen blumig und detailreich und ganz bemerkenswert schamfrei. Und was sie da behauptet, sorgt bei mir für dunkelrote Ohren. Ich halte mich nicht für verklemmt, aber wären wir tatsächlich ein Paar und würden auch nur die Hälfte von dem tun, was Lena gerade behauptet, wären wir sehr exzentrische Charaktere in einer sehr bizarren Welt. Selbst die freundliche Patricia wirkt zunehmend irritiert, während sie unsere Daten in KONTAKT eingibt.

»Danke. Das war es auch schon«, sagt sie, nachdem Lena all unsere vorgebliche private Verkommenheit ins System gebeichtet hat, und betrachtet uns ein wenig befremdet und verunsichert. »Dann bekomme ich zweihundert Euro von euch. Und hier sind eure Code-Karten für die Spinde. Und das hier« – sie drückt mir ein schwarzes, metallisches Irgendwas in die Hand, auf dem sich drei verschiedenfarbige Leuchten befinden – »ist euer KONTAKT-Buzzer. Wenn sich ein Paar mit ähnlichen Vorlieben wie den euren im Kontaktbereich aufhält, summt bei beiden Paaren der Buzzer, und das gelbe Lämpchen leuchtet auf. Wollt ihr den Kontakt zulassen, aktiviert ihr die grüne Leuchte, wenn ihr ihn abweisen wollt, drückt auf Rot. Bitte praktiziert Safer Sex. Qualitätsgeprüfte Kondome liegen überall aus. Also dann – viel Spaß im *Grashopper!*«

»Schatz, übernimmst du das mit dem Eintritt?«, sagt Lena, lächelt und klimpert mit den Wimpern.

»Natürlich *Schatz.*« Ich entnehme meinem Portemonnaie zwei Hunderter, reiche sie der grünhäutigen Patricia, und wir setzen uns Richtung Umkleide in Bewegung.

»Bist du wahnsinnig?«, zische ich, sobald wir außer Hörweite sind. »Was du da eben an sexuellen Vorlieben aufgelistet hast, dagegen sind Sodom und Gomorra Luftkurorte. Was, wenn es in dem Kontaktbereich irgendein völlig durchgeknalltes Paar gibt, das tatsächlich darauf steht, sich und uns –«

»Jetzt entspann dich mal, Pius. Was glaubst du denn, warum ich es so heftig gemacht habe? Damit es garantiert zu keinem Kontakt kommt! Auf ein Paar mit dermaßen exotischen Vorlieben zu treffen ist ja wohl höchst unwahrscheinlich. Selbst hier.«

Das leuchtet ein und beruhigt mich erst mal, aber in der Umkleide erwartet mich der nächste Schocker. In meinem Spind finde ich einen grünen, in Plastik eingeschweißten, essbaren Stringtanga für den Herrn.

»Nein, nein, nein. Auf keinen Fall!«, protestiere ich.

»Du kannst nicht von mir verlangen, dass ich mich in dieses Ding zwänge. Niemals. Und erst recht nicht für Torben Bennecke!«

»Hör auf, so ein Baby zu sein, Pius. Raus aus den Klamotten und rein in den Tanga. Und dreh dich um, damit ich mich umziehen kann.«

»Zitronenschaum!«, entfährt es mir, als ich mich wieder umdrehen darf. » Also, das ist … das steht dir wirklich sehr gut.«

»Ich wünschte, ich könnte das Gleiche zu dir sagen«, bemerkt sie nach einem flüchtigen Blick auf meinen Grashopper-Tanga. »Aber wenigstens guckst du jetzt ein bisschen geiler. Sag mir doch einfach Bescheid, wenn du so weit bist, deine Aufmerksamkeit wieder meinem Gesicht zuzuwenden. Danke – Partner.«

»Entschuldigung«, nuschle ich ertappt. »War ein Ausrutscher.«

»Wir gehen erst mal in den Kontaktbereich und verschaffen uns einen Überblick über die Lage. Und dann schlendern wir irgendwann zu den Motto-Räumen und halten dabei unauffällig Ausschau nach einer Tür mit der Aufschrift *Privat.* Da dürften wir richtig sein.« Lena nimmt den Buzzer in die Hand, und ich folge ihr in den Kontaktbereich.

Aus den Boxen schallt schlimmer Plastik-Pop, auf der Tanzfläche bewegt sich ein mittelaltes Paar – eine blonde Frau mit einem Kerl an der Hundeleine – halbwegs synchron zum Rhythmus der Musik. Sie aufrecht, er auf allen vieren. So richtig viel Kontakt gibt es ansonsten aber nicht. Ein paar Paare und einzelne Männer sitzen in plüschigen Nischen und starren, in der Hoffnung auf gelbes Licht, auf ihre KONTAKT-Buzzer. Alle in essbarer Unterwäsche. Ich sehe jede Menge Dinge, die ich lieber nicht gesehen hätte.

Wir nehmen auf zwei Hockern an der Theke Platz, und ich bestelle bei dem Barkeeper, der auch nicht mehr als einen essbaren Tanga und ein Betty-Page-Tattoo auf der Brust trägt, zwei Gläser Orangensaft. Vier Hocker neben uns sitzt ein Kerl mit Pilotenbrille, der Lena völlig ungeniert taxiert.

Während wir an unserem Saft nippen und so tun, als würden wir die Anwesenden auf Kontakttauglichkeit abchecken, verschaffen wir uns eine grobe Orientierung über die räumlichen Gegebenheiten. »Da hinten geht es zur Spielwiese und den Motto-Räumen«, wispert Lena und deutet auf einen schwach beleuchteten Gang, der aus dem Kontaktbereich führt. »Schlendern wir mal ganz gemächlich rüber.«

Wir erheben uns von den Hockern – als unser Buzzer plötzlich losbrummt!

Ungläubig starre ich auf das gelb blinkende Licht. Dann werfe ich den Kopf herum, mein Blick wandert in Blitzesschnelle über die plüschigen Nischen – und bleibt voller Schrecken an einem Paar hängen, dessen Buzzer auch gelb leuchtet: einer Frau mit verbrannter Dauerwelle, die aussieht, als würde sie neben Swingerclubs auch gerne Wrestling-Veranstaltungen besuchen, und ihrem Begleiter, über dessen Frisur man nur spekulieren kann, da er eine Schweinemaske trägt. Erwartungsvoll blicken sie zu uns herüber.

»Oh, nein! Das kann nicht wahr sein!«, entfährt es Lena, und sie wird blass. »Was hab ich getan? Mach die weg, Pius. Mach die weg! Schnell.«

»Abweisen, abweisen!«, stammle ich, greife hektisch nach dem Buzzer und – **GRÜN!** »Scheiße! Ich habe in der Hektik den falschen …« Das Paar erhebt sich von seinem Tisch und hält zielstrebig auf uns zu.

»Ogottogott!« Lenas Fingernägel krallen sich in meinen Arm. »Wenn die nur auf einen Bruchteil dessen stehen, was ich als unsere Fetische angegeben habe, sind das völlig Perverse. Mach was, Pius!«

Zu spät!

»Hallo, ihr Geilis«, sagt die Wrestling-Frau mit dunkler Stimme und betrachtet mich, als wollte sie meine Unterwäsche nicht essen, sondern mir vom Leib lutschen. »Ich bin die Josy. Und die Sau hier ist der Jürgen.« Jürgen gibt eine Art Grunzen von sich und richtet seine Schweinsaugen auf Lena.

»Ähm, angenehm«, krächze ich. »Ralf und Sunny.«

»KONTAKT ist schon super«, befindet Josy, fährt sich mit der Zunge über die Lippen und sagt mit heiserer Stimme: »Schön, endlich mal ein Paar zu treffen, das nicht nur auf so ein 08/15-Zeug steht.«

Jürgen grunzt bestätigend.

»Ja. Finden wir auch. Allerdings …« Ich beuge mich zu Josy und Jürgen vor und sage in vertraulichem Ton: »Es gibt da noch eine sehr spezielle Geschichte, auf die wir abfahren. Haben wir der jungen Frau am Empfang nicht gesagt, weil sie ein bisschen zart besaitet wirkt. Also: Wir gehen total ab, auf …« Ich flüstere Jürgen etwas in sein Schweineohr, von dem ich bisher angenommen habe, dass ich es in meinem gesamten Leben zu niemandem sagen würde.

Die Wirkung ist phänomenal: Der Jürgen quiekt erschrocken und macht einen Satz rückwärts. Die Josy weicht ebenfalls zurück, sieht uns mit weit aufgerissenen Augen an und murmelt: »Wow! Das ist ja … Also nehmt es uns nicht übel, aber das ist für uns eine Nummer zu … Wiedersehen.« Die beiden haben es eilig, zurück in ihre Plüschnische zu kommen.

»Wie du siehst, kann ich auch Improvisation«, sage ich zu der erleichtert blickenden Lena. »Wäre schön, wenn du das bei meiner nächsten Personalbeurteilung erwähnen würdest.«

Langsam spazieren wir über den schummrigen Gang zu den Motto-Räumen. Im *Dekadenten Rom* haben zwei Paare zueinandergefunden. Es wird eifrig Erregung vorgetäuscht und bemüht gestöhnt, aber die Szene wirkt auf mich doch eher beschaulich als dekadent. Und auch der Dreier, der gerade im *Wüsten Wolfsburg* abgeht, ist nicht so richtig flott. Vor dem sündigen Märchenland stoßen wir dann auf das, was wir suchen. Eine Tür mit der Aufschrift *Privat. Und* haben unverschämtes Glück: Sie ist unverschlossen.

Wir warten einen günstigen, unbeobachteten Moment ab und schlüpfen durch die Tür, hinter der eine schmale Treppe in den Keller führt. Barfuß und auf Zehenspitzen schleichen wir in unserer essbaren Unterwäsche über einen mit Getränkekästen und Fässern vollgestellten Gang. An seinem Ende dringt Licht aus einem Raum, dessen Tür einen Spalt breit aufsteht. Wir pirschen uns so nah wie möglich heran und gehen hinter einem Stapel Getränkekisten in Deckung.

Torben sitzt gefesselt auf einem Stuhl. Sein rechtes Auge ist zugeschwollen, seine Oberlippe aufgeplatzt. Um ihn herum steht eine Gruppe aufgebrachte Männer, und ich erkenne die wütende Stimme von Pavel Borkowski: »Von wegen *Qualität bindet Kunden.* Meine Mädchen haben immer weniger Kundschaft. Weil die Freier bumsen wollen. Was sie nicht wollen, ist, anschließend Kundenzufriedenheitsbögen auszufüllen oder den Hygienezustand der Sanitärräume in meinen Puffs zu beurteilen. Ich mach Minus! Wegen dir und deinen bescheuerten Ideen, Bennecke.«

Ich höre ein lautes Klatschen. Torben stöhnt vor Schmerz auf.

»Und ich krieg keinen freiberuflichen Killer mehr, wenn ich mal einen brauche«, schreit Charly Schlitzer ihn an. »Weil die Jungs keine Lust haben, ihre Zielperson erst mal zu befragen, welche Todesart ihr denn die angenehmste wäre. Auftragskiller stehen nicht auf *Klientenbeteiligung!* Die nehmen keine Aufträge mehr von mir an! Und dann schafft diese Krytschewski es auch noch, dem Gremium diese idiotische Förderung für einen mobilen Hundesalon abzuquatschen. Das ist unsere Kohle, die da verbrannt wird!«

»Wir sind raus aus der Nummer!«, wütet Manni Popalla.

»Und wir wollen das Geld zurück, das wir in diesen ganzen Controlling-Blödsinn gesteckt haben. Sonst leistest du deinem Vater auf dem Südfriedhof Gesellschaft!«

»Was machen wir jetzt?«, wispere ich reichlich ratlos. »Reinstürmen und drohen, dass wir unsere Unterwäsche essen, wenn sie Torben nicht laufen lassen?«

»Wir beobachten weiter die Lage«, flüstert Lena völlig ruhig und hält plötzlich wieder die Kleinkaliberpistole in der Hand.

»Wo … wo hattest du die denn die ganze Zeit über versteckt?«

»Kopf runter!«, wispert sie und zieht mich zu Boden. »Die werden Torben nichts tun. Was haben sie davon, ihn umzubringen? Die wollen ihr Geld! Die wollen ihn nur in Angst versetzen.«

»Das wird sich doch alles noch einspielen«, kreischt Torben währenddessen. »Qualitätsmanagement ist ein sich dauerhaft in Entwicklung befindlicher Prozess und –«

»Prozess im Arsch!«, brüllt Pavel Borkowski. »Ein Prozess ist das Letzte, was ich brauchen kann. Wir sind raus, mein Freund. Und du zahlst uns unser Kapital zurück. Und für die Verluste, die durch deinen Qualitätsmurks entstanden sind, kommst du auch auf. Du hast genau drei Tage Zeit!«

Charly Schlitzer löst Torbens Fesseln, zerrt ihn unsanft vom Stuhl hoch und droht: »Denk dran, mein Freund. Du lebst nur, solange Charly Schlitzer will, dass du lebst. Und komm nicht auf den dummen Gedanken, abzuhauen. Charly findet dich. Egal wo du dich verkriechst. Und jetzt: Hau ab!«

»Aber wie komme ich denn von hier zurück?«, jammert Torben.

»Was denkst du denn?«, pfeift Pavel Borkowski ihn an. »Dass wir dir 'ne Limousine gemietet haben? Du fährst Bus! In Tugendingen an der Kirche ist 'ne Haltestelle. Sieh zu, dass du Land gewinnst, ehe wir es uns anders überlegen und dich auf der Stelle kaltmachen.« Eine Tür wird geöffnet und Torben mit einem kräftigen Arschtritt ins Freie befördert. Pavel, Manni und Charly brechen in schwachköpfiges Sackratten-Gelächter aus.

Lena bedeutet mir mit einer Kopfbewegung, den Rückzug anzutreten. Lautlos schleichen wir die Treppe hoch, hasten an den Motto-Räumen, durch den Kontaktbereich und an der Josy und dem Jürgen vorbei in die Umkleide, ziehen in Rekordgeschwindigkeit unsere Klamotten über die essbare Unterwäsche und verlassen fluchtartig die Lokalität.

»Ralf! Sunny! Ihr wollt schon wieder gehen?«, sagt die grüne Patricia verwundert.

»Ralf ist von der schnellen Truppe«, erklärt Lena lächelnd.

»Aber ihr müsst noch euren Kundenzufriedenheitsbogen ausfüllen«, ruft Patricia völlig aufgelöst. »Wie fandet ihr es denn?«

»Supernetter Kontakt«, keuche ich, während wir an ihrem Tresen vorbeistürmen. »Jederzeit wieder.«

Als die Tür des *Grashopper* hinter uns zuschlägt, atme ich erleichtert auf. Zweihundert Meter die Straße runter sehe ich Torben in Richtung Tugendingen stolpern. Während wir ihm hinterherblicken, beginnt Lena plötzlich zu kichern.

»Das ist nur im ersten Moment witzig«, schimpfe ich. »Wenn Torben das Geld nicht ranschaffen kann, dann war es das auch mit der Bennecke-Group. Dann hat er es tatsächlich geschafft, Papa Ambros' soliden Betrieb innerhalb kürzester Zeit zu ruinieren!«

»Ganz ruhig, Pius. Ich habe dir doch gesagt, ich habe einen Plan. Und ein Ziel. Und ich erreiche meine Ziele für gewöhnlich.«

Sie sagt das so bestimmt, als hätte sie nicht den leisesten Zweifel daran, aber angesichts dessen, was wir im Keller des *Grashopper* gehört und gesehen haben, fällt es mir ausgesprochen schwer, ihren betriebswirtschaftlichen Optimismus zu teilen.

Als Torben außer Sicht ist, steigen wir in das Cabrio, und Lena schließt die Pistole ins Handschuhfach.

»Und die ist wirklich von deinem Vater? Könntest du mir noch mal ein bisschen konkreter erklären, warum du sie in deinem Handschuhfach spazieren fährst?«

»Um mir die Jürgens und Josys dieser Welt vom Leib zu halten, wenn sie mir in freier Wildbahn begegnen. Und jetzt erzähl mir lieber von Jan van Messer. Was war in seiner Wohnung?«, drängt Lena, fährt vom Parkplatz ab und gibt Gas.

Ich berichte ihr von meiner Begegnung mit der Echse und befinde: »Ist natürlich keine eindeutige Spur, aber er dürfte mit dem Tier gelegentlich mal eine Praxis aufsuchen. Und um einen Medikamentenschrank zu knacken, braucht Jan keine drei Sekunden.«

»Wie gehen wir weiter vor?«, sagt Lena nachdenklich und mehr zu sich selbst als zu mir.

»Keine Ahnung. Aber können wir das beim *Holländer-Grill* besprechen? Ich hab einen Megahunger. Und ich brauche ein Pils und einen Genever, um mir Jürgen und Josy aus dem Kopf zu spülen.«

Sie nickt und lacht – als mir siedend heiß einfällt: Tabea! »Oh no«, schießt es aus mir heraus. »Hab ich total vergessen: Ich muss nach Rosenhag. Ich muss meiner Mutter ein, äh, Medikament vorbeibringen.«

»Kein Problem«, sagt Lena. »Ich fahre dich hin. Musik?«

Und dann sagen wir beide ziemlich lange nichts mehr. Wir sind einfach ein Mann und eine Frau in essbarer Unterwäsche, die in einem roten Cabrio durch einen wunderschönen Spätsommerabend fahren, umschwebt von der Stimme von Lana Del Rey, die von *Gods and Monsters* singt und versichert, dass nichts und niemand ihr jemals ihre Seele nehmen wird …

Auf dem Gelände der *Singenden Nachtigall* sind keine Kraftfahrzeuge erlaubt. Lena parkt vor dem Haupteingang, Frau Seiler öffnet das Tor, begrüßt uns und dient uns eines der Golfwägelchen an, mit denen man hier über das Areal zockelt.

»Irgendwie merkwürdig«, befinde ich, während der künstliche See in Sicht kommt. »Seine Mutter in essbarer Unterwäsche zu besuchen, meine ich.«

»Falls dich der Gedanke beruhigt: Du bist nicht allein. – Hier sieht es ja aus wie in Klein-Versailles. Ist deine Mutter Millionärin?«

»Ja. Und eine ziemlich anstrengende Persönlichkeit. Sag bitte nachher nicht, ich hätte dich nicht gewarnt.«

Auf unser Klingeln reagiert Tabea nicht, aber aus dem Haus ist ihre gruselige Singstimme zu hören. Wenn sie mich früher als Kind in den Schlaf gesungen hat, bekam ich regelmäßig Albträume.

Für Fälle wie diesen habe ich einen Schlüssel. Ich öffne die Tür und bedeute Lena, mir ins Haus zu folgen. Wir steigen die Treppe in den ersten Stock hoch, wo Tabea mit geschlossenen Augen und Kopfhörern auf dem Teppich liegt und *Stairway to Heaven* krächzt. Mister Mojo hat es sich neben ihr gemütlich gemacht und begleitet sie gelegentlich mit einem lang gezogenen Jaulen.

Behutsam rüttle ich sie an der Schulter. »Tabea?«

Sie fährt erschrocken hoch. »Oh! Ah, Pius. Habe mich schon gefragt, wo du bleibst.« Erst dann bemerkt sie Lena. Ihre Augen weiten sich vor Überraschung, und sie sieht aus, als hätte sie eine Erscheinung. Staunend erhebt sie sich, lächelt unsicher, geht auf Lena zu, umarmt sie und stammelt: »I can't believe, that it's really you. That this is really happening. I've watched all of your awesome videos. Oh, Lana … Pius is in love with you for such a long time, but I'd never thought, that …«

»Das ist nicht … Das ist Lena Krytschewski«, stoppe ich sie, bevor es noch peinlicher wird. »Eine Kollegin von mir.«

»Ah«, dämmert es Tabea, »die Frau, die du nicht leiden kannst.«

»Ich habe nie behauptet, dass …« Unglücklicherweise kann ich es nicht vermeiden, rot anzulaufen, was Mutter und Lena gleichermaßen amüsiert. »Hier ist deine Medizin«, brumme ich missmutig und lege den dunkelbraunen Klumpen auf den Tisch.

»Danke, Pius. Ihr bleibt doch noch ein bisschen? Ich mache uns einen Sesamsalat. Würdest du mir helfen?«, fragt sie und zieht Lena lächelnd in die Küche. »Und du kannst ja schon mal einen Joint bauen, Pius.«

Von wegen *helfen.* Tabea braucht nur eine Möglichkeit, um Lena einer eingehenden mütterlichen Prüfung zu unterziehen. Diese scheint zu ihrer Zufriedenheit auszufallen: Die Stimmung in der Küche entwickelt sich prächtig. Es wird locker geplaudert, viel gekichert und gescherzt. So ähnlich war es damals mit Sofie. Bei Tabea hat man innerhalb der ersten zehn Minuten gewonnen oder verloren. Die meisten verlieren. Aber wenn sie jemanden in ihr anarchistisches Herz geschlossen hat, lässt sie ihn so schnell auch nicht mehr raus. Wahrscheinlich ist sie schon dabei, Anekdoten aus meiner Kindheit zu erzählen, und ehe der Sesamsalat fertig ist, wird Lena wissen, dass ich als Achtjähriger mal vom Dreimeterbrett gepinkelt habe und bis ich zehn war panische Angst vor Marienkäfern hatte.

»Soll ich das gut finden? Oder muss ich mir Sorgen machen?«, frage ich Mister Mojo, der aber nicht antwortet, sondern nur herzhaft gähnt und sich zu einem Schläfchen niederlässt.

Wie sich während des Essens rausstellt, stimmt der Groove zwischen Lena und Tabea mindestens so sehr wie der zwischen Joe und *Pius Pompeji*. Die beiden haben sich jede Menge zu erzählen, meine Gesprächsbeiträge werden nur am Rande zur Kenntnis genommen, und ich fühle mich alles in allem ein bisschen überflüssig.

»Super, dein Sesamsalat, Tabea«, lobt Lena und kratzt den letzten Rest vom Teller, bevor sie sich mir zuwendet und sagt: »Ich muss mit Daniel Streit und Ansgar Degen telefonieren. Wegen der Planung des morgigen Tages. Entschuldigt mich bitte kurz.« Sie nimmt ihr Smartphone, geht auf den Balkon, zieht die Tür hinter sich zu, und kurz darauf höre ich sie in gedämpftem Ton mit jemandem sprechen.

Als ich es schaffe, meinen Blick von ihr zu lösen, sehe ich, dass Tabea mich über den Tisch hinweg betrachtet. Mit einem vielsagenden Lächeln.

»Was?«, frage ich.

»Diese Frau bestimmt das Universum für dich, Pius«, sagt sie mit strahlenden Augen.

»Ach … und das weißt du, nachdem du sie gerade mal zwei Stunden kennst?«

»So was weiß man nach zwei Sekunden! Willst du mir etwa erzählen, du hast es nicht nach zwei Sekunden gewusst?«

»Ich … Wir sind ja gar nicht … Wir sind *Partner.*«

»Ja, das hat sie mir auch zu erzählen versucht. Redet euch das ruhig weiter ein, wenn es euch einen zusätzlichen Kick gibt. Aber … Herrgott, Pius! Man muss schon völlig empathiebefreit sein, um nicht mitzubekommen, welche Schwingungen da zwischen euch abgehen. Ich wette, sie steht auf Zitronencreme. Habe ich recht? Natürlich habe ich recht.« Mutter dreht den Kopf und beobachtet Lena, die telefonierend auf dem Balkon auf und ab geht. »Sie erinnert mich an einen Engel. Ich hätte nie gedacht, so was mal zu sagen, aber: Heirate sie! Sofort! Bevor die göttlichen Mächte sie zu einem anderen Einsatz beordern. Ich könnte euch trauen. Ich bin dazu befugt, seit ich in meinem Hexenzirkel den vierten Grad der Erleuchtung erlangt habe.«

»Danke. Und herzlichen Glückwunsch. Aber vorläufig nicht. Ich freu mich ja wirklich, dass du sie magst, aber könntest du …«

»Was ist los?«, fragt Lena, die in diesem Moment wieder ins Zimmer tritt, und blickt uns fragend an.

»Nichts«, beteuern Mutter und ich mit unschuldiger Miene.

»Wir müssten dann los, Pius«, sagt Lena. »Wir müssen ja noch …«

»Ja, wir müssen noch was besprechen«, erkläre ich Tabea.

»Oh, ja. Das müsst ihr ganz unbedingt«, entgegnet sie spöttisch lächelnd.

»Die Arbeit betreffend!«, sage ich mit drohendem Unterton. »Es gibt da ein Problem, bei dem wir nicht richtig weiterkommen.«

»Ein Problem in der Arbeit? Dann lasst doch mal hören. Vielleicht hilft euch der Rat einer profunden Kennerin menschlichen Verhaltens weiter.«

»Nein, danke. Kein Bedarf«, wehre ich ihren Vorschlag ab, als ich Lena sagen höre: »Warum eigentlich nicht? Vielleicht wäre es gut, die Meinung einer *externen Beraterin* zu hören. Zu erfahren, wie sich die Dinge für jemanden darstellen, der von außen auf die Situation blickt.«

»Aber wir können doch nicht …«

»Ich bin voller Tatendrang«, sagt Tabea, nimmt einen Zug von ihrem Entspannungsmedikament und blickt erwartungsvoll zu Lena.

»Also gut.« Sie setzt sich neben Mutter und flüstert: »Natürlich dürfen wir dir gegenüber nicht über Vorgänge in der Firma sprechen. Und deshalb … Stell dir doch folgende Situation vor: Du wohnst mit fünf anderen Leuten in einer WG. Ihr vertraut euch und schließt eure Zimmer nie ab. Aber eines Tages stellst du fest, dass sich jemand an deinem Grasvorrat bedient. Es muss einer deiner Mitbewohner sein, aber du hast nicht die geringste Ahnung, wer von ihnen es ist. Du beobachtest sie genauer, um herauszufinden, ob sich einer von ihnen verdächtig verhält. Aber das bringt dich auch nicht weiter. An diesem Punkt sind Pius und ich gerade und fragen uns, was wir noch tun können, um den Grasdieb zu identifizieren. Fällt dir was ein?«

Tabea stößt Rauch aus, lehnt sich in ihren Stuhl zurück, schließt die Augen und denkt angestrengt nach. »Ihr solltet einen Stein ins Wasser werfen«, sagt sie nach einer Weile. »Und sehen, was passiert.«

»Geht es auch ein bisschen weniger kryptisch?«, frage ich.

»Ist doch ganz einfach. Wenn ich Lena richtig verstanden habe, ist die Situation doch die: Es gibt fünf Verdächtige, die als Grasdieb infrage kommen. Alle sind gleich verdächtig oder unverdächtig. Und die Ermittlungen stocken. Richtig?«

Lena und ich nicken brav.

»Wenn ein Prozess stockt, dann muss man ihn wieder in Gang bringen. Also, ich würde meine WG-Mitbewohner unter einem Vorwand in der Küche versammeln. Und einen Stein ins Wasser werfen: Ich würde bluffen! Ich würde ihnen irgendwas erzählen, das den Dieb vermuten lässt, ich sei auf seiner Spur, während es für alle mit reinem Gewissen nur belangloses Geschwätz ist. Und dann würde ich warten. Wenn der Grasdieb glaubt, dass ich ihm auf die Spur gekommen bin, wird er vielleicht nervös. Und tut etwas Unüberlegtes. Und entlarvt sich dadurch selbst.«

Ich starre meine Mutter mit offenem Mund an. Das, was sie da sagt, klingt so verblüffend logisch und nachvollziehbar, dass ich kaum glauben kann, dass es ihrem Kopf entsprungen ist.

»Die Idee ist clever«, sagt Lena. »Ich frage mich nur, wie wir sie umsetzen können. Schließlich geht es in der Realität um einen Betrieb und nicht um eine WG mit gemeinsamer Küche.«

Für ein paar Augenblicke herrscht nachdenkliches Schweigen, bis ich leise sage: »Wir haben keine Küche. Aber einen Besprechungsraum. Und tägliches Teambuilding. Und ich bin begeisterter Hobbyautor. Schon vergessen?«

»Du schreibst? Du warst doch in Deutsch immer die totale Niete«, entfährt es Tabea überrascht, während Lena mich mit gerunzelter Stirn anblickt. »Worauf willst du hinaus?«

Ich werfe einen kurzen Seitenblick auf Mutter, die die Ohren spitzt und nicht mal versucht, ihre überbordende Neugier zu verstecken. »Das fällt unter Betriebsgeheimnis. Ich erzähle es dir auf dem Rückweg.«

Tabea drückt Lena an sich und herzt sie zum Abschied, bevor sie mir ins Ohr flüstert: »Dem Willen des Universums kann man sich nicht widersetzen, Pius.«

»Ja, sicher. Denk dran, deine Medizin zu nehmen. Und keine Pensionäre mehr in Pools stoßen!«

»Also? Ich höre. Was hast du vor?«, fragt Lena und blickt mich erwartungsvoll an, als wir durch die Nacht in Richtung Innenstadt brausen.

»Morgen bei der Teambuilding-Maßnahme werde ich eines meiner literarischen Werke vortragen«, erkläre ich. »Am besten ein Gedicht. Der Text muss so abgefasst sein, dass unser Mann ihn als eine an ihn gerichtete Botschaft empfindet, die ihn glauben lässt, ich stünde kurz davor, herauszufinden, wer er ist. Wenn Tabeas Theorie richtig ist, wird er in irgendeiner Weise reagieren – und dann haben wir ihn. Das Problem ist nur: Ich habe in meinem ganzen Leben noch kein Gedicht geschrieben. Und ich hatte nur Deutsch-Grundkurs. Ich brauche Hilfe!«

»Deutsch-Leistungskurs«, sagt Lena. »Ich helfe dir. Und mach dir mal keine Sorgen um die literarische Qualität. Du hast ja nicht behauptet, ein guter Autor zu sein. Das Gedicht muss nur einen Zweck erfüllen: unseren Mann aus der Reserve zu locken.«

Zweieinhalb Stunden, eine Kanne Kaffee und etliche Diskussionen später ist es uns gelungen, einen dreistrophigen lyrischen Erguss zu produzieren, der seinen Zweck erfüllen wird. Auch wenn er nicht gerade preisverdächtig ist.

»Ich muss es einmal hören, um zu wissen, ob es funktioniert«, sagt Lena und sieht mich auffordernd an.

»Ich soll doch jetzt wohl nicht …«

»Morgen früh musst du es sowieso vortragen. Du solltest ein bisschen üben. Wenn du es halbwegs interessant vorträgst, merken die meisten gar nicht, was das für ein Stuss ist. Also, lass mal hören!«

»Na schön.« Ich erhebe mich, räuspere mich kurz und rezitiere die drei Strophen Gebrauchslyrik ohne größere Unfälle.

Lena sieht trotzdem nicht zufrieden aus. »Viel zu hastig«, kommentiert sie. »Das wirkt weder bedrohlich noch unterhaltsam. Denk daran, Pausen zu machen. Versuch es noch mal. Viel, viel langsamer. Halte dich an die Alan-Rickman-Maxime: Ein Satz pro Minute ist völlig ausreichend. Hauptsache, er wird sehr, sehr deutlich artikuliert.«

Ich darf das gesamte Epos noch siebenmal vortragen, ehe Lena halbwegs zufrieden ist. »Weißt du, was mir Sorgen macht?«, sagt sie. »Die Frage, *wie* unser Mann reagiert. Bist du dir im Klaren darüber, dass du dich selbst zum Köder machst? Wenn er glaubt, du wärst ihm auf der Spur – dann wirst du sein nächstes Ziel.«

»Ja. Aber ich werde vorbereitet sein. Du musst dir um deinen Partner keine Sorgen machen.«

Sie lächelt traurig, dann hebt sie den Kopf, blickt mir in die Augen und sagt mit leiser Stimme: »Ich mag dich, Pius. Ich möchte, dass du das weißt. Ich mag dich sehr. Denk daran. – Was immer morgen auch geschieht.« Und damit springt sie auf und rennt zur Tür hinaus.

– 20 –

»Morgenstund ist aller Laster Anfang«, behauptet Cem und reicht mir meinen Tabak. »Aber du siehst ehrlich gesagt aus, als hättest du die ganze Nacht durchgelastert, Mister Quarterback. Ein Date gehabt?«

»Nein. Hab nur schlecht geschlafen. Kaum ein Auge zugemacht. Drück mir die Daumen, Cem. Ich muss gleich 'nen Vortrag halten. Bin ein bisschen aufgeregt.«

»Vielleicht ein kleines Schlückchen zur Beruhigung?«, fragt er und deutet auf sein umfangreiches Sortiment von 4-Euro-Kopfschmerz-Weinen.

»Es ist halb acht morgens, Cem.«

»Hilft auch morgens. Was für Redner sind wir nicht, wenn der Rheinwein aus uns spricht? Aber wenn du nicht willst … Viel Glück, Mister Quarterback.«

Keine zwei Minuten später liest Bernward mich vor dem Kiosk auf. »Du siehst ja entsetzlich aus«, sagt er, als ich mich in den Opel quetsche. »Keinen Schlaf gekriegt?«

Ich antworte nicht, gähne stattdessen und richte den Blick aus dem Seitenfenster. Dass ich nicht geschlafen habe, hat nur in geringem Maße damit zu tun, dass ich Lampenfieber habe, sondern liegt vor allem an Lenas orakelhaften Abschiedsworten.

Was immer morgen auch geschieht.

Als sie es gesagt hat, klang es beinah so, als wüsste sie, dass etwas geschehen würde. Und als wüsste sie bereits, *was* geschehen würde. Was weiß sie, was ich nicht weiß?

Harry Leim ist noch immer wegen vegetativer Erschöpfung krankgeschrieben, aber Carla hat ihren Infekt überstanden und ist ebenso zurück wie Udo Zornig, dessen Magenschleimhaut es besser geht.

Jan van Messer steht, den Kopf gesenkt, mit Lena und den Milchgesichtern zusammen, die intensiv auf ihn einreden. Jan nickt zustimmend zu allem, was sie sagen, dann kommt er langsam zu mir herüber.

»Hab gestern bei dem Gespräch ein bisschen überreagiert und wollte dem Chef ans Leder«, vertraut er mir an. »Hab schon gedacht, ich wäre meinen Job los. Aber die Krytschewski hat sich wohl bei Torben Bennecke für mich eingesetzt. Ich krieg noch mal 'ne Chance. Muss schon sagen: Das war ein feiner Zug von ihr. Hätte ich gar nicht von ihr erwartet. Aber weißt du, was die Härte ist: Gestern, als ich den Bennecke vermöbeln wollte, da kam plötzlich –«

»Merk dir, was du sagen wolltest, Jan.« Zu meiner Überraschung habe ich unter den Kollegen ein bekanntes Gesicht erspäht, das ich nicht erwartet habe. »Tassos! Was machst du denn hier?«, frage ich überrascht.

»Die Krytschewski hat mich hierher bestellt«, sagt er mürrisch. »Muss heute am Teambuilding teilnehmen.«

Natürlich musst du das, denke ich. Du bist einer von fünf Verdächtigen. Wenn du nicht hier wärst, könnten wir uns unsere Aktion auch schenken. Was mir im Vorfeld völlig entgangen war. Aber natürlich hat Lena daran gedacht. Sie denkt an alles. Ich beobachte sie eingehend, während sie mit den Milchgesichtern zusammensteht und eindringlich auf sie einredet.

Was immer morgen auch geschieht.

Was weißt du, Lena Krytschewski?

Ich werde aus meinen Gedanken gerissen, als Torben Bennecke aus seinem Büro kommt. Seine linkes Auge ist noch immer zu, seine Lippe ist dick, er blickt angstvoll zur Tür und fährt kreischend zusammen, als ein Wagen auf der Straße eine Fehlzündung hat. Die gesamte Belegschaft beobachtet ihn verwundert, als er, offenbar ohne zu wissen, was er eigentlich will, wie ein aufgescheuchtes Huhn einmal quer durchs Besprechungszimmer flattert, bevor er wieder im Büro verschwindet. Udo Zornig sieht ihm hinterher, dreht sich zu den anderen um und macht eine Schraube-locker-Geste. Lena flüstert Ansgar Degen und Daniel Streit etwas zu, woraufhin die beiden Torben ins Büro folgen.

Dann bittet sie alle Mitarbeiter, in dem vorbereiteten Stuhlkreis Platz zu nehmen, und erklärt: »Herr Streit und Herr Degen müssen Herr Bennecke bei einer dringenden Angelegenheit unterstützen. Daher werde ich unsere heutige Teambuilding-Einheit moderieren. Das letzte Mal haben wir über unsere Ressourcen gesprochen. Das würde ich heute gerne fortführen. Also, wer möchte uns etwas über seine Talente und Fähigkeiten berichten?« Sie blickt erwartungsvoll in die Runde, aber natürlich rührt sich keiner. Schüchtern hebe ich die Hand.

»Ja, Herr Nordberg?«

»Also … ich habe doch erzählt, dass ich schreibe. Und Herr Streit meinte doch, dann sollte ich mal … Ich würde gerne mal eines meiner Werke vortragen.«

»Das fände ich ganz wunderbar«, sagt Lena. »Und ich denke, Sie auch, meine Damen und Herren. Oder? Sind Sie nicht auch gespannt, etwas aus der Feder Ihres Kollegen zu hören?«

»Ja, ja. Doch, doch.« Zustimmendes Gemurmel allenthalben. Klar: Dann müssen *sie* sich nicht zum Affen machen.

Ich stehe auf und ziehe ein zusammengefaltetes Blatt Papier aus der Gesäßtasche. »Keine blöden Sprüche«, knurre ich mit einem drohenden Blick in die Runde und räuspere mich ausgiebig. »Ich trage heute eine Ballade aus meinem Zyklus *Schwarze Nachtgedichte* vor«, eröffne ich meinen Kollegen, lasse meinen Blick über ihre Gesichter wandern und füge mit leiser Stimme und in bewegtem Ton hinzu: »Es ist Papa Ambros und den Trollen gewidmet.«

Immer an die Rickman-Maxime denken. Schön langsam! Und deutlich artikulieren!, rufe ich mir ins Gedächtnis, hole tief Luft und deklamiere in dramatischem Ton:

Sternklar war die Nacht, und die Stadt lag im Schlaf,
nur einer wachte allein.
Ein kleiner Mann mit Sonnenbank
und einem Goldkettlein.
Schwer ward sein Herz und düster sein Sinn
beim Anblick der glänzenden Sterne.
Der kleine Mann mit falschem Haar
mochte die Sterne gerne.
Doch heut Nacht erschien ihm ihr Strahlen so falsch,
so künstlich, so gewollt.
Der kleine Mann, er wusste wohl:
Nicht alles, was glänzt, ist Gold!
Nicht alles, was glänzt, ist Gold!

Ich mache eine Kunstpause, blicke von meinem Blatt auf und hoffe, in einem der Kollegengesichter eine auffällige Reaktion wahrzunehmen. Aber alle sitzen da wie die Ölgötzen und stieren mich mit unbewegter Miene an. Also fahre ich fort – vorsichtshalber noch eine Spur langsamer als bei Strophe eins.

Tiefschwarz war die Nacht, und die Stadt lag im Schlaf,
als der Tod durch die Gassen strich
und sich mit schnellen, leisen Schritten
zu dem kleinen Mann hin schlich.
Er nahm seine Hand und zog ihn mit sich,
auf die dunkle Gasse hinaus.
Der kleine Mann mit Goldkettlein
hauchte sein Leben aus.
Du feiger Tod kommst nur im Dunkel,
zeigst dein Antlitz nie dem Licht.
Doch bald kenn ich dein Geheimnis:
Tod, bald kenn ich dein Gesicht!
Tod, bald kenn ich dein Gesicht!

Noch immer keine bemerkenswerte Reaktion. Nur Wolle Panzko und Carla Olson verziehen ein bisschen das Gesicht. Was aber auch an der literarischen Qualität des Textes liegen kann. Ich hole tief Luft und deklamiere in dramatischem Ton die letzte Strophe:

Tiefschwarz war die Nacht, und die Stadt lag im Schlaf,
als der Tod mit zwei Brüdern trank.
Auf das Leben und die Freundschaft.
Schon bald darauf wurden sie krank.
Fühlten sich elend und benommen,
fühlten sich schläfrig und ungesund.
Und tauchten ein ins Meer des Todes
und sanken auf den tiefsten Grund.
Du feiger Tod kommst nur im Dunkel,
zeigst dein Antlitz nie dem Licht.
Doch bald kenn ich dein Geheimnis:
Tod, bald kenn ich dein Gesicht!
Tod, bald kenn ich dein Gesicht!

Einen Moment lang herrscht vollkommene Stille – bis Lena zu applaudieren beginnt. Nach und nach tun es ihr die Kollegen gleich. »Ich bin sehr beeindruckt, Herr Nordberg«, sagt sie und fragt in die Runde: »Möchten Sie Ihrem Kollegen nicht auch eine Rückmeldung geben?«

Sunny schluchzt laut auf. Ich blicke sie verwundert an. »Also, das war … das war wunderschön, Pius«, nuschelt sie und putzt sich die Nase. »Das hat mich jetzt echt bewegt. Innerlich – weißt du? Und ein Stück weit auch ein paar Sachen bei mir getriggert, die …« Sie fängt erneut zu schluchzen an und kriegt sich gar nicht mehr ein. »Ich fand's auch cool«, pflichtet ihr Ralf bei und nimmt sie in den Arm. »Super, wie du da so ein bisschen hintergründige Gesellschaftskritik eingeflochten hast.«

»Ähm?«

»Na ja, dass es nachts spielt. Im Dunkeln«, führt Ralf aus. »Ist doch sicherlich ein Bild für die Dunkelheit, die sich in den letzten Jahren über die westlichen Gesellschaften gelegt hat. Hab ich sofort erkannt. Und dann der Mann mit der Sonnenbank und der Goldkette und dem falschen Haar … Wenn man das alles mal im globalen Gesamtzusammenhang interpretiert, dann …«

»Nichts für ungut, Pius. Aber ich fand's scheiße!«, unterbricht ihn Jan van Messer. »Nicht, dass ich ein Experte für Gedichte wäre, aber *krank* auf *trank* und *allein* auf *Goldkettlein?* Und *Grund* auf *ungesund?* Das zieht einem doch die Schuhe aus.«

»Noch andere Meinungen?«, fragt Lena und sieht dabei auffordernd zu Carla Olson hin.

Carla lächelt gezwungen, rutscht auf ihrem Stuhl rum und stottert: »Also, vielleicht solltest du über die eine oder andere Stelle noch mal drübergehen, Pius. Aber insgesamt war es gar nicht mal so …« Sie verstummt und blickt betreten zu Boden.

»Ich fand es richtig gut«, meldet sich Bernward zu Wort und wirft mir einen anerkennenden Blick zu. »Hat sich an ein paar Stellen ja sogar gereimt. Hätte ich dir gar nicht zugetraut, Pius. Könnte ich nicht, so was.«

»Gibt es noch weiteres Feedback?«, fragt Lena, während ich unsere fünf Verdächtigen unauffällig mustere. Aber weder in den Gesichtern von Tassos oder Bernward noch in denen von Ralf, Wolle oder Jan ist die leiseste Spur von Erschrecken oder Unruhe zu erkennen. Entweder unser Mann hat die Botschaft nicht verstanden – oder er ist völlig abgebrüht.

»Herr Karoufakis vielleicht?«, sagt Lena. »Gibt es etwas, das Sie uns sagen möchten?«

Tassos zuckt zusammen und stottert: »Willkommen im *Brezel-Village.* Mein Name ist Tassos Karoufakis. Darf ich Sie darauf hinweisen, dass –«

»Ich meinte natürlich, ob Sie uns bezüglich des Gedichts von Herrn Nordberg etwas sagen möchten«, stellt Lena klar.

»Ach so. Verstehe. Tja, weiß nicht. Ich hab's nicht so mit Gedichten und Büchern und so was. Ich meine, ich hab zwar auch ein Buch zu Hause, aber …«

Was Tassos tatsächlich von meinem literarischen Talent hält, sollte ich nie erfahren, denn in diesem Moment ertönt ein ohrenbetäubender Knall. Dann noch einer – und drei Sekunden später stürmt ein Dutzend Muskelpakete die Betriebszentrale! Die Kerle tragen allesamt Lederjacken und Sturmhauben und sind mit Schusswaffen, Äxten und schweren Knüppeln bewaffnet.

Alles geschieht so schnell, dass wir völlig überrumpelt sind. Kollegen schreien auf, Stühle fliegen durch die Gegend, und ehe wir uns versehen, haben drei der Typen Schnellfeuerwaffen auf uns gerichtet und kommandieren: »Alle da hinten an die Wand! Los! Wird's bald? Die Arme hinter den Kopf.«

Uns bleibt nichts übrig, als zu tun, was sie verlangen. Carla Olson zittert wie Espenlaub, Wolle Panzko keucht und schnappt nach Luft, Bernward ist alle Farbe aus dem Gesicht gewichen, und Ralf und Sunny klammern sich ängstlich aneinander. Jan van Messer guckt einen Moment lang, als würde er darüber nachdenken, die Bewaffneten mit bloßen Händen anzugreifen, bevor er sich klugerweise entschließt, keinen Widerstand zu leisten, und resigniert den Kopf senkt. Ich stelle mich schützend vor Lena, die wie erstarrt wirkt.

»Verhaltet euch ruhig und folgt unseren Anweisungen. Dann passiert euch nichts«, sagt einer der Vermummten in schnarrendem Ton. »Uns interessiert nur euer Chef.«

In diesem Augenblick sind Schreie und Gepolter aus dem Büro zu hören, und unmittelbar darauf werden der völlig panische Torben und die verängstigten Milchgesichter mit vorgehaltener Waffe durch den Besprechungsraum getrieben und in einen vor der Tür wartenden Kastenwagen gestoßen, der unmittelbar darauf mit aufheulendem Motor davonrast.

Wir werden weiter von drei Bewachern in Schach gehalten, während die übrigen Männer in professioneller Manier beginnen, die Betriebszentrale in Schutt und Asche zu legen. Es ist, als würde wie aus dem Nichts eine Naturkatastrophe über uns hereinbrechen. Mit Vorschlaghämmern, Knüppeln und Beilen zerhacken die Vermummten das Mobiliar, zerlegen Rechner und Monitore, zerstören die Hydrokulturen und den Wasserspender und zünden einen Stapel Druckerpapier an. Glassplitter, Plastikteile und Holzspäne fliegen durch die Gegend, von dem brennenden Papierstapel steigt schwarzer Rauch auf. Ein beißender Geruch erfüllt die Luft. Ich lege den Arm um Lena und drücke ihren Kopf an meine Brust.

»Aktion beenden!«, befiehlt einer der Vermummten, als es nichts mehr kaputt zu schlagen gibt. »Und ihr«, sagt er und wirft uns einen drohenden Blick zu, »ihr wartet schön hier, bis wir verschwunden sind. Und kommt nicht auf die dumme Idee, die Polizei zu rufen!«

Während unsere Angreifer davonstürmen, in zwei Transporter springen und verschwinden, stehen wir alle reglos und geschockt da und starren auf die Trümmer dessen, was einmal Papa Ambros' Betrieb war.

Wolle Panzko gelingt es schließlich, sich aus der Erstarrung zu lösen. Er greift nach dem Feuerlöscher und erstickt den Brand mit weißem Löschschaum. Tassos stolpert hustend zum Fenster und reißt es weit auf.

Wir sehen aus wie Menschen, die gerade einen schweren Bombenangriff erlebt haben. Einen Moment lang herrscht Totenstille, dann beginnt Carla Olson leise zu weinen, Jan van Messer stiert mit leerem Blick vor sich hin, Bernward sucht hektisch nach seinen Magentabletten, und Ralf und Sunny murmeln mit leichenblassen Gesichtern irgendein Mantra.

»Was war das?«, murmelt Tassos in sich hinein.

»Sackratten!«, sagt Wolle Panzko. »War doch in letzter Zeit offensichtlich, dass die nicht gut auf Torben Bennecke zu sprechen sind. Ich garantiere dir: Die Typen hat Pavel Borkowski geschickt. Oder Charly Schlitzer. Oder Manni Popalla.«

»Ich verstehe das nicht«, flüstere ich Lena zu. »Sie haben ihm doch drei Tage Zeit gegeben.«

Sie antwortet nicht, sondern beginnt mit langsamen Schritten und einem abwesenden Ausdruck in den Augen zwischen den Trümmern umherzuwandern. In diesem Moment – drei Minuten, nachdem Wolle den Brand gelöscht hat – entschließt sich die

Sprinkleranlage, aktiv zu werden, und innerhalb weniger Sekunden sind alle vollkommen durchnässt. Doch niemand bewegt sich von der Stelle. Alle stehen mit maskenhaften Gesichtern da, während das Wasser auf sie einprasselt. Niemand sagt ein Wort. Die Szenerie wirkt gespenstisch. Als hätte jemand einen Film angehalten und zu einem Standbild eingefroren.

Es ist Lena, die den Bann schließlich aufhebt. Langsam hebt sie den Kopf, blickt uns an und sagt mit leiser, angegriffen klingender Stimme: »Aufgrund dieses unerwarteten Ereignisses schlage ich vor, dass Sie Ihren Arbeitstag beenden. Bitte gehen Sie nach Hause.«

»Und dann?«, nuschelt Sunny aufgelöst, während ihr das Wasser in Rinnsalen über das Gesicht läuft.

»Ich melde mich bei Ihnen, sobald ich Ihnen etwas Konkretes sagen kann«, entgegnet Lena mit tonloser Stimme. »Gehen Sie jetzt. Hier können Sie nichts mehr tun.«

Zunächst reagiert niemand. Es dauert beinahe eine Minute, bis Udo Zornig mit hängenden Schultern zur Tür schleicht. Nach und nach folgen die anderen: Carla, Wolle Panzko, Jan, Ralf und Sunny …

»Soll ich dich mitnehmen?«, fragt Bernward mit ausdrucksloser Miene, aber ich schüttle den Kopf.

Er nickt stumm, dann schließt er sich der Schweigeprozession der Kollegen an und schlurft mit gesenktem Kopf davon. Ein trauriger, nasser Kobold mit einem weinroten Aktenkoffer in der Hand.

Ich setze mich auf einen kleinen Schuttberg, und als die Sprinkleranlage ihre Tätigkeit endlich einstellt, zünde ich mir eine Zigarette an und lasse meinen Blick über die apokalyptische Szenerie wandern. Ich würde am liebsten losheulen. Da spüre ich Lenas Atem in meinem Nacken. Sie drückt sich an meinen Rücken und legt die Arme um mich.

»Sieht so aus, als hättest du dein Ziel diesmal nicht erreicht«, sage ich leise.

Einen Moment lang herrscht Schweigen, bevor sie traurig flüstert: »Doch. Habe ich. Wir müssen reden, Pius.«

Ich drehe den Kopf und starre sie ungläubig an. »Aber was …?«

»Nicht hier«, sagt sie mit belegter Stimme. »Können wir zu dir fahren?«

– 21 –

Während der Fahrt werfe ich immer wieder prüfende Blicke auf sie, aber Lena hält die Augen starr auf die Straße gerichtet. Sie parkt das Cabrio vor *Cem's Büdchen,* schweigt weiter beharrlich, als wir das Haus betreten, und sagt auch keinen Ton, als uns der Aufzug nach oben befördert. Stumm und mit aufeinander gepressten Lippen steht sie in der Kabine und weicht meinem Blick aus.

»Du musst dich abtrocknen und aus den nassen Klamotten raus«, sage ich, als wir die Wohnung betreten, reiche ihr ein Badetuch, krame ein T-Shirt aus dem Schrank und werfe es ihr zu.

Das Shirt ist ihr natürlich viel zu groß und reicht ihr bis zu den Knien. Sie rubbelt sich die Haare mit dem Badetuch trocken, setzt sich aufs Sofa und richtet den Blick zu Boden.

»Würdest du mir jetzt vielleicht erklären, was du vorhin gemeint hast?«, frage ich und sehe sie erwartungsvoll an.

Lena atmet tief durch und sagt mit leiser Stimme: »Ich habe mein Ziel erreicht. Ich habe meinen Auftrag erfüllt. Und du hattest völlig recht damit, mir zu misstrauen. Es tut mir leid, aber ich war nicht in allem ehrlich zu dir, Pius.«

»Was meinst du?«

»Die Vermummten, die die Zentrale gestürmt und Torben mitgenommen haben … Diese Männer kamen nicht von Pavel Borkowski oder Charly Schlitzer. Das waren Kräfte von uns. Ein Spezialkommando. Das war nur ein Fake!«

Ich blicke sie entsetzt an und rücke ein Stück von ihr weg. »Spezialkommando? Bist du etwa …? Du bist ein Bulle!«, geht es mir auf. »Daher auch die Pistole.«

Lena schüttelt den Kopf. »Nein, ich bin keine Polizistin. Ich war eine. Früher.«

»Aber für wen arbeitest du dann?«, frage ich verständnislos.

»Ich gehöre einer Gruppe zur Bekämpfung der organisierten Kriminalität an. Einer Gruppe, die es offiziell nicht gibt. Gäbe es sie, wäre sie direkt dem Innenminister unterstellt.« Sie hebt den Kopf und kaut nervös auf ihrer Unterlippe herum. »Aber da es uns offiziell nicht gibt, können wir Dinge tun, die die Befugnisse der Polizei bei Weitem überschreiten. Natürlich arbeiten wir punktuell mit der Polizei zusammen und tauschen Informationen aus – wobei wir ihr gegenüber weisungsbefugt sind.« Lena zögert einen

Moment, bevor sie zu einer längeren Erklärung ansetzt. »Organisierte Kriminalität ist wie ein tausendarmiger Krake, dessen Arme in alle Bereiche unserer Gesellschaft reichen. Und kaum gelingt es der Polizei, einen dieser Arme abzutrennen, wachsen gleich drei oder vier neue Arme nach. Es ist ein Kampf mit ungleichen Mitteln. Ein Kampf, in dem es höchstens einmal einen Teilerfolg gibt, der aber nie von Dauer ist. Der das Problem nicht grundlegend löst. Trotz aller Mittel der technischen Überwachung, die den Behörden zur Verfügung stehen, trotz des Einsatzes von V-Männern und Informanten.« Sie streicht sich eine Haarsträhne aus dem Gesicht, blickt mir in die Augen und sagt: »Also wurde im Geheimen diese Gruppe gegründet, der ich angehöre. Eine interdisziplinäre Gruppe, bestehend aus ehemaligen Polizisten, aber auch Psychologen und Gesellschafts- und Wirtschaftswissenschaftlern. Unser erster Arbeitsschritt bestand darin, ein Vorgehensmodell zu entwickeln, das das organisierte Verbrechen in seinen Grundfesten erschüttern und das Übel bei der Wurzel packen sollte. Und das ist uns gelungen.«

»Ich verstehe noch immer nicht«, sage ich und sehe wahrscheinlich reichlich belämmert aus.

»Wenn du eine Organisation nicht von außen zerstören kannst, dann musst du die Voraussetzung dafür schaffen, dass sie sich selbst zerstört. Dass sie von innen erodiert. Das war uns relativ schnell klar. Wir haben nur eine Weile gebraucht, bis wir das richtige Werkzeug dafür gefunden haben.«

»Welches Werkzeug?«

»QM«, sagt Lena, und ein schwaches Lächeln spielt um ihre Lippen. »Qualitätsmanagement. QM wird von denjenigen, die an seiner Entwicklung und Umsetzung verdienen, gerne als das betriebswirtschaftliche Nonplusultra dargestellt. Aber es gibt auch Experten, die der Meinung sind, dass die Einführung eines QM langfristig desaströse Auswirkungen auf ein Unternehmen haben kann. Weil es sich bei dieser Qualität eben nur um eine *behauptete* und nicht um *tatsächliche* Qualität handelt. Dass die *tatsächliche* Qualität einer Arbeit in dem Maße sinkt, in dem die *behauptete* Qualität steigt. Dafür führen sie gleich mehrere Gründe ins Feld.«

»Und die wären?«, frage ich ein bisschen überfordert. »Also, so erklärt, dass es auch ein Laie versteht.«

»Durch den zusätzlich entstehenden Anteil an Verwaltungs- und Organisationstätigkeit haben Mitarbeiter immer weniger Zeit für ihre eigentliche Kerntätigkeit. Weniger Zeit für eine Arbeit zu haben bedeutet immer, dass die Qualität dieser Arbeit sinkt. Nun ist es aber so, dass viele Mitarbeiter einen hohen Anspruch an sich selbst und die Qualität ihrer Arbeit haben und versuchen, sowohl diesem persönlichen Anspruch als auch den zusätzlichen Anforderungen gerecht zu werden. Das ist auf Dauer nicht zu bewältigen, sondern führt zu Überlastung, zu steigenden Krankenständen, langfristigen Ausfällen wegen Burn-out …« Lena nimmt die gedrehte Zigarette, die ich ihr reiche, und wartet, bis ich ihr Feuer gegeben habe, bevor sie fortfährt: »Was aber auf lange Sicht noch dramatischer ist: Es führt dazu, dass Mitarbeiter sich nicht mehr mit ihrer Arbeit und ihrem Unternehmen identifizieren und zunehmend demotiviert werden. Gerade die Mitarbeiter, die immer besonders engagiert waren und sich persönlich stark eingebracht haben. Statt darauf zu vertrauen, dass sie in der Lage sind, Organisationssysteme und Strukturen zu entwickeln, die sich an den tatsächlichen Gegebenheiten ihres Arbeitsplatzes orientieren, wird ihnen von außen ein System übergestülpt, das keine Rücksicht auf diese Gegebenheiten nimmt. Entwickelt von Leuten, die nur sehr rudimentär über diese Gegebenheiten informiert sind. Statt den Mitarbeitern Verantwortung zu übergeben, werden sie nur ständig zur Verantwortung *gezogen,* wenn sie den Vorgaben des Systems nicht genügen.« Lena fährt sich durch die Haare, blickt mich an und sagt: »Erinnerst du dich, dass du zu mir gesagt hast, dass man einer Arbeit die Seele nehmen kann? Ich denke, dass viele Menschen so empfinden. Stell dir eine engagierte Altenpflegerin vor, die ihre Aufgabe ernst nimmt. Die weiß, dass es wichtig ist, auch einmal ein paar Minuten am Bett einer alten Frau zu sitzen, ihre Hand zu halten, ihr zuzuhören und mit ihr zu sprechen. Und die dann feststellen muss, dass ihr Engagement in keinster Weise gewürdigt wird. Stattdessen muss sie sich bei einem Audit kritisieren lassen, weil sie irgendwelchen formalen Vorgaben nicht bis ins Kleinste nachgekommen ist. Es ist nur eine Frage der Zeit, bis Menschen so etwas nicht mehr aushalten. Sie sind irgendwann so zermürbt, dass sie krank werden oder kündigen oder jeden persönlichen Anspruch an ihre Arbeit aufgeben und nur noch robotermäßig nach Schema F arbeiten. Die *tatsächliche* Qualität wird immer geringer – was vielleicht nicht sofort, aber irgendwann sicher dazu führt, dass die ganze Blase platzt und der Laden den Bach runtergeht.«

»Aber doch nicht zwangsläufig«, wende ich ein. »Irgendwann beginnen die Leute doch, sich gegen so ein System zu wehren.«

»Ja«, gibt Lena mir recht. »Einige versuchen es. Aber sie haben so gut wie keine Chance. Als unsere Gruppe die Arbeit aufgenommen hat, haben wir uns zahlreiche Betriebe, in denen Qualitätsmanagement praktiziert wird, angesehen. Und sind dabei auf ein interessantes Phänomen gestoßen: QM ist nicht nur einfach ein System. Es ist so was wie der Heilige Gral der Unternehmensführung und wird mit dermaßen großer Bedeutung aufgeladen, dass es beinah Züge einer heilbringenden Religion annimmt. Einer sehr dogmatischen Religion. Und wer es wagt, grundlegende Zweifel an ihren Glaubenssätzen zu äußern, der gilt als Häretiker und muss sich auf Konsequenzen einstellen. Und glaub mir, Pius: Es gibt viele Arten von Scheiterhaufen.«

So ganz allmählich dämmert mir, worauf sie hinauswill. »Und diese Einheit, für die du arbeitest, ihr habt …«

»Wir haben uns gefragt, was wäre, wenn diese Experten recht hätten: Was, wenn ihre These zutrifft und die Einführung eines Qualitätsmanagements auf lange Sicht zum Niedergang eines Unternehmens führt? Und wenn dem so ist – gilt das dann nicht auch für Unternehmen jenseits der Legalität? Für eine kriminelle Organisation? Das Problem war nur, Zugang zu einer solchen Organisation zu bekommen. Leute einzuschleusen, die den ganzen Prozess ins Laufen bringen konnten. Wir haben über einen langen Zeitraum hinweg unzählige Informanten ausgehorcht, bis endlich die Meldung kam, auf die wir gewartet hatten: dass in naher Zukunft ein Generationswechsel in einer eher unbedeutenden, kleinen Organisation stattfinden würde. Das wussten wir von Torben selbst, der es überall rumposaunt hat. Seine Persönlichkeitsstruktur machte ihn zudem perfekt für unser Vorhaben: seine Eitelkeit, sein Hang zur Selbstüberschätzung … Wir beobachteten ihn, um herauszufinden, auf welchen Typ Frau er steht – und wussten schnell, dass ich genau in sein Beuteschema passe. Also habe ich ihn *zufällig* bei diesem Seminar kennengelernt, eine persönliche Beziehung zu ihm aufgebaut, ein bisschen geflirtet, ihm reichlich Honig um den Bart geschmiert – und ihm die Geschichte mit dem Qualitätsmanagement verkauft.«

»Also du hast nicht wirklich Betriebswirtschaft studiert? In München und London und ...?«

»Nein. Natürlich nicht. Wie gesagt: Ich war früher Polizistin. Ich habe mir ein paar Sachen angelesen. Und schnell gemerkt, dass es reicht, das entsprechende Vokabular zu beherrschen und möglichst forsch und großspurig aufzutreten.«

»Aber warum gerade der Betrieb von Papa Ambros? Ich meine ... wir sind nicht die Mafia.«

»Nein. Mit Sicherheit nicht«, sagt Lena lächelnd. »Aber wir waren ja auch nicht in erster Linie an euch interessiert. Wir brauchten euch nur, um einen Fuß in die Tür zu bekommen. Um eine Basis zu haben, von der aus wir agieren konnten. Ich habe Torben von der Einführung des QM überzeugt, mich ihm dabei als zukünftige Mitarbeiterin aufgedrängt und gleich noch Daniel Streit und Ansgar Degen, die ich angeblich von meinem Studium her kannte, als fähige Kräfte empfohlen. Die beiden gehören natürlich auch zu unserer Einheit.«

»Was?«, entfährt es mir verblüfft.

»Und alles lief zunächst bestens«, fährt Lena ungerührt fort. »Wir redeten Torben ein, wie wichtig und vorteilhaft es wäre, sich mit anderen Organisationen zu vernetzen und sie von den Vorteilen des QM zu überzeugen. Um Amateure aus dem Markt zu drängen. Er hat angebissen und Kontakt zu den Organisationen aufgenommen, die uns eigentlich interessierten. Zu Organisationen, die an Menschenhandel, an Zwangsprostitution oder an Mord verdienen. Zu Menschen wie Pavel Borkowski, Charly Schlitzer oder Manni Popalla. Sie waren zunächst skeptisch, aber doch nicht clever genug, um so einem Blender wie Torben und seinen Versprechungen bezüglich möglicher Expansion und größerer Marktanteile zu widerstehen. Sie sind seinen Vorschlägen gefolgt – mit welchem Ergebnis hast du ja gestern Abend gehört: Sie machen Verluste. Und die Stimmung unter ihren Mitarbeitern dürfte nach der Einführung des QM ähnlich bescheiden sein wie unter deinen Kollegen. Und selbst wenn sie das QM nicht erledigt – sämtliche ihrer Dokumentationen sind natürlich auch auf unseren Rechnern gelandet. Das ist, als hätten sie sich ihre eigene Anklageschrift geschrieben.« Lena drückt ihre Zigarette aus, und ein kurzes Lächeln fliegt über ihr Gesicht. »Wer weiß, vielleicht lesen wir demnächst die Schlagzeile *Organisiertes Verbrechen durch Qualitätsimplosion besiegt.*« Dann wird ihr Gesicht ernst, und sie wispert: »Nur eine Sache traf uns völlig unvorbereitet … «

»Der Mord an Papa Ambros«, sage ich. »Und der an den Trollen.«

»Ja. Und hätten Pavel Borkowski oder Charly Schlitzer mitbekommen, dass sich die Polizei für die Bennecke-Group interessiert, hätte das unseren Auftrag gefährdet. Also wurde sie ferngehalten, und es wurde beschlossen, dass ich stattdessen ermittle. Und das habe ich getan.« Vorsichtig greift sie nach meiner Hand. »Ich habe es getan, weil es Teil meines Auftrags war, aber auch weil … weil Papa Ambros und die Trolle-Brüder deine Freunde waren. Weil ich dir helfen wollte. Weil … mir sehr viel an dir liegt.« Lenas Blick verfinstert sich, als sie sagt: »Das Telefonat, das ich gestern Abend geführt habe, als wir bei deiner Mutter waren, das war mein Vorgesetzter. Ich habe ihm einen aktuellen Lagebericht gegeben, und im Anschluss daran hatten wir eine Auseinandersetzung. Über die Prioritäten unseres weiteren Vorgehens.«

»Welche Prioritäten?«

»Ich habe ihm gesagt, dass wir dem Mörder von Papa Ambros auf der Spur sind. Dass wir aber noch etwas Zeit brauchen. Und dass wir diese Zeit auch noch haben, weil Torben eine Frist von drei Tagen bekommen hat, um seine Schulden zu begleichen. Aber er hat mir die Zeit nicht gegeben. Er wollte auf Nummer sicher gehen und Torben so schnell wie möglich aus der Schusslinie nehmen.«

»Schusslinie?«

»Er ist von Pavel Borkowski mit dem Tode bedroht worden. Sollte irgendwann einmal etwas über die Existenz unserer Einheit an die Öffentlichkeit dringen, wäre das schlecht. Käme dabei heraus, dass im Rahmen unserer Arbeit jemand zu Tode gekommen ist, wäre es eine Katastrophe. Es würde aussehen, als hätten wir ihn geopfert. Das Risiko wollte mein Vorgesetzter nicht eingehen und hat für heute Morgen den Einsatz des Spezialkommandos angeordnet.«

»Was wird mit Torben geschehen?«, frage ich.

»Nichts. Unsere Männer werden ihn weiter glauben lassen, dass sie von Pavel Borkowski oder Charly Schlitzer kommen, ihm ordentlich Angst einjagen und ihn dann laufen lassen. Ich bin sicher, er wird sich in Zukunft von jeder Form organisierter Kriminalität fernhalten und nichts Kriminelleres mehr tun, als irgendeine Unternehmensberatungs-Klitsche hochzuziehen.«

»Schön für ihn«, sage ich und spüre dabei einen bitteren Geschmack im Mund. »Aber wir werden nie erfahren, wer Papa Ambros und die Trolle auf dem Gewissen hat.«

»Warten wir ab«, sagt Lena. »Warten wir ab, was sich noch tut.« Sie schaut zur Seite und schweigt einen Moment lang, bevor sie mir in die Augen blickt und leise sagt: »Es tut mir leid, dass ich dich belogen habe. Aber ich musste es tun, um meinen Auftrag –«

»Du hast mich arbeitslos gemacht. Und meine Kollegen auch.«

»Auch dafür: Entschuldigung! Aber in der organisierten Kriminalität gibt es nun mal keine Arbeitsplatzgarantie. Und auch wenn das alles keine Schwerdelikte waren – es war illegal.«

Was leider nicht von der Hand zu weisen ist, muss ich mir eingestehen und verziehe ein wenig schuldbewusst das Gesicht, als ich plötzlich Lenas Atem auf meiner Wange spüre und sie mit heiserer Stimme flüstern höre: »Gestern Abend habe ich nicht gelogen, Pius. Als ich gesagt habe, dass mir sehr viel an dir liegt.« Sie streicht mit der Hand über meine Wange und wispert: »Ich habe es gewusst, zwei Sekunden nachdem wir uns zum ersten Mal begegnet waren. – Und als ich deine Zitronencreme probiert habe, da wusste ich, dass wir zwei Teile einer Seele sind.« Sie drückt ihren Kopf an meine Brust und sagt mit brüchiger Stimme: »Und jetzt … muss ich dich der Polizei übergeben.«

»Sofort?«, frage ich, lege den Arm um sie, ziehe sie an mich und dann … sitzen wir schweigend da. Tun nichts, als uns in die Augen zu sehen und dem Herzschlag des anderen zu lauschen.

Das Summen des Smartphones scheint aus einer anderen Welt zu kommen. Ich brauche einen Moment, um mich von Lenas Augen und aus dem tranceartigen Zustand, der uns umfangen hält, zu lösen. Gedankenverloren taste ich nach dem Handy und registriere, dass ich eine Textnachricht bekommen habe.

Von Jan van Messer!

Ich habe Schuld auf mich geladen. Es ist an der Zeit, die Konsequenzen zu ziehen. Vergib mir!

Ich schnelle vom Sofa hoch und zeige Lena die Nachricht. »Los!«, sagt sie, springt in ihre Klamotten – und drei Minuten später rasen wir in dem roten Cabrio durch die Dunkelheit.

– 22 –

Lena greift sich die Pistole aus dem Handschuhfach, und wir springen aus dem Wagen. Außer Jan gibt es noch sechs weitere Mietparteien in dem Haus. Ich drücke auf alle Klingeln gleichzeitig.

»Ja?«, meldet sich eine Frauenstimme.

»Kammerjäger-Notdienst. Uns wurde eine Kakerlaken-Invasion im Treppenhaus gemeldet.«

»Was?«

»Machen Sie schon auf! Los!«

Ein Summen ertönt, wir stürzen in den Hausflur und stürmen die Treppe hoch in den vierten Stock.

Die Tür zu Jans Wohnung steht einen Spalt breit auf.

Lena nimmt die Pistole in Anschlag, und ich drücke leicht gegen die Tür, die daraufhin weit aufschwingt. Mit angehaltenem Atem schleichen wir in die Wohnung – als ein Rascheln zu hören ist. Irgendetwas bewegt sich unter den Pizzaschachteln. Ich weiche einen Schritt zurück, als die bunt schillernde Echse unter den Kartons hervorkrabbelt und uns feindselig beäugt.

»Da!«, flüstert Lena, deutet nach links und lässt die Waffe sinken.

Mir wird augenblicklich flau im Magen: Jan van Messer sitzt auf seinem Bett, den Oberkörper vorgebeugt, den Kopf in dem mit Wasser gefüllten Terrarium.

Entsetzt starre ich auf den leblosen Körper – als Schritte im Flur zu hören sind. Lena und ich verständigen uns mit einem schnellen Blick und drücken uns hinter die Tür.

Hastige Atemzüge, ein Keuchen – dann betritt jemand die Wohnung. Die Echse gibt ein drohendes Zischen von sich, huscht aus der Tür und verschwindet im Flur. Ich nicke Lena zu, wir springen vor, und sie drückt dem Mann die Pistole gegen den Hinterkopf.

»Hey! Hey! Was soll das?«, schreit er verängstigt.

»Bernward? Was machst du hier?«

»Das Gleiche könnte ich dich fragen. Also euch fragen.«

»Ich habe zuerst gefragt.«

»O Gott«, entfährt es Bernward, dessen Blick in diesem Moment auf den toten Jan fällt. »Ich habe eine merkwürdige Nachricht von ihm bekommen. Hier!« Er zieht sein Handy aus dem Jackett und hält es mir vor die Nase.

Dieselbe Nachricht, die ich erhalten habe.

Ich habe Schuld auf mich geladen. Es ist an der Zeit, die Konsequenzen zu ziehen. Vergib mir!

»Ich habe sofort versucht, ihn anzurufen«, sagt Bernward. »Und als er nicht geantwortet hat, bin ich so schnell es ging hierher.«

Lena nimmt die Waffe runter, und Bernward atmet auf. »Hey, was ist das denn?«, sagt er und deutet auf den Teppich zu Jans Füßen.

Ich bücke mich, hebe ein kleines braunes Fläschchen auf, in dem der winzige Rest einer klaren Flüssigkeit schwappt, und betrachte es mit zusammengekniffenen Augen.

»Wahrscheinlich das Betäubungsmittel, das auch bei den anderen angewandt wurde«, sagt Lena.

»Äh, was …?«, stottert Bernward und guckt verwirrt. Er legt den Schmerzenskoffer, den er die ganze Zeit in der Hand gehalten hat, auf dem Drucker ab, stutzt, nimmt zwei Blatt Papier aus dem Ausschub des Druckers und beginnt, mit gerunzelter Stirn zu lesen. »Das ist ein Abschiedsbrief. Der ist an dich gerichtet, Pius.«

Ich nehme ihm die Seiten aus der Hand, wende mich Lena zu und lese laut:

Vergib mir, Pius! Und bitte auch alle anderen in meinem Namen um Vergebung.

Ich habe Schuld auf mich geladen. Ich habe vier Männer getötet. Weil ich dem Fluch des Goldes erlegen bin. Und nun, wo du mir auf die Spur gekommen bist, wird es Zeit, mich zu richten. Und durch meinen Tod Buße zu tun.

Ich bereue. Ich bereue zutiefst, was ich getan habe. Und ich verfluche das Gold. Es war das Gold, das mich zum Mörder gemacht hat. Ich kann nur um Vergebung bitten. Und die Beichte ablegen.

Alles begann, als sich Papa Ambros entschloss, in Gold zu investieren. Mit dem Erlös wollte er einen Altersruhesitz für seine Mitarbeiter bauen. Das Ganze sollte eine Überraschung werden, daher waren so wenig Leute wie möglich daran beteiligt. Papa Ambros. Leopold Dietrich, der Verkäufer. Und die Trolle und ich. Papa Ambros hatte uns als Kuriere angeheuert und uns zu absolutem Stillschweigen verpflichtet. Einmal pro Woche gab es eine Tour zu Leopold Dietrich. In der einen Woche sind die Trolle gefahren, in der nächsten ich. Und anschließend haben wir die Barren zu einem Schließfach gebracht, das Papa Ambros angemietet hatte. Zwei Jahre lang habe ich genau das getan, was er mir aufgetragen hat. Aber irgendwann während dieser Fahrten begann ich mich zu fragen, warum das Gold nicht jetzt gleich einem guten Zweck dienen könnte. Dem Zweck, mir ein unbeschwertes Leben zu verschaffen. Lebenslange Ferien. Zuerst habe ich mich gegen diese Gedanken gewehrt und sie immer wieder verworfen, aber dann … bin ich dem Fluch des Goldes erlegen. Leopold Dietrich als Kumpan zu gewinnen war nicht schwer. Er war zu jedem Betrug bereit, wenn der ausreichend Gewinn versprach. Er hat die gefälschten Barren angefertigt, ich habe sie anschließend zu dem Schließfach gebracht. Die echten Barren haben wir unter uns aufgeteilt und sicher versteckt.

Nach einiger Zeit hatte ich so viel Gold zur Seite geschafft, dass ich mich hätte empfehlen können. Aber ich wurde gierig. Alles war so einfach, und ich wollte mehr. Ich spielte das Spiel zu lange. Eines Tages geschah etwas, mit dem ich nicht gerechnet hatte: Papa Ambros überprüfte den Inhalt seines Schließfachs. Weil er seinem Sohn den Betrieb übergeben wollte, wie ich heute weiß. Natürlich bemerkte er den Betrug. Er wusste sofort, dass ich es war. Und hat das durch eine scheinbar beiläufige, auf mich gemünzte Bemerkung in Gesellschaft auch durchblicken lassen. Ich bin in Panik geraten. Papa Ambros war mein Freund. Aber ich würde auch nicht auf meine lebenslangen Ferien verzichten! Ich bin unverzüglich mit meiner Echse zu dem Tierarzt, den ich immer konsultiert habe. Bei mehreren früheren Besuchen war mir aufgefallen, dass er reichlich nachlässig war, was die sichere Aufbewahrung von Medikamenten anging. Es war kein Problem, an ein Fläschchen mit einem starken Betäubungsmittel zu kommen. Dann bin ich, spät in der Nacht, noch zu Papa Ambros gefahren. Scheinbar reumütig habe ich ihm den Betrug gebeichtet. Und er war bereit, alles zu vergessen, wenn ich ihm sein Gold zurückgeben würde. Er war so ein großartiger Mensch. Und ich hasse mich für das, was ich dann getan habe. Aber ich habe es getan. Ich bin zum Schein auf sein großzügiges Angebot eingegangen, habe ihm gedankt und vorgeschlagen, darauf einen zu trinken. Dann habe ich ihn abgelenkt und ein paar Tropfen von dem Betäubungsmittel in seinen Feigenlikör geschüttet. Und als er dann ohnmächtig war, habe ich ihn zu der Sonnenbank geschleppt. Ich hätte ihn nie erwürgen können oder ihm die Kehle durchschneiden oder so was. Aber die Sonnenbank … Ich würde noch nicht einmal dabei sein müssen, wenn er starb. Das Solarium zu manipulieren war nicht schwer. Dann habe ich es auf höchste Stufe gestellt – und bin einfach gegangen.

Mich direkt nach Papa Ambros' Tod abzusetzen war zu riskant. Das hätte verdächtig erscheinen können. Ich beschloss, noch ein wenig zu warten. Aber dann hörte ich Torben Bennecke von dem Schließfach sprechen und verstand, dass meine Probleme noch nicht vorbei waren. Wenn er erst damit begann rumzuschnüffeln, würde ich früher oder später auffliegen. Es sei denn, ich brachte alle, die von dem Gold wussten, schnellstens zum Schweigen. Also bin ich zu Leopold Dietrich gefahren, habe was mit ihm getrunken, ihn betäubt und in seinem Aquarium ertränkt. Dann bin ich zu Sven und Gunnar und habe auch sie getötet.

Vier Tote in so kurzer Zeit. Mir war klar, dass irgendjemand Verdacht schöpfen würde. Und als du heute Morgen das Gedicht vorgetragen hast, die Stelle, an der es heißt Tod, bald kenn ich dein Gesicht, *da ist es mir kalt den Rücken runtergelaufen, und ich wusste, dass alles aus war. Es sei denn, ich würde auch dich töten, Pius.*

Aber ich will nicht mehr töten. Besser ist es, wenn ich sterbe. So wie sie gestorben sind. Und Buße tue durch meinen Tod. Vergib mir!

Ich fühle einen Kloß im Hals und muss schlucken. Langsam lasse ich das Blatt sinken.

»Von welchem Gold redet er da?«, brummt Bernward und sieht fragend zu Lena und mir, als mein Smartphone klingelt.

Meine Mutter!

»Tabea, es geht gerade nicht. Ich …«

»Piiiiuus«, schluchzt es aus dem Hörer, und ich erschrecke. Tabea ist taff. Wenn sie weint, muss was Schlimmes passiert sein.

»Was ist los?«

»Mister Mojo!«, schreit sie panisch. »Er ist … Das Dope, das du mir dagelassen hast, ist verschwunden. Ich fürchte, er hat es gefressen. Und jetzt ist er ganz still und so komisch. Und atmet ganz flach. Und ich habe Angst, dass er stirbt, Pius!«

»Wo bist du?«

»Mit Mister Mojo in einem Taxi. Auf dem Weg zu einer Tierarztpraxis, die Notdienst hat. Bitte komm dahin, Pius! Ich stehe das nicht alleine durch. Was, wenn Mister Mojo … Bitte, Pius!«

Einen Moment lang verharrt mein Blick auf dem toten Jan van Messer. Für ihn kann ich nichts mehr tun. »Gib mir Name und

Adresse der Praxis«, sage ich. »Ich komme hin. Warte!« Ich halte Ausschau nach einem Stift, kann aber keinen entdecken. »Hast du was zu schreiben?«, frage ich Bernward. Er nickt, zieht einen Kuli aus seinem Jackett und notiert den Namen und die Adresse, die ich ihm diktiere, auf einen kleinen Zettel.

»Bin unterwegs, Tabea!«, sage ich und nehme Bernward den Zettel aus der Hand.

»Was ist los?«, fragt Lena.

»Mister Mojo. Der Hund meiner Mutter. Er ist krank. Ich muss Mutter zum Tierarzt begleiten. Ich komme, so schnell es geht, zurück.« Ich lasse den Blick durch Jans Wohnung wandern. »Er muss ein Schließfach für das Gold gehabt haben. Sucht nach Unterlagen zu diesem Schließfach. Irgendwo hier muss was sein.« Ich bin schon halb aus der Tür, als ich Lenas Hand auf meiner Schulter spüre. Ich drehe mich um – und fühle ihre Lippen auf meinen. Einen kurzen, wunderbaren Moment lang. »Beeil dich, Pius«, flüstert sie.

»Das mit dem Gold hab ich immer noch nicht kapiert«, murrt Bernward, und während ich eilig davonhaste, höre ich Lena seufzen: »Keine Sorge, Herr Kniehase. Ich erkläre es Ihnen.«

– 23 –

Praxis Dr. Rosemarie Bender, Bergthaler Weg 18 steht in Bernwards pingeliger Handschrift auf dem kleinen Zettel, den ich immer wieder nervös auseinander- und zusammenfalte, während mich ein Taxi zu ebendieser Adresse bringt.

Jan van Messer. Ich hätte nie gedacht, dass er …

Aber ich habe seine Beichte gelesen. Was er geschrieben hat, deckt sich mit dem, was ich vermutet hatte. Und dennoch … Es gibt gleich mehrere Dinge, die mich stören. Zunächst mal: Vieles an diesem Geständnis klingt einfach nicht nach Jan. *… auf mich gemünzte Bemerkung? … Tierarzt, den ich immer konsultiert habe?* Ich bezweifle, dass Jan den Begriff *konsultieren* überhaupt kannte. *Tierarzt, wo ich immer gewesen war.* Das klingt nach Jan. So hätte er es geschrieben. Dann ist da der merkwürdige Umstand, dass sein Abschiedsbrief auf dem Computer getippt wurde und nicht unterschrieben ist. Gut – vielleicht hatte Jan eine Sauklaue und wollte nur sichergehen, dass man seine Bekenntnisse auch entziffern kann. Aber setzt man dann nicht wenigstens handschriftlich seinen Namen darunter? Und was noch viel merkwürdiger ist: Wenn Jan eine Lebensbeichte ablegen und Buße tun wollte – warum erwähnt er dann mit keinem Wort, wo er das Gold versteckt hat? Damit es seinem ursprünglichen Zweck zugeführt werden kann. Würde das ein reuiger Sünder nicht tun?

»Bergthaler Weg 18«, sagt der Fahrer und fährt rechts ran. »Dreiundzwanzig achtzig, bitte.«

Die *Tierarztpraxis Dr. Rosemarie Bender* ist im Erdgeschoss eines Mehrfamilienhauses. Ich klingle, mir wird geöffnet, und ich betrete das Wartezimmer, in dem einsam und verloren eine wachsbleiche Tabea hockt.

»Oh, Pius. Gott sei Dank, dass du da bist«, stöhnt sie erleichtert, bevor sie sich in bitteren Selbstvorwürfen ergeht. »Ich bin so eine verpeilte Idiotin. Wie konnte ich das Zeug nur offen rumliegen lassen.«

»Was ist mit Mister Mojo?«, frage ich und drücke ihre Hand. »Wie geht es ihm?«

»Wird wieder«, sagt sie und wischt eine Träne weg. Sie pumpen ihm den Magen aus. Ich wollte bei ihm bleiben, aber als es losging, wurde mir schlecht und sie haben mich rausgeschickt. Aber

Hauptsache, er wird wieder ganz der Alte. Ich wäre meines Lebens nicht mehr froh geworden, wenn …«

In diesem Moment öffnet sich die Tür des Behandlungszimmers, und ich höre eine tiefe Frauenstimme sagen: »Er hat das Schlimmste überstanden, Frau Nordberg. Er bekommt jetzt noch eine Infusion. Aber Sie sollten mal ernsthaft über Ihre Eignung zur Hundehalterin nachdenken.«

Ich schaue auf – und erstarre. Mir gegenüber steht eine Frau mit breitem, gutmütigem Gesicht – und einer Warze auf der Nase! Bernwards Affäre! In diesem Moment macht es in meinem Kopf Klick!, und ich begreife schlagartig die ganze entsetzliche Wahrheit.

»Kann ich Ihnen irgendwie helfen, Herr …?«

»Nordberg. Das ist mein Sohn«, stellt mich Tabea vor.

»Sie sind Doktor Rosemarie Bender? Tierärztin?«, stoße ich hervor.

»Wenn man dem Schild an der Tür glauben kann: Ja!«, sagt sie.

»Und Sie kennen Bernward Kniehase!«

Sie läuft rot an und sagt ärgerlich: »Ich wüsste nicht, was Sie das …«

»Vermissen Sie seit einiger Zeit ein Betäubungsmittel aus Ihrem Medikamentenschrank?«

»Ja«, sagt sie überrascht und blickt mich irritiert an. »Aber woher wissen Sie das?«

»Lena!«, keuche ich und stürme zur Tür hinaus.

– 24 –

Ich haste auf der Suche nach dem nächsten Taxistand die Straße entlang und wähle dabei Lenas Nummer.

Nach dem dritten Klingeln meldet sich eine Männerstimme. »Ich habe deinen Anruf erwartet, Pius«, höre ich Bernward sagen.

»Was ist mit Lena? Was hast du mit ihr gemacht?«

»Zunächst mal möchte ich dir mitteilen, dass ich mich im Besitz ihrer Pistole befinde. Lena Krytschewski geht es gut. Ihr wird nichts geschehen, solange sie tut, was ich ihr sage.«

»Ich war ein Idiot«, presse ich zwischen geschlossenen Lippen hindurch. »Ich habe dich immer für einen miserablen Lügner gehalten. Aber du bist ein so guter Lügner, dass wahrscheinlich sogar dein *miserabler Lügner* gelogen war. Und dein Schock über Papa Ambros' Tod. Und deine Angst davor, dass du deinen Job verlieren könntest. Gelogen. Alles gelogen.«

»Wir müssen uns unterhalten, Pius. Ich will nicht, dass noch mehr Leute sterben. Wir könnten eine Abmachung treffen. Und wenn ihr euch daran haltet, wird weder ihr noch dir etwas geschehen. Du kommst jetzt hierher. Ich bin –«

»Ich weiß, wo du bist, Bernward! Wie konnte ich so dermaßen blind sein: Wer braucht ein Schließfach, wenn er eine Goldmine hat?«

»Ich erwarte dich in Kürze, Pius«, sagt Bernward und legt auf.

Von einem Taxistand ist weit und breit nichts zu sehen, also springe ich kurz entschlossen vor ein zufällig vorbeirauschendes Taxi, lande beinah auf der Kühlerhaube, springe in den Wagen und keuche in Richtung des erschrocken dreinblickenden Fahrers: »Kennen Sie *Kniehases Wunderland?*«

Er schüttelt den Kopf.

»Ich lotse Sie«, sage ich und fummle einen Schein aus meinem Portemonnaie. »Hundert Euro, wenn Sie es in weniger als fünfzehn Minuten schaffen!«

Der Fahrer braucht genau dreizehn Minuten. Und scheint sich beunruhigt zu fragen, was sein Fahrgast hier draußen, in dieser Einöde, will. Hastig steckt er das versprochene Geld ein und braust davon.

Nach ein paar Schritten sehe ich Lenas Cabrio vor dem kleinen Seiteneingang stehen. Ich trete durch das offen stehende Gittertörchen in *Kniehases Wunderland* ein, renne einen mit Brennnesseln bewachsenen Hang hinunter und finde mich auf der mondbeschienenen Hauptstraße der Westernstadt wieder. Kurz darauf biege ich hinter dem rostigen Kettenkarussell links ab, kämpfe mich durch ein Gestrüpp – und stehe vor dem Eingang zur Goldmine. Das massive Holztor, das einem normalerweise den Zugang verwehrt, steht weit auf.

Vorsichtig um mich spähend, betrete ich die künstliche Mine und blicke erstaunt auf die blinkenden Kontrolllämpchen eines Sicherheitssystems. Aber natürlich verstehe ich es. Bernward lagert das Gold in dieser Mine. Das sichert er natürlich nicht nur mit einem rostigen Vorhängeschloss. Und seine *Kontrollgänge* waren tatsächlich Kontrollgänge. Um sich zu vergewissern, dass sich niemand am Eingang der Mine zu schaffen gemacht hat.

Ich registriere eine Überwachungskamera und einen kleinen Lautsprecher unter der Decke. Vor mir führen schmale Schienen in einen Tunnel, der nur von ein paar flackernden Birnen erhellt wird. Auf den Schienen steht eine der Loren, in denen die Besucher früher durch die Mine gefahren sind.

»Steig ein!«, ertönt Bernwards Stimme aus dem Lautsprecher.

Zögernd nehme ich in dem Gefährt Platz. So gut wie es einem 2-Meter-Mann eben möglich ist. Kaum sitze ich, setzt sich die Lore, wahrscheinlich mittels eines Fernsteuerungsbefehls, in Bewegung, gewinnt rasch an Geschwindigkeit und schießt durch den schwach erleuchteten Tunnel. Vorbei an künstlichen Goldadern und ramponierten Figurengruppen: an den mit Spitzhacken und Laternen bewaffneten sieben Zwergen, einer Gruppe goldgieriger Kobolde und einem doppelköpfigen, Gold bewachenden Drachen. Dann schießt die Lore um eine Kehre – und wird abgebremst. In einer Art steinerner Halle, deren *Steine* aber überwiegend aus Gips bestehen. Rechts von mir sind große Teile der Konstruktion weggebrochen. Ein Schienenpaar führt in das Nichts eines mehrere Meter tiefen Abgrunds, aus dem zwei verbogene Stahlträger ragen. Am anderen Ende der Halle sind vier hintereinander stehende Loren auf den Schienen aufgereiht. Alle bis obenhin mit Goldbarren gefüllt. Neben den Schienen liegt Lena auf dem Boden: die Arme mit Kabelbindern hinter dem Rücken gefesselt, den Mund mit einem Streifen Klebeband verschlossen. Bernward steht direkt vor den goldgefüllten Loren, hat die Pistole auf mich gerichtet und befiehlt: »Da vorne rüber. So ist es gut. Bleib da stehen, Pius!« Ich kann sehen, dass seine Hand zittert.

»Fast hättest du es geschafft«, sage ich mit leiser Stimme. »Fast hättest du uns weisgemacht, Jan van Messer sei der, den wir gesucht haben. Wäre dir nicht ein kranker Hund dazwischengekommen. Und der Umstand, dass heute ausgerechnet Doktor Rosemarie Bender Notdienst hat.«

Bernward zieht verächtlich die Unterlippe hoch. »Als du mir den Namen und die Adresse diktiert hast, dachte ich, mich trifft der Schlag. Du hattest Rosi und mich zusammen gesehen. Und wenn sie dir jetzt in der Tierarztpraxis begegnen würde ... Mir war klar, dass du umgehend die richtigen Schlüsse ziehen würdest.« Seine Stimme wird krächzig, als er beteuert: »Rosemarie weiß nichts von all dem. Von dem Gold und ... und von dem, was ich getan habe. Ich habe ihr gesagt, dass ich ein größeres Erbe erwarte. Und dass wir dann endlich, endlich gemeinsam fortgehen können. Nach Brasilien.« Bernwards Blick verschleiert sich, und er sagt: »Mit Rosemarie hat alles angefangen. Wäre ich ihr nicht begegnet, dann hätte ich nie ... Du verstehst nicht, wie das ist, Pius. Meine Frau und ich haben uns schon seit Jahren nichts mehr zu sagen. Und dann der Dauerstress wegen der Kinder. All die Therapien und Gespräche ... Und dann bin ich Rosi begegnet. Sie war wie ein Sonnenstrahl in meinem trüben Leben. Und ich wollte weg aus diesem Leben. Irgendwohin. Ganz neu anfangen. Mit ihr. Aber dazu brauchte ich Geld. Und da begann ich ...«

»Alles war genau so, wie es in Jans Abschiedsbrief steht«, sage ich. »Nur dass nicht er, sondern du es warst, der den Betrug und die Morde begangen hat.«

»Ja.« Bernward lässt die Hand mit der Pistole für einen Moment sinken, bevor er sich wieder unter Kontrolle bekommt und die Waffe erneut auf mich richtet. »Erinnerst du dich an den Abend, an dem wir Papa Ambros die goldene Uhr von diesem Lindner übergeben haben? Da wusste er bereits, dass er betrogen worden war. Erinnerst du dich? Erst hat er zu den Trollen was von *Goldjungs* gesagt und dann kam er zu mir und sagte: ›*Man muss immer vorsichtig sein. Es ist nicht alles Gold, was glänzt.*‹ Das war ein Test. Er wollte sehen, wie wir reagieren. Und er wusste sofort, dass ich der

Schuldige war. Und mir war klar, dass er es wusste. Ich bin in Panik geraten. Und nach unserem Freitagstreffen sofort zu Roswitha gefahren. Angeblich für ein Schäferstündchen. Sie wohnt über der Praxis, und als sie für einen Moment im Bad war, habe ich mich runtergeschlichen und das Fläschchen mit dem Betäubungsmittel an mich genommen. Ich wusste, wo der Schlüssel zum Medikamentenschrank war. Anschließend bin ich zu Papa Ambros gefahren, habe ihm den reuigen Sünder vorgespielt und ... Ja, alles war tatsächlich so, wie es in Jans Abschiedsbrief steht. Anschließend habe ich mich entsetzlich gefühlt! Ich ... ich bin kein kaltblütiger Mörder.«

»Nein? Dafür bist du aber bemerkenswert kaltblütig vorgegangen, als du Jans Kuli geklaut hast. Um den Verdacht auf ihn zu lenken. Und findest du es nicht kaltblütig, innerhalb weniger Stunden zuerst Leopold Dietrich und dann Sven und Gunnar zu ermorden?«

»Ich konnte meinen Traum nicht einfach sterben lassen«, murmelt Bernward.

»Nein, natürlich nicht«, sage ich. »Und weil dein Traum von Rosi und Brasilien nicht sterben durfte, musste auch noch Jan van Messer sterben. Und als vermeintlicher Mörder herhalten.«

»Ich habe schon vor einiger Zeit gespürt, dass irgendwas im Gange war. Und vor ein paar Tagen habe ich bemerkt, dass sie mir hierher gefolgt ist.« Er deutet auf die gefesselte Lena, die mit weit aufgerissenen Augen neben den Schienen liegt und mir einen verzweifelten, Hilfe suchenden Blick zuwirft. »Und dann, als du heute Morgen das Gedicht vorgetragen hast, da wusste ich, dass es eng für mich wird. Meine einzige Chance war, einen geständigen Mörder zu präsentieren. Einen, der nach seinem Geständnis nicht mehr reden konnte. Und nachdem dann die Zentrale gestürmt worden war und man uns nach Hause geschickt hatte, bin ich auf schnellstem Weg zu Jan. Habe vorgeschlagen, dass wir auf den Schreck einen trinken. Ich habe ihn so getötet wie die anderen. Und anschließend das Fläschchen mit dem Betäubungsmittel zu seinen Füßen platziert und den Abschiedsbrief geschrieben. Dann habe ich von seinem Handy aus eine Nachricht an dich geschickt. Und dann die gleiche Nachricht an mich. Damit ich einen Grund hatte, um dort aufzutauchen und dich auf das Fläschchen und den Brief aufmerksam zu machen. Ich bin runter, habe mich hinter dem Haus versteckt, und als ihr kamt, habe ich kurz gewartet und bin euch in die Wohnung gefolgt. Und alles hätte funktioniert, wäre mir nicht ein kranker Köter dazwischengeraten …« Bernward nimmt mit der linken Hand eine Magentablette aus der Jacke und steckt sie sich in den Mund, während seine Rechte weiter mit der Pistole auf mich zielt. »Ich will niemanden mehr töten, Pius«, sagt er mit brüchiger Stimme. »Ich will dich nicht töten. Ich habe einen Käufer für das Gold. Alles ist nur noch eine Sache von drei oder vier Tagen. Sobald alles über die Bühne gegangen ist, setze ich mich mit Rosi nach Südamerika ab. Euch schließe ich so lange hier ein. Sobald ich mir in Brasilien falsche Papiere besorgt habe, um abzutauchen, rufe ich die hiesige Polizei an. Und werde ihr mitteilen, wo ihr seid. Keine Angst, ich werde euch vorher mit Konserven und Wasser versorgen. Mit einem Vorrat, der für zwei oder drei Wochen reicht. Damit ist uns allen gedient: Ihr überlebt. Und ich fange ein neues Leben an. – Also komm jetzt ganz langsam hier rüber, Pius. Damit ich dich fesseln kann. Und mach nichts Unüberlegtes. Sonst stirbt doch noch jemand.« Er tritt zwei Schritte vor, hebt die Waffe und zielt auf meinen Kopf.

Ich blicke aus den Augenwinkeln zu Lena, die sich, unbemerkt von Bernward, hinter seinem Rücken über den Boden rollt. In Richtung eines kleinen gelben Kästchens neben den Schienen, auf dem ein großer roter Plastikbutton angebracht ist. Der Mechanismus, der die Loren in Betrieb setzt! Sie wirft mir eindringliche Blicke zu, während sie weiter auf das Kästchen zurutscht – und ich begreife, was sie vorhat.

»Nein«, sage ich mit entschlossener Stimme. »So wird es nicht laufen, Bernward.«

»Nein? Was soll das heißen: Nein?«, stammelt Bernward, der damit nicht gerechnet hat.

»Das heißt, dass ich dich nicht davonkommen lassen werde, Bernward.« Ich lächle, blicke ihm ohne zu blinzeln in die Augen und bewege mich langsam auf ihn zu.

»Lass den Blödsinn, Pius«, sagt er, während seine Rechte immer stärker zittert. Er weicht einen Schritt zurück und steht auf den Schienen. »Bleib stehen! Bleib verdammt noch mal stehen, Pius!«

»Weißt du was, Bernward? Ich glaube auch nicht, dass du kaltblütig bist«, sage ich und gehe weiter auf ihn zu. »Und mich kannst du nicht auf eine Sonnenbank legen und dann einfach gehen. Oder mich mit dem Kopf unter Wasser zurücklassen. Du musst mich schon erschießen, Bernward. Jetzt und hier.«

»Pius, zwing mich nicht …« Bernwards Finger krümmt sich um den Abzug. Sein Gesicht ist kreideweiß. Er weicht noch einen Schritt zurück – und stößt mit dem Rücken gegen eine Lore. Jetzt oder nie! Ich nutze den winzigen Moment, in dem er abgelenkt ist, springe vor und verpasse ihm einen Stoß vor die Brust. Bernward stößt einen überraschten Schrei aus und kippt hinterrücks in die Lore. Dabei löst sich ein Schuss, die Kugel pfeift an meinem Ohr vorbei und schlägt in den Gips ein. Bernward zappelt wie ein Käfer auf dem Rücken und versucht sich wieder aufzurichten – als Lena mit dem rechten Fuß ausholt und mit aller Kraft gegen den roten Button tritt. Ein lautes Pfff! ist zu hören, dann setzen sich die Loren in Bewegung. Ich blicke in Bernwards entsetztes Gesicht, springe zur Seite, fahre herum und blicke den Wagen nach, die in hoher Geschwindigkeit auf den Abgrund zurauschen. »Nein!« Ein markerschütternder Schrei von Bernward, dann springen die Loren aus den Schienen, und im nächsten Moment sind drei Geräusche gleichzeitig zu hören: das Auftreffen der Loren auf dem Boden – wie vier gewaltige Glockenschläge, die durch die Mine dröhnen. Das klatschende Geräusch, dass Bernwards Körper verursacht, als er auf die Erde kracht. Und das Klackern der Goldbarren, die sich über den Boden verteilen.

Dann herrscht Totenstille.

Ich laufe zu Lena hinüber, befreie sie von den Kabelbindern und ziehe ihr mit einer schnellen Bewegung den Klebestreifen vom Mund. »Alles in Ordnung?«

»Ja«, keucht sie, rappelt sich auf, und wir bewegen uns, so weit wie es geht, entlang der Schienen in Richtung des Abgrundes und spähen in die Tiefe.

Fünf Meter unter uns liegt Bernward. Mit zerschmettertem Schädel. Halb begraben unter goldenen Barren.

Ich senke den Kopf und fühle, wie mir eine Träne über die Wange rinnt.

Lena nimmt meine Hand.

Sechs Menschen, vergegenwärtige ich mir. Sechs Menschen sind gestorben. Sechs Menschen sind zu Opfern des Goldes geworden.

»Du musst deine Leute informieren«, sage ich leise zu Lena. »Wir müssen ihnen erklären, was passiert ist, und ihnen das Gold übergeben. Und mich.« Ich strecke meine Hände vor. »Du kannst mir jetzt Handschellen anlegen.«

Epilog

Zwei Jahre später.

Was hätte Lena anderes tun können? Sie musste mich verhaften, sonst hätte sie sich selbst strafbar gemacht. Die Beteiligung an einzelnen Straftaten konnte man mir nicht nachweisen, verurteilt wurde ich nur wegen Zugehörigkeit zu einer kriminellen Vereinigung. Dabei bewegte sich das Urteil im unteren Bereich des möglichen Strafrahmens. Ich bekam zwei Jahre aufgebrummt.

Die letzten zwei Monate hat man mir wegen guter Führung erlassen.

Als ich durch das schwere Gefängnistor trete, lasse ich meinen Blick hoffnungsvoll über die Straße wandern.

Sie ist nicht da.

Aber damit musste ich rechnen. Zum letzten Mal habe ich Lena gesehen, als sie mich vor einem Dreivierteljahr besucht hat. Dabei hat sie mir erzählt, dass sie wieder in eine kriminelle Organisation eingeschleust werden und für längere Zeit undercover ermitteln würde. Mehr hat sie nicht verraten. Ich habe keine Ahnung, wo sie ist.

Gibt es diese Undercoveraktion wirklich?, denke ich und zünde mir die erste Zigarette in Freiheit an. Oder war das vielleicht nur eine rücksichtsvolle Art, mit mir Schluss zu machen?

Ein Hupen reißt mich aus meinen Gedanken: Tassos sitzt hinter dem Steuer eines schwarzen Kleinwagens und winkt mir zu.

»Schön, dich zu sehen, Junge«, begrüßt er mich, als ich auf dem Beifahrersitz Platz nehme.

»Schön, dich zu sehen«, entgegne ich und umarme ihn. »Nett, dass du mich abholst.« Tassos konnte man keinerlei Straftaten nachweisen, er ist von einer Haft verschont geblieben.

»Wohin?«, fragt er und startet den Wagen.

»Nach Rosenhag. Zur *Singenden Nachtigall.*«

Als Tabea von meiner Verhaftung erfuhr, war sie kurz geschockt, legte sich die Sache dann aber schnell so zurecht, dass ich wahlweise ein politischer Gefangener war, der gegen das Schweinesystem gekämpft hatte, oder das Opfer einer willkürlich urteilenden Justiz.

Momentan wohnt sie in London. Mit Joe und Mister Mojo, der nach seinem kleinen Dope-Unfall wieder vollständig genesen ist. Das neue *Pius Pompeji*-Album ist vor sechs Wochen erschienen und bricht sämtliche Verkaufsrekorde. Joe hatte einen guten Riecher: Offenbar hat die Welt tatsächlich auf die nächste psychedelische Ära gewartet. Momentan ist die Band auf Europatournee – natürlich nicht ohne Joe und Tabea. Und weil ihr Haus in der *Singenden Nachtigall* derweil leer steht, hat sie mir angeboten, dort fürs Erste unterzukommen.

»Charly Schlitzer, Manni Popalla und Pavel Borkowski sind alle zu hohen Haftstrafen verurteilt worden«, informiert mich Tassos und fügt grinsend hinzu: »Die atmen noch ein paar Jahre gesiebte Luft.«

»Und was ist mit unseren Leuten?«, frage ich.

»Wolle Panzko kommt in einem halben Jahr raus, Udo Zornig und Mesut Dündar in zwei Monaten.« Tassos berichtet mit traurigem Blick, dass Konrad Kumann während meines Gefängnisaufenthalts gestorben ist und dass Waltraut jetzt in einem Altenheim lebt. »Ralf und Sunny sind schon seit einem Jahr wieder draußen«, informiert er mich. »Sunny gibt jetzt Yogaseminare, und Ralf baut nur noch für den Eigenbedarf an. Hier – das soll ich dir von ihm geben.« Er drückt mir ein paar Gramm Gras in die Hand.

»Danke. Und hast du vielleicht auch von …?«

»Tut mir leid, Junge. Ich habe nichts von ihr gehört.«

»Bis bald. Wir sehen uns«, verabschiede ich mich von Tassos, als ich vor der *Singenden Nachtigall* aus dem Wagen steige, und winke ihm hinterher, als er davonfährt.

Frau Seiler wundert sich ein bisschen darüber, dass ich so blass bin. Tabea hat ihr erzählt, dass ich für zwei Jahre als Entwicklungshelfer in Zentralafrika war.

Ich wandere am Seeufer entlang zu dem Haus meiner Mutter, öffne die Tür und stelle meine Tasche im Flur ab – als ich ein Geräusch höre.

Das kommt von oben!

Ich schleiche die Treppe hoch. Die Tür zum Wohnzimmer steht einen kleinen Spalt breit auf, ein schwaches Licht schimmert mir entgegen.

»Tabea?«

»Kommen Sie rein, 0815«, erklingt eine Stimme.

Ich stoße die Tür auf – und kriege den Mund nicht mehr zu. Sämtliche Möbel sind verschwunden. Dafür: eine Armee von

Druckern, eine Fahne an der Wand, auf die das Wort CONTROL geprägt ist, und ein riesiger Schreibtisch. Und Lena! In nicht viel mehr als einem Paar roter Stiefel mit Goldsternchen.

»Setzen Sie sich«, sagt sie und deutet auf einen Stuhl vor dem Schreibtisch.

Wie in Trance mache ich ein paar Schritte vor und nehme Platz, während ich sie unentwegt anstarre. »Lena! Wie kommst du …?«

»Deine Mutter hat mir ihren Schlüssel gegeben. Und – gefällt es dir?«

Das ist … Moment mal!«, durchfährt es mich, während ich auf die Drucker starre. »Ich habe dir doch nie von meinem Traum erzählt …«

»Nein«, sagt sie lächelnd. »Aber ich hatte ein interessantes Gespräch mit deiner Mutter. Und was ich gehört habe, hat mir gefallen. Willkommen in der Freiheit, Pius!« Sie erhebt sich, gibt den *Drucken*-Befehl ein und stöhnt verzückt, als die Drucker beginnen, Formulare auszuspucken. Rotes Licht flammt auf, der Sound einer Schweineorgel dröhnt aus den Boxen, und Lena kommt mit langsamen Schritten auf mich zu …

Sehr viel Liebe und Leidenschaft und viele schmutzige Wörter später liegen wir ermattet auf unserer Liebesstatt aus Formularen, teilen uns eine Zigarette und beobachten, wie die letzten Papierbögen durch die Luft trudeln. Lena stützt sich auf dem rechten Ellenbogen auf, beugt sich über mich und küsst meine Stirn.

»Pius Nordberg, hiermit verleihe ich uns offiziell das CRIME-Zertifikat«, wispert sie »Man bekommt es für ***C**hampagnerlaune, **R**omantische Momente, **I**nnovative Fantasien, **M**annschaftsdienliches Spiel* und … ***E**ntdeckungsfreude.*

»Welches Glück! Endlich zertifiziert«, entgegne ich. »Alles ist gut!«

Dann verschließen mir ihre Lippen den Mund.

Aus den Boxen des Soundsystems klingt die engelhafte Stimme von Lana Del Rey und singt *Born to Die.*

Und das Leben ist Zitronenschaum.

Glossar

angeschickert = angetrunken

(jmd.) anpfeifen = (jmd.) in scharfem Ton zurechtweisen

Bolzplatz = (kleiner) Fußballplatz

Hänger = Mensch, der sein Leben nicht in den Griff kriegt, der nur rumhängt

Honk = Dummkopf

klemmig = verklemmt

Klitsche = Kleinunternehmen (abwertend gemeint)

Ludenschleuder = Wagen, den ein Zuhälter fährt

Milf = Kurzform von Mom I'd like to fuck – umgangssprachliche, obszöne Bezeichnung für Frauen mittleren Alters, die aus der Sicht anderer Personen attraktive Sexualpartnerinnen darstellen

mit dem Klammerbeutel gepudert sein = schwer von Begriff sein

Mucke = flapsige Bezeichnung für (Populär-)Musik

Pimp = Zuhälter

Rangewanze = anbiedern

Schweineorgel = eigentlich abwertende, oft aber auch liebevoll gemeinte Bezeichnung für eine Hammondorgel

(ein) Tacken = (ein) bisschen

triggern = Gefühle auslösen

(eine) Tüte = (ein) Joint

verfrickelt = auf unnötige und prätentiöse Weise verkompliziert

verkleistert = überdeckt

verpeilt = konfus, orientierungslos, geistesabwesend

(die) Vla = ein Pudding flüssiger Konsistenz, der vor allem in den Niederlanden populär ist

Was gibt das? = Was soll das werden?

wegratzen = einschlafen

Andreas Pittler

SCHATTEN AUS STEIN

Ein Fall für Paul Zedlnitzky

Wien 1986, ein Zahnarzt wird ermordet. Der Kriminalbeamte Zedlnitzky übernimmt den Fall, der mehr als verworren ist. Niemand aus dem privaten Umfeld des Ermordeten scheint ein Motiv zu haben.
Zedlnitzky konzentriert sich daher auf die Patientenkartei. Wobei seine Aufmerksamkeit immer wieder nachhaltig gestört wird. Da ist einerseits sein Vater, ein strammer Sozialist, der sich über den Präsidentschaftskandidaten Kurt Waldheim mokiert, und da ist andererseits diese Sache in Tschernobyl, von der man nicht so recht weiß, ob sie nun Gefahr bedeutet oder nicht. Endlich hat Zedlnitzky eine erste Spur: Sie führt in die Vergangenheit, zurück in die Zeit der NS-Verbrechen.

Constanze Dennig

VERKAUFT

Alma Liebekind ermittelt

Während eines Krankenhausaufenthalts beobachtet Alma Liebekind, von Beruf Psychiaterin, dass ein Todesfall in der Klinik anscheinend vertuscht wird.
Die Hobbykriminalistin kann es nicht lassen und macht sich daran, das Geheimnis zu lüften. Ihre neugierige Mutter steht ihr dabei tatkräftig zur Seite. Schon bald gibt es eine heiße Spur zu einem Flüchtlingsheim. Alma und ihre Mutter beginnen ihre verdeckten Ermittlungen.
Das Wissen über die Abgründe der menschlichen Seele hilft Alma, Licht in die mysteriösen Vorfälle zu bringen.
Doch da nimmt der Fall eine gefährliche Wendung ....

Klappenbroschur

256 Seiten, 13 x 21 cm

978-3-8000-8001-4

Auch als e-book erhältlich

www.ueberreuter-sachbuch.at

Oliver Schlick über DAS CRIME-ZERTIFIKAT

Neben Ihrer beruflichen Tätigkeit haben Sie bereits mehrere Bücher geschrieben, vor allem Jugendbücher. Nun wird es auch einen Krimi von Ihnen geben. Was hat Sie daran gereizt, einen Krimi zu schreiben?
Ich schreibe in verschiedenen Genres, füge gerne unterschiedliche Genres zusammen und bin selbst begeisterter Krimileser, wobei ich vor allem Krimis mit humoreskem Einschlag mag. Da lag es nahe, sich auch einmal an einer solchen Geschichte zu versuchen.

Gibt es Ähnlichkeiten zwischen der Hauptfigur Pius und Ihnen? Und was sind die Unterschiede?
Pius und ich sind beide studierte, langhaarige Sozialarbeiter und mögen Lana Del Rey und Zitronenschaum. Da enden unsere Gemeinsamkeiten aber auch schon. Ich habe weder Pius' imposante Statur, noch bedrohe ich beruflich Menschen. Und mit einer anarchistischen Mutter muss ich mich auch nicht rumschlagen.

Wird es noch weitere Krimis von Ihnen geben? Mit einer neuen Hauptfigur?
Ich kann mir gut vorstellen, weitere Krimis zu schreiben. Vielleicht zur Abwechslung auch mal einen mit sehr düsterer Handlung.